THE X FILES™

THE X FILES™

손안의책

레이 가튼 외 지음 | 안현주 옮김

아무도 믿지 마라

TRUST NO ONE PART B

THE X FILES™

PART B
CONTENTS

THE X FILES™

THE X FILES

파라노말 퀘스트

Paranormal Quest

레이 가튼

TRUST NO ONE

캘리포니아 주, 레딩

1997년 8월 2일, 오전 9시 37분

"어딜 가나 이것들은 다 비슷하네요." 폭스 멀더는 데이나 스컬리와 함께 냉각 처리된 방으로 안내되어 가면서 속삭였다.

"이것이 뭔데요?" 스컬리는 말했다.

"검시실 말이에요."

그들을 안내하고 있는 사람은 샤스타 카운티 검시 과장 올리버 쿠퍼 박사였다. 그는 큰 키에 서양배를 닮은 얼굴의 오십 대 남자로, 머리와 수염은 머리가 벗겨지는 부분과 턱 아래 늘어진 살집의 구레나룻 부분부터 희끗희끗해져 있었다.

"검시실 이용객들은 획일성을 꺼리지 않지요." 쿠퍼 박사는 그들을 이끌고 모퉁이를 돌면서 어깨 너머로 말했다. "사실 그런 화제는 전혀 꺼내지 않지."

멀더는 스컬리에게 특유의 능글맞은 '살아있는 괴짜를 만났네요'라는 표정을 지으며 말했다. "직원들은 어떻게 생각하나요?"

쿠퍼 박사는 멈춰 서서 그들을 향해 돌아서며 고개를 앞으로 기울이고 반달형 안경 위로 쳐다보았다. "우린 그런 점이 엿 같다고 생각하오. 나는 그렇다고 큰 소리로 말할 수 있어. 왜냐하면 다음 주말에 은퇴하니까."

"은퇴하시기에는 너무 젊으신데요, 쿠퍼 박사님." 스컬리가 말했다.

그는 스컬리에게 따뜻한 미소를 지었다. "아주 다정한 분이시군, 하지만 진실은 이렇다오. 당신이 내 몸에서 젊은 부분을 발견할 수만 있다면, 나는 그것을 내 얼굴에다 이식해 버리겠소. 자, 당신들 밀샙을 보러 여기 왔지요, 맞소?" 그는 벽에 있는 두 줄의 정사각형 문들로 돌아서서 바닥 쪽 중앙에 있는 문을 열었다.

멀더가 말했다. "누가 그러던가요?"

"당신네 사람들이. FBI 말이오. 그들 말이 여기를 단단히 잠가두면 사람을 보내겠다던데. 그리고 당신들이 왔지요."

"박사님이 전화하셨죠, 맞나요?" 스컬리가 말했다.

"그랬소. 그 사람들이 전에 이런 걸 본 적이 있는지 확인하고 싶었소." 그는 몸을 구부려 서랍을 당겼다.

스물두 살의 브랜디 밀샙이 선반 위에 누워 있었다. 긴 금발 머리가 그녀의 머리통을 감싸고 있었고 가슴에는 구멍이 나 있었다. 스컬리가 보기엔 고성능 총기가 만든 사출구 같았다. 그 아랫부분부터 부검 시의 절개 부위를 스테이플로 봉합해 놓았다.

"이런 걸 전에도 본 적이 있습니까, 쿠퍼 박사님?" 멀더가 말했다.

"사입구가 없는 건 본 적이 없지요. 당신들도 이 여자의 등에 사입구가 있지 싶겠지만, 그런 건 없소."

멀더는 시체 옆에 쭈그리고 앉아 더 자세히 들여다보았다. "박사님 말씀은 이게…, 흉강 내에서 생겼다는 건가요?"

"내가 전체 부검 장면을 녹화해 두었소. 당신들이 직접 다 볼 수 있을 거요. 내가 보기엔, 미친 소리처럼 들리겠지만, 여자의 심장이 폭발한 게 틀림없소. 하지만 어찌해도 자연적인 사망 원인…, 하고는 부합되지 않지."

스컬리가 말했다. "여자의 심장이 흉강에 구멍을 낼 만큼 강하게 폭발했다는 말씀이신가요?"

"그런 것 같소."

"그럴 가능성은 상당히 낮은데요. 그런 일이 일어날 수 있는 방법에 대해 어떤 가설이라도 있으신가요?" 스컬리는 말했다.

"전혀 없소. 당신들이 뭔가를 알려주길 바라고 있었지. 당신들은 이런 걸 본 적이 있소?"

"저는 없습니다." 멀더가 일어서며 말했다. "하지만 스컬리 수사관은 의학박사니까요."

스컬리는 고개를 저었다. "아뇨, 저도 없어요. 아직도 제가 보고 있는 게 뭔지 확신하지 못하겠어요."

"목격자가 있나요?" 멀더가 물었다.

박사는 고개를 끄덕였다. "있소, 방에 사람이 가득했지. 브랜디 밀샙은 네 아이 중 첫째로, 여동생 둘과 남동생 하나가 있소. 그 아이는 벨라 비스타에 있는 마을 바로 외곽에 대가족과 함께 살았소. 아주 오래된 집이오."

"이 일이 있었을 때 가족들이 있었나요?" 스컬리가 말했다.

"가족이 몇 명 있었지. 유령이나 귀신이 나오는 집을 찍고 다니는 TV 쇼에서 나온 사람들 몇 명과 함께 말이오." 멀더는 박사가 말하는 동안 고개를 끄덕였다. "밀샙 가족이 어떤…. 뭐랄까, 이상한 일들이 벌어지고 있다고 주장하는 바람에 그쪽 사람들이 그 집을 조사하고 있었소." 쿠퍼 박사는 눈을 굴렸다.

"미심쩍어 하시는 것 같군요."

"그랬소. 지금도 그렇고. 밀샙 가족은…. 음, 그 사람들은 몇 세대에 걸쳐 이 지역에서 살았는데 동네 사람들이…, 좀 꺼려했지요."

"망설여지시는 건 이해합니다, 쿠퍼 박사님. 하지만 솔직히 말씀해 주셔야 합니다. 이 가족의 평판이 나쁘다는 말씀이시죠?"

"그래요. 그리고 그럴만하다오. 그 사람들은 합법적이라든가 공정한 것 따위에는 전혀 관심이 없어요. 사기꾼들이지. 뼛속까지 말이오. 이 주변에서 얼마간 산 사람이라면 그들을 가까이하지 않소. 하지만 그들의 명성을 미처 알아차리지 못한 사람들도 상당수 있지. 그 가족이 자기 집에 유령이 나온다고 떠들기 시작했을 때, 대부분은 그들을 믿지 않았소. 나를 포함해서 말이오. 책이니 영화 판권을 노리는 거라고 생각했다오." 그는 브랜디 밀샙의 시신을 내려다보았다. "지금은 잘 모르겠소. 이건…, 기이해요. 조금도 과장하지 않고 말이오. 전혀 답을 찾을 수 없소."

멀더는 파트너를 돌아보았다. "스컬리 박사? 생각나는 거 있어요?"

"격렬하게 폭발하는 심장에 대해서요? 당장은 전혀요, 없어요." 그녀는 쿠퍼 박사를 향해 돌아섰다. "부검 영상을 보고 싶네요."

그는 고개를 끄덕였다. "이쪽으로 오시오."

캘리포니아 주, 벨라 비스타

오후 12시 24분

멀더는 에어컨을 강하게 틀고 벨라 비스타에 있는 드라이 크리크 로드로 차를 몰았다. 8월의 날씨는 덥고 습기가 가득했다. 그들은 시체보관소를 떠난 후로 부검 영상에 대해 계속 얘기하고 있었다.

"영상에 어떤 답이 있으리라 생각했어요. 쿠퍼 박사가 놓쳤거나 오해한 부분이 있을 거라고. 하지만 박사는 모든 부분을 정확하게 시행했더군요. 박사가 말한 그대로였어요." 스컬리가 말했다.

"그런 상처를 낼만한 게 있나요?"

"총알을 제외하면, 전혀요. 이 TV 쇼라는 거에 대해 얼마나 알고 있어요?"

"파라노말 퀘스트. 방송국에 직접 판매하는 쇼예요. 초자연 현상을 탐구하는 사람들이 팀을 꾸려서 유령이 출몰하거나, 귀신이 들렸거나, 혹은 다른 초자연 현상으로 추정되는 것들을 조사하는 거죠. 세 번째 시즌이 이번 가을에 시작해요. 인기가 있어요."

"그 사람들은 진지한 연구자인가요, 아니면 방송을 노리는 사람들인가요?"

멀더는 히죽거렸다. "당신 말은, 스컬리, 우리가 TV에서 보는 것들 중에 일부는 진짜보다 못할 수 있다는 뜻인가요?"

"내가 맞춰 보죠. 당신은 이 사건이 발생하기 한참 전부터 그 쇼의 팬이었군요."

"팬은 아니죠, 아니에요. 내가 팬이라면, 그 쇼를 'PQ'라고 언급했겠죠. 팬들은 그렇게 부르거든요. 그 쇼며 다른 쇼들, 그와 유사한 소위 다큐멘터리라고 불리는 것들을 보기는 해요. 그것들은 전부 쇼 비즈니스일 뿐이죠. 파라노말 퀘스트는 젊은 친구들이 초자연적인 현상을 조사하는 장비를 가지고 전국을 돌아다니는 쇼예요. 일반인들을 쇼에 엮어 넣지요. 거주자들이며 지역 주민들을요. 그러고는 엄청나게 겁을 주죠."

"장비요?"

"장비가 있어야 해요, 스컬리. 자기장 모니터[1]나, 동작 탐지기 같은 거요."

"초자연적인 현상을 암시하는 증거가 EMF 모니터에 감지될 수 있다는 건 몰랐는데요, 그런가요?"

멀더는 고개를 저었다. "그런 건 없어요. 전부 연막일 뿐이에요. 보통 사람들은 대부분 EMF 모니터가 뭔지, 혹은 어떤 일을 하는지도 몰라요. 그 사람들은 다행스럽게도 그런 모니터들이 아주 다양한 것들에 의해 작동되는 데다, 그 파동의 근원을 특정할 길이 없다는 점을 모르기 때문에 큰 인상을 받아요. 이 쇼와 다른 쇼들의 차이점은 보이는 것, 들리는 것이 실제 초자연 현상임을 보여주고, 그런 다음에 지역 주민들을 인터뷰한다는 점이에요. 그 사람들은 배우가 아니기에 정말로 겁을 먹고 당황한 것처럼 보이고요. 그리고 그런 공포가 카메라에 포착되는 거예요. 물론, 시청자들의 즐거움을 위해서죠."

"하지만 당신 생각엔 그들이 사기꾼이라는 말이죠?"

"그 사람들을 사기꾼이라고까지 불러야 할지는 잘 모르겠어요. 그들은 결국 TV 쇼를 찍는 거니까요. 나는 사람들 대부분이 TV 쇼에서 유령에 대해 나오는 걸 진짜라고 믿을 만큼 어리석지는 않다고 봐요. 현실은 TV 같지 않잖아요. 그래서 난 이런 쇼들이 결코 유행하지 못할 거라고 생각해요. 그래도 이 쇼는 인기가 있어요. 아주 흥미롭고요. 하지만 오락일 뿐이에요."

1) EMF 모니터. Electromagnetic field monitors.

"이번에는 그들이…, 뭐랄까, 어쩌다 무언가 진짜와 만났을 수도 있을까요?"

"내 생각엔, '파라노말 퀘스트'의 출연자들 누구도 실제 초자연적인 현상에 근접했을 것 같지 않아요. 그리고 보았다고 해도 그것을 분간할 수 있을지도 의문이고요. 그래서 브랜디 밀샙의 기이한 죽음에 대한 그들의 반응이 아주 흥미로워요. 그리고 그들이 얼마나 영상에 담았을지도 궁금하고요."

"이 사건을 찍은 영상이 있다고요?" 스컬리는 그런 영상이 있다는 말을 처음 들었다.

"그들이 밀샙의 집에 대해 촬영하고 있었다면, 소리나 영상을 얻으려고 그 집을 찍고 있었을 거예요. 이번 일을 놓쳤을 리가 없잖아요."

"이해가 안 되네요. 보고서엔 영상에 대한 언급이 없었어요."

"그래요, 없었죠. 지금까지는 그 쇼의 진행자이자 공동 연출인 브로디 월시가 영상은 전혀 없다고 부인하고 있기 때문이죠."

"당신은 왜 그를 안 믿는데요?"

"역시 같은 이유로요. 그들은 TV 쇼를 찍고 있잖아요."

밀샙 거주지

오후 12시 32분

밀샙 가족의 집은 드라이 크리크를 가로지르는 비좁은 800m 길이의 비포장도로 끝에서 어렴풋이 모습을 드러냈다. 빽빽한 산림에 둘러싸였고 주변에는 블랙베리 덩굴이 가득했다. 차 몇 대와 픽업트럭

들이 집 앞의 조약돌이 깔린 타원형 공터에 주차되어 있었고 그 곁에 하얀 밴이 한 대 서 있었다.

그 집은 쿠퍼 박사가 말한 그대로 크고 낡았다. 멀더는 차에서 나와 차가 일으킨 흙먼지 자국을 돌아본 다음 햇빛에 눈을 가늘게 뜨고 집을 바라보았다. 한때는 그 집도 그 집이 위치한 땅 만큼이나 잘 간수되었을 법했다. 그랬다 해도, 그런 시절은 아득한 과거일 뿐이다.

나무며 관목, 덤불에 빽빽하게 둘러싸인 덕분에 집은 아주 일부만 보였다. 앞마당에는 거대한 자작나무 한 그루가 가지를 낮게 늘어뜨린 채 서 있었다. 그 외에 자두나무 한 그루, 석류나무 한 그루, 참나무 두 그루가 서 있었고, 뒤쪽에는 집 위로 솟구친 두꺼운 향나무가 있었다. 나무들은 전부 보호라도 하듯 가깝게 붙어 서서 그 모든 가지와 어둑한 그늘로 집을 집어삼키고 있었다. 마당 한쪽은 블랙베리 덤불 속으로 사라졌고 집의 정면은 대부분 늘어진 담쟁이덩굴 속에 감춰져 있었다. 멀더가 보이는 것 정도로 유추하자면 그 집은 해안 지대와 프랑스 식민지 양식이 기이하게 결합된 것으로, 최상의 형태는 아니었다.

나뭇가지로 반쯤 가려진 이층 창문에 쳐진 옅은 색 커튼이 잠깐 한쪽으로 젖혀졌다가 다시 떨어졌다.

담쟁이덩굴이 덮인 야트막한 돌담이 마당을 둘러싸고 있었다. 문은 달려있지 않았고, 입구는 돌보지 않은 잔디와 잡초들을 두 개의 네모꼴로 가르고 있는 비좁은 오솔길로 이어져 있었다. 길은 시커먼 동굴처럼 지붕 덮인 현관 베란다를 오르는 계단에서 끝났다.

멀더는 차의 지붕 너머로 스컬리를 쳐다보았다. "유령이 나오기에 딱 적절해 보이네요, 안 그래요?"

"무언가에 적절해 보이긴 하네요." 스컬리는 차 문을 닫으며 말했다.

멀더도 문을 닫았다. 그들은 차에서 떨어져 오솔길을 올랐다. 그들 밑에서 계단이 삐걱거렸다. 그들은 넓고 어수선한 베란다를 지나 현관문을 향했다. 멀더가 문을 두드렸고, 그들은 주머니에서 배지를 꺼내어 보일 준비를 했다.

안쪽에서 들리던 목소리들이 갑자기 멈추고 묵직한 발걸음 소리가 다가오더니 문이 열렸다. 커다란 체구—키가 크고 어깨가 넓으며 가슴팍이 실한 남자가 문간 바로 안쪽에 서 있었다. 제멋대로 뻗은 하얀 폭탄 머리가 좁다란 이마 위로 솟구쳐, 면도기로 베인 듯 가늘게 주름진 좁은 얼굴 주변에 나부꼈다. 숱 많은 잿빛 눈썹이 깊숙이 자리한 한 쌍의 눈 위로 낮게 바싹 드리워져 있었다. 그는 앞부분에 스파게티 소스로 보이는 자국이 두 군데 남아 있는 하얀 티셔츠에, 데님 천으로 된 멜빵바지를 입고 있었다.

"무슨 일이오?" 그가 으깨진 돌로 만들어진 것 같은 목소리로 미심쩍게 물었다.

멀더는 사진에서 본 그를 알아보았다. 바니 밀샙, 이 가족의 최연장자였다.

멀더와 스컬리는 배지를 들어 보였다. "FBI입니다. 저는 폭스 멀더, 이쪽은 데이나 스컬리 수사관입니다. 이런 때 방문하게 돼서 유감입니다. 가슴 아픈 일을 겪으셨지요. 하지만 브랜디 밀샙의 사망과 관련해서 몇 가지 여쭤 볼 게 있습니다. 브랜디가 손녀딸이었죠, 밀샙 씨?"

잠시, 멀더는 이 노인네가 면전에서 문을 쾅 닫을 것 같다는 생각이

들었다. 이내 그 주름진 얼굴에 서서히 경멸 어린 체념의 표정이 떠올랐다. 그는 뒤로 두어 발 묵직하게 걸음을 옮기더니 그들에게 안으로 들어오라고 손짓했다.

멀더가 예상했던 대로, 안에는 카메라와 조명이 온 사방에 가득했다. 개인 소유의 집이지만, 스튜디오에 차린 세트처럼 보였다. 집안은 붐볐지만, PQ 직원과 밀샙 가족을 알아보기는 어렵지 않았다. 밀샙 가족은 전부 그와 스컬리를 조용한 의심, 혹은 적의, 혹은 그 둘 다를 담아 쳐다보았다.

서로를 소개하고 나서 멀더는 이름과 얼굴을 재빨리 기억해 두었다. 하지만 그의 관심은 한 얼굴에 쏠렸다. 그는 나머지 사람들을 지나쳐 브로디 월시에게 곧장 다가갔다. 브로디 월시는 사립학교 남학생 같은 인물이었지만, 서른세 살이었고, 그런 건 모두 연기와 이미지에 지나지 않았다. 그는 기민한 연출가이자 사업가, 쇼맨이며 저렴한 예산으로 상당한 성공을 거둔 TV 쇼를 두 개 더 연출한 바 있었다. 금발 머리는 짧게 잘랐고 피부는 근사하게 그을려 있었다.

"어디 조용한 곳에서 얘기 좀 할 수 있을까요?" 멀더는 물었다.

그들은 세탁실로 향했다.

"이 일은 정말 끔찍하죠, 네?" 월시가 얼굴을 잔뜩 찌푸리며 말했다.

"끔찍하죠, 네. 얼마나 찍었습니까?"

"오, 이미 경찰에 얘기했는데요. 우리는 전혀—."

"압니다. 하지만, 이봐요…. 나는 경찰이 아닙니다."

"그 무렵엔 장비를 치워뒀었고, 그 일이 벌어졌을 땐 아무것도 찍고 있지 않았어요."

"그렇다면 당신은 시청자에게 전적으로 정직하지 않았던 거군요."

"시청자요?"

멀더는 미소를 지었다. "매회 도입부에 있잖아요. '파라노말 퀘스트 팀은 조사가 진행되는 동안 모든 방을 모든 각도에서 멈추지 않고 모니터합니다.' 그게…, 진실이 아니었나 보군요."

"쇼를 봐요?" 월시는 웃으며 말했지만 이내 웃음을 지웠다. "아뇨, 기다려요, 그게 진실이 아니라는 말이 아닙니다, 그냥, 어, 가족들한테 약간은 사생활을 보장해야 한다는 거죠, 무슨 말인지 알죠?"

"진실이든가 아니면 진실이 아닌 거겠지요."

월시의 눈이 약간 커졌다. "내가 지금 곤란해진 건가요?"

"당신한테 달려 있어요. 영상이 없다면, 당신 팬들은 당신이 쇼의 도입부부터 완전히 정직하지 않았다는 사실을 알고 틀림없이 실망하게 될 겁니다. 아마 언젠가는 극복하겠죠. 하지만 당신이 내놓지 않고 있는 증거를 TV 쇼에 집어넣을 생각이라면, 당신은 한동안 방송계를 떠나야 할 겁니다, 브로디."

월시는 뻣뻣하게 건조기에 기댔다.

"반면에, 만약 예를 들어, 당신이 어제 경찰과 얘기한 시간과 오늘 우리가 도착한 시간 사이에 당신네 장비 하나가 돌고 있다가 무언가를 찍었다는 것이 발견된다면—."

"바로 그렇게 된 겁니다." 월시가 긴장을 풀고 웃으면서 말했다. "네, 오늘 일찍 그걸 발견했어요. 바로 그렇게 된 거죠."

멀더는 마주 웃어 주었다.

"이 차는 구조가 변경된 보안 차량입니다." 월시가 집 앞에 주차된 하얀색 밴의 옆문을 밀면서 말했다. 그는 안으로 들어가며 말을 이었다. "민간 조사자들이 사용하는 종류예요, 알겠어요? 장비며 모든 게 동일하죠."

스컬리는 멀더가 그녀에게 고개를 돌리자 입술을 꽉 다물었다. 멀더는 민간 조사자들의 동일한 장비 사용이 무슨 대단한 정보인 양 조롱 섞인 열정적인 태도로 눈썹을 높이 치켜세우고 있었다. 그녀는 웃음을 참으려고 고개를 돌렸다.

장비 덕에 공간이 부족했다. 월시는 모니터를 마주한 자리에 끼어 앉고 멀더와 스컬리는 그 뒤에 쭈그렸다.

"당신들이 보게 될 장면은 어제저녁에 일어난 일입니다." 월시가 말하며 장비를 가동시켰다. "야간작업을 마치고 호텔로 돌아가려는 참이었어요."

"밤에는 집에 당신네 사람이 아무도 남지 않나요?" 멀더가 물었다.

"항상 남아 있어요. 가끔은 돌아가며 남지만 대게는 애니가 남아요. 우리 프로덕션 보조 중 한 명인 애니 저빅이요. 그녀는 모텔을 별로 좋아하지 않고 장비를 잘 알거든요."

"그녀가 밀샙 가족과 지내고 있나요?"

"네. 장비가 제대로 움직이는지 지켜볼 사람이 필요해서요. 카메라는 동작을 감지해요. 아주 민감하지요. 그리고 모든 마이크는 소리를 감지하고요. 카펫에 10센트짜리만 떨어뜨려도 그걸 잡아내요."

모니터 스크린이 차가운 회색 이미지로 빛났다.

월시는 말했다. "우린 모두 식당에 모여서 인사를 나누고 있었어요. 그때 소리가 들렸어요…. 처음에는 무슨 소리인지 몰랐어요. 웃음 같기도 하고, 놀란 비명 같기도 하고. 식당 반대쪽 끝에 있는 브랜디가 가슴을 부여잡고 있더군요. 식당에는 카메라가 세 대 있었지만, 이 카메라가 단연코 가장 좋은 각도를 잡고 있었어요."

그는 버튼을 눌렀다. 식당에 모인 형체들은 위에서 아래로 찍혀 있었다. 그들은 먹고 남은 즉석 뷔페 음식들이 놓인 식탁 주변에서 움직이며 말하고 있었다. 몇몇은 음식이 좀 남아있는 종이 접시를 들고 있었다. 기다란 직사각형 모양의 방에는 십여 명의 사람들이 모여 있었지만, 스컬리의 눈은 탁자 가장 끝 부분에 서 있는 브랜디 밀샙에게 향해 있었다.

그녀는 키가 크고 날씬했으며 몸매가 좋고 금발 머리를 어깨 뒤로 늘어뜨리고 있었다. 몸에 딱 붙고 가슴이 깊게 파인 빨간색 탱크톱에 아주 짧은 청반바지를 입은 모습이 마치 씨네맥스[2]에서 방영하는 어느 프로그램에 오디션이라도 보고 있는 것처럼 보였다.

그녀는 수박 껍질 몇 조각과 플라스틱 포크가 든 종이 접시를 들고 스컬리가 보기에 TV 쪽 직원으로 보이는 젊은 남자와 얘기하고 있었다. 그는 키가 크고, 검은 머리에 근사한 파란 눈을 가진 잘생긴 남자였지만 본인은 그런 사실을 모르고 있다는 인상을 풍겼다. 입고 있는 회색 풀오버 셔츠와 검은색 청바지는 그에겐 너무 컸고, 그는 밀샙의 집에서뿐 아니라, 자신의 피부 껍질 안에서조차도 불편해 보였다.

"브랜디랑 있는 남자가 누군가요?" 스컬리는 물었다.

"카메라맨 중 한 명이에요, 토니 바르비에리라고 해요. 브랜디가 토니한테 반했던 것 같아요."

브랜디는 토니를 마주 보며 가까이 붙어 있었는데, 무언가 말하며 더 가까이 몸을 기울였다. 그리고 그러면서 그녀는 그의 셔츠 옷깃을

2) 미국 유료 채널. 주로 액션물이나 수위가 낮은 포르노물, 영화 뒷얘기 등을 방영한다.

끌어당겼다. 그는 그녀가 하는 말에 웃어댔다.

"소리도 들어야겠어요." 스컬리는 말했다.

"마이크 각각에 담긴 것들 전부." 멀더가 스크린에서 눈을 떼지 않으면서 덧붙였다. "그리고 각 카메라에 찍힌 영상들도 다 봐야겠어요."

"네에, 그럼요. 그렇게 할 수 있죠. 지금은 일단…." 그는 소리를 키우며 말했다.

이따금 웃음소리로 끊기곤 하는 대화 소리가 들렸다.

브랜디는 무언가를 말하면서 손가락 끝으로 토니의 턱을 만졌고, 그들은 함께 웃었다. 갑자기 그녀는 웃음을 멈추었고 미소는 이내 혼란스럽고 불안한 표정으로 바뀌었다. 그녀는 토니에게 무언가 알아들을 수 없는 말을 하며 왼손을 깊숙이 파진 탱크톱 목덜미 속 맨살에 댔다. 긴 손가락이 주먹으로 말렸다. 그녀는 비명을 지르며 다른 손에서 종이 접시를 떨어뜨리고 비틀거리며 앞으로 나와 식탁 끝에 놓인 의자의 등받이를 움켜쥐었다.

마이크에 둔탁한 펑 소리가 잡히며 그녀의 손 뒤에서 흉부 가운데 부위가 터져 나와 식탁을 붉게 물들였다. 그녀는 바닥에 쓰러지며 시야에서 사라졌다.

너무나 갑작스럽고 빨리 끝나는 바람에 스컬리는 아직 자신이 무엇을 본 건지 확신할 수 없었다.

브랜디와 얘기를 나누던 젊은 남자가 테이블과 의자 뒤로 몸을 숙였지만, 아주 잠깐이었다. 그는 다시 일어나 소리쳤다. "오, 맙소사!"

모든 사람이 식탁 끄트머리로 달려갔고 비명들이 들렸다.

월시는 비디오를 멈추고 어깨 뒤로 스컬리를 돌아보았다. "몇 번이고 다시 돌려 봤지만, 내가 본 게 뭔지 아직도 모르겠어요. 거기 있었는데도, 뭘 봤는지 모르겠다니까요."

"짐작 가는 건요?" 멀더가 말했다.

월시는 고개를 천천히 흔든 다음, 어깨를 으쓱하고, 다시 고개를 흔들었다. "모르겠어요. 나는 말이 많지만, 이번 일에는 말문이 막힙니다."

"분명 어떤 생각이나 의견이 있을 텐데요." 스컬리가 말했다.

"일단 이대로 굳어버리기 전에 이 밴에서 나가지요."

그들은 밖으로 나와, 열기를 피해 공터 모서리에 있는 참나무 그늘로 몇 걸음 걸었다.

"여기 얼마나 있었죠?" 스컬리가 물었다.

"이틀이요."

"지금까진 어때요? 이 집 말입니다. 이 사건이 애초에 당신들이 여기 온 이유와 관련이 있다고 보나요?" 멀더가 말했다.

"유령 말이에요? 관련이 있는지는 모르겠지만, 지난 이틀간 아주 많은 것을 보긴 했죠. 평소보다 많이요. 물건들이 움직이고, 심지어 무거운 가구까지도. 문들이 저절로 여닫히고. 아직 유령 자체는 없었지만, 우리가 본 것으로는 있다고 해도 놀라지 않을 겁니다."

"영상은 어떻게 할 겁니까?" 멀더가 능청스럽게 물었다.

월시는 어깨를 으쓱했다. "모르겠어요. 그냥 우리가 가진 게 무엇인지 알아낼 때까지 아무도 몰랐으면 했을 뿐입니다."

"우리는 그 영상을 전부 봐야 합니다. 당신이 가진 걸 전부 이 지역 FBI 사무실로 가져가서 보고 싶은데, 우리한테 전부 녹화해줄 수 있겠어요?" 멀더가 말했다.

“그럼요. 당신들이 정확히 뭘 보고 싶은지만 얘기해준다면 담아 드릴게요.”

멀더는 웃었다. “당신들이 여기 온 이후 찍은 전부요.”

월시의 미소가 사라지면서 그의 눈이 점점 커졌다. “어, 음, 나는 여기서 일종의 쇼를 찍고 있는 거라고요, 알잖아요?”

“그 와중에 사람이 죽었고요.” 스컬리가 말했다.

“하지만 ‘살해’당한 건 아니잖아요.”

“그건 모르죠.” 멀더가 말했다.

“이해가 안 되네요. FBI가 왜 끼어드는 겁니까? 이 문제는 지역 관할에서 처리해야 하는 거 아닌가요?” 월시가 말했다.

“우리가 보안관 사무실에 이 일을 넘기면 좋겠어요?” 멀더는 말했다. “그럼 우리는 당신이 증거를 주지 않았다고 알려야 합니다. 그리고 내 생각에는 그들이—.”

“좋아요, 좋아.” 월시가 말하며 양손을 흔들고 항복 자세를 취했다. “테이프들을 담아 드리죠. 하지만 엄청나게 많아요. 시간이 좀 걸릴 겁니다.”

멀더는 말했다. “안에서 기다리죠.”

월시는 몸을 돌려 밴으로 돌아갔다.

집으로 천천히 걸어가면서 그들은 조용히 얘기했다.

“근사하게 처리했네요, 멀더.”

“비디오는 어떻게 생각해요?”

스컬리는 고개를 저었다. “도저히 이해가 안 가요. 그런 건 본 적이 없어요. 내 의학적인 훈련이나 경험으로는 그런 일을 설명할 수 없어요.”

"브랜디와 함께 서 있던 남자에 관해 묻던데요. 특별한 점이라도 있었어요?"

"브랜디가 그 남자에게 전혀 거리낌 없이 작업을 걸고 있었다는 것 밖에는요."

"나도 그건 봤어요. 안에 들어가서 조사를 시작해 보죠. 고인의 추파 대상을 맡아 볼래요, 아니면 내가 할까요?"

"그 사람은 그녀가 불편해 보였어요. 불편해하는 것 자체가 그 사람 천성인 것 같더군요. 여자보단 남자를 더 편하게 생각할 거예요."

멀더는 고개를 끄덕였다. "좋은 생각이네요." 마당에 들어서면서 그는 말했다. "이 가족이 사기꾼들이라는 사실을 월시가 아는지 궁금하군요."

"당신이 말했듯이, TV는 현실을 보여주는 게 아니잖아요. 월시가 신경이나 쓸지 모르겠네요."

스컬리는 먼저 드니스 밀샙, 브랜디의 엄마를 만났다. 그녀는 어두운 금발의 직모를 어깨 뒤로 축 늘어뜨린 여윈 여자였다. 거의 쇠약해 보이는 모습으로 드니스는 침실에서 아래층으로 내려와 스컬리와 얘기를 나누었다. 음울한 갈색 눈 아래, 창백한 피부 위로 거뭇한 다크서클이 두드러져 보였다.

"깊은 조의를 표합니다, 밀샙 부인." 스컬리는 둘 다 소파에 자리를 잡자 말했다. "조사에 응하기엔 힘든 시기라는 점은 알지만, 따님의 사망 원인을 밝히는 것이 중요하다고 생각되는군요. 따님의 심장에 어떤 문제라도 있었나요? 질환은요?"

"그 아이는 말처럼 건강했어요." 드니스는 방 한가운데부터 시작해서 천천히 앞뒤로 고개를 돌렸다. "심장 질환도 없었고, 아무 문제도 없었어요. 그 일은 그냥…, 벌어졌어요."

"그 당시엔 현장에 안 계셨지요, 그렇죠?"

"네. 이미 위층에 올라가 있었어요."

"무엇 때문에 그런 일이 생겼는지 혹시 아시는 바가 있나요? 짐작 가는 부분은요?"

드니스는 반쯤 감긴 눈으로 스컬리를 잠깐 쳐다보았다가, 마치 그들만 있는지 확인이라도 하듯 문간으로 눈을 돌렸다. "그게…, 나는, 어…." 그녀는 고개를 떨구고 무릎을 보며 얼굴을 찡그렸다.

"네?"

그녀는 거의 속삭이듯 말했다. "아주 무서운 일들이 이 집에서 벌어지고 있어요."

"TV 쇼 사람들이 여기 오게 된 일들을 말씀하시는 건가요?"

"아뇨, 나는…, 내 말은—." 그녀는 다시 한 번 재빨리 주변을 훑었다. "—그 사람들이 여기 온 다음부터요."

"어떤 종류의 무서운 일들인가요?"

드니스는 대답을 생각하며 아랫입술을 깨물었다. "유령 따위요."

"그런 일은 그 사람들이 오기 전에도 벌어지고 있지 않았나요?"

무언가가 움직이는 소리에 그들은 둘 다 문가를 쳐다보았다. 키가 크고 체구가 건장한 남자가 거실로 들어서며 말했다. "침대에 있어야 하지 않아, 당신?"

남편이 듣기 전에 말을 멈췄음에도 불구하고 드니스가 조용히 숨을 헉하고 들이키는 소리를 스컬리는 들을 수 있었다.

"랜디." 그녀는 말하며 일어섰다.

"당신이 그 약을 한 알 먹은 줄 알았는데." 그가 말하며 그녀의 어깨 주변을 팔로 감쌌다.

스컬리도 일어서며 말했다. "저는 데이나 스컬리 수사관—."

"그래요, 압니다. 아내는 지금 말할 수 없어요. 누워 있어야 합니다."

스컬리는 랜디와 그의 아버지 사이에 닮은 점을 찾을 수 있었다. 바니 밀샙이 두 배는 더 나이가 들었지만. 그녀는 말했다. "저는 모든 사람과 대화를 나눠야—."

"그래요, 어쨌든, 우린 지금은 말할 수 없어요." 그는 드니스를 거실에서 데리고 나가 계단으로 향했다.

바니 밀샙이 모퉁이를 돌아 다가오더니 그들에게 뭐라고 조용히 얘기했고, 그런 다음 랜디와 드니스는 이층으로 올라갔다. 바니는 몸을 돌려 거실에 있는 스컬리를 근엄하게 쳐다보았다.

"밀샙 씨." 스컬리는 말했다. "몇 가지 여쭤볼 게 있습니다."

스컬리가 밀샙 가족들과 대화를 나누는 동안, 멀더는 부엌에서 설거지하는 여자와 함께 있는 토니 바르비에리를 찾아냈다.

여자는 키가 작고 갈색 머리를 단발로 잘랐으며, 헐렁한 파란 셔츠에 올리브색 페전트스커트[3]를 입고 있었다.

"토니 바르비에리 씨?"

토니는 돌아서서 커다란 눈으로 멀더를 쳐다보았다. 멀더는 토니가 초조하고 겁에 질려 보이는 건지, 아니면 스컬리 말대로 단순히 불편해 보이는 건지 판단할 수 없었다.

---

3) 소박한 느낌의 헐렁한 스커트를 말함.

배지를 보이면서 멀더는 말했다. "FBI, 멀더 수사관입니다. 대화 좀 할 수 있을까요?"

"그러시죠." 그는 손을 씻고 행주로 닦으면서 멀더에게 다가왔다.

"어디 가서 얘기할 만한 곳이 있을까요?"

"음…, 뒤에 있는 베란다요." 그는 행주를 싱크대에 던지고 뒷문 쪽으로 앞서 갔다.

그들은 지붕이 달려있고 방충망을 쳐 놓은 베란다로 나섰다. 베란다는 현관에 있는 것만큼이나 어수선했다. 스크린도어가 쾅 닫히지 않게 하려고 돌아섰다가, 멀더는 토니와 함께 설거지하던 여자가 그들을 따라 나온 것을 보았다.

"이름이 뭐죠?" 그는 웃음을 띠고 말했다.

그녀는 빠르게 눈을 깜박거리더니 입을 연 채로 잠깐 멀더를 쳐다보았다. 그녀는 둥글고 창백한 얼굴을 하고 있었으며, 검은 뿔테 안경 뒤 초록색 눈에는 걱정이 담겨 있었다. 그리고 웃지 않았다.

"애니예요." 그녀는 말했다.

"프로덕션 보조군요."

그녀는 눈을 크게 뜨더니 고개를 살짝 당겼다. "그런데요. 왜요?"

"앞서 브로디 웰시와 얘기를 나누다가 당신 얘기가 나왔죠."

"제…, 제가요?"

"당신한테도 몇 가지 물어볼 게 있습니다. 하지만 지금은, 괜찮다면 토니와 단둘이 얘기하고 싶군요."

"오. 그럼요. 알겠어요." 그녀는 돌아서서 안으로 들어가며 부드럽게 방충망을 닫았다. 하지만 뒷문을 열어둔 채였다.

멀더는 토니에게 돌아섰다. "당신 둘은 친구인가요?"

토니는 고개를 끄덕였다. "같은 건물에 살아요. 사실, 애니가 이 자리를 마련해줬지요."

"당신은 브랜디 밀샙이 죽었을 때 그 옆에 있었죠."

토니가 얼굴을 찡그리고 침을 꿀꺽 삼키더니 고개를 한 번 끄덕였다. "네. 얘기 중이었어요."

"무슨 얘기 중이었죠?"

"별 얘기 아니었는데요. 좋아하는 음악, TV 쇼, 그런 것들이요."

"무언가가 잘못됐다는 건 언제쯤 알아차렸습니까?"

그는 숱 많은 검은 머리를 뒤로 훑어 넘기면서 뺨을 약간 움찔거렸다. "처음엔 몰랐어요. 그게 신경이 쓰여요. 그녀는 라디오에서 들었다는 신곡 얘기를 했고…. 음, 노래를 부르진 않았지만, 가수가 노래 중에 내는 소리를 내고 있었죠. 그러다…, 소리가 바뀌었어요. 헐떡이는 것 같았어요. 저는 그녀가 여전히 그 가수 흉내를 내는 줄 알았어요, 아시겠죠? 하지만 표정이 바뀌더니 그녀는 가슴을 움켜잡았고 저는 무언가가 잘못됐다는 걸 알아차렸어요. 그녀가 아픈 것 같다는 걸요."

"그녀가 무슨 말을 했나요?"

"네. 가슴을 움켜잡자마자, 그녀는 말했어요. 아주 약한 소리로, 마치 숨을 내뱉듯이, '뜨거워'라고 말했어요. 그런 다음…, 비명을 질렀어요."

"다른 말은?"

그는 고개를 저었고 그의 얼굴은 어두워졌다. 눈이 촉촉해졌고 거의 울음을 터뜨릴 것만 같았다. "그런 다음엔 그 일이 벌어졌어요. 그리고 그게…, 저는…, 저는 그냥…."

"그때가 브랜디와 처음 얘기한 거였습니까?"

그는 깊이 숨을 들이쉬고 코를 한 번 훌쩍였다. "아뇨, 여기 온 다음에 몇 번 대화를 나눴습니다."

"관계가 발전되는 중이었나요?"

"관계요?"

멀더는 어깨를 으쓱했다. "서로 관심이 있었나요? 이성적으로?"

토니의 뺨이 장밋빛이 되더니 그는 멀더에게서 시선을 돌려 방충망 너머 널찍한 뒷마당을 쳐다보았다. "이성적으로요? 글쎄요, 우린 겨우 이틀 전에 만났는걸요."

"누군가에게 반하는 데는 고작 몇 초면 충분하죠. 게다가 그녀는 아주 매력적이었고요."

"아뇨, 정말 아니에요. 우린 그냥 얘기만 했어요. 그녀는 호의적이었어요. 우린 잘 지냈고요. 그게 답니다."

"내 파트너와 나는 그 사건이 녹화된 비디오를 봤습니다. 그리고 우리 둘 다 브랜디가 당신한테 상당히 빠져 있다는 걸 알아차렸고요."

그는 천천히 멀더에게 시선을 돌려 처음에는 당황한 듯이, 그다음에는 믿기지 않는다는 듯이 쳐다보았다. "뭐 때문에 그렇게 생각하시죠?"

"당신도 거기 있었잖습니까. 그녀 옆에 서 있었고요. 브랜디가 당신한테 꼬리치는 걸 몰랐단 말입니까?"

"꼬리를 쳐요? 정말로요?"

"당신 몇 살이죠, 토니?"

"10월이면 스물여섯이 되요."

"데이트는 좀 하나요? 여자 친구는 있어요?"

그는 벽에 붙여 놓은 녹슬고 오래된 석유난로를 내려다보았다. "아뇨. 데이트는 안 해요. 음…, 없어요, 여자 친구는. 저는 그냥…, 저는 그런 쪽에는 소질이 없는 것 같아요."

토니에 대해서는 스컬리가 옳았다. 불편함은 그의 천성이었다.

멀더는 말했다. "음, 브랜디가 그런 점을 안 것 같진 않군요. 그녀는 자기 손이며 눈을 당신한테서 떼지 못했으니까요."

난로만 계속 내려다보던 토니의 얼굴에 슬픔이 번졌다.

"그녀에게 어떤 일이 벌어졌는지 짐작이 갑니까, 토니? 당신은 가장 가까이 서 있었어요. 이 사건에 이해가 가는 부분이 있나요?"

그는 고개를 세차게 흔들었다. "아뇨, 모르겠어요. 그리고 그건 제가 지금껏 봐왔던 일 중에 가장 끔찍한 일이었어요. 이번 일은 잊을 수 없을 것 같아요. 아무리 노력해도요."

멀더는 뒤쪽에서 들리는 소리에 돌아섰다가 스크린도어 바로 안쪽 복도에 누군가가 서 있는 모습을 보았다. 부엌에서 비치는 불빛을 등지고 있어 그 모습은 그림자로밖에 보이지 않았다. 그가 다가가 스크린도어를 열자 그 누군가는 돌아서서 서둘러 사라졌다. 하지만 복도 반대쪽 끝 모퉁이를 돌아 사라지는 애니의 스커트가 흘끗 보였다.

바니 밀샙은 여든여섯 살이었지만 상당히 예리했으며 거실에서 대화를 나누는 동안 의심을 감추지 않고 스컬리를 쳐다보았다. 그는 왕좌 같은 안락의자 끄트머리에 앉아 팔꿈치를 팔걸이에 댄 채 앞으로 몸을 숙이고 있었다. 그의 살짝 가늘게 뜬 차가운 파란 눈이 흔들림 없이 스컬리의 눈을 마주했다. 그녀는 소파 끝에 앉아 있었다.

“보쇼, 당신들이 ‘연방수사관’이라면, 나에 대해 모르는 부분이 많지 않겠지. 그러니 내가 경찰을 싫어한다 해도 별로 놀라지 않을 거요. 그냥 알아두라고 솔직히 얘기하는 거니, 내가 친절하지 않다고 해도 그건 사적인 게 아니오.” 그는 말했다.

‘아마 이 가족의 전통이겠지’하고 스컬리는 생각했다.

“저는 여기 당신 때문에 온 게 아닙니다, 밀샙 씨. 그저 손녀 따님의 사망 원인을 조사하고 있는 거예요.”

“심장이 터졌지.”

“그래요. 어째서 그런 일이 벌어졌는지 혹시 아시는 바가 있나요?”

그는 천천히 고개를 좌우로 돌렸다.

“TV 쪽 사람들이 여기 온 이유와 관련이 있다고 보시나요?”

그는 의자 뒤로 기대어 잠시 윗입술을 씹으며 꼼지락거리다 입을 떼더니 다시 닫고는 좀 더 꿈틀거렸다. 마침내, 다시 앞으로 숙이며 말했다. “모르겠소.”

밀샙은 무언가를 마음에 담고 있었고 말을 꺼낼 법도 했다. 스컬리는 한동안 시선을 내리고 어떤 식으로 이어갈지 고민했다. 다시 그에게 시선을 들었을 때도, 그 노인은 꿈쩍도 하지 않았다. “밀샙 씨, 경찰이 싫으시다면, 우리가 머물지 않기를 바라시겠군요.”

“그렇소.” 그는 단 한 번, 천천히 고개를 끄덕였다.

“글쎄요, 만일 밀샙 씨가 이 사건에 관련된 어떤 정보를 감추고 있다는 인상을 주신다면—그리고 바로 그런 인상을 지금 저에게 주고 계시지만—우린 더 오래 머무를 뿐이에요. 더 자세히 들여다볼 테고요. 우리에게 모든 걸 말씀해 주시는 편이 가장 좋습니다. 대수롭지 않게 생각되는 부분까지 전부요.”

그는 다시 뒤로 기대어 한동안 양손을 내려다보다가 깍지를 끼고 관절을 꺾었다. 그리고 그녀를 다시 보면서 말했다. "이 집에서 좀…, 이상한 일들이 지난 며칠간 벌어졌소. 그 사람들이 온 다음부터요."

"제가 알기로는 그 이상한 일들은 그 사람들이 오기 전부터 벌어지고 있었다던데요. 그래서 그들이 여기 온 거고요."

"그렇소. 하지만…, 그 사람들이 오고부터는 '다른' 이상한 일들이 벌어지고 있소."

"어떻게 다른 이상한 일들이죠?"

"물건들이 돌아다니오. 저절로."

"그 사람들이 오기 전엔 그런 일이 없었고요?"

"있었지, 하지만…. 뭐랄까…." 그는 깊이 숨을 들이마시더니 커다란 손으로 팔걸이를 밀치며 벌떡 일어서서 스컬리를 놀라게 했다. "당신 말이 맞소. 아마 엇비슷한 일이겠지, 응? 미안하오. 도움이 될 수 있다면 좋겠지만, 말할 게 없소."

그가 거실을 나가는 사이 스컬리도 일어섰다. "이따가 다시 얘기하게 될 겁니다, 밀샙 씨." 그녀는 단호하게 말했다.

그는 멈춰 섰지만, 돌아서지는 않았다.

스컬리는 말했다. "다시 생각해 보시고 마음에 담아 둔 걸 얘기해 주시길 강력하게 권합니다."

그는 등을 돌린 채 한동안 서 있다가 거실문을 나가 계단을 지나쳤다. 모퉁이를 돌아 복도를 향하는 그를 지나치며 검은 머리의 젊은 여자가 반대쪽에서 걸어왔다. 그녀는 현관을 향했다. 문이 열리는 소리가 들렸지만 닫히는 소리는 들리지 않았다.

스컬리는 멀더를 찾아 거실을 나왔다. 몇 발짝 떼기 전에 그 젊은 여자가 월시와 함께 돌아왔다. 그녀는 흥분한 상태였고, 화를 내며 그에게 뭐라고 말하는 듯했지만, 너무 작아서 스컬리는 무슨 말인지 알 수 없었다. 월시는 말을 끊고 그녀를 마주 보며 쉬잇 거렸다. 그리고 누가 봐도 그녀를 달래려는 듯 양손을 그녀의 어깨에 얹었다. 그 순간 스컬리가 현관 입구에 들어섰고, 월시는 돌아서서 그 여자를 데리고 계단을 올라가며 조용하게, 하지만 다급하게 뭐라고 말했다.

스컬리는 한발 늦게 계단을 올라가 닫힌 문 너머로 들리는 목소리를 따라갔다. 말을 알아들을 수는 없었지만, 오가는 대화는 격렬했다. 다음 순간 문 너머가 조용해졌다.

문이 열리고 월시가 나오다가 복도에 서 있는 스컬리를 보고 멈칫했다.

"문제가 있나요?" 그녀는 말했다.

그는 문을 닫았다. "애니가 아파요. 우리 프로덕션 보조요. 뭘 잘못 먹은 건지 아니면 벌레에 물린 건지 모르겠네요."

스컬리는 그를 믿지 않았다.

월시는 말했다. "그나저나 테이프들은 담아 뒀어요."

"고마워요."

"애니가 괜찮은지 확인하는 동안 기다려 주면, 밴에서 만나 전달할게요."

스컬리는 고개를 끄덕이고 계단을 내려왔다. 그녀는 현관에서 멀더와 마주쳤다.

"작고 검은 머리 여자가 여기 지나가는 거 봤어요?" 그가 말했다.

"애니요?"

"그 여자요. 어디로 갔어요?"

"위층 침실에 있어요. 월시 말이 그녀가 아프다네요. 하지만 애니와 월시가 얘기하는 모습을 봤는데, 그녀는 전혀 아파 보이지 않았어요. 흥분했고, 속상했을 수는 있지만, 아픈 건 아니었어요."

멀더는 끄덕였다. "그녀는 내가 토니 바르비에리와 뒤쪽 베란다에서 얘기하는 걸 엿듣고 있었어요."

"이유는요?"

"몰라요, 하지만 알아내야죠."

서둘러 계단을 내려오는 발소리가 들리더니 잠시 후 월시가 그들에게 다가왔다.

"테이프 가지러 갈까요?" 그는 웃으며 말했다.

"애니는 어때요?" 스컬리가 말했다.

"좋지 않아요. 한동안 누워 있을 겁니다."

멀더가 말했다. "뭐가 문제죠?"

"먹은 게 잘못된 것 같아요. 패스트푸드를 너무 많이 먹고 있거든요. 자, 가요."

그는 앞문으로 걸어가 집을 나갔다.

멀더와 스컬리는 의심스러운 표정을 교환하며 월시를 따라 나갔다.

캘리포니아 주, 레딩

오후 3시 14분

레딩에 있는 FBI 사무실로 차를 몰면서 멀더가 말했다. "우리가 따로 움직이는 동안 이상한 일은 없었어요?"

"이상하다는 게 뭔데요."

"초자연적인 거요. 유령 같은."

"아뇨. 하지만 밀샙 가족은 꽤 이상했어요. 브랜디의 엄마와 할아버지 둘 다 그 TV 사람들이 도착한 이후부터 그 집에 이상한 일이 일어나고 있다고 하더군요. 그 사람들 주장은, 종전에 일어나고 있다고 생각됐던 일보다 더 이상한 일이래요."

"어떤 이상한 일인지 구체적으로 말하던가요?"

"물건들이 저절로 움직인다더군요. 월시가 말한 것과 같아요."

"PQ 사람들이 이런 일을 일으키고 있다고 암시하던가요?"

"아뇨, 명쾌하게 말하지는 않았어요. 그 사람들은…, 겁을 먹은 것 같더군요."

"바니 밀샙이요? 겁을 먹어요?"

"뭔가 말을 하려고 했지만, 말하길 주저하는 것 같았어요. 그러더니 갑자기 인터뷰를 끝내더군요."

"밀샙 가족들이 어떤 사람들인지 고려할 때, 그들 집에 초자연적인 현상이 전혀 벌어지지 않았을 가능성도 있을까요?"

"쿠퍼 박사의 말을 생각하면, 그럴 가능성도 있어요. 그저 관심을 얻으려고 했겠죠."

"그리고 그들이 얻은 관심이란 월시와 그의 TV 쇼고요. 월시와 그 동료들이 도착하기 전에는 그런 일들이 벌어지지 않았다고 해야, 그들이 지금 자기 집에서 벌어지는 이상한 일을 걱정한다는 게 말이 되는군요."

"당신은 어땠어요, 멀더? 초자연적인 일이 있었나요?"

"아니요. 하지만 어쩌면 그건 우리가 그런 일을 겪도록 의도된 사람들이 아니어서인지도 모르겠어요."

FBI 사무실
캘리포니아 주, 레딩
오후 3시 29분

요란다 킴 수사관은 각자 비디오테이프를 담은 커다란 종이 상자를 들고 있는 멀더와 스컬리를 초라한 복도를 지나 오른쪽에 난 문 안으로 안내했다. 전등 스위치를 찰칵 올리면서 그녀는 말했다. "여기 레딩은 예산 사다리에서 그다지 높은 위치를 차지하지 못해서요. 덕분에 이 방을 보시면 아마 오래전 고등학교 시청각실이 떠오르실 거예요."

과장이 아니었다. 그 방엔 TV 두 대, VCR 두 대, 그리고 음향과 편집 장비 따위가 있었고, 모두 뒤쪽 벽으로 붙여 놓은 기다란 책상 위에 배열되어 있었다. 탁자 두 개와 의자 몇 개가 방 중앙을 차지하고 있었고, 또 다른 TV 한 대가 그 탁자 중 하나에 놓여 있었으며 벽에 붙은 책상에는 의자가 몇 개 더 늘어서 있었다.

그들은 탁자 중 하나에 상자들을 올려놓았다.

"장비는 복잡하지 않아요." 킴 수사관이 말했다. "의문사항이나 문제가 있으면, 저는 복도 아래쪽에 있을 거예요. 커피나 간식거리를 원하시면 휴게실은 옆방에 있고요."

월시가 브랜디 밀샙의 사망 장면을 담고 있는 모든 테이프에 표시를 해놨지만, 그 수는 아주 적었다. 나머지는 이틀 전 그들이 장비를 세워 놓은 뒤로 집 안의 모든 방을 찍은 비디오 영상을 담고 있었다. 멀더와 스컬리는 테이프들을 나누어 TV 두 대와 VCR 두 대를 동시에 이용했다.

약 십오 분 정도 영상을 보다가, 스컬리가 먼저 말을 꺼냈다. "멀더, 이리와 봐요." 그녀는 멀더가 의자에서 일어나 옆으로 다가오는 동안 테이프를 되감고 소리를 키웠다. "이거 봐요."

부엌을 비춘 장면이었다. 창밖은 어두웠고, 전자레인지에 표시되는 디지털시계는 1시 17분을 나타내고 있었다. 티셔츠에 헐렁한 잠옷 바지를 입은 애니가 혼자 서서 싱크대 위에 놓인 김이 피어오르는 머그잔에 티백을 담그고 있었다. 컵을 들고 돌아서서 부엌을 나가려는 참에 잠옷 가운을 입은 오십 대의 뚱뚱한 여자가 발을 끌며 부엌으로 들어섰다. 그녀의 슬리퍼가 타일을 깐 바닥에서 싯싯거렸다. 바니 밀샙의 장녀인 사라였다.

"잠이 안 오세요?" 애니가 조용히 말했다.

"불면증이에요." 여자가 말했다. "난 원래 잠을 못 자요. 그래서 간식을 먹어야 하지."

애니가 고개를 끄덕이고 부엌을 나서는 사이에 사라가 다가와 찬장의 양쪽 문을 동시에 열어젖혔다. 찬장에 들어있던 것들—포테이토칩 봉투, 쿠키 박스, 크래커, 시리얼, 사탕 깡통, 견과가 든 병—이 덜커덕거리며 폭발하듯 솟구쳐 사라 위로 쏟아졌다. 그녀는 놀라서 소리를 지르고 양팔을 허우적대며 뒤로 물러나 엉덩방아를 찧었다.

찬장 문은 쾅 소리를 내며 닫혔다가 다시 열리기를 반복했다. 폭풍에 고장 난 덧문처럼 펄럭거리는 그 문들은 너무 빨리 움직여서 거의 기관총이 발사되는 듯한 소리를 냈다.

사라가 비명을 지르며 흩어진 봉투와 상자, 병들을 헤치고 뒤로 기어 나오면서 사라의 슬리퍼 한 짝이 벗겨졌다. 깡통 뚜껑이 벗겨지고 포장된 단단한 사탕들이 바닥에 쏟아졌다.

찬장 문은 쾅하며 닫히더니 다시 열리지 않았다.

애니가 부엌 안으로 뛰어들어 사라의 옆으로 다가왔다. 잠시 뒤에, 다른 밀샙 가족들이 나타났다.

"어때요, 멀더?"

"다시 한 번 봅시다."

FBI 사무실

캘리포니아 주, 레딩

오후 4시 31분

테이프 전반에 걸쳐, 부엌에서 일어났던 일과 유사한 사건들이 흩뿌려져 있었다.

방을 가로지르는 의자…, 아무도 없는데 흔들리는 침대…, 저절로 여닫히는 옷장 서랍들…. 접시들은 부엌 싱크대에서 솟구쳐 바닥에 떨어지며 산산조각이 났다.

"어떤 흐름이 보이나요, 스컬리?"

"당신은요?"

"내가 먼저 물었어요."

"나는…, 잘 모르겠군요. 이 현상들은 낮과 밤 모두 일어났고, 정확하게 서로 일치하는 현상은 없네요. 상당히 설득력 있어 보이고요. 유일하게 반복적으로 보이는 건 애니의 존재예요."

멀더는 열정적으로 고개를 끄덕였다. "그래요, 맞아요."

"월시의 얘기를 믿지 않는군요?"

"월시의 말이 사실일 수도 있겠죠. 하지만 모든 부분을 다 얘기하고 있다고 생각되진 않아요."

"애니가 저 집에서 일어나는 일들에 책임이 있다는 말인가요?"

"저런 일이 TV 사람들이 도착하기 '전'에는 벌어지지 않았다면, 그 친구들 중 누군가가 저런 일이 벌어지게 하고 있는 거죠."

"어떻게 하는 건지 알고 싶네요. 우리가 본 것들은 전부 상당히 설득력 있어 보여요. 애니가 하고 있는 거라면, 나를 제대로 속였고요."

"사망 장면이 담긴 테이프를 다시 보죠, 식당 반대쪽 끝에서 찍은 거요. 그리고 아직 보지 못한—같은 시각 부엌을 담은 영상하고요."

그들은 VCR에 테이프를 밀어 넣고 동시에 작동시켰다.

첫 번째 테이프는 브랜디와 토니의 뒤쪽 식당 구석에 장착된 카메라에 찍힌 영상으로 반대쪽 구석의 부엌 문간을 담고 있었다. 다른 테이프는 그 반대쪽에서 부엌 문간을 찍은 영상이었다.

첫 번째 테이프에는, 브랜디 밀샙이 죽기 몇 분 전, 모든 사람이 식탁 주변에 서서 담소를 나누며 웃고 있는 동안 애니가 부엌으로 연결되는 문간에서 누구와도 얘기하지 않고 혼자 서 있는 장면이 담겨 있었다. 그녀는 어깨를 문설주에 기대고 팔짱을 낀 채 전혀 미동도 없이 어딘가를 바라보고 있었다.

"움직이지도 않고 오랫동안 서 있네요." 멀더가 말했다.

"그리고 토니와 브랜디에게서 눈을 떼지 않고 있어요."

한동안 애니의 얼굴에는 아무 표정도 없었지만, 어느 순간 서서히 바뀌었다. 눈썹 끝이 미간 쪽으로 팽팽하게 당겨지며 잠시 슬픈 표정이 떠올랐다. 그러다 그녀는 얼굴을 굳히며, 갑자기 고개를 떨어뜨리고 오른손을 들어 입을 막았다. 그러고는 휙 돌아서서 부엌 안으로 사라졌다.

멀더와 스컬리는 다른 쪽 TV를 향했다. 부엌은 비어 있었다.

멀더는 애니가 문간에 서 있는 뒷모습이 나타날 때까지 테이프를 되감았다. 테이프를 재생하자 애니는 고작 몇 초 동안 문간에 서 있다가 말 그대로 사라졌다.

"월시가 테이프에 손을 댔군요." 스컬리가 말했다.

"요행수를 바란 거죠. 월시는 일을 깔끔하게 처리할 시간이 없었어요. 그래서 이걸 재빨리 날림으로 만들어놓고 우리가 눈치 못 채길 바란 거예요. 브랜디의 심장이 폭죽처럼 터질 때 애니가 부엌에서 뭘 하고 있었든, 브로디 월시는 우리가 보지 않기를 바란 거예요."

"애니한테 어떤…, 능력이 있다고 생각해요?"

"그래요. 허술하기 짝이 없는 작은 TV 쇼가 빅히트 치게 만들 만한 능력이요."

밀샙 거주지

오후 5시 12분

멀더와 스컬리가 밀샙의 집으로 돌아왔을 때 토니 바르비에리가 문을 열어 주었다. 그들을 보자 그는 뒤로 물러나 문을 활짝 열어주며 그들을 들여보냈다.

"브로디랑 얘기 좀 해야겠는데요." 들어가면서 멀더가 말했다.

"여기 어딘가에 있을 겁니다." 토니가 말하며 문을 닫았다.

멀더는 그를 돌아보았다. "토니, 당신 친구 애니에 대해 말해 봐요."

"애니요? 어떤 거요?"

멀더는 토니가 일찍이 애니가 뒤쪽 베란다에서 보였던 그 화들짝 놀란 표정과 똑같은 표정을 짓고 있음을 눈치챘다. 그들은 공통적으로 막연한 불편함을 가지고 있는 듯 보였다.

멀더는 말했다. "당신 둘이 한 건물에 살고 있고, 애니가 당신한테 이 자리를 주선해주었다고 말했었죠. 애니를 알게 된 지는 얼마나 되었어요?"

"그렇게 오래되진 않았어요, 정말로요. 내가 그 건물로 이사한 게, 음…, 칠 개월 전이네요. 그때 애니를 만났어요."

"둘 사이의 관계는 어떤가요?" 멀더는 물었다.

"뭐, 말했듯이, 그냥 친구예요."

"압니다. 하지만 내 말은, 어떤 종류의…, 음…, 스컬리?"

"애니가 당신한테 관심이 많죠, 아닌가요?" 스컬리가 물었다.

토니가 눈썹을 치켜세웠다. "뭐라고요?"

"그녀가 소소한 선물들을 주고, 호의를 많이 베풀죠. 당신한테 음식을 해 준다든가. 그렇지 않나요?"

그는 마치 무언가에 용서를 구해야 할 것 같은데, 그것이 무엇인지 모르는 것처럼 보였다. "어…, 네, 하지만…. 이런 질문들이 이해가 안 되네요."

"토니, 다른 이성 친구들이 있나요? 아는 여자 중에 애니를 만난 후로 아프게 됐다던가, 그런 사람은요? 혹은 다쳤거나?"

긴장감이 그의 얼굴에서 서서히 사라졌다. "어, 그게, 친구는 아니지만…. 네, 이사한 지 몇 주 지나서요. 니나요. 앞집에 살았는데. 그녀는…, 뇌졸중을 일으켰어요."

"나이 든 여자였나요?" 스컬리는 말했다.

"아니요. 이십 대였어요. 댄서였죠. 음…, 스트리퍼요."

"아팠었나요?" 멀더가 말했다.

"아니요. 사실은, 그날 밤에 그녀를 만났어요. 니나가 차에 시동이 걸리지 않는다고 저한테 전화를 했거든요. 직장에서 집까지 좀 태워 달라고요."

"둘이 친구 사이였나요?"

토니는 멀더와 스컬리를 번갈아 보며 얼굴을 찌푸렸다. 그는 자기만의 생각에 사로잡힌 채 서서히 말했다. "그냥 이웃이었어요. 니나가 말하길, 어쩔 줄 몰라 하다가 제 번호가 있어서 저한테 전화했다고 했어요."

"그렇게 친하지 않았다면, 그녀가 왜 당신 번호를 가지고 있었어요?" 스컬리가 말했다.

"이사한 직후에, 그녀가 자기를 소개하면서 자기는 이웃들을 알고 싶다고 하더군요. 니나는 혼자 사니까 가끔 남자들이 직장에서 집까지 따라오려고 한다고요. 그런 일이 있을 때 경찰을 기다려야 하는 상황이 되기 싫다고, 저한테 전화번호를 주면서 제 것도 물었어요."

"새로운 이웃치고는 좀 지나친 것 같네요." 스컬리는 말했다.

"네, 애니도 그러게 생각했어요. 어쨌든, 저는 니나를 집으로 태워

와서 그녀의 집에 들어갔어요. 니나가 기름값을 주겠다고 우겨서요. 그리고 그날 밤에…, 그녀는 죽었어요." 그는 멀더를 향했다. "이 일이 왜 중요하죠?"

"생각나는 사람이 니나 밖에 없습니까?" 멀더는 말했다. "문제가 생긴 다른 여자 친구는 없어요?"

토니의 눈이 서서히 브랜디의 죽음을 목격했던 식당 문간으로 향했다.

멀더가 스컬리에게 말했다. "토니가 이제야 상황을 따져보고 있는 것 같군요."

"애니가 지금 어디 있는지 알아요, 토니?" 스컬리는 말했다.

"위층에서 자고 있다고 브로디가 그러던데요. 몸이 안 좋다고."

"우리가 세 시간 넘게 나가 있었는데요. 아직도 위에 있다고요?" 스컬리는 말했다.

그는 어깨를 으쓱했다. "제가 알기로는요."

"고마워요, 토니." 멀더는 말한 다음, 스컬리와 함께 계단을 올라갔다.

스컬리가 먼저 침실에 도착해서 문을 두드렸다. "애니? 스컬리와 멀더 수사관이에요. 얘기 좀 해요."

방에서는 아무 소리도 나지 않았다. 스컬리는 문을 열었다.

창밖의 나뭇가지들 틈으로 햇빛이 가닥가닥 쏟아지고 있었다. 방은 어수선했고 향수 냄새가 진하게 배어났다. 화장대는 비어 있었고, 향수병이며 화장품, 보석함의 내용물들이 바닥에 흩어져 있었다. 화장대의 커다란 거울은 잘게 금이 가 있었다. 등받이가 곧추선 의자가 그 옆에 나뒹굴었다. 서랍장은 서랍 몇 개가 열려 있었고, 한쪽이 벽에서 1m 이상 떨어져 있었다. 옷장 문에 걸려 있던 액자는 바닥에 떨어진 채였다.

애니는 깔끔하게 정리된 퀸사이즈 침대 중앙에 옷을 완전히 입은 채 그들에게 등을 돌리고 누워 있었다. 안경은 베개 위, 머리 뒤쪽에 벗어 놓았다.

"애니." 스컬리는 부르며 서둘러 침대로 다가갔다. 그녀는 안경을 침대 옆 탁자에 올려놓고 손을 그 젊은 여자의 팔에 올린 다음 부드럽게 흔들었다.

애니는 움직이지도 소리를 내지도 않았다.

애니의 이름을 좀 더 크게 부르면서, 스컬리는 그녀를 똑바로 눕혔다. 애니가 여전히 반응이 없자, 스컬리는 감고 있는 한쪽 눈꺼풀 위를 손가락 끝으로 쓸어보았다. 눈꺼풀은 전혀 움직이지 않았다.
"약물이에요. 탁자에 주사기가 있네요."

"당신이 깨울 수 있는지 보—."

옷장 문 반대편에서 화장실 물 내리는 소리가 들렸다. 그 문은 옷장 문이 아니었다.

멀더는 총을 꺼내 들고 화장실 문을 겨누었다.

문이 열리고 브로디 월시가 나왔다. 그는 양손을 올리고, 멋쩍게 웃으며 말했다. "나예요."

멀더는 총을 내렸지만 치우지는 않았다.

"애니는 아프다고 했잖아요." 월시가 침대에 누운 애니 쪽으로 고갯짓하며 말했다.

"애니는 약에 취했어요, 월시 씨. 혹시 아는 거 있어요?" 스컬리는 말했다.

그는 스컬리를 쳐다보았다. 스컬리가 애니 위로 몸을 굽히고 그녀의 눈을 확인하며 부드럽게 흔들고 있었다.

“어…, 지금 뭐하는 거예요?”

“애니를 깨워 보려고요.”

월시는 다급히 침대로 다가서며 말했다. “그러지 마요!”

“멈춰!” 멀더가 소리치며 다시 총을 들어 올렸다.

월시는 휘청거리며 멈춰서 양손을 들었다. 그는 겁에 질린 듯했다. “당신들은 몰라요—애니를 깨우는 건 큰 실수라고요. 내 말은, 위험해질 수 있어요.”

월시에게 총을 겨눈 채, 멀더는 천천히 침대 발치로 다가갔다. “애니가 불안정해진 적이 있어요, 브로디? 통제가 어려웠다든가?”

월시의 눈이 침대 쪽으로 다가가는 멀더와 애니를 깨우려는 스컬리 사이를 바쁘게 오갔다. 그리고 그는 말했다. “무슨…, 무슨 얘길 하는 겁니까?”

“당신이 조사하는 모든 집에 유령이 나타나는 건 애니가 원인이죠, 그렇지 않아요? 그녀야말로 매회 초자연적인 현상이 찍히는 이유잖아요, 그렇죠? 애니는 심지어 당신이 조사하러 간 집에 사는 사람들조차 자기들이 속고 있다는 사실을 모를 정도로 당신이 전체적인 일을 완벽하게 꾸밀 수 있게 해 주었어요. 어떻게 그녀를 찾아낸 겁니까, 브로디?”

여전히 침대에 누운 애니를 곁눈질하면서, 그리고 방에서 달아날 기회를 노리면서 월시는 머뭇거리며 말했다. “애니는 우리 아이들을 봐줬어요. 전처하고 내 아이들이요. 에이든하고 엠마는 애니를 좋아했어요. 우리 아이들 말입니다. 아이들은 애니가 마법을 부려서 자기들을 즐겁게 해 준다고 말하곤 했어요. 물건들을 움직이거나 공중에 뜨게 한다고요. 대수롭잖게 생각했지요. 그 아이들은 아직 애들일 뿐이었으니까. 그러다 아이들 엄마가 집 안에 감시 카메라를 두 대 설치했다는 걸 알게 됐어요. 그래서 비디오를 몇 개 봤는데…, 그걸로 충분했어요. 애니가 정말로 그런 일을 하고 있었거든요."

"그 후로 그녀를 계속 이용했군요, 그렇죠?"

"'이용'이라고요? 그녀는 보수를 두둑이 받습니다. 문제는, 애니가, 음…, 아주 안정적이지는 않다는 거예요."

"그리고 토니 바르비에리를 만난 후로는 심지어 더 불안정해졌군요, 그렇죠?"

월시는 손을 내리고 고개를 끄덕이며 어깨를 축 늘어뜨렸다. "그래요, 토니. 토니가 애니의 건물에 이사한 후로 애니는 내내 토니 얘기만 해댔어요. 그래서 순전히 애니를 기쁘게 해 주려고 토니에게 일자리를 줬어요."

멀더는 침대 발치에 서서 총을 내렸다. "애니가 브랜디 밀샙을 죽이려고 했나요?"

"아니. 바로 그거예요, 알겠어요? 애니는 토니와 어울린 뒤로 그 능력을 제어하지 못하게 됐어요. 때로는 심지어 '자면서도' 그런 짓을 해요. 엄청 무서워요. 요즘은, 애니 '옆'에 있기가 겁이 나요. 브랜디에게 일어난 일은…. 아니, 그건 고의적이지 않았어요. 그리고 애니는 아주 당황했고요. 애니도 자신을 제어하려고 했죠."

멀더는 말했다. "그래서 부엌 안으로 들어간 거군요. 자신을 제어하려고요. 그 부분을 당신이 비디오에서 잘라냈고. 우리에겐 알리고 싶지 않았겠죠. 애니가 당신 곁에서 떠나고 당신 쇼가 곤두박질치게 될까 봐 걱정됐으니까."

월시는 그을린 이마에 주름을 깊게 새기며 세차게 고개를 끄덕였다. "그래서 진정제를 들고 다닙니다. 만약을 대비해서요. 잘한 일인게, 오늘은 그것이 필요했거든요. 애니는 그저…, 음, 통제력을 '잃었'어요. 그녀가 이렇게 해놨지요." 그는 말하면서 엉망이 된 방을 손짓으로 가리켰다. "의식적으로 저지른 일이 아니에요. 심지어 하려고 하지도 '않았'고요."

"애니에게 뭘 투약했나요?" 스컬리가 말했다.

"그게, 어…, 미다졸람 같아요."

"같다니?"

"난…, 제대로 된 발음을 몰라서요. 하지만 그게 내가 준 거예요."

"발음할 줄도 모른다면 투약하지 말았어야죠. 애니는 정신을 못 차리고 있어요. 멀더, 차에서 내 구급상자 좀 가져다줄래요? 거기 암모니아 흡입제가 있어요."

멀더는 총을 총집에 넣고 월시에게 말했다. "같이 갑시다."

"기꺼이요." 월시는 말하면서 서둘러 멀더를 쫓아갔다.

계단을 급히 내려가는 멀더의 귀에 식당에서 흘러나오는 목소리들이 들렸다. 그는 현관문으로 나가 계단을 내려 마당을 가로질렀다.

"애니는 어떤 사람인가요?" 멀더는 자갈길을 급히 지나치며 말했다.

"고독하고, 사회성이 부족하고, 약간 신경이 예민해요."

"애니의 능력에 대해서는 얼마나 알죠?" 멀더는 말했다.

"처음 일을 시작했을 때, 애니는 가구를 좀 움직이고 문을 여닫히게 하는 그런 정도였어요. 하지만 한 번에 조금씩만 할 수 있었어요.

그 일을 하면 지쳐버렸거든요. 그때는 자기가 그런 일을 자주 하지는 않는다고 말했어요. 싫어하는 사람들한테 장난을 좀 치거나, 아이들을 즐겁게 해주는 정도였어요. 우리 아이들처럼요."

멀더는 보조석으로 다가가 차 문을 열었다.

"하지만 나랑 일하면서 그녀는 점점 나아졌어요. 더 강해졌고요. 그럴 의도가 없는데도 물건들을 깨뜨리기 시작했어요. 처음엔 유리들이었지만, 그다음엔 의자도 부수고, 문도 부수고."

멀더는 뒷좌석으로 몸을 숙여 바닥에 놓인 스컬리의 구급상자를 집어 든 다음 몸을 일으키고 문을 닫았다.

월시는 말했다. "어떤 집에서는—그 집은 방송에 내보내지 못 했지만—어쩌다 그 집 고양이를 죽였어요. 그때부터 걱정되기 시작했어요. 지금은…, 무섭고요."

집으로 다시 향했을 때, 멀더는 무언가가 덜컹거리는 소리가 들리자 멈춰 서서 귀를 기울였다. 소리는 집 안에서 들려왔다.

"무슨 소리죠?" 월시가 말했다.

소리는 점점 커졌다. 멀더는 위층 창문을 올려다보았다. 파란 하늘 한 조각이 창유리에 비치고 있었고, 그 창유리는 떨리고 있었다.

"집이에요." 멀더는 말한 다음 마당을 가로질러 현관문으로 급히 뛰어들었다.

그가 현관문에 다다르기 전에 집 안에서 누군가가 비명을 질렀다. 그런 다음 무언가가 안쪽에서 폭발했다.

스컬리는 화장실에서 물을 한 잔 떠서 침대로 가져와 애니의 얼굴에 뿌리려고 했다. 하지만 진동은 스컬리가 미처 행동에 옮기기도 전에 시작되었다. 스컬리는 한순간 지진이라고 생각했다. 창문이 흔들리고 구석 천장에 걸려 있는 모빌의 동물 인형들이 안절부절못하며 마구 흔들렸다.

스컬리는 화장대에서 떨어졌던 향수병이며 크림병, 흩어진 보석들이 단숨에, 일제히 붕 떠오르자 숨을 헉하고 들이쉬었다. 그것들은 단단한 마룻바닥에서 2m가량 공중으로 떠올랐다가 일순 멈추더니 그녀에게 곧장 쏟아져 내렸다.

스컬리는 물 잔을 떨어뜨리고 양팔을 들어 얼굴과 가슴을 막으며 바닥에 엎드렸다. 병 두 개는 그녀가 바닥에 납작 엎드리기 전에 그녀를 쳤다. 하나는 팔꿈치에, 다른 하나는 그녀의 목 왼쪽에 떨어졌다. 하지만 나머지는 그녀를 지나쳐 날카로운 펑 소리를 내며 벽에 부딪혔다. 그중 일부는 열린 문간 너머로 날아가 방 바깥 반대쪽 벽에 부딪혔다.

방문이 발로 찬 것처럼 휙 흔들리더니 쾅 소리를 내며 부딪쳤다.

"애니!" 스컬리는 몸을 일으켜 침대 옆에 무릎을 꿇으며 소리쳤다.

애니는 등을 대고 입을 벌린 채, 감은 눈꺼풀 아래 눈동자를 이리저리 굴리며 누워 있었다. 그녀의 입술과 뺨은 실룩거렸지만, 의식은 없는 채였다.

집 전체가 더 거세게 흔들리기 시작했다. 오래 지속된다면 구조적으로 손상될 정도였다.

아래층에서 한 여자가 비명을 질렀고 잠시 뒤 귀에 거슬리는 폭발음이 들렸다.

스컬리는 애니의 팔 위쪽을 움켜쥐고 그녀를 매트리스에 대고 흔들면서 이름을 부르고 또 불렀다.

창문 두 개 모두 유리창이 흔들리며 안쪽으로 터졌다. 마치 집 밖에서 강력한 폭탄이 터진 것 같았다. 바닥에 떨어지는 대신 그 파편들은 마치 유리 이빨처럼 딱딱 맞부딪히며 공중에서 휘몰아쳤고, 반짝이는 소용돌이 형태로 스컬리 주변을 맹렬하게 돌다가 서서히 그녀 주변을 좁혀 들어왔다.

"애니! 정신 차려요! 정신 차려야 해요, 애니!"

처음 찔리고 베이는 감각을 느꼈을 때, 스컬리는 멀더의 이름을 두 번 외쳤다.

멀더는 문을 열어젖히고 연기가 자욱한 혼란 속으로 걸어 들어갔다. 훈련된 감각이 발휘되면서 그는 재빨리 주변 환경에 대한 정보를 수집하기 시작했다.

부엌 문간에서 시커먼 연기가 흘러나오고 있었다. 부엌에서 무언가가 터진 것 같았다. 스토브일 듯했다. 잠시 뒤 불타는 인간의 형체가 그 연기 속에서 뛰쳐나와 비명을 지르며 마치 새를 흉내 내는 아이처럼 불붙은 팔을 허우적거렸다. 랜디 밀샙이었다.

부엌에서 비명이 연이어 들렸고, 누군가가 식탁보를 들고 소리치며 랜디 뒤를 쫓아 달려 나왔다. "바닥에 엎드려, 랜디! 바닥에!"

월시는 멀더 뒤 현관에 멈춰 서서 소리쳤다. "하느님 맙소사, 애니가 폭주해버렸어요!"

떨리던 집이 거세게 흔들리기 시작했다. 그림들은 벽에서 떨어졌고 작은 장식품들은 선반 위에서 덜커덕거리다 바닥으로 떨어졌다. 계단을 전력질주로 오르면서 멀더는 스컬리의 목소리를 들었다.

"애니! 정신 차려요! 정신 차려야 해요, 애니!" 그가 계단 꼭대기에 다다랐을 때, 스컬리는 비명을 질렀다. "멀더! 멀더!"

그는 방문을 열려고 해봤지만, 문은 안쪽에서 저항했다. 멀더는 어깨를 문에 대고 밀쳤다. 마치 강력한 바람을 상대로 밀어붙이는 듯 느껴졌다.

저항이 갑자기 사라지는 바람에 그는 방 안으로 나뒹굴었다가, 이내 휘몰아치며 쨍그랑거리는 흐릿한 것들 사이로 서랍장에서 미사일처럼 튀어 오르는 서랍을 보았다. 서랍은 애니를 타고 앉아 흔들고 있는 스컬리의 어깨를 쳤다. 스컬리는 그 의식이 없는 여자 위에 얼굴을 처박고 쓰러졌다.

멀더는 구급상자를 손에 쥐고 스컬리의 이름을 외치며 바닥에 엎드려 침대로 기어갔다. 수그린 채로 그는 상자를 놓고 침대로 반쯤 기어올라 팔로 스컬리의 허리를 감싸고 그녀를 애니한테서 끌어내어 바닥으로 잡아당겼다.

"얼마나 안 좋은 거예요?" 그는 말했다.

그녀의 얼굴에 난 작은, 갓 베인 상처 자국 세 군데에서 작은 진홍빛 핏방울이 흘렀다. 그녀의 상의에 난 작은 베인 자국들과 같은 상처였다. 멀더 밑에 누운 스컬리의 표정이 고통으로 일그러졌다. "아직 모르겠어요."

깨어진 유리창 조각의 소용돌이가 멈추기 시작하더니 조각들이 작게 펑펑거리며 저절로 벽에 가 박혔다.

"여기서 나가야 해요. 아래층에 불이 났어요." 멀더는 말했다.

스컬리의 긴장된 눈이 멀더 뒤 위쪽의 무언가를 보며 커졌다.

멀더는 일어나 앉아 날아다니는 유리 조각에서 얼굴을 보호하려고 팔을 치켜들었다. 애니가 침대 위에 양손과 무릎을 대고 엎드린 상태로 입가에는 침을 반짝거리며 여전히 입을 벌린 채, 감은 눈꺼풀 아래 눈동자가 실룩거리는 눈으로 침대 가장자리 너머 그들을 응시하고 있었다.

침대 위쪽에 남아있던 깨진 유리조각 소용돌이가 무너지며 그 조각들이 단단한 나무 바닥 위에 와장창 쏟아졌다.

"애니, 깨어나야 해요!" 멀더는 두 발로 일어서며 소리쳤다.

애니는 반응하지도, 움직이지도 않았다.

멀더는 방 온도가 갑자기 치솟는 것을 느꼈다. 그는 불꽃을 찾아 주변을 둘러봤으나 아무것도 보지 못한 채 스컬리를 내려다보았다. 그녀는 공포에 찬 눈으로 그를 올려다보며 두 뺨을 손바닥으로 누르고 있었다.

자신의 얼굴을 만지면서, 멀더는 바뀐 것은 방의 온도가 아니라 자기 몸의 온도임을 깨달았다. 그의 머리가 뜨거워지고 있었다.

그는 브랜디 밀샘이 흉부에서 심장이 터져 나가기 전에 "뜨거워"라고 속삭였던 것을 떠올렸다.

스컬리는 고통스러운 표정으로 몸을 옆으로 굴리며 말했다. "여기서 나가야 해요!" 그녀는 일어서려 했지만, 방 안에서 총성이 폭발하자 납작 엎드렸다.

애니의 머리통 대부분이 순식간에 붉게 물들며 사라져 버리고 그녀의 사지가 뒤로 무너져 내렸다. 애니는 남아있는 머리통과 얼굴을 아래로 향한 채 매트리스 가장자리로 맥없이 늘어져 바닥에 피를 뚝뚝 흘렸다.

멀더는 고개를 돌려 문간에 서 있는 바니 밀샘을 바라보았다. 그는 어깨에서 산탄총을 내리며 턱을 내밀고 고개를 돌려 멀더와 눈을 맞추며 말했다.

"좀 더 일찍 이렇게 했어야 했소."

소방관들이 그럭저럭 집을 대부분 살리긴 했지만, 부엌과 식당은 전소되었다. 구급차 두 대와 여섯 명의 부보안관들을 태운 차 세 대가 신속하게 도착했다. 구급차 한 대가 랜디 밀샙을 서둘러 병원으로 이송하는 동안 다른 구급차를 타고 온 두 명의 구급대원들이 경상을 입은 이들을 치료했다.

바니 밀샙은 부보안관 한 명이 그의 권리를 읊어줄 때 반항하지도 소리를 내지도 않았다.

"이번에는 한 건 제대로 한 것 같군요, 바니." 그 부보안관이 밀샙의 손목에 수갑을 채우면서 말했다.

스컬리는 구급대원 한 명이 그녀의 작은 상처들을 소독하는 동안 현관 계단에 앉아 있었다. 멀더는 브로디 월시와 함께 근처에 서 있었다. 월시는 얼굴에서 그을린 흔적이 빠져나간 것처럼 보였다. 어쩐지 더 작고, 의기소침한 듯했다.

"경찰이 동네를 떠나지 말라네요." 그가 희미한 목소리로 말했다. "나는 여기 보안관 사무실에 가 봐야 할 것 같습니다. 나를 조사한답니다. 우리 모두를 하겠지요. 우리 직원 전부를."

"모든 질문에 정직하고 정확하게 답변하길 권합니다." 멀더는 말했다.

"나는…, 나는 전에…, 조사당한 적이 없어요."

"이번에 연습을 많이 하게 될 겁니다. 그리고 걱정하지 마요, 좌우간 경찰은 당신을 믿지 않을 테니까."

월시는 그를 한참 쳐다보았다. "하지만 당신은 알았잖아요. 알아냈잖아요. 어째서죠? 내 말은…, 어떻게 알았느냐고요?"

멀더는 웃었다. "그냥 내 일을 할 뿐이에요."

월시는 스컬리에게 다가가 중얼거렸다. "미안해요. 정말 미안합니다." 그런 다음 몸을 돌려 하얀색 밴을 향해 천천히 걸어갔다.

토니 바르비에리는 밴 한쪽에 멍하고 충격을 받은 표정으로 서 있었다. 멀더가 자신을 바라보는 걸 알아차리자, 그는 손을 들어 올려 성의 없이 손짓해 보였다.

멀더는 그날 밤 샤스타 카운티를 빠져나와 남쪽으로 향하는 5번 고속도로를 타고 새크라멘토로 향했다. 거기서 그와 스컬리는 비행기를 타고 워싱턴 D.C.로 향할 예정이었다.

베인 상처들 외에도, 스컬리는 등 위쪽에 커다랗게 멍이 들었다. 레딩을 떠나기 전 스컬리는 의사에게 진통제를 처방받았는데, 그 효과 덕에 그녀의 목소리는 아직도 약간 둔탁했다.

"애니가 안됐다는 생각을 멈출 수가 없네요." 그녀는 말했다. "애니는 자신과 같은 사람, 자신을 이해해줄 사람을 발견했다고 생각한 거예요. 전에 누군가를 사랑한 적이 있는지 궁금하군요."

"애니와 토니는 공통점이 많아 보였어요." 멀더는 말했다.

"토니는 너무 둔해서 그런 점을 알아보지 못했어요. 너무…, 수줍어하고 겁이 많아요."

"그런 점이 그들이 가진 공통점이었을 거예요. 둘 다 직간접적으로 그들은 결코 충분치 않다, 다른 누군가에게 전혀 못 미친다는 말을 듣지 않았을까 싶어요."

"우리 모두 인생에서 한 번쯤 그런 경험을 하잖아요, 멀더."

"그래요. 하지만 우리가 전부 같은 사람은 아니니까요. 어떤 사람들은 그런 경험을 거의 신경 쓰지 않은 채 아무 탈 없이 그저 살아가기도 해요. 또 다른 사람들은 그런 경험으로 더 강해지고요. 그런 걸 도전으로, 혹은 오류임을 증명해야 하는 무엇으로 보니까요. 하지만 일부는, 애니나 토니처럼 동일한 방어 체계를 갖추고 있지 않아요. 그런 가시 돋친 말을 무시하고 나아가게 하는 것들을, 그것이 무엇이든지 간에, 애니와 토니들은 가지고 있지 않아요. 마치 체외에서 파괴된 것처럼. 혹은 처음부터 아예 없었는지도 모르고요. 그들이 잃은 게 무엇이든, 그들은 상처받지 않고 그런 경험들을 헤쳐 나갈 수 없는 거예요. 바로 그 잃어버린…, 그 무엇 때문에, 감정적으로 자신들을 방어하지 못하는 거죠. 그런 상처 중 일부는 자기 자신을 그런…, 보다 못한 무언가로 생각하지 않는 방법을 모르기 때문에 자초하는 거예요."

"이 경우에, 애니는 보다 많은 무언가를 갖고 있었는데요."

멀더는 고개를 끄덕이고 웃었다. "그녀에겐 우리 대부분에게 있는 무언가가 없었지만, 우리 누구도 갖고 있지 '않은' 무언가가 있었죠. 그건 너무…, 심지어 그녀에게조차 너무 '이질적'이라, 그녀 자신도 그것을 이해하지도 어떻게 사용하는지도 몰랐던 거예요."

"그게 진화 과정에서 나타나는 변화가 아니길 빌겠어요. 그게 진화라면, 지나치게 빨리 닥치고 있는 것 같아요. 브로디 월시 같은 사람이 그런 능력이 있는 걸 상상할 수 있어요? 적어도 이번 일로 그 사람 쇼는 막을 내리겠죠."

멀더는 껄껄 웃었다. "그렇다면 놀랄 일인데요."

"이번 일로 그 쇼의 신뢰성이 무너질 거라고 생각하지 않아요?"

"우선, 그건 TV 쇼예요. 다시 말해서, 틀림없이 월시 본인도 말했겠지만, 그런 쇼에 신뢰성 따위는 전혀 없어요. 그냥 TV 쇼일 뿐이니까요. 신뢰성은 문제가 되지 않죠. 문제는 관심인데, 이 사건 덕에 월시는 엄청난 관심을 얻게 될 거예요. 둘째로, 진짜 얘기는 보도되지도 않을 거고요. 애니가 뒤에 있었다는 건 아무도 모를 테니까. 지역 경찰이 그런 말은 믿지도 받아들이지도 않을 거고요. 특히 초자연적인 TV 쇼의 제작자이자 연출자가 하는 말이라면 더더욱. 그들은 다른 무언가를 제시할 테고, 그게 공식적인 줄거리가 될 거예요. 월시가 어떤 죄로 유죄 판결을 받지 않는 한, 물론 그럴 일은 없을 테고, 그는 자기 쇼로 돌아가게 될 거예요. 그리고 아마 시청률이 어마어마하게 치솟겠지요."

"애니가 없어도요?"

멀더는 웃었다. "걱정 마요, 스컬리. 월시는 다른 무언가를 생각해 낼 테니까. 이건 쇼 비즈니스예요. 그리고 쇼는 계속돼야 하죠."

TRUST NO ONE

THE X FILES

심해의 왕

King of the Watery Deep

팀 딜

THE X FILES™

사우디아라비아, 제다 앞 바다
2000년 5월 11일, 오전 11시

두툼한 흙모래 구름이 홍해에 내려앉아 12m 길이의 마리에타호를 메마른 어둠 속에 가두었다. 제인 페퍼는 소매를 내리고 두꺼운 운동복 상의의 모자를 뒤집어썼다. 그랜트 힉스가 잠수복 지퍼를 허리까지 내린 채 다가왔다.

"잠수 안 해요?" 제인은 물었다.

"선장이 길을 잃었어요. 쥐뿔만큼도 안 보이니." 그는 어깨 너머로 말했다.

선원들은 선체 외피에 구멍을 낼 수도 있는 날카로운 산호초들을 경계하느라 마리에타호 곳곳에 배치되어 있었다.

"그랜트, 긴장 풀어요. 선실로 들어가서 와인 한잔해요."

그랜트는 허공에 대고 손을 흔들었다.

그때 뱃머리 쪽에서 외침 소리가 공기를 꿰뚫었다. 선원 중 한 명이 무언가를 본 것이었다. 바로 몇 미터 앞에 시커먼 형체가 어렴풋이 나타났다.

"저게 대체 뭐예요?" 제인은 물었다.

"땅이에요!" 필리핀 출신 선원 중 한 명인 티토가 소리쳤다.

날카로운 바위의 노두가 모래의 베일을 뚫고 나타났다. 바위는 암

회색으로, 따개비며 부서진 게 껍질들로 얼룩덜룩했다.

제인은 카메라 버튼을 누르고 점점 다가오는 바윗덩어리들을 찍었다. 육지가 점점 커지며 작은 섬인지 반도인지가 모습을 드러냈다. 작고 축 늘어진 나무들, 여기저기 흩어진 메마른 관목과 죽어버린 식물들밖에 보이지 않았다.

제인은 선실로 머리를 돌려 조리실로 걸어갔다. 그녀의 친구인 매기 펠럼이 한 손에는 소설책을 쥐고, 다른 손으로는 그녀의 남편, 개빈의 머리를 부드럽게 쓰다듬으면서 탁자 앞에 앉아 있었다. 반면 개빈은 비닐봉투를 얼굴 가까이 대고 조리실 벤치에 누워 있었다.

“자기 재밌는 건 전부 놓치고 있어.” 제인이 말했다.

“모르겠는걸. 하지만 여기도 꽤 재미있어.” 매기가 말했다.

“조금만 참아요, 개빈. 모래 폭풍이 지나갈 때까지 근처 섬에 정박해야 하니까.”

개빈은 머리를 들어 올렸다. “섬이라고?”

제인은 냉장고에서 화이트와인 병을 꺼내어 마개를 땄다. 그녀는 매기의 잔을 채워준 다음 자기 잔을 채웠다. “이르지만 내 친구의 생일을 축하합니다.” 그들은 잔을 부딪쳤다.

개빈이 일어나 앉자, 매기가 그를 쳐다보았다. “좀 나아졌어?”

“아니.” 그는 말했다. “이 배에서 나가야 돼, 나는—.” 그는 말을 끊더니 비닐봉투에 대고 헛구역질을 했다. 그리고 일어나 균형을 잡으려고 탁자를 움켜쥔 다음, 갑판으로 향했다.

“바람을 쐬면 나아지겠지.” 매기가 말했다. “하지만 이 와인은….”

“영사관 물건이니까 괜찮을 거야.”

제인의 말이 끝남과 동시에 조리실 문이 벌컥 열렸다. 티토였다.

"매기 양. 남편분이 섬으로 헤엄쳐 가셨어요." 그는 말했다.

"그래서 별문제 있나요?" 매기는 물었다.

하지만 갑판 위에는 선원들 대부분이 뱃머리에 걸터앉아 개빈을 부르고 있었다. 제인 또한 개빈의 흔적을 찾아볼 수 없었다. 그녀는 그랜트를 찾아 주변을 둘러봤다.

"그랜트는 어디 있죠?"

그녀는 바이우라는 인도네시아인 선원의 소매를 잡아당겼다.

"그랜트는 어디 있어요? 미국인 말이에요."

"미국인? 그 사람 저기, 저 사람 따라갔어요." 그는 섬을 가리켰다.

그때 날카롭고 필사적인 비명이 공기를 갈랐다. 갑자기 선원들이 얼어붙더니 조용해졌다.

제인은 매기를 쳐다보았다. 매기는 얼굴에서 미소를 지우고 눈을 크게 뜨면서, 자기도 모르게 손으로 입을 막았다.

"개빈이야." 매기는 말했다.

바이우는 닻을 끌어올리기 시작했고, 티토와 나머지 선원들은 선실 쪽으로 달려갔다.

"뭐하는 거예요?" 제인은 물었다. 그녀는 바이우가 닻을 끌어올리지 못하도록 그의 양 팔뚝을 잡았다. "무슨 짓을 하는 거야?"

그는 일을 계속했다. 그의 눈은 공포로 희번덕거렸다.

"저 사람은 내 남편이야." 매기가 말했다. "도와줘야 해. 제발 그만둬!" 그녀는 섬을 향해 돌아서서 개빈의 이름을 외쳤다. 그녀의 눈가에 눈물이 맺히기 시작했다. 제인은 바이우의 얼굴에 대고 고함치며 주먹으로 그의 손을 내리쳤다.

바이우가 돌아서서 무슨 말을 하려는 순간, 그의 몸이 보트 밖으로 난폭하게 홱 잡아당겨 졌다. 제인의 귀에 첨벙하는 소리와 그 남자가 무언가 알아들을 수 없는 말을 내뱉는 소리가 들렸다. 그러고는 아무 소리도 들리지 않았다.

섬의 해변에서도 어떤 소리가 들렸다. 그녀는 고개를 들었다. 그랜트였다. 배 쪽으로 달려오고 있었다. 그는 해변에 다다르더니 바위 중 하나에 올라가 바다로 뛰어들었다.

제인이 뱃머리로 돌아가자 그랜트는 그녀 쪽으로 헤엄쳐왔다. 제인은 오렌지색 튜브가 달린 구명 밧줄을 찾아내어 배 밖으로 던졌다. 그랜트는 자신의 팔을 튜브 주위에 감았다. 배가 갑자기 뒤쪽으로 휘청거리자 제인의 발이 공중으로 붕 떠버렸다. 그녀는 갑판에 세게 내리꽂히며 뱃머리 위 강철로 된 밧줄걸이에 입술을 부딪쳤다. 피 맛이 났다. 송곳니 하나가 깨졌고, 혓바닥 위에 그 조각이 느껴졌다. 그녀는 그 조각을 뱉어냈다. 배는 둔탁하고 시끄러운 엔진 소리를 내며 속력을 높여 후진했다.

제인은 양손과 무릎을 짚고 기어가 뱃전 너머를 내려다보았다. 그랜트는 여전히 튜브에 붙어 배에 끌려오고 있었다. 그녀는 고개를 들어 선장을 보았다. 그의 얼굴에는 장비에서 반사된 빛이 어른거렸다. 배는 날카롭게 오른쪽으로 홱 돌아 섬유 유리가 삐걱대는 소리를 내며 멈췄다. 덕분에 제인은 뒤쪽으로 솟구쳐 갑판 위에 떨어졌다. 마리예타호의 선미는 이제 뱃머리보다 30cm는 더 높이 치솟아 있었다. 선장이 앞쪽으로 이동시켰지만 배는 엔진의 성난 으르렁거림에도 불구하고 그대로였다.

그랜트는 튜브를 놓고 선미 쪽 다이빙 사다리로 헤엄쳐왔다. 제인은 배의 우현과 선미 쪽에 있는 거대한 산호층을 볼 수 있었다. 그들의 배는 암초에 얹혔던 것이다. 엔진은 안개 낀 대기 중으로 디젤 매연을 뿜어내며 계속 으르렁거렸다. 그랜트는 잠수대 위로 자기 몸을 끌어올렸다. 제인은 그를 도우려고 뱃전으로 다가가 양손으로 그의 오른손을 잡고 끌어당겼다. 그랜트는 왼손으로 난간을 잡고 한쪽 다리를 걸쳤다.

하느님 감사합니다.

배가 앞으로 휘청대자 그랜트는 다시 물속으로 떨어졌다. 엔진이 털털거리며 펑하고 터지더니 시커먼 매연을 잔뜩 뿜어내며 죽어버렸다. 연기가 가시자, 그랜트가 얼굴을 밑으로 한 채 물 위에 떠 있는 모습이 보였다.

"안 돼, 안 돼, 그랜트, 안 돼!"

제인은 뱃전을 타고 넘어 잠수대 위로 내려갔다. 그랜트에 거의 다다를 수 있었다. 막 물속으로 들어가려는 순간 그랜트 주변의 물이 휘몰아치며 거품이 일기 시작했다. 물이 진홍색으로 변하더니 그랜트가 난폭하게 물 밑으로 당겨졌다.

자유로워진 손으로 그녀는 타는 듯한 눈에서 소금물을 씻어내고, 눈을 깜박여 눈물을 털어 냈다. 지금 그녀가 보고 있는 것은 분명 현실이었다.

무언가가 바닷속에서 나타나 갑판 위로 기어올랐다. 인간 비슷한 것으로, 키가 크고 호리호리했으며 각도에 따라 색이 달라지는 연한 청록색 비늘로 덮여 있었다. 커다란 입이 여닫히면서 날카로운 치열이 드러났다. 그것은 고개를 제인 쪽으로 돌리더니, 고무 같은 그 입을 미소 비슷한 형태로 휘었다. 그러더니 선실 문을 문틀에서 뜯어냈다. 그것은 안으로 들어갔다.

선실에서 비명이 터져 나왔다.

에어 프랑스 71편 항공기

목적지 현지 시간 금요일 오후 9시 30분

특별수사관 데이나 스컬리는 눈을 문지르고 초점이 잡힐 때까지 통로를 쳐다보았다. 저녁 식사가 나오는 중이었고, 스컬리는 그녀 옆에서 진 토닉 석 잔을 마시고 잠든 멀더를 깨울지 고민하고 있었다.

"미리 장전해 두는 거예요." 그는 앞서 말했었다. "건조함에 대비해서요."

그들이 연결 편을 타고 찰스 드골 공항을 떠난 지 세 시간이 흘렀다. 세 시간이 더 지나면 그들은 사우디아라비아, 제다에 있는 킹 압둘아지즈 공항에 도착한다.

'건조함.' 그 말은 기후, 온도를 초월해서 그 왕국의 거주자와 방문자에게 부과되는 엄격한 문화적 요구 사항들을 뜻했다. 이슬람 율법의 강요. 머리쓰개와 아바야[4]. 알코올과 돼지고기 금지. 하루에 다섯 번 있는 공공 기도. 제다는 육지에 둘러싸인 리야드[5]보다는 약간 더 범세계적이지만 스컬리에게는 별 차이점이 없었다. 여자들은 제다에서 운전을 할 수 없다. 남자 동반자—남편, 형제, 혹은 아버지 없이는 차를 타고 다닐 수도 없다. 스컬리는 그런 차별에도 발끈했지만 그런 제한 때문에 발생하는 실질적인 문제점들이 더욱 걱정이었다. 그녀

---

4) Abaya. 이슬람교 전통에 따라 여자들이 착용하는 검은 망토 모양의 의상.
5) Riyadh. 사우디아라비아의 수도.

는 앞좌석 밑에 둔 자신의 손가방에 든 사건 보고서를 생각해보았다. 대안들을 떠올리고, 가능한 선택들을 저울질해보고, 자신을 최악의 시나리오들에 대입해보았다. 그녀는 서류를 다시 펼쳐 보고 싶은 욕구를 억누르며 가능한 결론들을 유추해보다가 스스로를 저지했다. 지금은 그만하자.

저녁 식사를 나르는 카트가 한 줄 앞에 멈춰 서자, 멀더가 움직이더니 일어나 앉아 트레이를 내렸다.

"인상적이네요." 스컬리는 말했다.

"파블로프식 조건형성이죠." 멀더는 말했다. "내 두뇌는 깊은 렘수면 단계에서도 음식을 담은 카트가 다가오는 소리를 알아듣도록 고정화되어 있어요."

식사는 닭고기나 양고기 중 선택이었다. 멀더는 피노 그리지오 와인 한 잔과 함께 닭고기를 선택했다. 스컬리는 배가 고프지 않아서 탄산수 한 잔을 주문했다.

스키너는 이 수사를 승인하는 데 소극적이었다. 그는 이 사건이 X-파일에 해당된다고 생각하지 않았고, 문화적으로 민감한 지역에서 그런 수사를 진행하다 외교적인 결례를 낳을 가능성에 대해 더 크게 우려를 표했다. 더군다나 페퍼와 힉스의 실종에는 초자연적인 현상과 연계됐음을 암시하는 부분이 거의 없었다. 사우디 당국은 순다해협[6]의 해적이나 아덴만에서 아프리카의 뿔[7]을 돌아 북쪽으로 내려온 소말리아 해적 짓이라고 굳게 믿었다.

그래도, 그 영상이 있었다. 스컬리는 아직 보지 않았지만, 그 영상

---

6) 인도네시아 수마트라 섬과 자바 섬 사이의 해협. 해적이 자주 출몰한다.
7) 에티오피아, 지부티, 소말리아 3개 지역을 일컫는 속칭.

은 리야드 사무실에서 스키너에게 연락할 만한 것이었다.

멀더가 스컬리의 얼굴 앞에 과일 컵을 내밀며 말했다. "뭐 좀 먹어요. 오늘이 지나면, 부르카[8] 사이로 먹어야 할 테니까."

두 시간 뒤에 기장이 하강이 시작되었음을 알렸다. 기내가 어수선한 움직임으로 들썩였다. 이전까지 꽉 끼는 청바지며 미니스커트, 짧은 탱크톱, 블라우스들을 입고 있던 검은 머리의 여자들이 길고 검은, 형태 없는 아바야를 입고 기내 화장실에서 한 명씩 나타났다. 모두 머리카락을 검은 머릿수건이나 히잡[9] 아래로 감추고 있었고, 몇몇 이들은 얼굴까지 가렸다. 스컬리는 이전엔 또래 서양 여자들과 분간할 수 없었던 이 여성들이 사우디 여성들이었음을 깨달았다. 아바야는 스컬리의 생각처럼 문화적인 상징이 아니었다. 그보다, 아바야는 한 나라의 유니폼, 개인의 표현을 통제하는 수단이었다. 그리고 아바야를 입는 것은 자존심의 문제가 아니라 의무의 문제였다.

스컬리는 깊은숨을 들이마셨다가 내쉬며 좌석벨트를 풀었다. 몸을 굽혀 손가방에서 접어놓은 검은 의상을 꺼내어 무릎 위에 올렸다. 그녀는 멀더를 쳐다보았다. 그의 미소에는 냉소적인 유머와 동정심이 복합적으로 담겨 있었다.

스컬리는 일어서서 옷을 갈아입으러 화장실로 향했다.

킹 압둘아지즈 공항

사우디아라비아, 제다

---

8) Burka. 머리에서 발목까지 덮어쓰는 이슬람 여성들의 전통 복식.

9) Hijab. 얼굴만 남기고 머리카락을 감싸는 베일 형태의 스카프.

현지 시간 토요일 오전 2시 15분

폭스 멀더는 고개를 천천히 좌우로 돌리며 굳어버린 목의 근육을 풀었다. 출입국 관리소에서 두 시간 동안 줄을 서 있는 바람에 몹시 피곤했다. 한동안, 그는 자신과 스컬리가 결코 통과하지 못할 것이라고, 자신들은 연옥에 빠져 끝없는 존재의 반복 속에 갇혀있다고 생각했다.

그들은 짐을 찾아 세관의 전자 스캐너를 거친 다음 터미널을 빠져나왔다. 아바야를 입은 스컬리는 짜증스럽고 불편해 보였고, 터미널은 흑백의 풍경을 연출했다. 수십 명의 여자는 머리끝부터 발끝까지 형태 없는 검은 천을 덮어썼다. 반면에 남자들은 산뜻한 하얀색 옷을 입고, 빨간색과 하얀색이 교차하는 카피예[10]를 두꺼운 끈으로 머리에 동여매고 있었다.

국무부에서는 그들을 맞이하도록 운전사를 보냈다. 잭이라는 이름의 필리핀인이었다. 그는 'Mr. 폭스'라고 쓰인 표지판을 들고 있었다. 스컬리는 속으로 언짢았을지 몰라도 이를 드러내지는 않았다. 잭은 그들을 회색 밴으로 안내했다. 열기와 습기가 두툼한 장막처럼 멀더 위에 내려앉았다. 그는 자신의 짙은 감색 정장이 땀으로 젖기 시작함을 느꼈다. 밴에 올라탄 멀더는 장갑 차량에 방탄유리가 달렸음을 눈치챘다.

"무슨 문제가 있습니까?" 그는 물었다.

"무슨 말씀이신가요, 폭스 씨?"

"장갑 차량이잖아요?"

---

10) Keffiyeh. 아랍 국가 남자들이 머리에 쓰는 터번 모양의 천.

"테러리스트를 걱정하는 겁니다. 첩보가 있었습니다."

그들은 공항을 빠져나와 가득한 불빛과 해안 지대, 다채로운 색상의 차량으로 가득한 원형교차로들과 홀쭉한 낙타들, 그리고 거대한 배들을 지나치며 도시로 향했다.

잭은 '북 오브후르'라고 그가 말한 지역으로 가기 위해 도시 북쪽의 별 특징 없는 문으로 그들을 데려갔다. 그곳엔 호텔 표지도, 무언가가 있다는 알림도 전혀 없었다. 몇 분간 멈춰 있자 문이 열렸다. 그들은 안으로 들어가 자신들이 사무실과 테니스 코트가 딸린 아담한 복합단지에 들어와 있음을 깨달았다.

그들은 개별 동에 체크인했다. 그곳은 홍해에 바로 면해 있는 해변 휴양지였다. 여타 다른 서양식 리조트들처럼 그곳 역시 개별적인 방어망을 구축하고 있어 사우디아라비아 정부의 시선을 끌지 않았고, 그 결과로 사우디아라비아의 도덕적인 정책에 위배되게 지어져 있었다.

멀더는 자신의 방갈로에 짐을 던져놓고 해변에 있는 야외 레스토랑에서 스컬리와 만났다. 스컬리는 더 이상 아바야 차림이 아니었고, 반바지에 탱크톱으로 갈아입고 있었다.

"이제 좀 더 정상적으로 느껴져요?" 그는 말했다.

그녀는 응수하려고 입을 열었지만 갑자기 세 개의 모스크[11]에 달린 커다란 스피커에서 이른 아침 기도, 혹은 파즈르[12]를 알리는 소리가 주변에 울려 퍼지는 바람에 말문이 막히고 말았다.

11) Mosque. 이슬람교의 예배하는 건물을 이르는 말.
12) Fajr. 이슬람교의 아침 예배.

국경경비대 주둔지
제다, 오브후르 만
현지 시간 토요일 오전 11시 15분

야자수 그늘은 전혀 도움이 되지 않았다. 스컬리의 아바야는 열기는 빨아들이고 땀은 가두는 데다 그녀를 가렵게 했다. 북 제다를 향해 동쪽으로 쓸려가는 오브후르 만의 은빛 물결은 활기로 가득했다. 잠수용 보트들이며 호화로운 요트들이 공해상을 향해 서쪽으로 나아갔고, 제트 스키를 탄 젊은 남자들이 요트가 남긴 항적을 가로지르며 공중으로 뛰어올랐다. 보트 두 대가 사우디의 국경경비대들이 승객 명단을 확인하는 동안 항구에 정박해 있었다. 한 대는 웃음 띤 모래빛 머리카락의 국외 거주자들을 태운 잠수용 보트였고, 다른 한 대는 보다 작은 보트로 반바지와 민소매티를 입은 두 명의 아랍 남자와 머리부터 발끝까지 검은 옷을 뒤집어쓴 채 자신들의 아바야, 히잡, 니캅[13]과 뚜렷한 대조를 이루는 선명한 오렌지색 구명조끼를 입은 여자 네 명이 타고 있었다.

"저 여자들은 저걸 입고 수영을 할까요?" 이 말은, 스컬리가 거기서 만난 국무부 외교안보담당 특수요원 레이먼드 베이츠에게 한 질문이었다.

"아 그럼요. 남자들 앞에서는 가린 채로 있을 겁니다. 적어도 대부분은 그래요." 그는 말했다.

"피부로 직접 느낄 수 없으면 물에 들어가 봤자 무슨 소용이에요?"

13) Niqab. 눈을 제외하고 얼굴 전체를 덮는 얼굴 가리개.

그는 웃으며 바닥에서 돌멩이를 차냈다. "마법의 왕국에 오신 걸 환영합니다."

그러는 사이, 멀더가 항구와 그들을 분리하는 철책 쪽에서 나타났다. 그는 양복을 벗고 넥타이 없이 카키색 바지와 헐렁한 하얀 셔츠를 걸친, 45도의 열기에 더욱 걸맞은 옷차림을 하고 있었다. 잠이 부족할 텐데도 그는 편안해 보였다. 스컬리는 그에게 짜증스러운 시선을 던졌다.

"사우디 친구들 말이에요. 열한 시라고 확인한 거죠, 그렇죠?" 멀더는 말했다.

베이츠는 계속 돌멩이를 발로 차며 말했다. "인샬라[14] 요소를 고려해야 합니다." 그리고 사우디 문화의 막연함에 대한 설명을 덧붙였다. 명확한 것은 '아무것도 없다, 모든 것은 신에게 달려 있다'였다.

"알라의 뜻대로." 그는 말했다.

오래 기다릴 필요는 없었다. 반짝이는 은색 랜드로버 한 대가 주차 구역 두 개에 걸쳐 주차했다. 두 남자가 차에서 나왔다. 한 명은 선명한 하얀색 옷에 격자무늬 카피예를 두른 키가 크고 호리호리한 남자로 핸드폰으로 통화하는 중이었다. 그는 여성스러운 외모에 꼼꼼하게 손질된 수염을 두르고 있었다. 마치 얼굴에 세심하게 그려 넣은 것 같았다. 그의 파트너는 눈에 띄게 체격이 좋았지만, 키는 그보다 작았다. 그는 황갈색 양복에 잔잔한 무늬가 있는 파란 셔츠를 입고 옷깃은 열어두고 있었다. 대조적으로, 그는 깔끔하게 면도를 했고 숱 많고 제멋대로 뻗은 검은 머리에 하얀 이를 드러내며 커다랗게 끊임없이 웃고 있었다.

14) insha'Allah. 이슬람교도의 관용구로써 '만약 신이 원하신다면'이라는 뜻.

그들은 베이츠와 인사를 나누었다. 양복 쪽은 야단스럽고 시끄러웠으며, 활력이 넘치게 악수를 나누며 한참 손을 잡고 있었다. 하얀 옷 쪽은 보다 신중했고, 얼굴에서는 지루하고 냉담한 표정이 떠나지 않았다.

베이츠는 그들을 소개했다. "이쪽은 사우디 마바히스[15], 일반범죄 수사국(General Directorate of Investigation, GDI)의 마흐무드 모하메드 바크슈, 살레 빈 타하 경위입니다." 그는 하얀 옷과 양복을 정중하게 가리켰다. 그들은 둘 다 멀더에게 먼저 인사한 후, 스컬리를 향했다. 마흐무드는 퉁명스럽게 고개만 까딱거렸지만, 살레는 활짝 웃어 보였다.

"드물게 반가운 일입니다." 그는 말하면서 손을 내밀었다. 스컬리는 그 손을 잡고 강하게 흔든 다음 그가 움켜쥐기 전에 손을 풀었다. 그는 스컬리의 개인 공간 범위 내에서 한동안 어물거렸다. 그의 오드콜로뉴[16]는 향이 지나쳤다. 더 적게 썼다면 산뜻했을 터였다.

"베이츠 요원이 당신은 메릴랜드 대학에서 공부했다고 하더군요." 그는 말했다. "나는 일 년간 헨리 그레인지 박사 밑에서 공부했습니다. 킹 압둘아지즈 대학과 외국인 교환 프로그램이 있어서요. 문화인류학이지요."

"그레인지 교수는 내가 일 학년 때 은퇴하셨어요. 상당히 존경받으셨죠, 내 기억이 확실하다면요." 스컬리는 말했다.

"그레인지 박사에 대해 좀 더 얘기할 기회가 있다면 좋겠군요." 그는 말했다.

---

15) Mabahith. 사우디아라비아 국가 내 정보 조직.
16) 향수의 일종.

스컬리는 마흐무드의 시선에서 이런 교감에 대한 경멸을 뚜렷하게 느낄 수 있었다. 멀더가 구출에 나섰다.

"신사분들, 보트를 보러 갈까요?"

마흐무드는 고개를 끄덕였다. 살레는 웃으며 문을 향해 돌아섰다. 그의 눈은 스컬리가 그의 주변에서 사라질 때까지 그녀에게 머물러 있었다.

마흐무드가 배지를 내보이자, 경비원은 그들을 작은 행정 건물과 선착장 하나, 정박해있는 다양한 크기의 회색 배 여섯 대로 구성된 기지에 들여놓았다. 마리에타호는 금속제 바닥이 깔린 건선거[17]에 놓여 있었고, 그 위로 천막이 세워져 있었다.

스컬리는 보트 외관 상태에 주목했다. 선체 바깥쪽의 섬유 유리층이 몇 군데 벗겨지고 찢어져 있었다. 뱃전에 둘러쳐진 난간은, 일부는 뜯겨 늘어진 채 남아 있었고 나머지 부분은 아예 뜯겨 사라진 상태였다.

"우리 과학수사팀이 이미 보트를 조사했습니다. 당신들이 보다 흥미로운 무언가를 찾아낼지 모르겠군요." 마흐무드가 말했다.

"번역된 보고서를 봤습니다." 멀더가 말했다. "혈흔이 발견되었고, 선원의 것으로 추정된다고 명시되어 있더군요. 하지만 소진된 탄약통이 있다는 언급은 없었습니다. 그 부분은 누락된 건가요, 아니면 침입자들이 칼과 단검을 쓴 건가요?"

"멀더." 스컬리가 그에게 시선을 던지며 말했다.

"재미있군요, 멀더 수사관. 홍해의 해적들은 19세기 이래 훨씬 더

---

17) 배를 만들거나 수리할 때 해안에 배가 출입할 수 있게 땅을 파서 만든 구조물. 수리나 제작 시에는 물을 뺀다.

세련되어졌어요. 당신도 '마바히스'가 FBI에 버금가는 과학수사팀을 보유하고 있다는 점을 알게 될 겁니다. 범죄 현장 전문가들은 런던경시청이 아니라 바로 당신네 수사국에서 훈련을 받았으니까요." 살레가 말했다.

마흐무드는 손목시계를 쳐다보고는 한숨을 쉬었다. 살레는 보트 옆 발판사다리를 가리켰다. 스컬리는 서류가방에서 라텍스 장갑과 비닐로 된 신발 덮개를 꺼내어 착용한 다음 바닥에 질질 끌리는 자신의 아바야 밑단을 내려다보았다. 스컬리가 아바야를 끌어올려 반바지에 끼워 넣자, 마흐무드가 그녀는 알아들을 수 없는 소리를 내었다. 그녀는 사다리를 올라가 꼭대기에서 멈춘 다음 갑판을 관찰했다.

갑판과 칸막이벽들은 지문용 파우더의 잔재가 남긴 짙은 회색빛 자국과 말라붙은 적갈색 핏자국들로 얼룩져 있었다. 스컬리는 복부가 조이는 것을 느꼈다. 피가 너무 — 보고서의 사진들에 나타났던 것보다 훨씬 더 많았다. 엄청나게 격렬한 핏자국들과 커다랗게 말라붙은 웅덩이들이 갑판 위아래로 기다란 자국을 남겨 놓았다.

스컬리는 그 장면을 전부 마음에 담고, 그 공포의 순간과 뒤이은 피바다의 현장을 마음속으로 그려보고자 애썼다. 찢긴 난간들은 보트에 침입한 자가 누구든, 그 난간을 받침으로 이용하였음을 말해주었다. 그 말은 그들이 보트를 타고 '올라야' 했다는 의미였고, 고무보트 같은 작은 모터보트를 탄 해적들이라는 생각을 뒷받침하는 것이었다.

이 부분은 사건 보고서를 읽은 이래 줄곧 그녀를 괴롭혀 온 의문을 상기시켰다. 해적들이 보트에 탄 사람을 모두 죽이는 것이 목적이었다면, 왜 그들은 보트를 그저 쏴 버리지 않았을까? 왜 로켓 추진식

수류탄으로 배를 덮쳐 그대로 가라앉히지 않았을까? 대신, 그들은 보트에 승선해서 모든 사람을 도살한 것처럼 보였다. 그녀는 한동안 그런 의문점을 생각하다가 뱃전을 넘었다. 아직 뜨거운 공기는 오래된 고기, 썩은 생선, 바닷물 냄새가 뒤섞인 악취를 가두고 있었다. 그녀는 구역질이 나서 손으로 입을 막아 멈춘 다음 삼켜서 가라앉혔다.

스컬리는 쭈그리고 앉아 피로 얼룩진 갑판을 쳐다보았다. 즉시 두 가지가 눈에 들어왔다. 말라붙은 핏줄기와 웅덩이 안에 흐릿한 발자국이 남아 있었다. 형태며 움직임이 맨발로 보였다. 해적의 것인지 피해자의 것인지는 알 수 없었다.

"갑판에서 족적을 뜰 수 있었나요?" 그녀는 어깨 너머로 소리쳤다.

그러나 돌아온 건 침묵이었다. 스컬리는 열기와 악취 가득한 공기로 인해 한 차례 현기증이 몰려왔다.

"여기 족적이 있어요." 그녀는 말했다. "당신들이 —." 그녀는 일어서서 주변을 둘러보았다. 남자들은 바닷가에 서 있었다. 마흐무드와 살레는 담배를 피우고 있었고, 멀더와 베이츠는 무슨 말인가에 웃어대고 있었다.

"끝내주네." 그녀는 마리에타호로 돌아섰다.

그녀가 알아차린 두 번째는 갑판 전체에 흩어져 있는 희미한 무지갯빛 조각들이었다. 그녀는 작은 맥라이트[18] 손전등을 꺼내어 살짝 비낀 각도에서 비춰보았다. 그 무지갯빛 물질에는 미세한 음영이 있었다. 그녀는 핀셋과 증거보관용 봉투를 꺼냈다. 신중하게 손을 놀려 무지갯빛 조각 몇 개를 모았다.

18) Maglite. 미국 손전등 브랜드.

스컬리는 침입자들이 배에 올라탄 이유를 두 가지밖에 떠올릴 수 없었다. 하나는, 해적이 관심을 둘 만한 화물을 싣고 있었던 경우. 이 경우는 가능성이 낮았다. 이 보트는 오락용이었고, 주로 취미 삼아 하는 잠수를 위해 이용되었다. 다른 하나는 누군가를 사로잡기 위해서일 것이다.

'사로잡다.' 스컬리는 불현듯 그 생각에 사로잡혔고 마음 깊은 곳에서 긴급함이 솟구침을 느꼈다. 그녀는 일어서서 외쳤다. "멀더!"

"네, 스컬리."

그녀는 흠칫 놀랐다. 멀더는 사다리 꼭대기에 서 있었다.

"페퍼는 살아있을지도 몰라요."

"살아있다고요?" 멀더는 그렇게 묻더니 입과 코를 막았다. "이런 일을 겪고도 말이에요?"

"승산은 없지만, 가능한 얘기에요. 우리 빨리 움직여야겠어요."

"여긴 마무리하죠. 마리에타호의 승객 명단 사본을 받았어요. 베이츠하고 영사관에서 만나 영상을 봅시다." 그는 말했다.

"보고서에 섬이 언급되어 있었어요. 페퍼가 살아 있다면—."

"자기들이 그 섬을 샅샅이 뒤졌다고 살레가 그러더군요. 섬 밖에 보트도 몇 대 두었대요. 만약을 대비해서요." 멀더는 말했다.

스컬리는 멀더 너머 자신에게 향해 있는 마흐무드의 시선을 발견했다.

미국 영사관

사우디아라비아, 제다

현지 시간 토요일 오후 1시

멀더와 스컬리는 베이츠의 사무실에 앉아 있었다. 그들 앞에는 노트북컴퓨터 한 대가 놓여 있었고 컴퓨터에는 캠코더가 이어져 있었다.

"GDI는 살레가 지적한 대로 모든 면에서 철저하지만, 현장에 제일 먼저 도착하진 않았습니다." 베이츠가 말했다.

"보고서엔 국경경비대가 지나가던 트롤선으로부터 마리예타호가 암초에 좌초됐다는 연락을 받았다고 되어 있어요." 멀더는 말했다.

"맞습니다. 경비대가 그에 응해서 생존자가 있는지 수색하러 그 배에 올라갔지요. 배에는 아무도 없었지만, 손상된 캠코더가 갑판에 버려져 있는 것을 발견했습니다. 그들은 캠코더를 확보해서 주둔지로 가지고 왔어요. 담당자가 카메라를 작동시킬 수 없어서, 캠코더에서 미니 DV 테이프를 꺼내어 자기들이 가지고 있던 카메라에 장착시켜 보려고 했답니다. 다만, 테이프가 없었어요."

"테이프가 없어요?"

"이건 하이엔드 캠코더예요. 소유주의 저장 매체에 비디오를 녹화하는 겁니다. 그 저장 디스크는 정확한 위치를 찾기가 쉽지 않아요, 특히 카메라에 친숙하지 않다면요. 국경경비대는 마리예타호의 승객명단을 확인한 뒤 영사관에 연락했어요. 그런 다음 GDI를 불렀고요. 우리 쪽이 먼저 도착했습니다. 내가 갔을 때, 그들은 이 캠코더를 보여주더군요. 혹시 내가 디스크에서 무언가를 찾게 되면 GDI에 사본을 제공하겠다고 약속했습니다."

"그리고 무언가를 찾았나요?" 스컬리가 말했다.

"직접 판단해 보시죠."

그는 플레이 버튼을 눌렀다. 뱃머리가 나타나며 영상이 시작됐다. 마리에타호인 듯했다. 그러더니 바윗덩어리들과 섬이 다가왔다.

"저건 안개인가요?" 멀더가 말했다.

"모래 폭풍입니다." 베이츠가 말했다.

영상이 휙 돌더니 젊고 탄탄한 체구에 머리가 검은 남자가 다가오며 렌즈를 가렸다.

"선장이 모래 폭풍이 가라앉을 때까지 여기서 정박해야겠다는군요." 그 화면 속의 남자가 말했다. 그리고 영상이 흔들리더니 화면이 죽었다. 하지만 오디오는 계속 녹음되며 페퍼의 목소리와 주변 사람들이 내는 희미한 소리들이 들렸다. 멀더와 스컬리는 그 혼돈이 점차 끔찍한 비명으로 확대되는 것을 조용히 들었다. 멀더는 거의 참고 듣기 힘들 정도였다. 잠시 뒤에 비명들이 잠잠해졌다. 화면이 밝아지고, 카메라가 갑판에 튕기면서 렌즈에 금이 갔다.

"이 시점에 페퍼의 주머니에서 카메라가 떨어진 것 같습니다. 계속 보세요."

손상된 렌즈 너머로, 멀더는 화면 아래 왼쪽에서 어떤 움직임을 포착했다. 어떤 형체가 언뜻 보이더니 화면이 다시 죽었다. 베이츠는 영상을 되감았다가 멈추었다. 멀더는 가까이 몸을 숙였다.

"누군가가 보트에서 뛰어내리는군요, 하지만—." 그는 말했다.

"저게 잠수복인가요?" 스컬리가 말했다.

"난 이 장면을 적어도 일곱 번은 봤습니다. 리야드에서 나온 수사국 사람들한테도 보여줬고요. 하지만 우리가 뭘 보고 있는지 모르겠어요." 베이츠는 말했다. "과학수사를 위해서 디스크를 미국에 보낼 겁니다만, 시간이 걸리겠지요."

"저런 잠수복은 본 적이 없어요. 피부 전체가 다 덮여 있잖아요. 빛을 사로잡는 방식을 봐요." 멀더는 말했다.

반쯤 뛰어오른 상태로 정지된 채 영상에 나타난 그 형체는 인간의 형태를 하고 있었지만, 머리끝부터 발끝까지 반짝이는 녹색과 파란색으로 덮여 있었고, 머리에는 특이하게 모호크족[19]처럼 작은 장식을 달고 있었다.

"카메라가 떨어지면서 손상되었을 수도 있잖아요. 이미지가 왜곡되었을 가능성이 있지 않나요? 충격으로 컬러가 변했다든가?" 스컬리는 말했다.

"가능하지요. 하지만 그런 점은 전문가가 알아낼 겁니다." 베이츠는 말했다.

"마리예타호에 대한 습격이 있기 전에 유사한 일을 제보한 목격자는 없었습니까? 사건이나 소문, 전설 같은 거 말이에요." 멀더가 말했다.

"그건, GDI 측 파트너에 문의해야 할 겁니다." 베이츠는 말했다.

스컬리는 일어나 갑판에서 담아온 증거보관용 봉투를 챙겼다.

"베이츠 요원, 당신 쪽 직원 중에 실험실에 가서 이것을 확인해줄 만한 사람이 있을까요? 물고기 비늘로 보이는데, 어떤 종류의 비늘인지 확인할 수 있으면 침입자들의 정체를 확인하는데 좀 더 접근할 수 있을지 몰라요. 내 추측이 옳다면, 해적들은 소말리아 어부들일 거예요."

"그들 영역에서는 다소 멀리 떨어진 것 같은데요. 하지만 해양수산

---

19) Mohawk. 북미 원주민의 한 부족이며, 머리 가운데에만 띠 모양으로 모발을 남겨 두는 특징이 있다.

부 차관 사무실에 도움을 줄 수 있을지 모르는 연락책이 있어요. 한 번 연락을 넣어 보죠."

멀더와 스컬리는 영사관 밴을 타고 문을 나섰다. 교통이 복잡하게 얽힌 탓에 그들은 영사관 밖에 서 있었다.

"아라비아 반도에는 초자연적인 활동들에 대한 역사가 풍부하게 남아 있어요. 우리도 정령에 대한 경험이 있잖아요. 그리고 정령이란 여러 형태를 취할 수 있다는 것도 알고요." 멀더는 말했다.

"이 사건에는 X-파일에 부합할 만한 요소가 극히 적어요, 멀더. 우리가 가진 거라곤 흐릿한 영상 한 조각뿐이잖아요. 국무부 외교관이 실종 중이고, 아직 살아있을지도 몰라요. 내 생각엔 우리가 불편한 상황에 처한 걸 인정해야 해요. 제인 페퍼의 목숨이 위태로울지도 모르는 데다, 사우디 당국의 결론에 확신이 가지도 않고요."

멀더는 익숙한 불만이 치솟는 걸 느꼈다. 설명되지 않는 사건들을 수년간 수사했음에도 스컬리는 늘 회의적이었다.

"그래서 당신 생각은 어떤데요?"

"우리가 아는 건 그 공격이 홍해의 보고되지 않은 섬 주변에서 발생했다는 거예요. 누군가가 보트에 올랐다는 것도 알고요. 페퍼가 납치됐다면, 그녀가 누구이기 때문이라는 쪽이 이치에 맞아요. 그렇다는 건 누군가가 해적들에게 정보를 건넸다는 뜻이에요."

멀더는 뒷주머니에서 서류 봉투를 꺼냈다.

"살레에 따르면, 선장과 국경경비대만 승선 명단에 접근할 수 있었어요." 멀더는 말하면서 봉투를 열었다. "선원들 외에 유일한 다른 승객들은 개빈과 매기 펠럼 부부였어요. 알 바사틴에 거주하는 영국인들이죠."

“그 테이프 오디오를 들었을 때, 개빈 펠럼은 공격 당시 보트에 있지 않았어요. 그는 섬까지 헤엄쳐 갔고, 보트는 그가 돌아오기 전에 떠났어요.”

멀더는 그 사실이 충분히 이해될 때까지 잠시 말을 끊었다. 그런 다음 운전사에게 몸을 숙였다. “알 바사틴이 어딘지 압니까?”

알 바사틴 주거 지역
사우디아라비아, 제다
현지 시간 토요일 오후 3시 15분

보안 출입구는 험비[20]를 타고 AK-47s와 MG3 기관총으로 무장한 사우디 군인들이 지키고 있었다. 하지만 일단 밴이 보안 출입구를 빠져나가자, 주거지 자체는 서양의 여느 공동주택단지와 다를 바 없었다. 그들은 베이지색 치장 벽토를 바르고 도자기타일로 된 지붕을 얹은 커다란 연립주택형 펠럼의 빌라 앞에 차를 세웠다. 벨을 두 번 누르자 문이 열렸다. 중년의 필리핀 여자가 얼굴에 걱정스러운 표정을 띠고 문간에 서 있었다.

“펠럼 부부는 보트 여행에서 돌아오지 않았어요.” 그녀는 멀더와 스컬리가 자신들을 소개한 뒤에 가까스로 말했다.

“들어가도 될까요?” 스컬리는 말했다.

티나라는 이름의 가정부는 육 년간 펠럼의 집에서 일해 왔다. 그중 삼 년은 사우디에, 삼 년은 자카르타에 있었다. 개빈은 큰 미국 담배

20) 군용 지프 차량.

회사의 외판원이었고, 매기는 국제 학교에서 영어를 가르쳤다.

"제인 페퍼를 아십니까?" 멀더가 물었다.

"페퍼 양 알아요. 아주 좋은 아가씨예요, 두 집 건너 살아요."

"펠럼 부부가 페퍼 양에 대해 안 좋게 말한 적이 있나요?"

"아뇨, 전혀요. 그들은 페퍼 양을 아주 좋아해요. 같이 파티 많이 해요."

"파티? 어떤 파티죠?"

"이웃과 하는 파티요. 펠럼 씨는 항상 자기의 해피 주스를 가져가요."

티나는 그들을 부엌으로 데려가서 식료품 저장실을 열었다. 안에는 철제 냄비와 배관, 압력솥 하나가 같은 선반에 정갈하게 진열되어 있었다. "펠럼 씨는 많은 사람한테 해피 주스를 줘요. 그 사람들이 그에게 돈을 주고요."

그녀는 멀더와 스컬리를 부엌 밖으로 안내해서 계단을 올라 잠겨 있는 문 앞으로 이끌었다. 그녀는 잠금을 풀고 문을 열었다. 스컬리가 세어보니 서른 개 남짓한 종이 상자들이 안쪽에 깔끔하게 쌓여 있었다.

"해피 주스예요." 티나는 말했다.

스컬리는 안으로 들어가 상자 하나를 열고 1.5리터들이 플라스틱 병을 꺼냈다.

"물인가요?" 그녀는 말했다.

"마셔 봐요." 티나는 말했다.

스컬리는 뚜껑을 비틀어 열고 냄새를 맡아보았다. 그녀는 멀더를 쳐다보았다.

"술이에요." 그녀는 말했다.

멀더가 다가와 병을 집어 들고 벌컥벌컥 들이켰다.

"사디키네요." 그는 말했다. "사우디 밀주예요."

쉐라톤 홍해 호텔

제다, 북 오브후르

현지 시간 토요일 오후 5시 20분

영사관 밴이 호텔에 차를 세우고 그들 뒤로 문이 닫히는 순간 스컬리의 핸드폰이 울렸다.

"스컬리입니다. 알겠어요…. 좋아요. 고마워요." 그녀는 엄지손가락으로 통화 종료 버튼을 누르고 멀더를 쳐다보았다.

"그 비늘의 예비 검사에서는 결론이 나오지 않았대요. 홍해의 일반적인 물고기 표본 중 어느 것과도 일치하지 않는다는군요. 좀 더 심도 있는 테스트를 해 보고 있대요."

멀더는 눈썹을 치켜세웠다.

"아무 의미도 없어요, 멀더."

"당신이 그렇다면요."

스컬리는 아바야를 벗어버리고자 방갈로로 돌아갔다. 유리로 된 미닫이문에 이르렀을 때, 불이 켜져 있는 것을 발견했다. 그녀는 분명히 불을 껐었다. 스컬리는 시그 사우어 P228로 손을 뻗었지만, 아바야를 허리까지 끌어올리고서야 총을 꺼낼 수 있었다. 그녀는 멈춰서서 귀를 기울였다. 안에서는 아무 소리도 들리지 않았다. 파도가 바위에 부딪치는 소리와 뒤쪽 레스토랑에서 식사하는 사람들의 조용한 말소리만 들릴 뿐이었다.

스컬리는 조용히 문을 밀어 열고, 짙은 파란색 커튼을 옆으로 밀쳤다. 어떤 소리도 움직임도 없었다. 적어도 거실에는 아무것도 없었다. 그녀는 안으로 미끄러져 들어가 침실 쪽으로 움직였다. 다시 멈춰서서 귀를 기울여 보았다. 침대는 선명한 색깔의 상자들 수십 개로 뒤덮여 있었다. 침대 옆 탁자에는 장미 꽃병이 놓여 있었고, 꽃병에 카드가 기대어져 있었다. 침실과 욕실이 모두 비어 있음을 확인한 뒤, 스컬리는 아바야를 벗고 총을 총집에 끼웠다. 그리고 카드를 집어 들어 열어 보았다.

— 제다에 오신 걸 환영합니다, 살레.

그 선물들, 그 꽃들은 심각하게 전문가답지 못할 뿐 아니라 도가 지나쳤다. 스컬리는 지난 몇 시간 동안 자신이 어떤 행동을 보였기에 이런 호화로운 행위를 유발했는지 짐작도 가지 않았다.

스컬리가 멀더에게 말하려고 문을 향하는 순간, 핸드폰이 울렸다.

"여보세요?" 그녀는 말했다.

"스컬리 수사관, 살레입니다. 내가 보낸 환영 선물은 받았겠지요?"

"그래서 말인데요, 내가 이 나라의 관습에 그다지 익숙하지는 않지만—."

"미안합니다만, 스컬리 수사관. 사실은 중요한 소식을 전하려고 전화했습니다. 제인 페퍼를 발견했어요. 살아있습니다. 현재 국제 의학 센터에서 보호 및 치료 중입니다. 그녀의 상태로 보건대, 당신이 진술을 받을 수 있다면 가장 좋을 것 같더군요. 생존자가 더 있을지도 몰라요."

"물론이죠. 영사관에 이동수단을 부탁할게요."

"그럴 필요 없어요. 내가 차를 보냈습니다. 곧 도착할 거예요." 살레가 말했다.

스컬리는 전화를 끊고 멀더에게 전화했다. 전화는 음성사서함으로 넘어갔다. 스컬리는 상황을 설명했다. 그리고 한숨을 쉬며 아바야의 주름을 편 다음 옷 위에 걸쳐 입고 차를 타기 위해 나갔다.

멀더는 샤워를 마치고 나와 몸을 말리다가 핸드폰에 메시지가 도착한 것을 발견했다. 그는 스컬리의 메시지를 듣고는 한 시간 내에 연락이 없으면 스컬리에게 연락해야겠다고 생각했다. 제인 페퍼가 살아있다는 말을 들으니 마음이 놓였다. 더 많은 답을 얻을 수 있다는 의미일 뿐 아니라, 사우디 당국이 수색을 계속하고 있다는 자신들의 말을 지키고 있다는 뜻이었기 때문이다.

멀더는 반바지에 티셔츠를 걸친 다음 자신의 침실에 있는 작은 책상 위 노트북컴퓨터 앞에 앉았다. 그는 수메르[21] 신화 속 물의 신인 엔키(Enki)에 대한 검색 자료를 읽어보았다.

엔키에게 받쳐진 주신전의 이름은 에-은-구르-아(E-en-gur-a), '지하수의 집'이라는 의미로, 예메니 쿠다 부족이 정착한 홍해 해안선 근처 섬에 있는 지구라트[22]신전이다. 그는 메(Me)라고 불린 신성한 힘, 문명의 선물의 수호자였다. 그는 종종 잉어의 껍질을 두르고 뿔 달린 신성한 왕관을 쓴 모습으로 나타난다. 바빌로니아 신화에서는,

---

21) Sumer. 고대 메소포타미아 남부에 살던 민족 또는 그 지역. 세계 최고(最古)의 문명이 발생한 지역으로, 오늘날의 이라크 지방이다.

22) Ziggurat. 고대 바빌로니아, 아시리아 유적에서 발견되는 고대의 성탑. 둘레에 네모 반듯한 계단이 있는 피라미드 구조물.

엔키는 에아(Ea)라고 알려져 있으며 반은 인간, 반은 물고기로 묘사된다. 에아는 종종 스카 압시(Skar Apsi), 혹은 '심해의 왕'이라 일컬어지기도 했다.

멀더는 '예메니 쿠다 부족'이라고 검색창에 친 결과 '제다'에 대한 다수의 웹 기사들을 발견했다. 그는 다시 '스카 압시'를 검색해 보았다. 첫 검색 결과는 '심해로부터: 아라비아의 바다 전설들'이라는 제목의 학술 논문이었다. 멀더의 맥박이 빨라졌다. 기사를 읽기 전에, 그의 시선이 저자의 이름에 내리꽂혔다.

'헨리 그레인지 박사. 메릴랜드 대학 문화인류학.'

그는 핸드폰을 집어 들었다.

제다, 북 오브후르

현지 시간 토요일 오후 6시 35분

스컬리는 링컨 타운카[23] 뒷좌석에 앉아서 이 차가 관용차인지 의심하기 시작했다. 새것 같은 가죽 내장에 DVD 플레이어, 손톱을 깔끔하게 다듬은 운전사까지 그 반대를 시사하고 있었다. 스컬리는 물어보려 했지만, 운전사는 영어를 이해하지 못하는 듯이 보였다.

스컬리는 차가 남쪽으로 달리는 동안, 진하게 칠한 차창 너머로 지나치는 문 닫힌 리조트들과 정박지들을 바라보았다. 그녀는 앞쪽에 메디나 로드로 가는 진입도로를 알아보았지만, 운전사는 24km를 더 가고서야 오른쪽으로 꺾어 어느 문 앞에서 차를 세웠다. 잠시 후에

23) 앞좌석과 뒷좌석 사이에 칸막이가 있는 승용차.

문이 미끄러지며 열리기 시작했고, 타운카는 기다란 진입로로 들어섰다.

"여기가 병원인가요?" 그녀는 물었지만, 운전사는 아랍어로 대답했다.

차는 진입로 오른쪽으로 바다에 맞닿을 때까지 계속 굴러갔다. 거대한 요트와 건널 판자 옆에 서 있는 살레가 보였다. 차는 멈추었고, 스컬리는 내렸다.

"이렇게 돌아가는 걸 양해해주세요, 스컬리 수사관. 하지만 이번이 당신의 제다 첫 방문인 걸 고려해서, 병원까지 경치가 좋은 길로 가면 좋을 듯해서요. 해안가를 따라 남쪽으로 내려가서 항구로 들어갑시다."

스컬리는 그 제안에 분노가 솟구치는 것을 느꼈다. 페퍼는 지옥을 경험했다. 그녀가 제공하는 정보가 힉스, 펠럼 부부, 그리고 선원들을 찾는데 유용할 수도 있었다.

"미안하군요. 하지만 나한테는 경치 좋은 길을 택할 여유 따위는 없어요. 나를 즉시 제인 페퍼에게 데려다주는 게 아주 중요한 일이에요."

그때 그녀는 그것을—그의 표정에서 무언가를, 다소 지나치게 즐거워 보이는 무언가를 감지했다. 운전자의 존재가 느껴졌다. 가깝고, 기분 나쁘며, 긴장감을 주는 존재가. 그녀는 시그 사우어를 향해 손을 뻗었지만, 아바야가 걸리적거렸다.

"걱정 마세요, 스컬리 수사관. 더 이상 지체하지 않고 바로 페퍼 양에게 모셔다드릴 테니까."

쉐라톤 홍해 호텔
제다, 북 오브후르
현지 시간 토요일 7시 15분

멀더는 스컬리에게 메시지 두 개를, 베이츠 요원에게 한 개를 남겨 두었다. 하지만 그의 걱정은 아직 가 닿지 않았을 수도 있었다. 제다에서 통신 신호가 얼마나 강한지 알 수 없었고, 딱히 불안해할만한 이유도 없었다. 그는 조사된 사실들을 돌아보았다. 누군가가 혹은 무언가가 바다에서 나와 마리에타호에 올라탔다. 보트에는 생존자도 없었고, 시체도 발견되지 않았다. 페퍼는 사우디 당국에 산 채로 발견되었다(하지만 어떻게 그리고 어디서?). 개빈 펠럼은 공격이 있었던 당시 보트에 없었다. 개빈은 자신의 집에서 불법으로 사디키를 판매하고 있었다. 거기에 확인된 비늘들, 영상, 헨리 그레인지 교수가 있었다. 그 교수라면 아마도 이 사건 전체를 연계할—.

문에서 노크 소리가 들렸다. 멀더는 탁자 위의 총집에서 시그 사우어를 꺼내 들고 커튼 사이로 엿보았다. 한동안 그는 수염을 짧게 깎은 키 큰 남자를 알아보지 못했다가 그 사람이 마흐무드임을 깨달았다. 그는 청바지에 검은 티셔츠를 입고 있었다. 멀더는 문을 밀어 열면서 권총을 허벅지 뒤로 돌렸다.

"마흐무드 경위. 여기는 어쩐 일입니까?" 그는 말했다.

멀더가 옆으로 비켜서자 마흐무드는 몸을 굽히고 안으로 들어섰다. 그의 표정은 가라앉아 있었고 피곤해 보였다.

"국경경비대가 한 시간 전에 제인 페퍼와 그랜트 힉스, 매기 펠럼,

그리고 마리에타호 선원 대부분의 시신을 찾았다는 사실을 개인적으로 알려주고자 왔습니다. DNA나 치과 기록을 조회해줄 때까지는 공식적으로 확정할 수 없지만요."

멀더는 가슴이 조여오는 것을 느꼈다. "그럴 리가요. 나—스컬리 수사관이 살레 경위에게 전화를 받았습니다. 그는 페퍼가 산 채로 발견되었다고 했는데요. 스컬리가 진술을 받기로 했고요."

마흐무드가 멀더와 눈을 맞추었다. "살레라고요? 그럴 리가 없습니다. 살레는 소식을 들었을 때 나와 함께 있었습니다. 당신이 착각했겠지요. 지금으로선 상관없어요. 사건은 우리 손을 떠났습니다. 국가정보원으로 넘어갔어요. 국제적 안보 문제로 선언되었습니다. 나는 여기 예의상 방문한 겁니다."

마흐무드는 문을 향해 걷기 시작했다. 멀더는 그의 앞을 막아섰다.

"이봐요, 살레, 혹은 살레라고 주장하는 사람이 스컬리에게 전화를 했고, 차를 보내 데려갔단 말입니다. 지금 스컬리와 연락이 닿지 않아요."

마흐무드는 멀더를 피했다. "그녀가 메시지를 오해한 게 분명합니다. 살레는 음, 스컬리 수사관에게 사적으로 관심을 갖고 있어요. 아마 그녀가 창피해서 그와 개인적인 약속이 있어서 나간다고 인정하지 않았을 겁니다."

마흐무드는 문으로 손을 뻗었고 멀더는 그의 팔을 붙잡았다.

"개인적인 약속?" 그는 마흐무드의 얼굴 앞에 얼굴을 바짝 붙이고 말했다. "당신은 내 파트너를 몰라. 그녀는 위험에 빠진 게 틀림없다고. 당신이 살레에게 전화해줘야겠어."

마흐무드는 멀더를 쳐다보았다. 그의 표정은 차가웠고 읽어낼 수 없었다. "여기 온 것만으로 내 경력을 걸었습니다."
"살레에게 전화해요." 멀더는 말했다.

홍해상 약 10Km 지점
현지 시간 토요일 오후 8시 30분

멀더와 마흐무드는 UH-60 블랙호크 헬리콥터가 저 아래 바다의 검은 놀과 흰 물결 위로 치솟을 때 뒤 칸에 앉아 있었다. 둘 다 헤드폰과 마이크를 찼다.

"살레의 운전사가 스컬리 수사관을 십구 시 직전에 살레의 개인 요트에 데려갔다고 하더군요."

"개인 요트요?"

"사우디 왕국에는 왕족이 상당히 많습니다. 살레는 서열이 낮은 많은 왕자 중 한 명이에요."

"그가 스컬리를 섬으로 데려갔다는 걸 어떻게 확신합니까?"

"운전사 말이 살레가 이상하게 행동하고 있었답니다. 그리고 '스컬리 수사관을 현장으로 데려가겠다'는 언급을 했다더군요."

"살레를 얼마나 잘 알고 있나요?"

"그의 경건함이 허영심에 한참 퇴색되었음을 알 만큼 잘 알지요."

멀더는 블랙호크가 하강하는 것을 느꼈다. 헬리콥터의 투광 조명이 드문드문 식물이 돋은 섬의 바위투성이 해변을 비추었다. 그들은 몇 분 더 섬 위를 날다가 평평하게 뻗은 땅 위에 착륙했다.

"해변에서 요트를 찾아봐야 하지 않을까요?" 멀더는 물었다.

"조종사가 모래 폭풍이 섬 위로 움직이고 있다는 보고를 받았어요. 더 이상 날 수 없습니다. 시체들이 발견된 곳까지 걸어서 이동할 겁니다. 여기서 멀지 않아요."

마흐무드는 넓게 트인 지역을 가로질러 더 높은 쪽으로 멀더를 안내했다. 바람이 일어 그들에게 미지근하고 모래가 가득한 공기를 퍼부었다. 그들은 커다란 바위 몇 개를 올라 고원에 다다랐다. 어둠과 모래 연무 속에서, 멀더는 고원 중앙부에 우뚝 솟은 커다란 첨탑을 발견했다.

"저게 뭡니까?" 그는 점점 고조되는 바람의 울부짖음과 다투며 외쳤다.

"여기가 범죄 현장일 겁니다." 마흐무드가 말했다. "에-은-구르-아, 엔키의 신전입니다. 이슬람교 이전 수많은 토속 신 중 하나로 고고학적인 장소지요."

"그 물의 신 말입니까? 살레는 엔키 컬트의 전문가인 그레인지 박사 밑에서 공부했어요." 멀더는 말했다.

"신전 안을 수색해 봅시다. 살레가 스컬리를 여기로 데려왔을 가능성이 높아요. 지하 통로는 물밑의 제물을 바치는 방으로 이어집니다. 국경경비대가 거기서 희생자들을 발견했지요." 마흐무드는 말했다.

일단 첨탑 위에 오르자, 기하학적인 선들이 더욱 선명하게 드러났다. 그것은 10m 또는 12m 정도 되는 높이의 오벨리스크였다. 그 아랫부분에 돌로 된 아치형 출입구가 있었다. 내부는 암흑이었다. 마흐무드가 손전등으로 그 출입구를 비추자 무수히 많은, 닳아 해진 상징들이 드러났다. "대부분 설형 문자입니다." 그는 말했다. "어떤 상징들은 아직 판독되지 않았고요."

그는 입구 안으로 이동했고, 멀더는 그 뒤를 따랐다. 입구는 짧은 통로로 좁아졌다가 가파르게 내리닫기 시작했다.

"시체 상태로 보아 국제적인 테러리스트가 개입됐을 가능성이 있었습니다."

"시체 상태가 어땠는데요?"

"머리가 잘려져 있었어요. 전부 다요."

오래지 않아 멀더는 바닷물 냄새를 맡았다. 물결이 바위에 부딪히는 소리도 들렸다. 통로가 넓어지더니 커다란 공간이 나타났다. 여기서, 길은 바닷물이 고인 웅덩이로 이어지다가 또 다른 오벨리스크에서 끝났다. 이쪽은 땅 위로 솟은 것과 똑같이 생겼지만, 그보다는 작았다. 그 공간은 그 외에는 텅 비어 있었다.

"시체들은 저 오벨리스크 주변에 배열된 채로 발견됐습니다."

"스컬리도 없고 살레도 없군요. 위에 있는 게 분명해요."

"어쩌면 아직 도착하지 않았을지도 모르지요."

"마흐무드, 스컬리가 위험해요. 그녀가 나타나길 바라며 여기서 기다리고만 있을 순 없습니다."

"당신 파트너 걱정은 좀 덜해야 할 겁니다."

"뭐라고요—?"

마흐무드는 총을 멀더에게 겨눈 다음 손전등 빛을 돌려 멀더의 눈을 멀게 했다.

"총을 빼서 바닥에 버려."

멀더는 재킷에 손을 넣어 시그 사우어를 꺼냈다. 잠깐 동안 그는 마흐무드를 쏠까 생각해보았지만, 눈에 비치는 빛 때문에 아무것도 볼 수 없었다.

"천천히 뒤로 걸어서 오벨리스크 쪽으로 가. 당신도 이다음에 벌어지는 일이 매우 흥미로운 일임을 알게 될 거야."

"스컬리에게 무슨 짓을 했지? 이봐, 이제 나를 잡았잖아. 스컬리는 필요 없어. 그녀를 풀어줘."

"스컬리는 안심해도 돼, 내 장담하지."

멀더는 오벨리스크의 차가운 돌이 등에 닿는 것을 느꼈다. 마흐무드는 재빨리 멀더의 손을 뒤로 돌려 조형물 뒤로 수갑을 채웠다. 이제 눈에 비치던 불빛은 멀더의 눈에 떠도는 먼지의 소용돌이 형태만 남긴 채 사라졌다. 멀더의 시야는 적응되었다. 마흐무드는 그 주변을 둘러싼 횃불들을 밝히느라 분주히 움직이며 말했다.

"엔키는 균형을 요구하는 신이지. 고대의 수많은 신처럼, 그도 제물을 바쳐야 지속돼. 아브라함의 전통에 따르면, 그런 제물들은 주로 사적이고도 상징적이야. 라마단 기간에는 이슬람교도들은 일출에서 일몰까지 음식과 부정적인 행위를 금하지. 가톨릭교도들은 사순절 동안 무언가를 금하고. 유대인들에겐 성전파괴일[24]이 있어. 엔키나 그의 부류는 그렇게 비유적이지 않아."

마흐무드는 횃불을 다 붙이고 멀더 앞의 웅덩이를 가로지르는 길로 이동했다. 그는 옷을 벗기 시작했다.

"엔키는 육지와 바다의 관계를 대변하지. 두 가지 강력한 요소가 충돌할 때 균형은 폭발해. 바위에 부딪히는 파도, 땅을 뚫고 들어가는 어귀, 인간의 거주지를 갈아엎는 허리케인이며 태풍. 엔키는 또한 그 균형의 조화로운 자연을 대변하지. 심해의 풍부함, 생명을 주는

---

24) 티샤 베아브(Tisha B'Av). 로마인에 의해 예루살렘 성전이 파괴된 날을 가리키며 이날을 기억하고 슬픔으로 표현하는 유대인의 전통 의식의 날.

빗물의 보급, 거래와 수송."

마흐무드는 이제 멀더 앞에 나체로 서 있었다. 그의 가느다란 몸이 횃불에 비쳐 노랗게 타올랐다. 멀더는 수갑을 끌어당겨 억지로 손을 빼내 보려 했지만 소용이 없었다. 멀더가 말했다.

"그런 것들은 모두 고대의 생각들이야. 한물갔어, 죽었다고. 나를 제물로 바쳐서 얻는 건 당신이 체포되는 것뿐이야."

"그 생각들은 생생하게 살아 있어, 당신이 직접 목격하는 특권을 누리게 될 거야."

그는 무릎을 꿇고 거친, 목구멍을 긁는 듯한 소리를 내뱉기 시작했다. 멀더는 알아들을 수 없는 언어였다. 마흐무드가 고개를 들었을 때, 그의 눈은 검게 변했고, 얼굴은 더욱 뾰족해졌으며, 피부는 녹색과 파란색으로 반짝였다.

멀더의 맥박이 빨라지고 호흡이 얕아졌다. 그를 둘러싼 웅덩이의 물이 소용돌이치기 시작했다. 마흐무드의 손가락들이 물갈퀴가 달린 막과 날카로운 발톱으로 변해가자 멀더는 두려움이 솟구치는 것을 느꼈다. 마흐무드의 피부는 반짝이는 비늘들로 변했다. 뻐끔거리는 잉어 같은 입 위로 실 가닥처럼 맺힌 끈적거리는 젤 때문에 더욱 알아들을 수 없게 된 그의 주절거림은, 다급하게 고조를 더해갔다.

멀더는 피가 손으로 흘러내리는 게 느껴질 때까지 수갑을 잡아당겼다. 그를 둘러싼 물 표면에 거품이 일며 살아 움직이자 마흐무드는 이에 더욱 흥분했다. 그의 검은 눈이 하수인들의 도착에 기쁨으로 커졌다. 그는 뾰족한 이빨들로 에워싸인 거대한 입을 벌려 공기를 흡입하며, 불안정한 물갈퀴가 달린 발로 멀더에게 어기적거리며 다가왔다.

그의 존재는 거대한 미지의 바다와 오랫동안 휴면기에 있었던 신들을 증명하고 있었다. 그의 찢어발기는 발톱과 물어뜯는 이빨이 다가오자, 멀더의 사고는 아주 오래되고 이질적인 악의로 변질되어 점점 흐릿해졌다.

마흐무드는 그 썩은 입내가 느껴질 만큼 멀더에게 가까이 다가왔다. 멀더는 고개를 돌려 피할 수 없는 결과를 기다리다, 어떤 형체들이 물웅덩이 표면으로 솟구치는 것을 보았다. 그 형체들의 피부는 반짝였고, 머리는 기형이었으며, 그들의 숨소리는 매우 부자연스럽게 들락거렸다.

멀더는 울부짖었다.

홍해의 알려지지 않은 섬

현지 시간 토요일 오후 9시 43분

위쪽에서 희미한 오렌지색 불빛과 춤추는 그림자들이 보였다. 그 순간의 초현실성이 스컬리를 강타했다. 물밑에서의 호흡. 머리 위로 솟구치는 물거품의 장막. 홍해의 아래.

스컬리는 빛을 좇아 다른 이들을 따라갔다. 살레 외에도 남자들이 네 명 더 있었다. 내무부의 특별 대응팀(Ministry of the Interior's Special Response Team. MOI)에서 나온 대원들이었다. 그녀는 그들을 따라잡을 때까지 발을 찼고, 그런 다음 모두 함께 물 위로 솟구쳤다.

물 위로 머리를 내밀자 집합된 이미지들이 그녀를 마주했다. 동굴 같은 방, 금빛 불빛, 두 남자와 바위기둥—그러나 무언가가 부적절해 보였다. 그녀는 마스크를 벗었다. 그러고도 한동안 남자 중 한 명은 비늘로 뒤덮인 듯이 보였다. 그는 거대한 물갈퀴가 달린 발톱으로 오벨리스크에 묶인 멀더의 목을 움켜쥔 상태였다.

살레가 아랍어로 뭐라고 소리쳤고 MOI 대원 한 명이 HK MP5 소형 경기관총을 발사했다. 비늘로 덮인 남자가 멀더의 발치에 쓰러졌다. 대원들은 신속히 물 위로 올라 사체에 접근했다.

스컬리는 오리발을 벗고 멀더에게 다가갔다.

"한순간 생각했어요, 당신이 —." 그녀는 말했다.

"내가 물고기 인간에게 공격당하고 있었다고요? 이봐요, 스컬리, 우리 전에도 이런 춤은 춰 봤잖아요." 멀더는 바닥에 쓰러진 사체 쪽으로 고갯짓하며 말했다. "당신이 직접 봐요."

스컬리는 사체를 내려다보았다. "멀더?"

멀더는 그녀의 시선을 따라갔다.

마흐무드가 벌거벗은 채 죽어 있었다. 옆구리에 난 여러 발의 총상에서 피가 흘렀다.

"하지만…." 멀더는 말했다.

살레가 다가왔다. "오래된 수메르의 신들을 추앙하는 마흐무드 같은 컬트 교도들, 숭배자들이 있어요. 마리예타호에 대한 습격 같은 일은 처음이 아니었습니다. 지금까지는 바다에 국한되어 있었지만 결국 내륙으로 진출하기 시작할 거라는 우려가 있었지요. 그레인지 박사와의 공부는 그들을 쫓는 데는 별 가치가 없더군요. 지금까지는 임기표적[25]이었고 사건들이 고대의 달력과 긴밀하게 연결되어 있다는 정도였습니다. 당신의 희생은 수메르 말로 아라 티스리툼, 즉 새해

25) 사전 계획 없이 갑자기 출현하는 표적을 일컫는 군사용어.

의 시작을 알리는 '한 달의 시작'에 맞춰 조정되어 있었습니다."

"마흐무드는 엔키가 '균형'을 필요로 한다며 뭐라고 말했습니다. 나를 바치는 게 제의의 후반부인 것처럼요. 페퍼가 처음이었나요?" 멀더는 말했다.

"멀더, 페퍼는 살아 있어요. 그들이 쫓은 건 매기 펠럼이었어요." 스컬리는 말했다. "마흐무드는 사디키 사업을 빌미로 매기의 남편 개빈을 압박하고 있었어요. 개빈이 마흐무드에게 이 보트 여행에 대해 알렸어요. 자기가 살려고 아내를 바친 거죠."

"엔키 숭배자들은 자신들의 공물에 매우 특정한 기준을 두고 있어요. 수메르 태생이거나 그 피붙이여선 안 되고, 아라 티스리툼이 낀 달의 정확히 반절에 해당하는 날 태어나야 하는 거죠." 살레는 말했다

"그레고리력에 따르면, 그날은 10월 13일이에요."

"매기 펠럼과 내가 생일이 같았다고요?" 멀더는 말했다.

"보트로 가서 당신 손목을 좀 봐요."

에어프랑스 718편

현지 시간 일요일 오후 11시 30분

스컬리는 일등석 칸에 앉아 샴페인을 홀짝거렸다. 그녀는 잔을 내려놓고 눈을 감았다. 잠시 뒤 멀더의 존재가 느껴져 고개를 드니 그가 통로에 서 있었다.

"일등석에 자리가 더 없어서 유감이에요, 멀더. 당신이 원하면 내가 이코노미석으로 옮길게요. '당신' 생일이잖아요."

"그냥 즐겨요. 즐길 수 있을 때." 그는 말했다.

"노력 중이에요." 그녀는 말하며 눈을 감았다. "스키너에겐 왕자가 업그레이드해줬다고 말하지 말자고요."

"한 가지 잘 이해가 안 가는 점이 있어요. 마흐무드는 사우디에 거주하는 모든 국외자의 출생 기록이 담긴 MOI 데이터베이스에 접근할 수 있었을 거예요. 그것으로 매기 펠럼은 설명이 되요. 그런데 나는? 그가 어떻게 알았을까요?"

"나도 몰라요, 멀더. 어쩌면 베이츠가 뭔가 말했을지도 모르죠. 공항의 출입국 심사하는 사람들에게서 알아냈을 수도 있고."

"하지만 그렇다면 다 우연이란 말이잖아요, 내가 여기 온 것도."

"전부 우연이에요, 멀더."

"나는 사건 보고서를 재검토하고 있었어요. 리야드에 있는 FBI 사무실에서 사우디 왕자의 부탁으로 우리를 요청했다고 하면 당신은 뭐라고 할래요?"

스컬리는 눈을 떴다. "정말이에요?"

멀더는 어깨를 으쓱하고 미소를 지었다.

TRUST NO ONE

THE X FILES™

하수관

Sewers

지니 코흐

THE X FILES™

버지니아 주, 베일리스 교차로

1963년 12월 8일, 오전 10시 9분

하수관은 아서 데일스가 상상했던 것보다 훨씬 더 어둡고 눅눅하고 악취가 지독했다. 하지만 이 아래에는 그가 저지해야만 하는 괴물이 있었다.

다행스럽게도 물과 쓰레기, 그리고 신만이 아실 무엇들로 가득 찬 널찍한 도랑 양쪽에 콘크리트로 된 통로가 있었다. 그는 한 손에는 손전등을, 다른 손에는 45구경 콜트권총을 쥐고 재빨리, 그러나 조용히 걸었다. 어떤 소리—무언가가 콘크리트를 거칠게 긁는 소리가 그의 주의를 끌었다. 비늘 따위가. 그는 소리를 향해 다가갔다.

그 괴물이 구석에서 펄쩍 뛰쳐나왔다. 정확하게 보이지는 않았지만 길게 늘어진, 송곳니가 튀어나온 주둥이와 거대하고 뾰족한 꼬리는 변장 같지는 않았다. 특히 그 꼬리가 데일스를 철썩 내리쳐 그를 터널 반대쪽으로 날려 버린 마당에는.

“아이는 어디 있지?” 데일스는 손전등은 빠뜨렸지만 자신은 하수에 빠지지 않은 채, 손에 총을 쥐고 발에 힘을 주어 버티며 간신히 소리쳤다. “아이를 내놔!”

그 괴물은 으르렁거리고는 돌아서서 하수관을 채운 물로 달아났다. 놈은 그 덩치로 가능하리라 생각되는 것보다 훨씬 더 빨랐다.

데일스는 그 뒤를 쫓아 달렸다. 이제 아주 가까웠다. 그는 총을 겨누어 발사했다.

총알은 놈의 몸을 맞고 굴절되었다. 놈이 방탄 악어 복장을 한 거대한 인간이 아닌 이상, 놈은 그 튀어나온 총알들을 보이지 않는 곳으로 날려버린 것이었다.

그 괴물은 강했고, 데일스의 총은 놈에게 흠집 하나 내지 못할 터였다. 그런 건 중요치 않았다. 중요한 건 아이의 목숨이었다. 데일스는 어둠 속으로 뛰어들었다.

캘리포니아 주, 비스타 부에나[26]

1990년 12월

제이슨은 늦었고 그의 엄마는 화를 낼 터였다. 그리고 그가 ABC 여자아이[27]들과 함께 있었다고 하면 더 화를 내리라. "나 가야 할 것 같아."

"제발, 제이." 아만다가 말했다. "언제부터 겁쟁이가 됐어?"

"겁쟁이 아냐. 그냥…, 지금쯤은 집에 있어야 하잖아."

브리타니가 눈을 굴렸다. "언제부터 그런 데 신경 썼는데?"

"제이슨은 엄마가 화낼까 봐 걱정하는 거야." 케이틀린이 말했다. "하지만 너도 너희 엄마가 그래 봤자 취했을 걸 알잖아, 제이. 아마 필름이 끊겼을 거야."

---

26) Vista Buena. 부에나 비스타와 유사하게 만든 가상의 지명.
27) 이름 철자가 A, B, C로 시작되는 것에서 비롯한 별칭.

케이틀린의 말에는 진실이 담겨 있었다. 게다가 그들은 이동식 유원지를 보려고 그곳까지 내내 자전거를 타고 왔다. 이곳은 제이슨의 엄마가 제이슨에게 가지 말라고 했던 곳이었다. 하긴, 그의 엄마는 제이슨이 아무 데도 못 가게 했다. 그저 학교에만 가라고 했다. 그래서 그가 내내 어디 있는지 알 수 있게.

"좀 형편없어 보이잖아." 그는 지적했다.

"오래돼서 그렇지. 그게 어때서? 난 지퍼[28] 타고 싶어." 브리타니가 어깨를 으쓱하며 말했다.

"난 괴물들이 보고 싶어." 아만다가 끼어들었다.

"솜사탕." 케이틀린이 말했다. "퍼널 케이크[29]. 그리고 콜라도."

"우린 돈이 없잖아." 제이슨이 지적했다.

ABC 여자아이들이 그에게 똑같은 표정을 지어 보였다. 세쌍둥이이기 때문에 쉬운 일이었다. 하지만 그들 셋이 다 같이 머리를 오른쪽으로 기울이고 약간 능글맞은 표정을 띤 채 왼쪽 눈썹을 치켜세우고 그를 바라보는 모습을 보면 언제나 불안해졌다.

"언제부터 우리가 돈 때문에 뭘 못 했지?" 마침내 아만다가 물었다.

"그런 적 없지." 제이슨은 인정했다. 중학교 때 상담 선생은 그들 모두를 비행 새싹이라고 불렀다. 하지만 아무렴 어떤가. ABC 여자아이들은 그의 친구였고, 제이슨은 친구가 많지 않았다. 게다가 그 아이들은 뛰어난 소매치기들이었다. 제이슨은 그렇지 않았지만, 그의 역할은 시선을 끄는 일이었다. 그리고 적합한 목표를 찍는 일.

---

28) Zipper. 1968년 개발된 놀이기구.
29) 소용돌이 모양으로 굽거나 튀긴 케이크.

제이슨이 주위를 둘러보는데, 한 남자가 유원지 철책 안쪽에서 그들에게 다가왔다. "너희들 들어오고 싶으냐?" 남자는 키가 컸고 보디빌더 같은 체격에 목소리가 깊고 거칠었다.

"아저씨가 차력사인가요?" 브리타니가 물었다.

"아니. 사자 조련사도 아니고 단장도 아니란다." 그는 한쪽 눈을 찡긋했는데, 그 눈이 이상했다. 노란색이었고, 인간이라기보다 고양이 같았다.

하지만 다음 순간 눈은 다시 정상처럼 보였다.

"괴물들 중 하나인가요?" 아만다가 물었다.

"그런 말은 하면 안 돼!" 제이슨이 말했다.

남자는 어깨를 으쓱했다. "너희 넷은 학교를 빼먹고 유원지에 왔지만 들어올 돈이 없는 아이들처럼 보이는데."

그들은 서로를 쳐다보았다. "오늘 수업이 없을 수도 있죠." 케이틀린이 말했다.

"돈도 있을 수 있고요." 브리타니가 덧붙였다.

남자는 웃었다. "퍽이나 그렇겠구나. 이봐, 우리는 한가해 — 덕분에 오늘은 사실 수업이 있다는 걸 알고 있지. 나는 무단결석생들한테 약한 구석이 있거든. 그러니 뒤로 돌아와라. 내가 너희를 직원용 출입구로 넣어주마." 그 말과 함께 그는 돌아서서 떠났다.

"저 남자 바지가 좀 이상해 보이지 않아?" 제이슨이 여자아이들에게 말했다. 그 남자의 바지는 무언가 커다란 것이 바지 다리 한쪽에 쑤셔 넣어진 것처럼 보였다. 그것은 남자의 다리가 움직이는 것과 별개로 움직이고 있었다.

"신경 꺼. 우리더러 들어 오래잖아, 들어가." 아만다가 말했다.

그들은 뒤쪽으로 자전거를 타고 갔다. 말할 것도 없이, 남자는 거기서 그들을 기다리고 있었다. 날씨는 흐렸다. 해변 도시에서 겨울이란 잦은 안개와 비를 뜻하는 법이었다. 구름이 더 몰려와 해를 가렸고 제이슨은 몸을 떨었다. 유원지는 해변을 내려다보는 메사[30] 위에 있었다. 그는 성난 듯 부딪히는 파도를 바라보았다. "우리 들어가지 말아야 할지도 몰라."

케이틀린이 그의 손을 움켜쥐고 자전거에서 끌어내렸다. "계집애처럼 굴지 마, 제이." 아만다가 그의 다른 팔을 잡았고, 브리타니를 선두로 그들은 제이슨을 직원용 입구로 끌고 갔다.

남자가 그들을 보며 활짝 웃었다. 그의 이빨은 정말이지 커 보였다. "너희 넷이 공짜로 들어오는 모험을 택했다니 기쁘구나. 이리 오렴. 그렇게 보고 싶어 하던 괴물들을 보여 주마."

"솜사탕 먼저 먹으면 안 되나요?" 케이틀린은 종종걸음으로 그를 따라가며 물었다. "놀이기구 타기 한참 전에 먹어 두게요. 그래야 멀미가 안 나니까."

남자는 어깨를 으쓱했다. "물론. 내가 사주마."

"우리한테 왜 이렇게 잘해 주는 거예요?" 제이슨이 물었다. 그는 자신이 느낀 만큼 의심스럽게 들리지 않도록 애를 쓰며 말했지만 실패였다. 남자의 능글맞은 웃음에 어떤 의미가 담겨 있는지는 모르겠지만, 분명 남자의 모습에는 무언가 잘못된 부분이 있었다. 마치 딱 들어맞지 않는 의상을 걸친 것 같았다.

남자는 어깨를 으쓱거렸다. "나는 아이들을 좋아하거든."

"이름이 뭐예요?" 브리타니가 물었다.

---

30) mesa. 꼭대기는 평평하고 주변부가 급경사를 이루는 탁자 모양의 지형.

"게이터라고 부르렴. 그게 내 별명이야."

"왜 그런 별명이 붙었는데요?" 아만다가 물었다.

게이터는 송곳니처럼 보이는 긴 이빨을 드러내며 활짝 웃었다. "왜냐하면, 네가 짐작한 대로 내가 그 괴물 중 한 명이거든. 내가 바로 악어 인간이다."

"멋지다!" 케이틀린이 솜사탕 장수에게 다가가며 꺅 소리쳤다.

"아저씨는 비늘이 없잖아요." 브리타니가 비난조로 말했다.

"두고 보자꾸나." 게이터는 껄껄거렸다. "게다가, 다른 특징들도 가지고 있지." 그는 솜사탕 장수를 보며 웃었다. "우리 아이들한테 솜사탕 네 개 줘요."

솜사탕 장수는 콘 위로 분홍색 설탕을 휘휘 돌렸다. 게이터는 돈을 냈다. 돈은 악취를 풍겼지만, 솜사탕 장수는 알아차리지 못했거나 신경 쓰지 않는 듯 보였다. 그는 제이슨에게 솜사탕을 건네며 웃었다. "멋진 아버지를 두었구나."

제이슨은 그를 쳐다보았다. 그의 아버지는 몇 년 전에 가족을 버렸다. 게다가 솜사탕 장수는 게이터를 모르는 걸까? "어…."

게이터가 웃음을 터뜨렸다. "가자, 애들아. 쇼를 볼 시간이야."

게이터는 그들을 괴물 쇼 천막으로 데려갔다. 그들이 들어온 곳처럼, 여기도 뒤 출입구에 가까운 데다 화장실 옆이었다. 천막은 낡고 으스스했다. 게이터는 천막 덮개를 내렸다. 안은 칠흑처럼 어두웠다. 여자아이들은 달려 들어갔다.

제이슨은 멈추었다. "들어가고 싶지 않은 것 같아요."

게이터가 다가와 제이슨의 어깨에 손을 올리고 그를 안으로 떠밀었다. "들어가고 싶을 거야. 나를 믿어라."

그들 뒤로 덮개가 닫히는 순간, 제이슨은 분명 누군가가 내지르는 비명을 들었다. 여자아이 중 한 명 같았다. 그는 게이터를 올려다보았다. 그리고 제이슨 역시 비명을 질렀다.

FBI 사무실, 워싱턴 D.C.
1990년 12월

"여기 자네 거 있네, 도깨비불." 존스턴이 멀더의 책상에 서류를 던졌다.

"폭스."

"뭐라고?"

멀더는 한숨을 쉬며 보고서를 집었다. "차라리 폭스라고 불러. 뭐, 솔직히 말하면, 멀더라고 불러주면 좋겠지만. 하지만 계속 다르게 부르고 싶다면, 폭스라고 부르라고." 그는 6주 동안 매일같이 존스턴에게 멀더라고 불러달라고 부탁했다. 이제 그는 자신의 이름을 시도해보는 중이었다. 멀더는 자기 이름을 싫어했지만, 아카데미에서 얻은 별명보다는 그래도 이름이 나았다.

존스턴은 고집스럽게 그의 별명을 변주해가며 불러댔지만, 항상 친근했다. 멀더는 실제로 한 번도 악의나 조롱은 느끼지 못했다. 사실 존스턴과 파트너로 지내온 것도 인생의 미스터리 가운데 하나였다. 아마 ISU의 패터슨[31]이 그에게 신경 쓰지 않기 때문이리라. 아마 그

---

31) 빌 패터슨은 멀더가 X-파일팀에 몸담기 전 행동과학팀(BSU. Behavioral Science Unit(BSU)과 Behavioral Science Investigative Support Unit(BSISU)로 구성)에 있을 당시의 수석 프로파일러이자 멀더의 멘토이기도 했던 인물로, 1996년 방영된 시즌

의 상관들 대다수가 그에게 신경 쓰지 않을 것이다. 존스턴처럼, 멀더 또한 그런 일은 관심을 둘 가치가 없는 일이었다.

"왜?" 존스턴이 질문을 던진 것은 처음이었다.

"도깨비나 다른 변주된 것들보다야 나으니까." 멀더는 서류철을 쳐다보며 담배를 한 모금 빨았다. 납치사건이었다. 다만…, 충분하진 않았다. 열두 살짜리 아이들 네 명—세쌍둥이인 여자아이들과 남자아이 하나, 모두 친구들이었다. 캘리포니아의 비스타 부에나가 어딘지는 몰라도 셋 다 안 좋은 동네 출신이었다. 아, 존스턴이 쪽지를 붙여 놓았다. 로스앤젤레스에서 북쪽으로 한 시간, 산타바바라에서 남쪽으로 삼십 분 거리에 있는 지역이라고 되어 있었다. 결국 존스턴도 쓸 만한 구석이 있었다. 몸값 요구는 없었다. 실종된 아이들은 모두 비행청소년에 무단결석생이었다. 적어도 학생부에 따르면 그랬다. 따라서 논리적으로 보자면 그들은 납치 피해자라기보다는 가출했거나 어딘가 친구 집에서 노닥거리고 있을 가능성이 크다는 결론이 나온다.

하지만 이 납치 건에는 목격자들이 있었다. 많지는 않았지만 진술한 사람들의 목격담은 서로를 뒷받침하는 것이었다. 다만 그들이 뒷받침하는 바가 영 믿기 어려웠다. "이건 도대체 뭐지?"

"자네가 우리의 '금광'을 발견했군. 그래, 목격자들은 아이들이 하수관으로 끌려 들어갔다고 말하고 있어. 반짝이는 노란색 눈을 한 거대한 악어한테."

"장난이지."

3의 에피소드〈Grotesque〉에 등장한다. 자신이 조사하던 사건에서 직접 살인을 저지르다 멀더에게 체포되었다. 이 단편은 물론, 그전의 이야기이다.

"자네야 장난이었으면 싶겠지. 지역 경찰들이 사정청취를 하고 있어. 오늘 밤까지 아이들이 발견되지 않으면 ASAC 카터가 자네한테 이 사건을 맡길 거야. 아이들은 유원지에서 실종됐고, 카터도 관심을 끌기 위해 꾸민 짓일 수도 있다고 생각해. 하지만 우리가 마무리해야 할 거야. 수사국의 미해결 사건 도장을 꽉 찍어주거나 장난질을 밝혀내거나."

"이건 캘리포니아잖나. 거기도 수사관이 있지 않아?"

존스턴은 어깨를 으쓱했다. "ASAC 카터가 이 건으로 자네 발목을 거는 거지. 신참은 항상 똥 같은 일이나 미치광이를 맡는 법이거든. 하지만 내가 조수석에 탈 테니까 걱정 말라고, 도깨비방망이. 즐거운 휴가가 될 거야. 지역 경찰이 그때까지 아이들을 찾아오지 못하면 우린 내일 오전 여섯 시에 떠나. 내가 자네 집으로 데리러 가지. 와이프한테 미리 미안하다고 전해줘." 존스턴은 떠나 버렸다.

멀더는 나머지 보고서를 읽었다. 경찰이 하수관을 수색했지만, 아이들이나 거대한 악어의 흔적은 찾지 못했다. 한편, 그는 일찍이 경찰의 무능함, 부패, 은닉을 경험했기에 ASAC 카터가 수사국이 조사하길 원한 것도 이해가 갔다.

그는 담배를 비벼 껐다. 이 사건에는 어딘가 친숙한 부분이 있었다. 유사한 무언가를 본 적이 있었다. 그리 오래되지도 않았다.

멀더는 기록보관실로 향했다. 오래된 쪽, X-파일이 보관된 곳이었다. 지난달에 아서 데일스[32]를 만난 이후로 그는 이 사건기록들을 들여다볼 때가 점점 더 많아졌다. 데일스가 말했듯이, 이 사건들은

32) 초창기 X-파일을 수사했던 전직 FBI 요원. 1998년 방영했던 드라마 〈X-파일〉 시즌 5에 등장했다.

흥미로웠다. 여동생의 납치사건에 대한 실마리가 있을지도 모르기 때문이었다. 비록 여동생은 어떤 도시 전설에 당한 게 아니라고 확신하고 있지만.

해당 사건기록을 찾는 일은 오래 걸리지 않았다. 열흘 전에 읽었었다. 사건기록 X-528791. 앨런 G. 수어스[33] 관련.

멀더는 그 보고서를 자기 책상으로 가져왔다. 이 사건은 데일스 본인이 담당했던 사건이었다. 그리고 비스타 부에나의 상황과 불가사의할 정도로 유사해 보였다.

멀더는 두 보고서를 모두 서류가방에 집어넣고, 트렌치코트를 움켜쥔 다음 밖으로 나왔다.

"좀 도와줄까, 도깨비 똥?" 존스턴이 지나치며 물었다.

"됐어. 좀 아는 게 있을지도 모르는 옛 친구를 만나러 갈 거야. 사람을 별로 좋아하지 않으니까 혼자 가는 게 나. 자네는 내일 아침 일찍 보는 거로 알고 있을게."

그러고 바로 멀더는 주차장으로 향했다.

아서 데일스의 아파트

워싱턴 D.C.

데일스가 사는 건물은 데일스 본인만큼이나 오래되었다. 어쩌면 그래서 그가 여기 머무는지도 몰랐다. 멀더는 계단을 올라 복도 끝까지 가서 문을 두드렸다. "데일스 씨? 폭스 멀더입니다."

---

33) Sewers. sewer는 하수관, 하수라는 뜻. 이 작품의 제목이기도 하다.

문은 열렸지만, 체인 고리는 아직 걸린 채였다. "아. 자네로군. 예상보다 빨리 다시 왔구먼."

"이상한 사건이 책상에 뚝 떨어졌습니다. 당신한테서 어떤 통찰력을 얻을 수 있지 않을까 싶어서요."

데일스는 문을 닫고 체인을 푼 다음, 멀더를 안으로 들였다. "자네한테는 은퇴라는 개념이 명확하지 않은 것 같군, 안 그런가?"

멀더는 어깨를 으쓱했다. "전문가의 견해를 구하는 것에 대한 개념은 명확하지요."

"아, 아첨까지. 그거라면 아무리 들어도 충분하지 않지. 그래서 뭘 도와줄까?" 데일스는 물으며 소파에 앉았고 멀더는 지난번 방문 시에 앉았던 안락의자에 앉았다.

멀더는 그에게 오래된 X-파일 기록을 건넸다. "이 사건이 어디까지가 헛소리고 어디까지가 사실인지 알아야겠습니다."

데일스의 눈이 사건 번호를 보는 순간 휘둥그레졌다. "왜?"

"이번에 남부 캘리포니아에서 아주 유사하게 보이는 사건이 발생했거든요. 실종된 아이들이 돌아오지 않으면 내일 아침에 파트너와 함께 날아갑니다. 그리고 이 사건이 장난질이 아닌지 알고 싶어요. 꼭 장난질처럼 들리거든요."

"장난이 아닐세. 하지만, 빌어먹을, 내가 그놈을 잡은 줄 알았는데." 데일스는 한숨을 쉬었다. "하지만, 솔직히 말하자면, 소문을 듣긴 했지…. 그저 내가 그 개새끼를 잡았다고 믿고 싶었는지도 모르겠군."

"누구요? 수어스요, 아니면 악어요?"

"다름 아닌 동일 인물이라네, 친구. 동일 인물이야. 그러니, 곰에 대비할 정도의 무장이 필요할 거야. 빠른 총하고 큰 총탄들을 준비해 가게. 총탄을 아주 많이 갖고 가. 놈은 쉽게 쓰러지지 않을 테니까."

"잠깐만요, 진심입니까? 하수관에 악어들이 있다는 걸 나보고 믿으라고요?"

"자넨 외계인도 믿잖나. 뭐가 달라?"

"악어는 생존과 번식을 위해 특정한 온도가 필요하다는 사실이 다르죠. 뉴욕이건, 워싱턴이건 하수관에 악어가 있다고 언급되는 장소들은 다 기후가 적합하지 않아요."

"남부 캘리포니아라면 들어맞지. 게다가 놈은 악어가 아니야. 음, 악어만은 아니지."

"그렇군요."

데일스는 한숨을 쉬었다. "내가 전에 자네에게 말한 모든 것, 자네가 이미 본 것—그 모든 건 합리적인 수단으로는 이해할 수 없는 것들이야. 어쨌거나 자네는 그런 것들을 받아들였지 않았나. 그러면서 이건 논쟁하자는 겐가?"

"하수관의 악어 소문은 당신이 살아온 세월보다 더 오래 돌고 돈 얘기입니다."

데일스는 고개를 끄덕였다. "소문에는 대게 일말의 진실이 담겨 있는 법이라네, 친구. 때로는 일말을 훨씬 더 넘어서지."

"그럼 말씀해 주시지요. 이 사건이 왜 진실이라고 생각하는지를 말이에요."

"왜냐하면, 내가 수사국에 있기도 전부터 그 소문을 쫓았기 때문이네."

"설마요."

"아닐세. 나는 항상 그 소문에 매료되었지, 부분적으로는 앞서 자네가 제시한 이유들 때문이네. 악어는 사실 뉴욕의 겨울을 버텨낼 수 없어. 동물원이 제공하는 보호책 없이는 말일세. 하지만 그 소문들은 결코 시들지 않지. 물론, 어떤 것들은 그저 개소리에 불과했네. 하지만 생각보다 더 많은 것들이 그렇지 않았어. 그리고 나는 소문의 패턴을 발견했지. 그런 다음 수사국에 합류했고 소위 공산주의자를 찾는 데 집중해야 했네."

"그리고 그 일이 얼마나 잘 진행됐는지는 얘기하셨죠."

데일스는 건조하게 웃었다. "자네 아버지와의 일로 내 경력이 끝났다고 생각했지.[34] 하지만 버리기에는 내가 지나치게 뛰어났거든. 그래서 후버 씨가 나를 그냥 두기로 결정했지. 그리고 그제야 나는 실종 사건들이 내가 평생 쫓은 하수관의 악어 사냥과 겹친다는 것을 발견했어…."

버지니아 주, 베일리스 교차로

1963년 11월

작은 유원지가 세워져 있었지만, 개장은 하지 않았다. 너무 이른 오전이었다.

"아서, 여기가 그 장소인 거 맞나?" 헌터가 자동차에서 내리며 물었다.

34) 1998년 방영된 드라마 〈X-파일〉 시즌 5의 에피소드 〈Travelers〉의 내용. 아서 데일스는 매카시 열풍에 휘말렸던 당시 소위 공산주의자 관련 사건을 수사하다가 사건이 꼬이는 과정에서 폭스 멀더의 아버지 빌 멀더와 조우한 바 있다.

"맞아." 맞는 정도가 아니었다. 데일스는 확신하고 있었다. "난 아주 오랫동안 이놈을 쫓아왔다고, 잭."

"그래, 그래, 자네가 수사국에 들어오기 전부터 말이지, 알아, 안다고. 어쨌든, 그 실종된 아이들을 찾아야 하네."

"여기 있을 거야. 여기 어디든 있을 거라고."

공연자들은 이미 모여서 준비하고 있었다. 그들은 배지를 보이고는 안으로 들어섰다. 데일스는 곧장 괴물 쇼 천막으로 향했다. 한 남자가 그들을 쫓아왔다. 그는 데일스와 비슷한 키에 뚱뚱하고 털이 많으며 반쯤 벗은 채였다. 덕분에 데일스는 그가 털이 많다는 점을 알아차릴 수 있었다. "내가 주인입니다. 무슨 일입니까? 우린 허가 받았어요."

"허가 문제가 아닙니다. 고용인들 신원 조사는 어떤 식으로 하시죠, 이름이…?"

"그리고, 제발이지, 셔츠 단추 좀 채우쇼." 헌터가 덧붙였다.

"잘텍입니다." 그는 단추를 채우며 말했다. "에밀리오 잘텍. 우린 이동식 유원지입니다. 신원 조사 따위는 하지 않아요. 누군가가 재능이 있고 일하길 원하면 그 사람한테 일자리를 주는 거예요. 이게 평생 가는 직업도 아니고."

"당신네 괴물들은 어디서 옵니까?" 천막에 다가가면서 데일스가 물었다.

"전국 각지에서요. 내가 그 괴물들이 진짜라고 증명해야 합니까?" 잘텍은 걱정하는 것 같지 않았다. 무엇보다 화가 난 것 같았다.

"그럴지도." 데일스는 천막 안으로 들어갔다. 내부는 어두웠고, 구조 덕에 한층 더 어두웠다. 괴물들을 가두는 '우리' 사이에 배치된 나무 기둥들에 캔버스 천을 걸어 만든 벽들로 미로가 형성되고 있었다. "당신네 말리게이터[35]한테 안내해요."

"반은 인간, 반은 악어지요." 잘텍은 다소 자랑스럽게 말했다. "수년째 우리랑 함께하고 있습니다."

"그렇겠지." 데일스는 낮게 중얼거렸다.

잘텍은 목청을 가다듬었다. "그건, 어, 변장이에요, 아시겠지만. 내 말은, 게이터는, 우린 그를 그렇게 부르는데, 이빨에 문제가 있어요. 하지만 나머지는, 어, 쇼비즈니스적인 마법이에요. 그가 괴물 천막을 담당하고 있고요. 준비를 하고, 우리가 사람들한테 원하는 걸 주는지 확인하고."

잘텍은 미로를 통과하며 천막 뒤쪽으로 그들을 안내했다. "그래서, 그 사람은 어디 있습니까?" 데일스는 물었다. 말리게이터 우리는 비어 있었다.

"아마 아침을 먹고 있을 겁니다. 그 사람은 고용인이지, 하인이 아니거든요. 그리고 천막은 당신이 보시다시피 이미 세워져서 그저 출연자와 관객을 기다리고 있어요." 잘텍은 시계를 들여다보았다. "그리고 난 유원지를 열 준비를 해야 하고요."

"우리끼리 찾아보겠습니다. 당신이 우리랑 있을 필요는 없어요." 헌터가 말했다.

잘텍은 만족스러워 보이지 않았지만, 헌터는 그의 이전 파트너, 헤이스 마이클[36]이 그랬듯 건장한 남자였다. 다만, 마이클보다 더 근육질이라는 점이 달랐다. 잘텍은 헌터의 암시를 받아들여 그들을 떠

---

35) Malligator. 반은 인간 반은 악어를 지칭하는 속칭.
36) 앞서 설명했던 에피소드 〈Travelers〉에서 데일스의 파트너였고, 해당 에피소드에서 사망했다.

났다. 데일스는 손전등을 꺼내어 자세히 둘러보았다.

다른 괴물 우리와 마찬가지로, 이 우리도 삼면이 플렉시 글라스[37]로 되어 있었고 정면에는 나무로 된 바들이 있었다. 아마도 괴물들이 얼빠진 관중들 앞에서 그걸 잡고 관중들을 더욱 무섭게 하려는 의도 같았다. 뒤쪽에 있는 나무 상자는 가방이면서 의자로도 쓰이는 듯했다. 그리고 바닥에는 톱밥이 엄청나게 깔려 있었다. 말리게이터인지 누군지, 혹은 그 무엇이 없다는 것이 다를 뿐이었다.

데일스는 나무 상자를 열었다. 상온에서 보관 가능한 식품 몇 가지와 물이 채워진 보온병 하나가 들어 있었다. 가짜 바닥도, 실종된 아이도 없었다.

"난 이 주변 나머지 부분들을 둘러보지." 헌터는 말했다. 데일스는 툴툴거렸고 헌터는 어슬렁거리며 나갔다.

데일스는 주변 톱밥을 발로 차다가 '하수관'이라고 쓰인 맨홀 뚜껑을 발견했다. "위치가 흥미로운데."

"아서!"

데일스는 헌터의 목소리가 들리는 쪽으로 달려갔다. 그는 몇 미터 떨어진 다른 괴물 우리에 있었고, 나무 의자 겸 가방은 열려 있었다. 데일스는 그 안에서 진흙처럼 보이지만 무언가 다른 냄새를 풍기는 것으로 뒤덮인 어린 여자아이를 보았다. "살아 있나?"

헌터는 고개를 끄덕였다. "간신히. 구급차를 불러야겠어."

"이 나머지 상자들도 확인해봐야겠어." 데일스가 미로 사이를 달리며 다른 우리들을 확인하는 동안 헌터는 잘텍을 소리쳐 불렀다. 말할 것도 없이, 데일스는 두 명의 여자아이를 더 발견했다. 둘 다

37) 유리처럼 투명한 합성수지.

하수로 덮여 있었고, 둘 다 간신히 살아 있었다.

지역 경찰이 오는 중이었다. 멀리서 사이렌 소리가 들렸다. 헌터는 잘텍에게 광적인 도움을 받으며 유원지 인원들을 제재하고 있었다. 하지만 말리게이터는 여전히 주변 어디에도 보이지 않았다.

지역 경찰들을 기다리는 동안 소중한 시간이 버려졌다. 하지만 데일스는 여자아이의 가족들에게 지켜야 할 의무가 있었다. 그들의 딸을 자신의 보호 없이 두지 말아야 했다. 게다가 그와 헌터는 유원지 사람들이 아이를 보호하고 증거를 파괴하지 않으리라 확신할 수 없었다.

"이제 어쩔까?" 지역 경찰이 현장을 통제하고 구급대원이 납치된 여자아이들을 인수하자 헌터가 물었다.

"아직 한 아이가 실종이야, 남자아이. 그리고 그 아이랑 우리 용의자가 어디 있는지 내가 알 것 같아." 데일스는 말리게이터의 우리로 성큼성큼 걸어갔다. 헌터가 뒤를 쫓았다. 데일스는 하수관 맨홀 뚜껑을 밀어 올렸다. "이놈은 아주 쉽게 움직이지, 잭. 놈은 아래에 있어. 아이를 데리고 있을 거야. 그리고." 데일스는 말하면서 철제 사다리에 발을 걸쳤다. "나는 그 둘을 쫓겠어."

아서 데일스의 아파트, 워싱턴 D.C.
1990년 12월

"그래서, 그들을 쫓아간 뒤에는 어떻게 됐습니까?" 멀더는 물었다. 데일스는 뛰어난 이야기꾼이었고 멀더는 결말을 알고 싶었다.

"나는 바다로 이어지는 배수로를 따라 몇 시간 동안 그들을 추적했지. 말리게이터의 눈에다 내 총을 다 비워냈어. 놈은 쓰러졌지만, 아이를 꽉 잡고 있었고 아이를 데리고 사라졌어." 데일스는 고개를 저었다. "나는 지원을 요청하고 해안 경비대도 부르려고 돌아갔지. 그런데 땅 위로 올라가자마자 헌터가 우리는 소환됐다고 하더군."

"왜요? 말리게이터가 사실은 외계인이었나요?"

"그런 것 같진 않아. 아닐세, 우리가 소환된 이유는 케네디 대통령이 암살되었기 때문이야. 그리고 후버는 모든 특별수사관을 사건에 투입해서 완벽하게 보여주길 원했고."

"하지만 아직 실종된 아이가 있지 않았습니까!"

"그리고 그 아이는 가난한 동네 아이였지. 다시 말해서 상부의 누구도 신경 쓰지 않았다는 말이네. 나는 계속 수사해보려 했지만, 케네디 수사가 끝났을 무렵 나는 은퇴할 나이였고 사냥을 계속하기엔 내가 너무 늙었다고 결론을 내렸지. 그리고 한 이 년간 하수관 소문도 잠잠했고. 그래서 나는 내가 놈을 쓰러뜨렸고 저지했기를 바랐어. 비록 그 남자아이는 잃었더라도."

"그럼, 이 건은 여전히 장난이거나 아이들이 가출한 것일 수도 있겠군요."

"아니. 그렇지 않네. 이 사건은 진지하게 다뤄야 해. 사건 기록은 읽어 봤나?"

멀더는 고개를 끄덕였다. "하지만 불충분했습니다."

"우리가 사건에서 손을 뗐으니까. 그 당시 여자아이들은 불구가 됐어."

멀더는 으쓱거림을 억눌렀다. "어떤 문제가 있었던 겁니까?"

"겉보기엔? 아무 문제없었지. 하지만 속으로는? 놈이 그 아이들의 난소를 제거했어. 어떻게 했는지는 몰라도 복부를 가르지도 않고 말이야."

"왜요?"

"나도 몰라. 하지만 아이들의 내부 장기들이 있던 곳엔 오물이 그대로 차 있었지. 여자아이 둘은 병원에 도착할 무렵 사망했네. 세 번째 여자아이는 살아남았지만 열여덟 살이 되기 전에 목매달아 죽었지." 데일스의 눈이 번뜩였다. "매번, 소문이 아니고 실제인 경우에는 늘, 놈은 이 짓을 해—여자아이를 세 명 데려가서 난소를 취하지. 아이들은 거의 항상 죽고. 놈이 데려가는 남자아이는, 남자아이한테는 어떤 일이 벌어지는지 몰라. 실종된 남자아이 중 누구도 발견되지 않았으니까."

"수사국은 이것을 그냥 무시했고요? 당신이 내민 증거가 있는데도요?"

"X-파일 대부분을 무시한 것처럼. 그렇다고 해서 무시하는 게 옳다는 뜻은 아니지. 그리고 자네 역시 이 일을 묵살하는 건 옳지 않아. 놈은 살인자야. 그리고 아주 오랫동안 이 짓을 해 왔어. 이제 멈춰져야 해. 자네가 놈을 막아야 해."

"생각해 보겠습니다." 멀더는 가려고 일어섰다. "도와주셔서 고맙습니다."

"캘리포니아 어디서 일이 벌어지고 있나?" 데일스는 멀더를 문으로 안내하며 물었다.

"비스타 부에나라는 곳이에요."

"아. 행운을 비네. 그리고 부디 연락해주게."

"그러지요." 멀더는 데일스와 악수를 나눈 후 떠났다. 그는 데일스를 존경했지만, 이 이야기는 소화해내기 힘들었다. 충격적이고 끔찍했지만, 여전히 믿기 어려웠다. "저도 믿고 싶다고…, 생각합니다."

그는 차에 올라타 이제부터 어떻게 할지 생각했다. 존스턴과 이 이야기를 재검토할 수도 있었지만 내일 비행기에서 아주 오랜 시간을 함께 보낼 터였고, 그러니 그가 알아낸 사실을 재검토하는 일은 미뤄도 되리라.

그는 시간을 확인했다. 지금쯤이면 사만다가 집에 있을 시간이었다. 차라리 결혼의 특전을 이용해서 그녀와 이 얘기를 나누는 편이 나을지도 몰랐다.

버지니아 주, 알링턴

"안녕 자기, 나 집에 왔어요." 멀더는 아파트 문을 열고 냄새를 맡았다. "오늘은 푸푸사[38]인가?" 푸푸사는 멀더가 가장 좋아하는 음식으로, 타메일[39]의 엘살바도르 버전이었다. 그러니 오늘 저녁은 그 전날 그랬던 것보다, 그리고 다음 날 그럴 것보다 훨씬 더 좋을 것이었다.

사만다가 부엌에서 나왔다. 길고 검은 머리카락을 두껍게 땋아 뒤로 넘긴, 멀더가 가장 좋아하는 모습을 하고 있었다. 그녀는 조지타운 운동복을 입고 있었지만 분명 아직 달리지 않은 상태였다.

38) pupusa. 옥수수 토르티야 속에 치즈, 고기 등으로 채운 엘살바도르 전통 음식.
39) tamale. 멕시코 요리.

"맞아요, 하지만 저녁 준비되려면 한 시간은 더 있어야 하는데. 당신 일찍 왔네요. 다 괜찮은 거예요?"

"그럼요. 실제로는 이상하지 않을지도 모르는 이상한 새로운 사건을 맡았어요. 실제로는 이상하지 않다면, 그냥 일반적인 아이들 실종 사건이고, 내가 내일 새벽 일찍 비행기를 탈 일도 없다는 뜻이죠."

그녀는 웃었다. "오늘 밤엔 침대에서 잘래요?"

"아니. 소파가 좋아요. 침대보다 더 편하고."

"당신이 그렇다면야. 그래서 당신을 와이프한테서 뺏어가는 이 이상한 사건은 공유해도 되는 건가요?"

"물론이죠." 멀더는 사만다에게 보고서를 건넨 다음 탁자 끝에 놓인 우편물을 흘끗 쳐다보았다. "이봐요, 이거 내가 생각하는 그건가요?" 그는 사만다 로드리게스 멀더 박사 앞으로 되어 있는 남부 캘리포니아 대학에서 온 편지를 집어 들었다.

"그래요." 사만다는 초조해 보였다. "기대한 것보다 빨리 제안이 들어왔어요."

멀더는 편지를 훑어보았다. "당신 USC의 법학 교수가 되는 거군요. 받아들일 거죠, 응?"

"그래도 된다면요." 그녀는 얼굴을 찡그렸다. "그쪽에서 내 생각보다 훨씬 더 빨리 달려들었어요."

"당신은 이민, 의회, 엔터테인먼트 법에 전문가잖아요. 당신 모교가 당신을 묶어두기 전에 자기들이 선수 치고 싶은 심정 나는 이해되는데."

"내가 조지타운을 선택할 수 없는 이유는 당신도 알잖아요, 그들이 USC보다 돈을 더 줘도 말이죠." 그녀는 그의 손을 잡았다. "당신이 아니었다면 불가능했을 거예요, 폭스."

멀더는 그녀의 손을 꼭 쥐었다. 사만다는 그를 폭스라고 불러도 좋은 유일한 사람이었다. 그녀가 그의 여동생 사만다를 연상시키기 때문인지도 몰랐다. 그녀의 머리카락, 그녀의 미소, 그녀의 이름 — 그런 것들이 그의 여동생 같았다. 그래서 멀더는 그녀가 엘살바도르로 강제 추방되는 대신 이 나라에서 안전하게 살 수 있도록 기꺼이 그녀와 결혼했다. 그녀 같은 사람은 전쟁으로 찢어진 나라에 갇혀 군벌의 딸로 살기보다 이 나라에서 훨씬 더 많은 일을 할 수 있을 테니까. "음, 당신이 이 나라를 가로질러야 하는 직장을 택하는 건 우리가 이혼하기 좋은 이유죠, 비록 우리가 서로를 아직 사랑한대도 말이에요."

"이민국에서 그 말을 믿어주고 동의해 주면 좋겠네요."

"당신은 이 나라 최고의 이민법 관련 회사에서 인턴으로 있었잖아요. 분명히 그 사람들이 정부쪽에서 시비 거는 일 없이 이혼이나 혼인무효가 되게 잘 도와줄 거예요."

"아마도." 그녀는 무심히 말하면서 보고서를 읽었다. "데일스 씨가 이 사건과 관련이 있었어요? 그분이랑 얘기는 해 봤어요?"

"집에 오기 직전에. 이게 정말이라고 생각하더군요."

"데일스 씨가 맞는 것 같아요." 그녀는 보고서를 덮어서 그에게 돌려주었다. "게다가, 당신은 데일스 씨랑 이 아이들에게 이 일을 진짜로 취급하고 처리해야 할 의무가 있어요. 그렇지 않다는 걸 발견할 때까지는."

"알겠습니다, 고문님."

"클레이하고도 이 건에 관해 얘기해 봤어요?"

멀더는 얼굴을 찡그렸다. "아니요. 오늘 그 친구한테 나를 폭스라고 불러달라고 했어요."

"정말? 그렇게 불러줘요?"

"아니." 그는 한숨을 쉬었다. "그 친구는 이해가 안 가요."

"이러면서도 심리학 전공자라니. 내 생각을 묻는다면, 그 사람은 당신 친구가 되고 싶은 거예요. 그리고 별명들은 우정을 뜻한다고 생각하는 거고요."

"그렇지 않아요."

"당신한테는 아니겠지요. 하지만 대다수 사람들에겐? 그래요."

"좋아하는 별명이나 그렇겠죠."

사만다는 활짝 웃었다. "항상 그렇지는 않아요. 저녁 먹기 전에 뛸래요? 먹고 나서 뛸래요?"

"전에 뛸까." 그는 식후엔 담배를 피우고 싶었다, 뛰는 게 아니라.

사만다는 한숨을 쉬었다. "당신 담배를 끊어야 해요. 옷 갈아입고 나가죠, 헐떡이 씨."

"어이, 난 건강하다고요."

"최상은 아니잖아요. 우리 내기해요. 중간에 속도가 가장 느리게 떨어진 사람이 설거지하고 뒷정리하기."

멀더는 웃었다. "좋아요."

후에 설거지하고 부엌을 정리하면서, 멀더는 사만다가 존스턴에 대해 한 말을 생각했다. 어쩌면 그 친구에게 기회를 줘야 하는지도 몰랐다. 그러면 혹시, 존스턴이 멀더를 바보 같은 별명들로 부르기를 그만두고 그가 좋아하는 호칭을 써 줄 수도 있으니까.

로스앤젤레스 국제공항
캘리포니아

로스앤젤레스로 날아가는 동안에는 별일이 없었다. 멀더는 존스턴에게 데일스와 나눈 대화를 알려 주었고 존스턴에게 그 X-파일 사건 기록을 읽어보라고 했다. 존스턴은 전반적으로 하수관의 악어 인간 혹은 악어에 대해서는 멀더와 같이 회의적이었지만, 이 사건을 진지하게 다루어야 한다는 점에서는 사만다와 의견이 일치했다. 특히 아이들이 아직 발견되지 않은 이 시점에서는.

"그 아이들은 실종 상태야." 존스턴은 지적했다. "아이들 자전거가 유원지 밖에서 발견됐어. 아이들을 실제로 데려간 자가 누구든, 아이들은 납치됐다고 봐야 해."

"몸값 요구는 아직인가?"

존스턴은 고개를 저었다. "그래서 자네의 친구, 데일스 씨의 의심에 신빙성이 좀 더 실리지."

착륙해서 가방을 찾은 다음, 그들은 렌터카를 빌리는 곳으로 이동했다. 존스턴은 자기가 운전을 하겠다고 고집했다. 그는 자신이 로스앤젤레스에 몇 번 왔었다고 말하는 데다 운전석에 앉는 것이 그에게는 다른 일보다 극히 중요한 듯 보였다. 존스턴과 관련된 일들이 대개 다 그렇듯, 이 일도 입씨름해봤자 소용없었다. 존스턴과 친구가 되겠다는 생각은 워싱턴에서 비행기가 활주로를 달릴 무렵 이미 사라져버렸다.

렌터카 빌리는 곳에 이르자, 옅은 파란색 레인코트를 입고 페도라[40)]

를 쓴 남자가 돌아섰다. 멀더는 놀라서 펄쩍 뛰었다. "데일스 씨, 여기서 뭐 하시는 겁니까?"

"수어스가 영원히 사라지는 걸 확인하려고 왔지." 데일스는 존스턴에게 고개를 끄덕였다. "뒤처리를 해줘서 고맙네."

"뭐라고요?" 멀더는 존스턴을 쳐다보았다. "데일스 씨가 뭐라는 거야?"

존스턴은 어깨를 으쓱했다. "아서가 어젯밤에 전화했더라고. 이 사건에 우려되는 부분이 있다기에, 내가 그 부분을 ASAC 카터에게 전달했지. 카터가 자문을 데리고 가라고 승인했고." 그는 목청을 가다듬었다. "아서는 우리와 같은 비행기에 있었어. 몇 줄 뒤에 앉아 있었지."

"자네는 눈치를 못 채더군." 데일스가 지적했다. "충격적인 부주의였네, 친구. 집중해야 해. 클레이와 내가 여기 있어서 자네한텐 다행이야."

"도대체 존스턴한테는 어떻게 알고 전화하셨어요?" 멀더는 물었다.

데일스의 눈이 반짝거렸다. "내가 은퇴는 했지만, 친구, 나는 은퇴한 특별수사관일세. 아직 다 수가 있어." 그는 존스턴의 어깨를 두드렸다. "클레이, 서두르지, 시간이 가고 있어."

존스턴은 활짝 웃었다. "함께 일하게 돼서 영광입니다."

"멀미할 것 같아." 멀더는 중얼거렸다.

데일스는 껄껄거렸다. "마찬가질세, 클레이. 멀더 군, 잘 따라와 보게."

---

40) fedora. 챙이 말려있고 높이가 낮은 중절모.

멀더는 데일스에게 산탄총을 건넸지만, 곧 후회했다. 데일스와 존스턴이 한 시간이 넘는 길을 가는 동안 처음 삼십 분은 수년간 수사국의 방침이 어떻게 변화해왔는지 떠들어댔기 때문이었다. 게다가 데일스는 담배를 피울 때 창문을 내리게 했다.

"죽음의 막대기라네, 친구. 그게 바로 담배의 정체지. 입이 자꾸 당기겠지만, 그보다 덜 치명적인 걸 택하게." 그런 다음엔 몇 세대를 아우르는 수사국 방침으로 돌아갔다.

마침내 멀더는 더 이상 참을 수가 없어졌다. "나 말고는 우리가 여기 거대한 악어와 관련 있을지도 모르는 네 아이의 실종 사건을 조사하러 왔다는 사실을 기억하는 사람이 없는 겁니까? 아무도요?"

데일스가 돌아보더니 그에게 한쪽 눈을 찡긋했다. "내가 있지. 하지만 자네는 반대파잖나. 자넨 아직도 우리가 도착할 무렵이면 아이들이 발견되었을 거라고 생각하고 있겠지."

멀더는 이 말이 사실임을 인정해야 했다. 그가 보고서를 꺼내어 다시 읽는 동안, 존스턴은 데일스와 목적지에 도착하면 준비되어 있을 총기류를 점검했다.

캘리포니아 주, 비스타 부에나

여자아이들은 울고 있었다. 제이슨은 그 아이들이 우는 모습을 본 적이 없었다, 한 번도. 하지만 지금은 울고 있었다. 제이슨 역시 울고 있었다.

게이터는 그들을 괴물 쇼 천막으로 데려왔다. 그리고 그들 뒤로 휘장이 닫히자마자, 그의 몸은 거품이 일고 보글대며 변형되더니 옷이 벗겨지면서 그는 인간이라기보다 악어에 훨씬 더 가까워 보이는 무언가로 변신했다. 만화에서 보듯 두 발로 선, 거대한 악어였다. 하지만 이쪽은 전혀 웃기지 않았다. 손은 손가락 끝에 날카로운 발톱이 돋긴 했어도 인간에 가까웠다. 하지만 극도로 날카로운 이빨이 가득한 길고 널찍한 입과 날름거리는 혓바닥은 전혀 인간의 것이 아니었다. 눈이 가장 최악이었다. 인간 같기도 하고 인간 같지 않기도 한 그 눈은 노란색으로 빛났으며 악의와 만족감이 둘 다 가득했다.

그럼에도 제이슨은 그 악어의 얼굴에서 여전히 게이터를 조금은 알아볼 수 있었다. 더 이상 게이터가 변장한 것처럼 보이지는 않았지만. 악어 인간이야말로 게이터의 진짜 정체였다.

그는 날쌘 악어이기도 했다. 네 명의 아이들은 모두 도망치려고 했지만, 악어 인간은 거대하고 강력한 꼬리로 그들을 내려치면서 쉽게 잡아냈다. 그 꼬리는 바로 제이슨이 게이터의 바지에 이상한 형태가 접혀 있다고 생각했던 그것이었다.

일단 그들을 모두 쓰러뜨린 다음에, 게이터는 여자아이들을 마치 인형인 양 한쪽 팔로 안고 다른 팔로 제이슨을 안아 들었다. 그들은 비명을 질렀지만 아무도 도와주러 오지 않았다. 제이슨은 누가 그들의 소리를 들을 수나 있을지 혹은 모두가 들을 수 있다 해도 누구 하나 신경이나 쓸지 의문이었다. 그런 다음 게이터는 그들을 구멍 아래 하수관으로 끌고 갔다.

제이슨은 냄새로 자신들이 하수관에 있음을 알아차렸다. 그 냄새는 백만 번 뀐 방귀보다, 바다만큼 많은 오줌보다, 개의 토사물 일톤보다 더 지독했다.

게이터는 그들을 질질 끌며 하수관 터널로 데려갔다. 제이슨은 어디로 가는지 알아보려 했지만, 너무 겁이 나서 많이는 알아볼 수 없었다. 어쨌든 너무 어두워서 제대로 볼 수가 없었다. 그러다 그들은 배수로인지 뭔지, 보통 터널보다 더 좁은 어딘가에 도달했다. 게이터가 간신히 들어갈 수 있는 크기였다. 배수로는 끝에서 넓어지며 작고 둥근, 방처럼 보이는 어딘가로 이어졌다. 그리고 거기에 게이터의 보금자리가 있었다.

안락한 장소는 아니었다. 그곳은 아주 더럽고 역겨웠다. 잠자리는 오물에 흠뻑 젖은 누더기들로 만들어져 있었고, 곧 부서질 듯한 철제 의자가 썩어가는 나무 상자 옆에 놓여 있었으며, 상자에는 기묘하게 생긴 작은 조각상들이 들어 있었다. 벽에는 제이슨의 과학 선생님이라면 틀림없이 인광성이라고 말할 것 같은 어떤 물질이 희박한 녹색 빛을 내고 있었는데, 어째선지 어둠보다 더 끔찍했다.

게이터는 여자아이들을 잠자리에 던졌다. 제이슨은 의자에 욱여넣었다. 게이터의 몸과 끔찍한 꼬리가 그들을 막아선 덕분에 탈출할 희망은 사라졌다. 그러더니 그는 제이슨이 들어본 적 없는 언어로 노래를 읊조리며 작은 조각상들을 상자 위에 배열했다.

게이터의 목소리는 거칠었지만 한편으로는 마음을 진정시켰고, 조각상들을 움직이는 동작은 일종의 최면 효과도 있었다. 공포에도 불구하고 제이슨은 자신의 머리가 끄덕거리고 있음을 느꼈다. 그는 여자아이들을 지켜보려고 했지만, 눈꺼풀이 너무 무거워서 제이슨의 의도와 상관없이 감겨 버렸다.

제이슨은 정신을 차렸다. 더 이상 노랫소리는 들리지 않았다. 그는 주변을 돌아보았다. 여자아이들은 여전히 더러운 깔개 위에 누워 있었고, 게이터는 아직 거기 있었으며, 아직 인간이라기보다 악어 같았다. 꿈이 아니었다.

"제발 우리를 죽이지 마세요."

게이터는 그를 쳐다보았다. 그의 노란 눈은 파충류의 그것으로, 인간의 것이 아니었다. "너는 나를 두려워할 필요가 전혀 없다, 아들아."

"당신은 우리 아빠가 아니에요."

게이터는 활짝 웃으며 송곳니가 가득 찬 주둥이를 벌렸다. "그렇다고 확신하는 거니, 그래?"

"난 우리 아빠를 알고 있었어요. 아빠가 우리를 버리기 전에요."

"아버지란 여러 종류가 있지." 게이터는 여자아이들을 향해 돌아섰다. 그 아이들은 잠든 것처럼 보였지만, 평범하게 잠든 것은 아니었다. 호흡이 얕았고, 전혀 움직이지 않았다. "너한테 시키지는 않겠다, 이 아이들이 네 친구인 건 아니니까. 하지만 이건 봐야만 한다."

"왜요?" 제이슨은 두려움을 물리치려 애썼다. "무슨 짓을 하려고 그래요?" 게이터는 아만다의 다리를 벌렸다. "오, 맙소사, 그러지 마세요! 걔들은 아직 애들이라고요!"

게이터는 웃었다. "이 아이들은 성숙한 채로 태어났어. 하지만 살아가려면, 우리한테는 이 아이들이 가진 것이 필요하단다. 그리고 어떻게 하는지 너도 봐야 해."

게이터의 입에서 믿을 수 없을 만큼 기다란 혀가 튀어나오더니 아만다 속으로 들어갔다. 제이슨은 그를 막으려고 뛰어들었지만, 게이터는 힘센 팔 하나로 제이슨을 막아서 밀쳐 버렸다. 그리고 제이슨은 그를 보다가, 게이터가 아만다에게서 무언가를 꺼내 삼키자 이미 떠도는 토사물 냄새에 새 토사물 냄새를 보태버렸다.

아만다에게서 피가 쏟아졌지만, 게이터는 신경 쓰지 않았다. 그는 그저 브리타니와 케이틀린에게 같은 짓을 반복했다.

"당신이 이 아이들을 죽이고 있어요!"

게이터는 꿀꺽 삼키고 제이슨에게 돌아섰다. "그래. 덕분에 우리가 살 수 있게 말이다."

"난 당신하고 달라요. 당신이 뭔지는 모르겠지만, 그게 뭐든 난 아니에요."

게이터는 끄덕거렸다. "아직은 아니지. 하지만 그렇게 될 거야." 그는 제이슨을 의자에 도로 앉히고 조각상들을 좀 더 만지작거리면서 다시 노래를 읊조리기 시작했다.

경악과 공포에도 불구하고, 제이슨은 다시 잠이 들었다. 그리고 그가 정신을 차렸을 때, 게이터와 여자아이들은 사라지고 없었다.

비스타 부에나 카운티 유원지 장소

"왜지?" 고속도로가 끝나는 것과 동시에 얼마나 많은 탄약을 주문해야 하는가에 대한 논의가 잠잠해졌을 때, 멀더는 물었다.

"뭐가 왜야, 도깨비불?"

"이런 공격들을 가해야만 하는 악어 인간이 있다, 는 우리의 현재 가설을 받아들인다 치자고, 그럼 그가 그런 짓을 하는 이유는 뭐지? 성적인 행위의 흔적은 없잖아. 내 말은, 그래, 그는 여자아이들의 난소를 취해, 하지만 검시관은 정상적인 성적 행위의 증거를 언급한 적이 없어."

"놈이 여자아이들과 섹스를 하지는 않는 게지." 데일스가 말했다. "하지만, 난소를 취하는 데는 이유가 있을 거야."

"희생자들은 모두 어려요, 열네 살 미만이에요. 대부분은 열두 살 언저리고요. 왜 그 연령대를 취할까요? 그리고 남자아이한테는 어떤 일이 벌어질까요? 제 말은, 왜 매번 남자아이 하나를 데려가는 겁니까, 여자아이 셋과 함께? 그리고 왜 셋이죠? 그리고 왜 남자아이는 한 번도 찾지 못할까요? 남자아이들이죠, 사실은. 그 아이들한테는 무슨 일이 벌어졌을까요? 남자아이들한테서는 생식기관만 취해가는 대신 전부 먹어버리는 걸까요?"

"좋은 질문이야. 이제 수사관처럼 들리는구먼." 데일스는 말했다.

"그럴듯한 해답이 있습니까?" 멀더가 희망에 차서 물었다.

"전혀. 뭐, 자네가 좋아할 만한 건 없네."

"내가 듣기엔 부두교 같은데." 존스턴이 유원지 장소 입구에서 막아서는 경찰들에게 배지를 내보이며 말했다. "그들은 형태 변형을 믿지, 안 그래?"

지역 경찰들이 유원지 터에 통제선을 쳐 두었다. 말처럼 어렵지는 않았다. 땅이 바다를 내려다보는 메사 위에 있는데다가 들어가고 나가는 길이 하나였기 때문이었다.

"아. 그것도 하나의 가능성이지." 데일스가 말했다.

"부두교요? 정말로요?" 멀더는 그 가능성을 곱씹어 보았다. "제가 부두교나 기타 아프리카와 카리브 해의 지역 종교에 관해서 시간을 많이 쏟지 않기는 했지요." 그는 인정했다. "하지만 제 기억으로는, 그들은 스스로가 형태를 바꿀 수 있다고 믿어요. 그리고 죽은 자를 살릴 수도 있다고."

"진짜 부두교 수행자일 필요는 없지." 존스턴이 차를 세우며 말했다. "주문을 몇 개 받아서 자기 나름대로 변형해서 썼을 수도 있어."

"그럴 수 있는 사람이라면 아주 실질적인 수행자일 것 같은데." 멀더가 냉소적으로 말했다. "하지만 동기가 뭐지?" 그는 차에서 내리면서 물었다.

"좀비는 왜 만드나?" 존스턴이 응수했다. "할 수 있어서?"

"하인을 원하기 때문이네." 데일스가 말했다. "그게 좀비를 만드는 이유야." 그는 고개를 저었다. "수어스의 목적은 그게 아니지, 그랬다면 적어도 수사 중에 남자아이 중 하나쯤은 끌려간 지점에서 발견되었을 거야."

그들은 램버트라는 이름의 수사 책임자에게 안내되었다. 그는 심각해 보였다. "아래쪽 해변에서 시체들을 발견했습니다." 그는 배지와 소개가 오간 뒤에 말했다.

"몇 구나 됩니까?" 데일스는 물었다.

"세 구입니다. 실종된 여자아이들입니다." 램버트는 고개를 저었다. "남자아이는 아직 실종 상태예요. 그 아이가 이런 짓을 했을지도 모른다고 생각합니다만."

"그 아이 짓이 아닙니다." 데일스가 단호하게 말했다. "그 아이도 희생자일 뿐이오. 그리고 너무 늦기 전에 아이를 찾아야 하오."

"시체들을 보고 싶군요. 그리고 다른 목격자들과 얘기도 하고 싶고요. 아이들이 납치된 지점도 조사해야 합니다." 멀더는 말했다.

"시체들은, 말했듯이 해변에 있어요. 목격자 일부는 여기 있습니다. 대부분은 집에 있지만, 진술서가 있으니 읽어보시죠. 최초의 납치 지점은 유원지 터에 있는 괴물 쇼 천막입니다."

"우린 총을 좀 더 모아서 여기 하수관들이 어디로 연결되는지 확인해야 하네." 데일스가 참을성 없이 말했다. "누가 그 여자아이들을 죽였는지는 이미 알지 않나."

멀더는 존스턴을 한쪽으로 끌어당겼다. "이봐, 자네가 데일스 씨를 이 사건에 끌고 왔으니, 우리 찢어지는 게 어때? 둘이 납치 지점을 조사해 봐. 그렇게 좋아하는 총이며 무기들을 다 가지고 가서, 알지, 하수관 밑으로 내려가는 거야. 나는 시체들을 조사하고 실마리가 될 수 있는 게 있는지 진술들을 확인할 테니까."

"어이, 똥 같은 일은 신참이 맡게 되어 있다고, 기억하나?" 존스턴은 어깨를 으쓱했다. "하지만 좋아. 죽어버린 어린 여자아이 셋을 보느니 악어 인간을 쫓아가는 게 낫지."

유니폼을 입은 경찰 몇 명이 데일스와 존스턴을 유원지 쪽으로 안내하는 동안, 램버트는 주차장에서 아래 해변으로 이어지는 길로 멀더를 데려갔다.

"이 지역에서 아래로 가는 길이 몇 개나 있습니까?"

"두 개뿐—하나는 이쪽 길이고 다른 하나는 반대편 길입니다. 실종된 아이들을 찾기 시작한 이래 양쪽 길에 모두 인원을 배치했습니다. 우리가 파악하지 못한 채 오르내린 사람은 없고, 시체 세 구를 짊어지고 지나간 사람도 없어요."

"그럼 어떻게 시체들이 해변에 놓였죠?"

램버트는 고개를 저었다. "모르겠습니다."

아침 안개가 아직 사라지지 않아서 날씨는 추웠다. 꽤 강한 바람이 멀더의 머리카락을 흐트러뜨렸다. 바람이 범죄 현장에 있는 증거에 어떤 작용을 할지는 알 수 없었지만, 바다 냄새는 근사했다. 시체들에 접근하기 전까지는.

시체에 가까워질수록 하수 냄새가 코를 찔렀고, 현장에 다다랐을 무렵에는 그 지역 전체에서 악취가 풍겼다.

아직도 사진을 찍는 중이었다. 시체들은 약 1m 깊이쯤 되는 구멍 속에 포개져 있었고 그 위에는 온통 모래가 덮여 있었다. "모래에 묻혀 있었습니까?" 멀더는 램버트에게 물었다. "아니면 그냥 구덩이에 버려져 있었나요?"

"그냥 구덩이입니다."

"얼마나 됐죠?"

"검시관이 단정하진 못했지만, 사망 추정 시간은 자정에서 오전 네 시 사이입니다."

"그 시간에도 이 지역에는 경찰이 있었고요?"

"네. 전 지역을 수색했고, 해변에도 일정 간격으로 인원을 배치했었습니다. 유원지 터도 그랬고요."

"간격은 얼마나 됐습니까?"

"대략 100m 정도씩 떨어져 있었습니다."

"1m 깊이에 1.5m 폭의 구덩이를 파서 여자아이 셋을 던져 넣은 사람을 아무도 못 봤다고요?"

"전혀요." 램버트는 경멸조로 말했다. "누군가가 그랬다면, 우리가 그 개새끼를 쏴 죽였겠지요. 그런 다음 놈의 권리를 읽어줬을 테고."

"이의 없습니다." 멀더는 부드럽게 말했다. 그는 램버트에게서 몇 걸음 떨어져 그 여자아이들의 즉흥적인 무덤 주변을 둘러보았다.

바람이 불어와 주변 모래가 살짝 움직이고 있었다. 그리고 주의했음에도 불구하고, CSI 팀의 발자국이 그 지역에 남아 있었다. 그러나 멀더는 신발이나 바람 때문이 아닌 다른 어떤 자국들이 모래에 남아 있는 것을 알아차렸다. 마치 발톱 자국처럼 보였다.

그는 과학수사팀의 사진사를 손짓으로 불러 그 자국들을 찍게 했다. 그런 다음 그는 그 자국에 손바닥을 대 보았다. "왜 그러는 겁니까?" 램버트가 물었다.

"가설을 시험해 보는 중입니다." 데일스의 가설이었지만 어쨌든. 그 긁힌 자국들은 사람 손으로 만들어진 것처럼 보이지 않았다. 보다 동물의 형상을 띠고 있었다. 비약해 보자면, 거대한 악어라면 깊은 구덩이를 재빨리 팔 수 있었으리라. 악어의 다리는 짧지만 강력하고, 게다가 이 악어는 좌우간 아마 더 긴 사지를 가지고 있을 터였다. 그리고 이 악어가 시간을 제때 맞췄다면, 사람의 눈으로 감지하기엔 너무 어두웠을 것이다. 특히 경찰이 이 아래 해변에 1m 간격으로 사람을 배치하지는 않았으니까!

하지만 그 악어도 어딘가를 통해 왔을 테고, 그건 양쪽 길은 아니었다. 멀더는 아무리 어두웠대도 비스타 부에나 경찰에 시체 세 구 혹은 죽어가는 여자아이들을 끌거나 지고 그들이 서 있는 길로 내려오는 악어를 알아차릴 능력은 있다고 믿어 의심치 않았다.

멀더는 주변을 둘러보면서 이곳에 있는 모든 지역 경찰들이 없다고 생각하며 현장을 보려고 애써 보았다. 그들이 도착해서 그 무덤을 발견하기 전에는 어땠을지 보려는 의도였다. 그는 들어맞지 않는 무언가를 알아차렸다.

모래사장 일부분이 다른 지역보다 좀 더 눌려 있는 듯이 보였다. 마치 무거운 무언가가 그 부분을 질질 끌며 지나간 것 같았다. 그 눌린 부분은 폭이 약 60cm 정도였고, 똑바로 뻗은 선이 아니라 보다

구불구불했다. 그리고 그 꽉 눌린 모래 부분 양옆으로 각 다섯 개, 네 개씩 톱니 자국이 나 있었다. 그는 FBI의 시간 낭비 능력에 대한 램버트의 중얼거림을 무시하면서, 사진사를 불러 이것도 찍게 했다.

그 압박된 모래 부분은 경찰이 범죄 현장 통제선을 친 구역의 끄트머리 쪽으로 이어져 있었다. 멀더는 그 눌린 모래를 따라가다 현장에서 벗어났다. 램버트가 그를 따라왔다. 얼마 되지 않아 멀더는 바위 사이로 빠지게 되어 있는 커다란 배수관을 발견했다. 배수관은 두 개의 모래 둔덕으로 잘 가려져 있었다. 모래 흔적은 이 근처에서 시작되고 있었다. "여기도 조사했습니까?" 그는 배수관 쪽으로 고갯짓을 했다.

"지난밤에 경찰 몇을 파견했었고 오늘 아침에도 또 보냈습니다. 하수가 넘치면 내보내는 배수관입니다."

"정말입니까? 처리하지 않은 하수를 여기 해변으로 흘려보낸다고요?"

"넘칠 때를 대비하는 겁니다." 램버트는 딱딱하게 말했다. "부하들이 거슬러 가봤는데, 안에는 잠긴 문이 있었어요. 범인은 이 길로 오지 않았습니다."

"몸을 좀 굽히면, 성인 남자가 걸어 다닐 만큼 큰데요." 혹은 악어가 배를 깔고 기어갈 만큼.

"들어가 보고 싶어요? 얼마든지요." 램버트는 돌아서서 성큼성큼 가 버렸다.

"예민하시군." 멀더는 예상하고 미리 코트 주머니에 넣어두었던 손전등과 총을 꺼내 들었다. 데일스가 권했던 고성능 무기들은 없었지만, 더 큰 총을 가지러 나갔다간 악어 인간이 달아날 수도 있었다.

이제 와서 왜 악어 인간에 믿음이 가는지 멀더도 설명할 수 없었다. 어쩌면 데일스의 강렬한 믿음 때문일지도 몰랐다. 다만, 이 가설에 따라 조사한들 잃을 건 아무것도 없었고, 반대로 그가 조사하지 않는다면 그들은 모든 걸 잃을 수도 있었다.

비스타 부에나 카운티 유원지 터, 괴물 쇼 천막

데일스는 비스타 부에나 경찰서에서 제공한 무기고에서 a.357과 a.44 매그넘 탄약통을 가져왔다. 그는 지역 경찰이 제공하는 사냥용 소총도 하나 가져올까 생각했었지만, 그들은 하수관으로 들어갈 것이고, 소총이 탐나긴 해도 권총이 더 현실적인 선택이었다.

존스턴은 30-30 라이플과 a.44 매그넘 탄약통을 선택했다. 둘 다 여분의 탄약도 많이 챙겼다. 그리고 아주 많은 지원 병력도. 그들은 무려 십여 명의 경관을 데리고 있었다. 이번에는 수어스도 달아나지 못할 것이다.

몇십 년 전에 베일리스 교차로에서 그랬던 것처럼, 데일스는 말리게이터의 전시장이 하수관 맨홀 뚜껑 바로 위에 자리 잡고 있음을 알 수 있었다. 다른 점이 있다면, 이 유원지의 누구도 수어스가 누구인지 모른다는 점이었다. 그리고 천막과 그 구조는 1963년 것과 정확히 일치하는 것 같았지만, 에밀리오 잘텍에 대해 들어본 자 역시 아무도 없었다.

기본적으로 이들에겐 악어 인간이 없는 것 같았다. 앨런 G. 수어스나 말리게이터, 혹은 유원지 인원 중 그와 인상착의가 일치하는 자를 아는 이도, 네 아이의 보호자가 괴물로 변해서 아이들을 공격하고 그들을 어둠 속으로 끌고 갔다는 사실을 아는 이도 없었다.

솜사탕 장수는 자신이 여자아이 셋과 남자아이 하나의 '아버지'에게 솜사탕 네 개를 팔았다고 확인해 주었다. 유원지 괴물들을 포함해서 다른 목격자들은 한 남자가 거대한 악어로 변하는 것을 목격했다고 증언했다. 비록 몇몇은 그가 주둥이가 긴 고질라로 변했다고 말했지만.

이 사건이 대낮에 벌어졌다는 사실은 중요하지 않았다. 괴물 쇼 천막은 어두웠고 전시물에만 조명이 비치는 데다 그마저 밝지도 않았다. 경찰이 천막과 하수관들을 조사했지만, 아무것도 나오지 않았다. 그래도 데일스는 전혀 놀라지 않았다.

"기억해두게." 그는 아래로 향하면서 존스턴과 뒤따르는 경찰들에게 말했다. "놈이 내가 예상한 형태를 취하고 있다면, 치명적인 손상을 입히기는 어려울 거야. 한 발로는 안 될 걸세. 아이를 찾는 데 초점을 두게. 그는 어떤 이유이든 그 아이가 필요해. 우리가 아이를 구할 수 있다면, 이런 일이 되풀이되는 것을 막을 수 있을 거야."

"미로로군요[41] 존스턴은 데일스가 다가오고 경찰들이 하수관 터널 내부로 안내하자 말했다. "우린 악취 풍기는 미로 한가운데 있어요. 분명히 의도된 말장난인데요.[42]"

아니나 다를까, 갈래 길이 일곱 개나 있었다. 그들은 두 명씩 팀을 나누었고, 데일스와 존스턴은 함께 사냥에 나섰다.

---

41) It's a maze. 발음상 놀랍다, 굉장하다는 amaze와 동일함.
42) 위의 발음상 의미를 이용해서 말장난했다는 뜻.

비스타 부에나 하수 시스템 배수로

누군가가—사람이든 악어든—이 배수관으로 내려왔다는 증거는 없었다. 하지만 경찰 한 명이 여기 있었다는 증거도 없기는 마찬가지였다. 멀더는 더러운 물속을 철벅거리며 100m 정도 나아가다 잠긴 문에 다다랐다. 손전등에 비친 물속에는 별다른 것이 없었다.

그의 코는 철문에 다다를 때쯤 마비되었다. 문은 평범한 격자창 형태로, 물은 배출하면서 사람, 특히 아이는 하수관으로 들어서지 못하게 막고 있는 형태였다. 격자 사이는 성인 남자의 팔을 집어넣을 정도는 됐지만, 머리를 들이밀 수 있을 정도는 아니었다.

그는 창살을 흔들어보았다. 안전해 보였다. 하지만 가까이 들여다보니 자물쇠가 걸려 있긴 해도 안쪽에 있는 데다 최근에 사용된 흔적이 보였다. 창살과 자물쇠는 둘 다 녹이 슬었지만, 자물쇠 일부분은 마치 녹슨 부분이 최근에 부분적으로 떨어져 나간 것 같았다. 그리고 자물쇠 자체도 이상해 보였다. 마치 토막 냈다가 제 모양으로 돌려놓은 듯했다.

멀더는 팔을 집어넣어 자물쇠 몸체를 아래쪽으로 당겼다. 자물쇠는 열렸다. 그는 자물쇠를 주머니에 넣은 다음 빗장을 젖혀 열고 최대한 조용히 철문을 움직였다.

멀더는 철문을 약간 열린 채로 두었다. 램버트가 경찰 노릇을 하기로 결정하고 그를 쫓아올 경우를 대비해서였다. 굳이 지원 병력을 힘들게 할 필요가 뭐가 있겠나? 그리고 혹시 멀더가 빨리 탈출해야 할 때도 굳이 스스로를 힘들게 할 필요는 없지 않나?

100m 정도 더 가자 배수로는 중앙 하수 터널과 연결되었다. 왼쪽과 오른쪽, 둘 중에 선택해야만 했다. 멀더는 귀를 기울여 보았다. 양쪽에서 모두 희미하게 소리가 들렸다. 악어일 수도, 아이일 수도, 혹은 데일스와 존스턴일 수도 있었다. 지금쯤이면 데일스는 분명 하수관에 있을 터였다. 사냥하면서.

멀더는 하수관 주변에 손전등을 비추어 보았다. 악어 인간이 이 길로 왔다는 건, 그의 흔적이 여기 있어야 한다는 뜻이었고, 그 흔적이 멀더를 어느 길로 갈지 안내할 터였다.

근면함은 보상을 받았다. 오른쪽으로 이어진 수면 바로 위쪽에 작고 불그스름한 얼룩이 보였다. 멀더는 손전등으로 수면을 비추면서 그 길로 나아갔다. 붉은 얼룩이 또 발견되었다. 여자아이 중 한 명은 자신의 피로 흔적을 남길 만큼 오래 살아 있었던 것이다. 그는 계속 나아갔다.

비스타 부에나 하수 시스템

제이슨은 달렸다. 자신이 어디로 가고 있는지는 알 수 없었지만 게이터의 끔찍한 보금자리를 벗어나는 것으로 시작은 충분했다.

그래도 이상한 느낌이 들었다. 마치 전처럼 빨리 달릴 수는 없었지만 동시에 다리만 제대로 움직여 준다면 훨씬 더 빨리 달릴 수 있을 것처럼 느껴졌다. 모든 게 이상해 보이기도 했다. 색채도 달랐고 초점도 엇나가 보였다.

후각도 이상했다. 이 장소가 지독한 냄새를 풍기는 대신 지금은 안전하고 편안하면서 평범한 냄새를 풍겼다.

하수관은 미로였다. 하지만 제이슨은 길을 잃은 느낌이 들지 않았다. 그는 무언가를, 무언가 옳게 느껴지는 냄새를 맡을 수 있었다. 그는 그 냄새를 향해서 나아갔다.

멀더는 더욱 작은 터널로 갈라지는 부분을 거의 지나칠 뻔했다. 그 혈흔 자국을 쫓아오지 않았다면 놓쳤을 터였다.

그는 작은 터널로 들어서며 총을 꺼내고 준비를 갖추었다. 하지만 끝에 다다를 때까지 누구도 마주치지 않았다.

누군가가 만들어놓은 듯한 더러운 보금자리가 거기 있었다. 피에 흠뻑 젖은 깔개는 이곳이 아마도 여자아이들의 신체가 훼손된 장소임을 나타냈다. 하지만 탁자 역할을 하는 듯한 작은 상자에 있는 것이 멀더의 관심을 끌었다.

탁자에는 새끼 악어에서 나온 듯 보이는 조그만 이빨들 속에, 특이한 약초들이 조그맣게 쌓인 채 타고 있었다. 그 앞에 직접 만든 듯한, 혹은 적어도 솜씨 없게 조각된 듯한 작은 조각상들이 놓여 있었다. 크고 작은 악어스러운 것들로, 일종의 암컷 셋과 끔찍하게 보이는 인간—악어의 얼굴 하나였다.

멀더는 증거보관용 봉투를 가져오지 않은 자신을 탓하며 손수건을 꺼내어 조각상들을 전부 담아 겉옷 주머니에 넣었다. 담배 개비들을 바지 주머니에 넣고, 빈 곽에 그을린 약초를 쏟아부은 다음 이것과 이빨을 주머니에 넣었다. 피 묻은 깔개는 과학수사팀이 발견하도록 내버려 두었다.

멀더는 작은 터널을 거슬러 나오면서 어떻게 할까 생각했다. 여기까지 오는 동안 수많은 관을 지나쳤다. 하지만 아무것도 발견하지 못했었다. 그는 핏자국에서 눈을 떼어 지금까지 들여다보지 않은 부분을 따라가 보았다.

T자 교차로에 이르렀을 때, 왼쪽에서 무슨 소리가 들렸다. 철벅거리는 물소리와 신음 소리였다. 그는 재빨리 그쪽으로 이동했다.

데일스는 더 이상 다른 경찰들의 소리를 들을 수 없었다. 그와 존스턴이 그들에게서 멀리 떨어져 있다는 뜻이었다. 옳은 길에 올랐기를 바랄 뿐이었다. 그들은 하수관의 아주 널찍한 부분에 와 있었다. 데일스는 베일리스 교차로의 하수관을 떠올렸다. 양쪽으로 통로가 있고 가운데로 하수가 흘렀다.

바라자마자 이루어져서 — 그들은 모퉁이를 돌았다가 물속에서 그들 쪽으로 뛰어오는 악어와 마주쳤다. 놈은 데일스가 기억했던 만큼 크지 않았다. 사실은, 어려 보였다.

존스턴이 총을 겨누고 발사했지만, 데일스가 그의 손을 쳐서 총탄은 아무 피해 없이 튀어 나갔다. "안 돼! 저건 그 남자애 같아!"

그 악어는 미끄러지며 멈춰 서서 주변을 둘러보았다. 분명 겁에 질려 있었다. 물론, 어린 악어라도 악어가 아닌 것보다 더 문제이긴 했다. 데일스는 자신이 옳은 일을 한 건지 궁금했다.

그의 뒤에서 들린 포효 소리가 아마도 그가 옳았음을 말해 주었다. 데일스는 휙 뒤로 돌아서자 이 역시 어딘지 인간처럼 보이는 훨씬 더 큰 악어와 마주했다. 악어는 데일스와 존스턴을 내리쳤다.

데일스는 반대쪽으로 날아가 엉덩이를 지독하고 고통스럽게 터널 벽에 부딪혔다. 그는 더 큰 악어가 작은 악어를 집어 올리는 것을 보았다.

"큰 쪽을 죽여!" 그는 존스턴에게 소리쳤다. 존스턴은 손에 총을 쥐고 일어서고 있었다.

그 말리게이터는 고함을 질렀지만, 어떤 일이 벌어지기 전에 멀더의 목소리가 악어들 뒤에서 들려왔다. "멈춰! 나는 너의 토템들을 가지고 있다. 투항하지 않으면 그것들을 파괴하겠다."

말리게이터는 으르렁거리며 휙 돌아섰다. 존스턴은 총을 쏘았다.

멀더는 악어 이빨을 들어 올렸다. 그는 더 큰 악어의 얼굴에 손전등을 비추었다. 악어의 눈은 이상했다. 마치 인간과 파충류의 조합처럼, 양쪽에서 안 좋은 부분만 취한 것처럼 이상했다. 어린 악어는 큰 악어의 손아귀에서 몸부림치고 있었다.

그 둘은 악어 인간처럼 보였고, 멀더는 작은 쪽이 실종된 소년이라 장담했다. 하지만 그가 무슨 말을, 혹은 어떤 행동을 취하기 전에 총성이 울렸다.

총은 정통으로 맞았지만, 큰 악어의 피부는 두꺼웠고, 총탄이 꿰뚫었다 해도 그다지 피해를 주지는 못한 것 같았다.

악어 쪽은 그렇지 않았다. 그는 거대한 꼬리로 존스턴을 내리쳐 멀더 쪽으로 날려 보냈다. 존스턴은 엄청나게 큰 소리를 내며 콘크리트 벽에 부딪혔다.

멀더는 그에게 달려갔다. 존스턴의 머리에서 피가 엄청나게 쏟아지고 있었고 그의 하체는 상체 부분과 부적절한 각도로 엇갈려 있었다. "내가 놈을…, 날린 줄 알았는데, 도깨비." 그는 헐떡거렸다.

멀더는 그의 손을 쥐고 사만다가 한 말을 생각했다. "괜찮아, 클레이페이스[43]. 우리가 지원을 부를게, 조금만 버텨."

존스턴의 표정이 믿을 수 없을 만치 행복한 표정으로 바뀌었다. "항상…, 파트너가 내…, 단짝 친구가 되길 바랐지." 그는 한숨을 쉬었고 그런 다음 그의 눈에서 표정이 사라졌다.

멀더는 맥박을 짚어봤지만 찾지 못해 부드럽게 존스턴의 눈을 감겨주었다. 돌아보니 그 거대한 악어는 그에게 등을 돌리고 있었다. 놈이 데일스를 쫓고 있다는 뜻이었다. 멀더는 이 괴물이 데일스를, 그가 존경하는 남자를 파트너가 죽은 방식대로 죽이게 할 수는 없었다.

하지만 총은 통하지 않을 터였다. 1963년에 이미 증명되었다. "이것들을 전부 파괴하겠다, 당장!" 멀더는 소리치며 악어 이빨을 발 옆 콘크리트 바닥에 내던졌다.

말리게이터가 돌아서더니 울부짖었다. 멀더는 발로 이빨을 뭉개면서 세 개의 암컷 조각상들을 바닥에 떨어뜨리고는 그 위로 펄쩍거리며 뛰었다. "전부 없어졌다, 이 새끼야! 네놈의 부두 주문이 다시는 효과가 없게 만들어주마!"

작은 악어가 큰놈의 손아귀에서 꿈틀거리더니 멀더 쪽으로 생각보다 훨씬 더 빠르게 달려왔다. 한순간 멀더는 총을 쏘려고 생각했지만 작은 악어는 너무 빠르게 그에게 뛰어들었다.

하지만 공격은 아니었다. 대신에, 작은 악어는 남은 이빨과 조각상들을 먹어치웠다. 그러더니 파충류보다 인간에 조금 더 가까워 보이기 시작했다.

데일스가 말리게이터에게 총질하며 주의를 돌리려고 하는 동안

---

43) 미국 만화책에 등장하는 악당의 별칭. 존스턴의 성을 변형해서 일종의 별명을 만들어낸 것.

멀더는 그 기이한 부두교 도구 나머지를 주머니에서 꺼내어 세게 집어 던져 조각냈고 작은 악어는 그것들을 먹어치웠다. 그러는 동안, 말리게이터 역시 파충류의 모습에서 벗어나며 점점 더 인간다워졌다.

일을 마치자 작은 악어는 이제 실종된 남자아이의 인상착의와 동일한 얼굴이 되었다. 그리고 큰 악어는 아이들을 납치한 남자의 인상착의를 갖추었다. 그리고 놈이 데일스를 덮쳤을 때, 멀더는 총성을 들었고, 수어스의 등에 구멍이 뚫리며 총탄의 힘에 밀려 놈이 뒤쪽으로 쓰러지는 것을 보았다.

멀더는 하수에 대고 토하기 시작한 아이를 잡아채고 달려 수어스가 존스턴처럼 확실히 죽었는지 확인했다. 그런 다음 그는 데일스에게 향했다.

"괜찮습니까?"

데일스는 고개를 끄덕였다. "새 엉덩이가 필요할 것 같지만, 그래도 가엾은 클레이보다는 낫지."

멀더는 침을 삼켰다. "그래요." 그는 아이를 보았다. "제이슨 윈저니?"

아이는 고개를 끄덕이더니 데일스에게 다가가 그를 끌어안으며 울기 시작했다. "다른 남자가 저를 죽이지 않게 해주셔서 고마워요."

데일스가 아이의 등을 쓰다듬고 있을 때 지원 병력이 터널로 들어오는 소리가 들렸다. "이제 괜찮다, 얘야. 전부 끝났어." 그는 멀더를 쳐다보았다. "이제 믿기나?"

멀더는 가까스로 미소를 지었다. "네, 믿습니다."

워싱턴 D.C.
1990년 12월

"잘 처리했네, 멀더." ASAC 카터가 말했다. "존스턴을 잃어서 안타깝지만. 좋은 친구였지. 영웅으로 추모하려 하네만, 감사할 사람이 없으니."

"없다고요?" 멀더는 물었다.

"가족이 없다네."

멀더는 목청을 가다듬었다. "음, 그는 제, 어, 친구였습니다. 제가 할 수 있는 일이 있다면…."

카터는 어깨를 으쓱했다. "자네가 그의 메달을 보관할 순 있지, 자네한테 의미가 있다면 말이네만."

멀더는 고개를 끄덕였다. "감사합니다. 의미가 있습니다."

"자네 고문은 어떻게 하고 있나?"

"데일스 씨는 지팡이를 짚어야 합니다만, 그 외에는 건강합니다. 물어봐 주셔서 감사합니다."

카터는 그에게 드문 미소를 보냈다. "한 번 특별수사관은, 멀더, 항상 특별수사관일세. 기억해 두게나."

캘리포니아 주, 비스타 부에나
1991년 12월

제이슨은 하수관 아래로 내려가서 기다렸다. 그는 옳은 일을 했다는, 그 점은 확신했다. 그 주술을 삼킨 다음 게이터가 떠 있었던 물에 다시 토해냈으니 주술은 아직 효과가 있을 터였다. 그리고 그건, 오늘 밤 그의 새 아버지가 돌아온다는 뜻이었다. 그런 다음 그들은 함께 새로운 사냥에 나설 것이다. 영원히.

TRUST NO ONE

THE X FILES™

달빛

Clair de Lune

W.D. 갈라이니, 데이비드 밴턴

THE X FILES™

찰스 L. 그랜트[44]를 기리며

캐나다, 오타와 남부 어딘가
1994년 10월 4일, 오후 5시 45분

렌트한 포드의 앞유리 와이퍼로 맹렬히 퍼붓는 축축하고 묵직한 눈송이들을 힘겹게 쓸어내면서, 특별수사관 폭스 멀더는 조심스럽게 오타와 남부로 차를 몰았다. 쌓여있는 눈 때문에 416도로를 막 벗어났지만, 그것이 실수였음을 이제 깨달은 참이었다. 퍼스[45]는 그들의 오른쪽 멀리 어딘가에 있었다. 멀더의 동행들은 노골적으로 불안한 표정을 띠고 갈수록 하얗게 펼쳐지는 풍경을 지켜보았다.

이런 눈보라는 학교며 사업 활동을 전면 중단시키고 비행기를 전부 묶어 놓는다. 실제로 워싱턴으로 가는 그들의 직항 비행기도 안내판에 '정시 출발'에서 '결항'으로 바뀐 첫 비행기들에 포함되었다. 한 계절에 한 번 있는 이런 눈보라는 주 고속도로조차 폐쇄되게 하는 법이라, 특별수사관 멀더는 지방도로 쪽 상태를 시험해보려 했다.

44) Charles L. Grant(1942-2006). 미국 판타지 · 호러 작가.
45) Perth. 캐나다 온타리오 주 남동부, 오타와 남서쪽에 있는 도시.

하지만 잘 되고 있지 않았다. 전혀 아니었다.

어두워지는 도로에서 보이는 것이라곤 흐릿한 헤드라이트에 비치는 것뿐이었다. 그조차 채널을 돌리는 사이 나타나는 흐릿한 텔레비전 화면 속, 흘러내리는 하얀 반점들로 완전히 뒤덮인 이미지 같이 비쳤다. 그리고 길 위에 그어진 선들이—다른 무엇보다 그게 문제였는데—새로 내리는 하얀 눈의 두툼한 장막 아래 빠르게 사라지고 있었다.

이제 멀더는 순전히 본능에 따라 운전했다.

"내일까지 기다렸다가 비행기를 탔어야 했어요." 조수석에서 특별수사관 데이나 스컬리가 앞유리로 전방을 보려 애쓰며 말했다. "그게 더 합리적이었을 거예요, 멀더."

"왜요, 그래서 이걸 다 놓쳐버리자고요?" 눈 폭풍에 대한 말일 수도 있었지만, 멀더는 능청스러운 표정으로 그들의 뒷좌석을 가리켰다. 뒷좌석에는 그들이 인도받아 호송 중인 죄수, 카를로 드마레이가 수갑을 찬 채 고함을 지르고 있었다. 그는 등 뒤로 수갑이 채워진 채 뒷좌석에 쑤셔 박힌 이래 고함을 멈추지 않았다.

"제발, 나를 보내줘야 해!" 카를로는 잠깐 쉬었다가 다시 소리쳤다.

"뒤쪽에 스팀이 부족하진 않지, 안 그래?" 멀더는 물었다. "당신의 달콤한 목소리가 그리웠지. 나를 깨어 있게 해 주거든, 그래서 우리를 살려주고 있고." 그는 옆 눈으로 스컬리에게 윙크했다. 스컬리는 얼굴을 찌푸렸다.

"당신들은 몰라." 그들의 죄수는 간청하며 수갑을 풀려고 몸부림쳤다. "거듭 말하지만, 지금은 나를 옮기기에 안 좋은 때야. 다음 주까지 기다려야 한다고."

"유감이군, 친구. 정의의 수레바퀴는 지금도 충분히 느리게 돌고 있거든. 더 느리게 할 이유가 없다고. 당신은 노래하기로 했고, 이제 리허설은 끝났어. 무대에 오를 시간이지. 혹은 증언대에 오르거나." 멀더는 잠깐 스컬리를 쳐다보았다. "미처 알아차리기도 전에 우리의 손님은 클럽 수사국에서 빈둥거리게 될 거예요. 장 폴 더 스커드와 그의 지저분한 멍청이 패거리를 잡는데 일조한 걸 자랑스럽게 여기면서 말이죠."

스컬리는 우울하게 웃었다. 멀더는 그들의 수다스러운 짐 못지않게 사람을 지치게 할 수 있었다. 하지만 그는 화이트아웃[46) 상황에서 곁에 있기엔 든든한 운전자였다. 파트너라면 그런 것들을 알게 되는 법이다.

카를로는 울부짖었다. 그의 말에는 스페인어와 프랑스어 그리고 수사관들이 알아들을 수 없는 방언 따위가 섞여 있었다.

"뭘 그렇게 열변을 토하고 있나, 카를로?" 멀더는 말했다. 백미러로 그 미친 남자의 눈을 찾던 멀더의 눈이 짧은 순간 카를로의 눈과 얽혔다. "내 말은, 투덜대기엔 좀 늦지 않았나? 이건 당신의 쇼야. 당신이 정부와 거래해서 증언하기로 했잖아."

그 작은 체구의 깡패는 더듬거렸다. "하-하-하지만…, 나는 시간이 필요하다고, 며칠, 일주일이 필요하다고 했어. 주-주-준비하려면. 지-지금은 보름달이잖아!"

멀더는 크게 웃었다. "나한텐 날이 아주 흐려 보이는데. 오늘 밤에는 달을 보게 되진 않을 거야."

"볼 필요는 어-어-없어! 마-말-말하지만, 당신들은 끄-끔찍

---

46) whiteout. 사방이 눈 등으로 온통 하얗게 덮여 방향 감각을 잃게 하는 사태.

한 위험에 처했다고! 지금 도-도-돌아가야 해, 아니면 나를 보-보내주든가!"

"진정해, 드마레이." 스컬리는 총집에 든 시그 사우어 P228을 덮고 있는 파카 위로 손을 느슨하게 늘어뜨린 채 말했다. "우리가 처한 유일한 위험은, 당신을 미국으로 데려가서 증언하게 하기 전에 이 폭풍 속에 갇히는 것뿐이야. 우리는 이런 상황에 맞서 훈련도 받았고 대비도 되어 있어. 무장도 했고. 명심해 둬." 그녀는 반쯤 몸을 돌려 잔뜩 웅크린 증인을 쳐다보았다. 그는 수갑을 차고 있음에도 편안한 자세를 취하려고 애쓰고 있었다.

"당신네 초-총은 소용없을 거야!" 그 죄수는 내뱉었다. 그의 고성은 신음으로 바뀌고 있었다.

"뭐, 총이 여길 헤치고 나가는 데 도움이 되진 않겠지. 이렇게 계속 눈이 쌓여서야." 멀더는 한숨을 쉬며 동의했다. "스컬리, 하룻밤 몸을 피할 장소를 찾아봐야 할지도 모르겠어요."

"이제 와서요?" 스컬리는 절묘하게 눈썹을 들어 올리며 말했다.

"그래요, 뭐…, 시도는 해 봐야 했으니까요. 시러큐스[47]는 81번 도로의 온타리오 호수 끝 바로 남쪽에 있어요. 활주로가 덮이지 않았다면, 몇 시간 내에 워싱턴으로 가는 비행기에 탈 수 있었을 거예요. 다만, 이제 보니 그리 좋은 생각 같진 않네요."

차가 점점 쌓여가는 눈을 헤치며 기어가고 있을 때, 길 오른쪽에 표지판이 나타났다. 뭐라고 적혀 있고 화살표가 아래쪽으로 구부러져 있었다.

"행운인 것 같은데요." 멀더는 예의 그 삐딱하고 능청스런 미소를

47) Syracuse. 미국 뉴욕 주 중부의 도시.

지으며 말했다. "알아볼 수 있어요?"

"정확하게는 모르겠지만, 번쩍이는 '빈방 있음' 부분은 읽을 수 있었어요." 스컬리는 대답했다. "이 눈 아래 어딘가에 모텔이 있는 것 같네요."

"봤죠, 나의 정확한 방향 감각이 이번에도 우리를 위험에서 구제해 주잖아요." 멀더는 말했다.

"운전이나 해요, 멀더. 운전대가 얼어붙어서 우리가 털북숭이 매머드처럼 내일의 고고학적 발견이 되기 전에."

"스컬리, 당신 나처럼 말하기 시작하는군요."

"그럴 일은 절대 없어요." 스컬리는 중얼거렸지만 미소 짓고 있었다.

그들의 승객은 코를 고는 것처럼 보였다. 그러다 멀더는 그가 잠들지 않았음을 깨달았다. 카를로는 속삭이며 기도하고 있었다. 아마도 애원을 쏟아내는 듯했다.

"그 기도에, 이 난리 통에서 히터가 작동하게 해 달라는 것도 꼭 집어넣으라고." 멀더는 말했다.

주도로에서 천천히 벗어나 더욱 상태가 나쁜 샛길로 접어든 멀더는 그들을 텅 빈 주차장 입구 같은 곳으로 이끌었다. 더욱 깊어지는 눈가루에 가벼운 포드 템포 차량의 타이어가 고군분투하고 미끄러지며 갈지자를 그렸다. 와이퍼가 거의 움직이지 않는 덕에 멀더는 잔뜩 웅크린 채 눈을 가늘게 뜨고 앞유리 왼쪽의 작은 구멍으로 앞을 봐야 했다. 그들 주변으로, 이 화이트아웃에 가까운 폭설은 점점 더 심각해지는 것 같았다. 눈 알갱이들이 미친 듯이 휘날렸다.

마침내 멀더는 건물 현관 앞에 차를 세웠다.

"보이죠, 베이츠 모텔[48]이 우리를 기다리고 있네요."

그 모텔은 전형적인 오십 년대 디자인으로, L자형 구조를 한 단층 건물이었다. 짧은 날개 한쪽 끄트머리에 사무실이 있고, 방문들은 눈 덮인 주차장을 마주하고 있었으며, 방문 옆에는 커다란 창문들이 달려 있었다. 표지판은 글자 대부분이 닳아 없어지는 바람에 스컬리가 읽을 수 없었지만, 초록색으로 깜박이는 '빈방 있음' 불빛은 환영 신호 역할을 하고 있었다. 애처롭고 황량한 장소였지만 그 순간에는 리조트 못지않았다. 그들이 필요한 대피처만 제공한다면야.

스컬리는 간신히 차 문을 열었다. 밖으로 나서자 눈과 바람이 안으로 휘몰아쳤다. 그녀는 멀더를 돌아보았다. "둘이 같이 잘 있어 봐요." 그녀는 소리친 뒤 문을 닫았고 다시 침묵이 감돌았다. 스컬리는 모텔 입구로 향했다.

멀더는 손가락으로 운전대를 두드리며 엔진을 계속 돌리고 있었다.

카를로는 알아들을 수 없는 기도들을 중얼거렸다.

어쩌면 저주인지도 몰랐다. 멀더는 알 수 없었다.

스컬리는 이제 20cm쯤 쌓인 축축하고 질벅거리는 눈을 헤치며 느릿느릿 걸어가 유리문을 세게 당겨 열고 발광 판을 댄 복고풍 로비로 들어섰다.

아니, 이건 복고풍이 아니었다. 스컬리는 주변을 둘러보며 깨달았다. 그 사무실은 건물이 세워진 그 날부터 전혀 새로워진 부분이 없는

---

48) 1962년 알프레드 히치콕의 영화 〈싸이코〉의 배경이었던 베이츠 모텔을 빗댄 멀더의 농담.

것 같았다. 기다란 형광등의 약한 불빛은 모든 것들에 시한부의 창백함을 부여하고 있었다.

스컬리는 자신의 몹시 부적절한 신발을 굴러 눈덩이를 털어내고 어깨에서 눈을 쓸어낸 다음 빈방을 가로질러 프런트로 걸어갔다. 주변을 둘러보며 훈련된 감각으로 모든 문과 창문들을 확인했다. 그것은 제2의 천성이었다. 불은 켜져 있었고, 히터도 작동하는 듯 보였지만 카운터 뒤에는 아무도 없었다. 뒤쪽 문이 약간 열려 있었고, 그 뒤 어딘가에서 흐릿한 불빛이 비쳤다.

스컬리는 가장 합리적일 법한 모든 것을 의례 무시하는 멀더를 저주하면서 벨을 눌렀다.

“제-제-제발. 나를 보-보내줘야 해.” 카를로 드마레이가 더듬거림을 멈추려고 애쓰면서 뒷좌석에서 말했다.

“왜지, 안 그러면 어떤 일이 생기는데?” 멀더는 전에 이 남자가 이렇게까지 더듬거렸는지 기억나지 않았다. 하지만 이전에는 그가 그렇게 많은 말을 하는 걸 들은 적이 없었다. 멀더와 스컬리가 할 일은 그를 이송하는 것이지, 새 친구를 만드는 것이 아니었다. 어쨌든, 그 조그마한 남자는 몹시 동요한 듯 보였다.

그리고 그런 종류의 일은 언제나 멀더의 호기심을 돋우었다.

“나-나-나쁜 일. 당신들이 나를 보내주지 않으면 나쁜 일이 버-벌어질 거야. 당신은 모-모-몰라. 당신들 목숨이 위-위험해. 그리고 여기 모든 사람의 목숨도 다 위—.”

멀더는 불쑥 끼어들었다. “그게, 카를로. 우리가 당신을 보내주면, 내 직업이 위험에 처할 거야. 그리고 나는 내 직업을 아주 진지하게 생각하고 있거든, 대부분은 말이야."

"나를 미-믿-믿어야 해. 난 오늘 밤에 여기서 벌어질 일을 이-이-일으키고 싶지 않아. 나를 보-보내줘야 해."

멀더는 다시 시도했다. "어떤 일이 벌어진다는 거지, 카를로?"

"당신은—당신은 말해도 나를 미-미-믿지 않을 거야!"

"나는 상당히 열린 사람이라고, 카를로. 한 번 시도해 보라니까?"

멀더는 그 옛날 콴티코에서 사람들이 자신을 '도깨비' 멀더라고 불렀음을 알고 있었다. 그리고 그 말은 워싱턴의 사무실에도 퍼졌다. 그 사실은 그의 사무실이 먼지 가득한 지하실 저 구석으로 밀려난 것과도 상당히 밀접한 관련이 있었다. 그리고 스컬리가 그를 지켜보도록 배치된 것과도. 그는 지나치게 열려 있었다.

"오-오-오늘 밤은 보름달이야. 당신이 나를 보내주지 않으면 사-사람들이 주-주-죽을 거야! 그게 버-벌어질 일이라고! 그러니까 이것-수갑 좀 벗기고…. 돌아가든가…. 아니면 그냥 나를 보내 줘!"

멀더는 스컬리가 한참 전에 사라진 문을 흘끗 쳐다보았다. "좀 더 말해 보지, 카를로…. 줄거리가 있을 거 같은데."

모텔 로비 안에서, 특별수사관 스컬리는 점점 초조해지고 있었다.

"누구 없어요?" 그녀는 소리쳤다. 카운터 뒤로 돌아가 벽에 걸려있는 먼지 낀 두 줄짜리 고리들에서 방 열쇠 두 개를 가져오려고 반쯤 작정한 참에, 손질 안 한 숱 없는 머리의 중년 남자가 마침내 문간에 나타났다.

"안녕안녕하쇼?" 남자는 더러운 페이즐리 무늬 셔츠를 바로 잡으며 말했다. 그의 안경은 삐딱했다. '자다 나왔군', 스컬리는 생각했다.

멀더라면 정체불명의 음모나 스파이 조직 따위를 들먹였을 것이다. 그는 항상 모든 것에서 가장 까다롭고 가장 비합리적인 설명을 찾아내니까.

어떤 면에서는 그것이 그녀가 맡은 일의 핵심이기도 했다.

"안녕하세요." 그녀는 자연스레 솟구친 짜증을 목소리에서 지우고자 애쓰며 말했다. "영업 중이라 정말 다행이군요."

"눈보라니 뭐니 해서 오늘 밤은 아무도 기대하지 않고 있었수. 그래도 혹시나 해서 표지판은 켜놨지, 응?" 이제 그는 안경을 고쳐 쓰고 있었다. 스컬리는 상냥하게 고개를 끄덕이면서 대부분 읽을 수 없었던, 아무것도 알 수 없는 모텔 표지판을 생각하며 억지로 미소 지었다. 그는 캐나다 억양이 두드러졌다.

"그래, 뭘 도와드릴까?" 그 직원, 어쩌면 주인은 물었다. 그는 고쳐 쓴 안경 너머로 손님을 보다 잘 들여다보았다. 그리고 한쪽 눈을 찡긋했다.

"방 두 개요. 가능하면 끝 쪽 방으로 주세요." 스컬리는 윙크를 무시하며 말했다. "하루 묵을 거예요." 그녀는 수사국의 신용카드를 탁자에 내밀었다.

"바깥 날씨가 끔찍하지요. 이런 눈 폭풍은 처음이야. 얼마나 갈지 모르겠수." 남자는 말하면서 카드를 긁다가 눈을 가늘게 뜨고 스컬리를 쳐다보았다. 아마도 스컬리가 아주 오랜만에 보는 가장 근사한 무엇인 듯했다. "미국 FBI구먼, 응? 오늘 같은 이런 밤에 무슨 일로 나오셨나?"

"일이죠."

그는 보다 자세한 답변을 기다리며 주춤거렸지만 아무 말도 뒤따르지 않았다. 마침내 그는 스컬리에게 숙박기록부와 영수증을 건넸다. "여기다 사인만 하면 되겠수." 그는 스컬리가 계속 무시하자 약간 코를 벌름거리며 말하고는 돌아서서 열쇠를 꺼냈다. "반대편 날개 끝 두 방이요, 오른쪽으로."

"고마워요."

그는 고개를 끄덕이며 안경 너머로 쳐다보았다. "다 됐수, 아가씨." 윙크.

꼭 추위만은 아닌 이유로 몸을 떨면서, 스컬리는 엔진을 공회전하고 있는 차로 돌아와 보조석에 올라탔다.

"우리 모두 당신이 그리웠어요." 멀더가 이죽거렸다. "좋은 대화를 나눴지요, 우리 말이에요. 안 그래, 카를로? 카를로는 아직도 우리가 자기를 풀어주면 우리 생명을 구하는 거라고 생각해요. 더러운 돈으로 나한테 뇌물까지 쓰려고 했다니까요."

카를로는 다시 중얼대는 기도로 돌아가 있었다.

"끝 쪽 방 두 개예요." 스컬리는 말을 잘랐다. 손가락으로 방향을 가리켰다.

눈은 전혀 치우지 않은 상태였고, 단시간 내에 치워질 것 같지도 않았다. 타이어들은 미끄러운 노면 위에서 약간이나마 접지력을 찾을 때까지 한참을 헛돌았다. 천천히 멀더는 차를 그들의 방 앞으로 끌고 갔다. "허니, 집에 다 왔어요."

수사관들은 포드 밖으로 내렸다. 스컬리가 권총을 꺼내 드는 사이 멀더는 뒷자리에서 드마레이를 잡아당겼다. 그들의 죄수는 등 뒤의 손을 흔들어대며 몸부림쳤다.

"나를 보-보-보내줘!" 그는 소리치며 몸을 비틀다 멀더의 손아귀에서 빠져나갈 뻔했다. 스컬리는 차의 반대쪽에서 그를 조준하고 있었다. 휘몰아치는 바람에도 그 손은 흔들리지 않았다.

"우린 당신에게 총상을 입힌 채로 끌고 갈 수도 있어. 스키너 부국장이 허가해줬지. 당신이 말만 할 수 있다면, 다친다 해도 우린 상관없어."

그 작은 증인은 간질 발작을 겪는 것처럼 떨고 있었지만, 멀더와 스컬리는 그가 의학적으로 이상이 없음을 알고 있었다.

멀더는 드마레이를 차 트렁크 위에 내팽개쳤다. 발로 차서 드마레이의 발을 벌렸다. "쉽게 가자고." 멀더는 소리쳤다. "필요 이상으로 일이 험해지는 건 바라지 않아."

떨고 있던 죄수는 갑자기 유순해졌다. 스컬리는 총을 내린 다음 두 방 중 하나의 문을 열고 그녀의 파트너가 드마레이를 안으로 욱여넣고 푹 꺼진 침대 위로 가방처럼 던져 넣을 때까지 기다렸다. 밖에 선 채로, 그녀는 한 번 더 주변을 둘러보다가 관리인이 멍한 얼굴로 주차장 너머 로비 문 뒤에서 자신들을 쳐다보고 있음을 알아차렸다. 배지를 보일까 생각했지만 대신 멀더와 카를로 뒤를 따라 안으로 들어갔다.

"제발, 이렇게 비-비-빌게, 당신들을 위-위해서야, 나를 풀어줘!" 카를로는 새로이 태아 같은 자세를 취하고 소리쳤다. 갑자기 초조해진 스컬리는 다시 그에게 총을 겨누었다.

"미안, 카를로. 그럴 수 없어." 멀더는 말했다.

폭스 멀더 수사관은 침대 머리 참으로 걸어가서 머리판을 쥐고 안전한지 흔들어 보았다. 머리판은 철제 기둥이 횡렬로 늘어선 물건으로 바닥에 고정되어 있었다. 그런 다음 멀더는 드마레이를 가까이

끌고 가서 그 죄수의 손목 한쪽을 풀고 재빨리 철제 침대 기둥에 걸었다. 그러고는 드마레이가 자유로워진 한쪽 손을 그에게 뻗기 전에 급히 빠져나왔다.

"안 돼! 제발, 당신들은 몰라!" 카를로가 비명을 질렀다. 그는 멀더를 잡으려는 것이 아니었다. 그는 간청하고 있었다.

멀더는 그를 무시하고 스컬리에게 돌아섰다. "어떤 일이 벌어지든 드마레이는 저기 붙어 있을 거예요…."

카를로 드마레이는 멀더가 스컬리를 방 밖의 차가운 눈보라 속으로 다시 데리고 나가 그들 뒤로 문을 닫아 잠글 때까지도 두서없이 울부짖으며 고함치고 있었다.

"여기 머물면서 보초를 서야 하지 않을까요?" 스컬리는 열쇠를 챙기면서 말했다.

"그럼요, 그래야죠. 그냥 카를로한테서 좀 벗어나야겠어요. 교대로 깨어 있읍시다, 단, 옆방에서요. 밤새 저 사람 말을 듣고 싶진 않군요. 게다가 어딜 가겠어요?" 바람은 카를로의 목소리에서 느낌표를 지워 버렸지만, 그 어조에 섞인 초조한 기미까지는 덮지 못했다.

스컬리는 입을 다문 채 의심스럽게 멀더를 쳐다보며 서 있었다.

"카를로는 괜찮을 거예요." 멀더는 장담했다. "송곳니가 자라나오지 않는다면요." 그는 서서 잠깐 눈보라의 하얀 심장부를 바라보았다. 그러고는 돌아서서 앞에 선 스컬리에게 손짓했다.

그들은 두 번째 방으로 들어갔다. 멀더는 전등 스위치를 켜고 피키를 벗은 다음 화장실로 들어갔다. 그는 더러운 세면대에 몸을 숙이고 차가운 물을 얼굴에 끼얹었다.

스컬리는 아무 말 없이 그 모든 행동을 지켜보았다. 그러다 문득 물었다. "정말 카를로를 저 방에 혼자 둬도 괜찮다고 생각해요?"

"그 비명이며 자꾸 같은 말을 하는 걸 더는 못 견디겠어요. 내 말은, 늑대로 변할 거면 그냥 변하라는 거예요. 되풀이하지 말고." 그는 올이 다 드러난 안락의자에 털썩 주저앉았다.

스컬리는 한숨을 쉬었다. 이렇게 될 줄 알았어야 했다. "멀더, 설마 진심은 아니겠죠. 저 방에 있는 남자가 정말로 늑대인간이라고, 보름달이 뜨면 털북숭이 괴물로 변하는 인간이라고, 정말로 믿는 건 아니죠. 제발 아니라고 해줘요." 그녀는 말을 멈추고 기다렸지만, 그는 아무 말도 하지 않았다.

문득 스컬리의 눈이 커졌다. "그리고 제발 '도깨비' 멀더가 카를로의 진술 기록에 흥미를 느끼고 우리가 가겠다고 자원했다고는 하지 말아요. 제발 그런 말은 하지 말아요!"

멀더는 삐딱하게 웃었다. "우리의 작은 모험이 어디서 시작됐는지를 지금 잊고 있군요?"

"무슨 말이에요?" 스컬리는 파카를 벗고, 이제 목을 주무르려고 했지만 포기하고는 그냥 고개를 부드럽게 흔들면서 딱 소리가 나며 근육이 풀리기를 기다렸다. 그런 다음 곧 무너질 듯한 의자를 당겨 앓는 소리를 내며 감사하게 그 위에 앉았다.

멀더는 스컬리의 하얀 터틀넥 스웨터를 잠시 바라보다가, 종종 선호하곤 하는 강의식 어조로 말하기 시작했다. "1946년이었죠. FBI국장 J. 에드거 후버는 설명할 수 없는 어떤 일을 마주하게 됐어요. 사건 기록 제1번을 열고 문맥을 파악해보면, 후버와 그의 신뢰받는 수사관들이 바로 그런 일—정말 회색 늑대로 변할 수 있는 남자와 마주친 일이 분명히 드러나 있어요."

"멀더, 그건 '당신'이 문맥을 읽었을 때 벌어지는 일이에요." 스컬리는 고개를 저었다. 그녀의 목은 이전 그대로 뻣뻣했다. 창백한 얼굴에는 수면 부족이 드러나기 시작했다. "그보다는 좀 더 그들을 신용해 봐요. 그들은 완벽하고 합리적인 해답을 찾아냈다고요."

"그래요, 인간의 흔적이 동물의 발자국으로 변했다가 다시 돌아왔을 때는 무언가 이상한 일이 벌어지고 있다고 인정하는 편이 합리적이죠. 우리도 한 번 본 적이 있어요, 스컬리." 멀더는 계속했다. "몬태나 사건 기억해요? 그 금렵 지구, 목장 주인의 아들, 그리고 주인 본인도요? 살인사건들 사이의 시간차 하며…. 뭐 떠오르지 않아요?"

스컬리는 빙그레 웃었다. 때로 그녀의 파트너는 '너무' 예측하기 쉬웠다. 그녀는 이번에 스키너에게 둘러댈 보고서 내용을 거의 떠올릴 수 있었다.

'처음도 아니고 분명 마지막도 아니리라.'

결국 그것이 그녀의 임무였다. 그의 터무니없는 가설들이 공식적으로 틀렸음을 밝혀내는 일이.

하지만 멀더는 평소처럼 흔들림 없이 계속했다. "봐요, 고대 그리스인들은 그것을 리캔트로피라고 불렀어요. 노르만 민족들은 갈울프라고 불렀고, 이탈리아인들은 우모 루포, 말 그대로 인간-늑대라고 불렀어요. 그리고 이 위쪽 프랑스어를 쓰는 캐나다 친구들은 루프-가루라고 부르죠. 문화 전반에 걸쳐 있는 전설을 무시하면 안 돼요."

"안 되죠. 하지만 그게 정신병일 가능성이 높은 경우엔 무시할 수 있어요. 자기가 늑대로 변할 수 있다고 믿는—."

"혹은 다른 동물들로요." 멀더는 말했다.

"멀더, 자신이 온갖 종류의 동물들로 변할 수 있다고 생각하고 믿게 하는 정신병도 여전히 정신병이에요. 무언가가 무언가처럼 보인다면, 자동적으로 그 외의 것은 아닌 거예요."

"스컬리, 그건 취약한 발언이에요. 당신도 알잖아요. 실망이네요."

그녀는 웃었다. "그럼 당신 가설대로 가 봐요. 당신이 은 총알을 안 가져왔다는 게 정말 안타깝네요."

"나를 믿어요, 내가 떠나기 전에 이 남자의 열변을 들었다면, 가져왔을 거예요."

"은 총알을 어디서 구매하는데요, 멀더? 당신 동네 스포츠용품점에서요?"

그는 반쯤은 참고 있고, 반쯤은 짜증이 난다는 표정을 지었다. "왜 내가 사야만 할 거라고 생각해요?"

"이미 가지고 있다고요? 잠깐 — 멀더, 당신 설마 은 총알을 만든 건 아니겠죠!"

그는 어깨를 으쓱했다. "나는 준비성이 철저하거든요. 아주 스카우트다운 일이죠, 항상 준비하라."

"당신 보이스카우트였어요?"

"아뇨, 하지만 난 여러 가지를 읽으니까요."

스컬리는 짜증스럽게 고개를 저었다. 그녀는 시계를 확인했다. "준비 얘기가 나와서 말인데, 오늘 밤 안에 길이 정비되면 일찍 출발할 수도 있을 거예요. 좀 자 두는 게 좋겠어요. 내가 먼저 보초를 설게요."

"그래요, 스컬리. 내가 가서 그를 화장실에 데려가죠. 혹시 당신이 하고 싶으면…."

그녀는 손을 들어 올렸다. "됐어요. 당신이 맡아요!"

"카를로가 래리 탈보트[49]적인 연기를 벗어났으면 좋겠는데요. 나도 '애봇과 코스텔로, 프랑켄슈타인을 만나다'[50]를 좋아하지만, 지금 상황은 점점 어이없어 지고 있어요."

오타와 주 퍼스 인근
오전 12시 17분

멀더는 무언가로 인해 불안한 잠에서 깨어났다. 히터가 제대로 작동하지 않아 그들은 파카를 입고 있었다. 멀더는 버스럭거리며 옆으로 몸을 굴렸다. 당황스럽게도, 그는 이번이 자신이 보초를 설 차례였음을 깨달았다.

"스컬리, 당신 깨어 있었어요?"

"음, 우리 중 하나는 깨어 있어야죠, 멀더."

"난 그저 잠깐 눈을 쉬고 있었는데…."

스컬리가 막 비꼬는 말을 던지려는 순간 멀더가 똑바로 앉으며 갑작스럽게 그녀의 말을 끊었다. "쉬잇…, 저 소리 들려요?"

응답이라도 하듯 멀리서 악의에 찬 울부짖음 소리가 창문을 뚫고 다시 들려왔다.

"지난 오 분간 계속 듣고 있었어요. 코요테일 거예요." 스컬리는 말했다.

---

49) 1941년 영화 〈늑대 인간 The Wolf Man〉 시리즈의 주인공.
50) Abbott and Costello Meet Frankenstein. 1948년 미국의 공포코미디 영화.

멀더가 듣는 동안 울부짖음과 비명의 합창이 배가되었다.

“저건 코요테가 아니에요.” 그는 말했다.

“음, 늑대들일 수도 있겠네요.” 그녀는 주저하며 말했다. “우린 꽤 북쪽에 있으니까요.”

“늑대들.” 그는 말하기 시작했다. “그게 어떤 의미인지 알죠….”

순간 쿵 하는 소리가 그의 다음 말을 잘랐고, 두 번째 충격이 바로 그 뒤를 따랐다.

마치 가구가 갑작스럽게 내던져지고 물건들이 마구 부서지는 소리 같았다.

그리고 그 소리는 옆방에서 들려왔다….

비명이 끔찍한 꾸르륵거림 소리로 변했다. 또 다른 비명이 이어졌다.

역시 옆방이었다.

두 수사관은 탁자 위 램프의 흐릿한 불빛 속에서 한순간 서로를 마주 보다가 재빨리 총을 거머쥐고 동시에 문을 향해 뛰어갔다.

옆방에서는 유리가 극적으로 마구 터져나가고 있었다. 그 충격음과 쨍그랑 소리는 바람의 미친 듯한 통곡조차 잠시 덮어 버렸다.

그런 다음 또다시 간담을 서늘하게 하는 비명이 들렸지만, 이번엔 중간에 끊어졌다.

총을 쥔 채 멀더는 먼저 문에 도착해서 열어젖혔다가 폭발하듯 덮쳐오는 바람과 눈에 물러섰다. 그는 사악한 날씨 속으로 뛰어들었고, 스컬리는 뒤에 바짝 붙었다.

바깥에는, 눈이 미친 듯 울부짖는 바람에 날려 하얀 풍경 속에 휘몰아치고 있었다. 옆방에서는 더 이상 아무 소리도 들리지 않았다.

그 갑작스러운 침묵은 불안했다. 멀더는 눈이 모래처럼 떠다니며 피라미드 형태로 쌓인 곳을 짓밟고 나아갔다. 그는 잠시 주변을 훑어보며 이 소란을 설명할 만한 것이 있는지 찾아보았다. 바로 왼쪽에, 카를로 드마레이의 방문이 아니라 그 옆에 달린 깨어진 창문 너머로 길게 늘어진 불빛이 보였다. 멀더는 옆걸음으로 그 삐죽삐죽한 구멍 거의 정면에 다가갔다. 피가 남아있는 유리 조각들에 묻어 있었다.

그리고 그들의 죄수의 방 밖에는 선홍색 핏방울들이 흐트러진 눈 더미에 얼룩져 있었고 거기서부터 커다란 발자국들이 줄을 지어 밖으로 뻗어 있었다.

"카를로!" 그는 소리쳤다. 대답은 없었다. "스컬리, 카를로가 없어요! 그가 풀려났어요!"

스컬리는 멀더의 뒤에 너무 바짝 붙어 있어서, 그가 더듬거리며 방문에 열쇠를 꽂느라 갑자기 다시 멈췄을 때 그에게 부딪히고 말았다.

"카를로, 안에 있나?" 멀더는 소리쳤지만 대답이 없으리라는 것은 알고 있었다.

'직감을 따랐어야 했는데', 그는 생각했다.

눈보라 너머 어딘가에 달이 떠 있었다. 보름달일 듯했다.

"내가 미리 알아차렸어야 했어요, 스컬리!" 그는 불만에 차서 소리쳤다. "알았는데, 놓쳐버렸어요! 내가—."

"자책하지 말아요, 멀더!" 스컬리의 눈은 이제 또렷했지만, 그녀의 손은 떨리고 있었다.

멀더는 시그 사우어를 앞세운 채 주변을 둘러보며 방으로 들어갔다. 스컬리는 몸을 숙인 채 멀더 뒤에 바짝 붙어서 자신의 총으로 남은 공간을 훑었다.

침대는 피로 뒤덮여 있었다. 피 웅덩이는 이미 침대 머리 쪽과 멀더가 몇 시간 전에 카를로를 던져놓았던 곳에 카를로의 몸이 남긴 매트리스의 움푹한 부분을 흠뻑 적시고 있었다. 피가 튀긴 자국이 침대 머리에서 창문까지 이어져 있었다.

하지만 카를로 본인은 어디에도 보이지 않았다.

베개 중앙에 무언가가 남아 있었다. 수사관들은 가쁜 호흡을 내쉬며 가까이 다가갔다.

거기에, 번져가는 선홍색 얼룩 위에, 여전히 수갑이 채워진 카를로의 손이 손가락을 불쾌하게 오그린 채 놓여 있었다.

손목 바로 위쪽이 물어뜯긴 채였다.

"맙소사, 멀더, 카를로가 도망치려고 자기 손을 물어뜯은 것 같아요!" 스컬리의 목소리에는 충격이 가득했다.

"말했잖아요—." 멀더는 입을 열었다.

바깥 어딘가에서, 하지만 결코 멀지 않은 곳에서, 개들이—아니면 늑대가?—울부짖는 소리가 우윳빛 설원 너머 메아리쳤다.

멀더는 재빨리 돌아섰고 스컬리는 뒤에 붙었다. 그들은 부서진 창문에서 열린 문까지 떨어져 있는 핏자국들을 바라보며 뒷걸음질 쳐 눈보라 속으로 나왔다. 해 질 무렵에 켜진 가로등 기둥이 둥그런 형태로 빈혈 같은 불빛을 밝히고 있었다. 가로등 불빛은 화이트아웃을 전혀 떨치지 못했다. 사실, 가시성을 더 악화시키는 듯했다.

멀더는 핏자국들을 가리켰다.

'헨젤과 그레텔이 피맺힌 빵부스러기 흔적을 쫓아가는 것 같군', 그는 생각했다.

"갑시다!" 그는 스컬리에게 외쳤다. 하지만 그녀는 추적의 열기에

추위는 전부 잊은 채, 이미 그의 뒤에 붙어 있었다.

그 흔적들은 사실상 다소 둥글게 보였다. 새로 내린 눈에 난 발자국 종류와 완벽하게 들어맞는 그것은, 멀더 생각엔 늑대의 발자국 같았다. 그는 강의는 나중으로 미루었다.

그들은 깊어지는 눈 더미 때문에 애를 먹으면서 흐트러진 눈의 흔적을 쫓았다. 주차장을 가로질러 두 번째 발자국들의 흔적이 옆쪽에서 첫 번째 흔적과 합류했다. 멀더와 스컬리는 가로등이 비현실적으로 강렬하게 그들 위에서 빛나고 있는 텅 빈 주차장의 끄트머리에 멈춰 섰다.

"스컬리, 봐요."

"보여요." 그녀는 총을 다시 들어 올렸다. "멀더, 저게 뭐죠?"

바로 몇 미터 앞, 하얗게 뒤덮인 노면 위로 바람에 휘몰려 쌓인 눈 더미 위에 무언가가 김을 올리며 놓여 있었다. 피 묻은 발자국 중 하나가 바로 그 옆으로 이어져 있었다.

그들은 총을 들고 준비된 자세로 조심스럽게 다가갔다.

멀더는 심장이 터질 듯했다.

그들은 얼핏 보기에는 낡은 옷가지처럼 보이는 것 위로 몸을 구부렸다.

그곳에, 아름다움이 훼손된 눈 위에, 드마레이의 시체가 놓여 있었다. 묵직한 하얀 눈송이들이 아직도 따뜻한 송장 위에 내려앉아 녹아 사라졌다.

그의 '도살'된 송장 위에서.

카를로의 목은 척추까지 죽 찢어져 있었고 그의 머리는 사라지고 없었다. 복부는 찢겨 벌어져 있었고, 창자가 삐져나와 그의 상반신 주변에 널찍하게 원을 그리며 흩뿌려져 있었다. 불거져 나온 들쭉날쭉한 갈비뼈들은 그의 심장이 있던 곳이 마구잡이로 제거되었음을 암시했다. 카를로 주변에 더욱 많이 널린 피 묻은 흔적들은 이미 눈으로 덮여 가고 있었다. 그 흔적들은 동물의 발자국들이었다. 그리고 세 마리—혹은 네 마리—의 큰 동물이 남긴 이 흔적들은, 마치 보초처럼 모텔 주변을 둘러싸고 있는 키 큰 소나무 부지로 곧장 이어져 있었다.

카를로에겐 해 줄 일이 없었기에, 멀더와 스컬리는 냉담하게 나무들로 이어진 흔적을 쫓아갔다. 발자국 중 한 쌍은 동물에서 인간으로 변했다가 몇 미터 안 가 다시 돌아온 듯이 보였다.

마치 장난기 가득한 작별 인사처럼.

두 수사관은 할 말을 잃은 채 서로를 쳐다보았다. 그들은 주변을 둘러싸고 계속 휘몰아치는 광포한 눈보라에 자신들이 여전히 떨고 있음을 알아차렸다.

"관리인은 어떻게 됐을까요?" 스컬리는 말하며 사무실 정문 쪽으로 이어져 있는 또 다른 발자국을 바라보았다.

이제는 그곳 역시 산산이 부서진 폐허가 되었음을 짐작할 수 있었다.

실제로 그들이 주차장을 가로질러 느릿느릿 돌아와 보니, 그 나이 든 남자는 카를로 드마레이와 비슷한 꼴이 되어 있었다. 그들은 그의 참혹한 시신을 내려다보았다.

"카를로는 결국 늑대인간이 아니었던 모양이군요." 멀더는 중얼거렸다.

멀리서 울부짖는 소리가 으스스한 침묵을 다시 깨뜨렸다.

스컬리는 그 남자를, 자신에게 음흉하게 웃어 보이던 그 늙은 남자를 바라보았다. 아무 생각도 떠오르지 않았다.

오전 5시 35분

멀더는 산란한 범죄 현장을 그들의 신고를 받은 효율적인 캐나다 경찰관들에게 넘겼다. 그의 피로한 신경에 안도감이 밀려들었다. 그는 수사팀장과 악수를 한 후 보고서에 협조하기로 약속했다.

새벽이었고, 눈보라는 그쳤다. 발자국들은 새로 내린 눈에 대부분 없어지거나 그냥 덮여버렸다. 두 수사관은 차에 덮인 눈을 치우고 잠시 뒤 새로 눈을 치운 도로에 접어들었다. 레이너드 경위가 그들에게 중앙고속도로가 다시 개방되었다는 말을 전해주었다. 그들은 워싱턴의 사무실에 전화하려 했지만, 핸드폰은 먹통이 되어 있었다.

"여기서는 신호가 잡히지 않네요." 멀더는 핸드폰을 닫으며 말했다. "이것들이 우리가 필요한 범위만큼 수신되면 근사할 텐데요."

순간 그는 브레이크를 세게 밟았고 차의 후미가 휙 돌면서 비스듬히 멈춰 섰다.

개 한 마리—아주 크고, 검은 개 한 마리—가 제설기가 남겨둔 눈 더미 사이에서 갑자기 나타나 그들을 쳐다보았다. 혹은 늑대일까? 코요테라기에는 확실히 지나치게 컸다. 눈부신 하얀색을 배경으로 그 눈이 초록색으로 빛났다. 계속 차를 바라보면서 그것은 천천히 길을 가로질렀다. 멀더는 브레이크를 세게 밟고 있었고, 그 짐승이 사라진 후에야, 자신이 바닥을 뚫어버릴 지경까지 브레이크를 짓밟고 있음을 깨달았다.

그는 고개를 흔들며 스컬리를 쳐다보았고, 스컬리는 신중하게 그의 시선을 피했다.

그들은 한동안 침묵 속에서 차를 몰았다. 말하지 않고 남겨두는 편이 나은 것들도 많은 법이다.

마침내 멀더가 침묵을 깨뜨렸다. "스키너에겐 뭐라고 보고하죠?"

스컬리는 어깨를 으쓱했다. 그녀도 같은 점을 고민하고 있었다. "카를로의 옛 패거리들이 어떻게든 쫓아와서 우리가 잠든 사이 카를로를 덮쳤고, 덕분에 카를로가 그들에 대해 증언할 수 없을 거라고요?"

"내가 정말로 이 일을 전부 잘못 짚었어요, 그렇지 않나요?" 멀더는 생각에 잠겨 말했다.

스컬리는 다시 어깨를 으쓱하려 했지만 그만두었다. 그녀는 아무 말도 하지 않았다.

"적어도 그는 우리에게 경고는 해주려 했군요." 멀더는 조심스럽게 416도로에 다시 들어서서 국경을 향해 차를 몰며 지적했다.

"그건 그래요." 스컬리는 동의했다. "그래요, 그랬어요."

TRUST NO ONE

THE X FILES

모든 것은 눈에 담겨 있다

It's All in the Eyes

헤더 그레이엄

THE X FILES™

매사추세츠 주, 에섹스 카운티, 퍼가토리 패스
2009년 10월 30일, 오전 1시

해골들은 고전 영화 속 괴물의 이미지대로 서까래에 늘어져 있었다. 마녀들은 빗자루를 타고 있었고, 해나 바턴이 거대한 창고형 매장에 들어서자 동작 인식으로 가동된 유령 하나가 그녀의 머리 위로 날아왔다. 벽 쪽의 선반들은 끔찍한 괴물들, 묘비들, 병든 쥐들, 작은 녹색 인간들, 외계의 거품 괴물들의 작은 모형들과 온갖 종류의 무시무시한 장식물들로 미어터졌다.

그녀는 그 괴물들에 대해서는 그다지 신경 쓰지 않았다. 그것들은 대부분 엄청나게 비쌌다. 〈메이필드의 괴물과 아우성 상점〉에서 판매하는 것들은 대부분 영화에 나오는 무서운 괴물들의 복제품으로, 그 괴물들을 배출한 영화제작자들이 승인한 회사들을 통해 정식 절차를 거쳐 아주 정교하게 만들어졌다. 하지만 저 위대한 유령들, 마녀들, 뱀파이어들, 그리고 그저 평범하지만 으스스한 송장들, 광대들, 인형들, 그에 수반되는 기타 장식물들을 만드는 일은 허가받을 필요가 없었다. 그래도 그것들 모두 아주 뛰어났다.

그녀는 손에 수첩을 들고 송장 인형들이 들어찬 통로를 따라 걸었다. 그녀가—그러니까, 근무시간 후에—거기 있는 이유는 케이틀린 송장 하나가 전날 밤 반품되었기 때문이었다. 동료 직원 몇 명

—랜디 스미스와 로베르타 블레이크—가 그녀 뒤에 처져 있었다. 그들은 더도 덜도 아닌 의무감으로 이 일을 하면서 천천히 시간을 벌고 있었다. 그리고 시간외수당도.

하지만 해나는 〈메이필드의 괴물과 아우성 상점〉 조직 내에서 보다 고위직에 오르고 싶었다. 그래서 혼자 여기서 빠르게 일을 해치우고 있었다. 대부분의 일은 해나가 하게 되리라—기록 관리와 보고까지도. 직무를 초과하는 일을 한다는 것은 언젠가 그녀가 매입에 나서고 이 괴물들이 상상되고 구현되는 스튜디오에도 진출할 수 있다는 것을 의미했다.

왜냐하면 매튜 메이필드가 해당 장르의 열렬한 마니아였기 때문이다. 그는 외계인들이 오래전에 지구에 와서 정착했고, 시체들이 좀비처럼 일어서며, 유령이며 괴물들이 전 세계의 지면 바로 밑에 숨어 있다고 믿고 싶어 했다. 해나는 그가 자신과 닮았다고 생각하는 편이었다. 그는 기이하고 으스스한 것들을 마냥 사랑했다. 하지만 한편으로 그녀는 메이필드가 자신을 아낀다는—자신이 진급해서 관리직이 될 수 있으리라는 생각을 즐기기도 했다.

여기서의 일이, 심지어 잡일이라 해도 나쁘다는 뜻은 아니었다. 그녀는 이 일을 사랑했다. 어린아이였을 때부터 그녀는 으스스하고 소름 돋게 하는 모든 것들을 사랑했다. 오래된 것들—포, 러브크래프트, 셸리, 스토커, 죄우간 다—부터 스티븐 킹, 피터 스트라우브, 매티슨 등등 보다 동시대의 작가들까지. 그녀는 오래된 해머 영화들[51]과 시장에서 히트한 모든 새로운 공포, SF, 판타지 영화나 게임들을

51) 〈Hammer Films〉 혹은 〈Hammer Pictures〉. 1934년에 설립된 영국 영화제작사로 1950년대 중반부터 1970년대까지 제작한 〈Hammer Horror〉 시리즈로 유명하다.

사랑했다. 그리고 시즌이 끝나 여기 물건들이 할인 판매에 들어가면 그녀와 다른 직원들은 첫 몫을 받았다. 나쁜 일자리는 전혀 아니었다. 그리고 그녀는 조직 내에서 성장할 수도 있었다.

그것이 야근을 하면서 나머지 케이틀린 송장 인형들을 확인해야 함을 의미한데도—나머지 직원들은 대부분 진저리를 치며 그만둘 때—그녀는 개의치 않았다.

케이틀린 송상은 수요가 많았다. 곧 핼러윈이었던 것이다.

케이틀린 송장은 '켜짐' 스위치를 누르면 가동되었다. 그 인형은 정말로 끔찍한 외모에 실물 크기로 제작되어 있었다. 해나는 케이틀린이 아름다운 젊은 여자를 바탕으로 만들어질 수 있도록 실제 톱모델이 고용되었다는 사실을 알고 있었다. 그리고 모델을 정하자, 공포 제작자들은 기꺼이 그녀의 모습을 연출했다. 케이틀린 송장의 살은 잿빛으로 정말로 죽음과 부패와 무덤을 웅변하는 듯했다. 뺨은 움푹 파였고 이빨은 뾰족하게 갈렸다. 눈은 확대되었고 목둘레의 원과 눈, 귀에서는 피가 흘러내렸다. 입고 있는 옷은 거미줄투성이였다. 그녀는 보통 문 뒤에 놓이곤 했다. 그러다 문이 열리면 손을 뻗고 다가오는 것이다. 마치 그 문에 들어서려던 사람을 자신의 뼈만 남은 손가락과 섬뜩한 손톱으로 안으려는 것처럼. 그리고 물론, 그 사람을 죽도록 무섭게 만들었다.

케이틀린은 값이 비쌌지만, 제조자에게 주문이 쏟아지는 바람에 곧 일가를 이룰 터였다. 제조자들은 이제 그녀와 합류할 가족과 친구들을 만들고 있었다. 칼리 송장, 코너 송장, 케이티 송장, 엄마 송장, 할아버지 송장, 그리고 더 많은 것들이 진행 중이었다. 해나는 할머니 송장에 대한 광고도 보았다. 내년까지는 출시되지 않겠지만.

해나는 갑자기 걸음을 멈추고 정면을 응시했다. 가게에는 커다란 창문이 딱 두 개 있었고 모두 뒤쪽에 있었다. 창문은 오래된 영국 성공회 교회와 그 지역의 뉴잉글랜드적인 매력을 더해주는—특히 핼러윈에는—묘지를 내려다보고 있었다. 하지만 어떤 이유에선지, 오래되고 이끼가 덮인 케루브[52]와 천사의 흉상이며, 납골당, 묘지 들을 보다가 그녀는 숨이 턱 막혀버렸다. 기괴한 불빛이 교회와 묘지 위에 드리워진 것 같았다. 달이야, 그녀는 스스로에게 말했다. 곧 보름달이었다—핼러윈에 딱 맞춰서.

가만히 서 있다가 그녀는 어떤 소리에 놀라 펄쩍 뛰었다. 유령들 중 하나가 그녀의 머리 위로 다시 날아왔다.

"애들아!" 그녀는 외쳤다. 랜디와 로베르타가 분명 그녀 뒤쪽 근처에 있을 터였다. 그녀는 정신을 차렸다. 그 괴물들이 자신을 불안하게 했다는 사실을 그들에게 드러낼 수는 없었다. 그들은 비웃을 테고—아니 혹은 더 나쁠 것이다. 모두에게 얘기하리라.

그녀는 묘지에서 시선을 돌리려고 애썼다. 하지만 어떤 소리가 뒤에서 들려오는 것 같았다. 어떤…, 바람과 냉랭한 휘파람 소리가 새어 들어오는 것처럼.

새어들어 오고 있어, 그녀는 깨달았다. 창문과 그 너머의 불빛에 이끌린 것은 무언가가 잘못되었기 때문이었다. 창문 중 하나에 금이 가 있었다.

"랜디, 로베르타! 너희들 어디 있어?" 그녀는 물으면서 확인하기 위해 뒤로 걸어갔다.

---

52) cherub. 천사와 비슷한 천상의 존재. 보통 날개가 달린 통통한 남자아이의 모습으로 표현된다.

그냥 금이 아니었다. 창문이 일부 깨져 있었고 바닥에는 온통 유리 조각들이 떨어져 있었다.

'그렇다면 이 창고에 누군가가—로베르타나 랜디가 아닌 누군가가 그녀와 함께 있다는 뜻일까?'

그녀는 창문 밖을 내다보다가 한순간 공포로 그 자리에 얼어붙어 버렸다. 묘지는 마치 폭탄이라도 터진 것 같았다. 묘비들은 삐딱하게 흩어져 있었고 그 옆에 기도하는 천사상들이 부서진 채 떨어져 있었다….

그리고 시체들이 바닥에 흩어져 있었다.

그녀는 뒷걸음질 치며 핸드폰을 찾아 스커트 주머니를 더듬거렸다.

그러다 케이틀린 송장 인형 중 하나에 정통으로 부딪혔다. 가게에는 같은 모양의 케이틀린 송장이 세 개 있었다. 모두 170cm의 키에 거미줄이 들끓는 머리카락을 가졌고, 똑같이 낡고 레이스가 달렸으며 거미줄이 무성한 옷을 입었다. 날카로운 송곳니와 찢긴 얼굴들은 섬뜩한 정도를 넘어섰다. 그리고 그 눈. 그늘진 원 안—불거진 눈은 눈물샘에서 피가 흘러내리고 있었다. 그녀는 그 눈에서 전에는 어떤 차이점도 눈치채지 못했었다. 하지만 오늘 밤은….

인형들 중 하나는 눈이 파랬고, 두 번째 인형은 탁한 회색빛 눈을 하고 있었다. 세 번째는—오늘 반품된 것은—뱀처럼 노란 눈을 했다. 동공은 둥글지 않고 세로로 찢어졌다. 그리고 마치 공격 태세를 갖춘 뱀처럼 그녀를 쳐다보는—정말로 그녀를 응시하는 듯했다.

케이틀린 송장에 부딪히다니 그녀는 미칠 지경이었다. 뒷걸음질로는 그것에 부딪힐 리가 없었다. 그 인형은 벽에 붙어 있어야 했다!

어떤 소리가 들린 것 같아서 해나는 오싹한 빅토리안 인형 줄 옆에 있는 사악한 광대 인형 줄을 재빨리 쳐다보았다. 이것들은 가장 평범한 인형들이었다—덕분에 왠지 가장 오싹하게 느껴졌다. 그거였다. 그녀는 저 혼자 겁을 내고 있는 것이었다. 그 소리는 마치 수다 떠는 것처럼 들렸다. 마치 그 가게에 있는 괴물들이 낯선 언어로 서로 얘기하는 것처럼.

그건 그저 바스락거리는 소리였다. 히터가 켜져 있기 때문이었다. 모터가 꺼졌다 켜졌다 하며 돌아가니까….

인형들은 말을 하거나, 혹은 웃지 않는다.

그들은 그저 선반에 놓여 있을 뿐이다. 장식물처럼. 파티나 유령의 집이나 건초 더미 위에 올라타기 위한 근사한 핼러윈 분위기를 조성해 주는 무시무시한 것들.

'그래, 얘들은 그런 거야, 그런 거야….'

그녀는 돌아섰다가 케이틀린 송장 인형의 팔 안에 안겼다.

그리고 얼어붙었다.

그게 움직이고 있었다, 그녀를 안고 있었다…. 그게….

사악한 눈이 그녀를 보며 어슴푸레 빛났고, 웃음소리가 점점 커졌다….

해나는 정신을 차리려고 애썼다.

그래, 물론, 그 인형은 움직였다. 그녀는 그것들이 모두 제대로 움직이는지 확인하려고 여기에 왔다. 인형이 반품된 이유는 파티에서 손님을 껴안았기 때문이었다. 너무 세게 껴안은 나머지 손님에게 멍과 상처를 남겼다.

그리고 그 인형이 그녀를 끌어안고 또 끌어안고 있었다….

그러면서 그 사악한 눈으로 그녀를 응시했다.

그 인형들 모두가 한 발짝 앞으로 나선 것처럼 보였다.

늦은 시간이었다. 모두 퇴근했다.

'벗어나자! 맞서야 해!'

그녀는 초조하면서도 우스꽝스러울 뿐이었다. 하지만 그 인형들은 그녀와 체격이 엇비슷했다. 마치 사악한 악마…. 괴물 셋을 마주하는 것 같았다.

'살아있는 괴물들을.'

물론. 그녀는 그 괴물들을 다루는 일을 했다, 하지만….

그때 그 인형이 눈을 깜박였다. 그 뱀 같은 눈이 깜박거렸다.

'저게 깜박였어. 깜박이게 되어 있지 않은데!'

그녀는 웃음소리를 들었고 그 기계 괴물의 억센 팔에서 벗어나려 애썼다.

웃음소리는 광대 인형들에서 나오는 것 같았다.

광대 인형들은 아무것도 하고 있지 않았다, 그래도….

그 웃음소리는 그 방의 넓은 통로와 그늘진 구석 전체에 울려 퍼지는 듯했다.

그 인형은 팔로 그녀를 더 강하게 조여 왔다. 그 앙상한, 썩어가는 팔로….

그리고 다시 그 뱀 같은 눈이 깜박였다. 썩은 입술이 뒤틀리고 뒤틀려서 미소로 변해가는 듯했다.

해나는 비명을 지르며 몸부림치고 그 팔에 맞섰다. 살아야겠다는 본능만이 그녀의 정신을 몰아갔다.

그녀의 몸부림은 아무 소용이 없었다. 케이틀린 송장 인형은 그

뼈만 남은 손가락들로 그녀의 머리카락을 비틀고 그녀를 세게 밀쳐 그녀를 넘어뜨렸다.

충격을 받고 바닥에 누운 채 그녀는 올려다보았다. 그 인형이 그녀 위로 몸을 굽혔다. 그 수다 소리, 웃음소리 같은 소리는 점점 커지는 것만 같았다….

해나는 비명을 지르고 또 질렀다.….

하지만 그 눈은 그저 점점 더 다가올 뿐이었다….

모든 성인의 날 전야[53)]

오전 6시 30분

데이나 스컬리가 현장에 도착했을 때는 사방에 사람들로 가득했다. 폭스 멀더는 스컬리보다 먼저 도착해서 젊은 여자와 이야기하고 있었다. 그녀는 너무 격렬하게 떨고 있어서, 방 이편에서도 알아차릴 정도였다.

스컬리는 멀더가 자신을 보기 전에, 그리고 지역 경찰 책임자가 다가와 그녀가 받을 인상을 왜곡하기 전에 재빨리 현장을 훑어보았다.

우선, 무엇이 진짜인지 판단하기가 어려웠다. 뒤틀리고 피 흘리고 사악하게 웃고 있는, 혹은 탈구된 것들이 너무 많이 널려 있어서 거듭 보고서야 시체들을 발견할 수 있었다.

시체는 두 구였다. 젊은 남자와 젊은 여자의 시체. 그 시체들은 호박 머리에 해골 뼈대를 한 실물 크기의 송장 인형 두 개 사이에

---

53) all hollow's eve. 훗날 핼러윈으로 명칭이 바뀜.

서 있었다. 스컬리는 아직 아무도 시체에 손을 대지 않았다는 사실이 반가웠다. 덕분에 원래의 위치에 있는 시체들을 볼 수 있었다.

그녀가 막 방을 가로지르려는 찰나, 현장 지휘를 맡은 형사가 그녀를 불러 세웠다. 그는 체구가 큰 남자였다. 키도 크고 건장해서, 그녀는 즉시 그가 좋아졌다. 그의 체격 탓인지도 몰랐다. 그는 그녀가 여기까지 왔다는 사실에 약간 놀란 듯했지만, 그럼에도 자신을 과시하거나 지나치게 남성적인 척하지는 않았다. "아가씨, 미안하지만, 여기는 범죄 현장입니다. 정말 미안하군요. 정문에 쳐진 테이프를 지나지 못하게 해야 했는데요."

그녀는 배지를 보였다. "스컬리라고 합니다. FBI예요. 검시관이기도 하고요. 봐도 될까요?" 그녀는 핼러윈 장식물들인 양 벽면에 자리 잡고 있는 시체들을 가리켰다.

"그럼요." 그는 말했다. "보스턴에서 나온 벤 풀러 형사입니다. 당신들을 지원하게 되어 있지요. 이건 내가 본 것 중에 가장 지독한 사건입니다. 당신이 방금 본 건 여기서 가장 끔찍한 시체고요. 난 FBI가 수사 책임을 맡는 데 아무 문제없어요. 원한다면 부하들도 기꺼이 보조할 겁니다."

"그 점은 고맙군요, 풀러 형사님. 그런데 무슨 말이에요? 시체가 더 있나요?" 그녀는 물었다.

풀러는 인상을 구겼다. "사실 수천 구가 있습니다—하지만 문제되는 건 오십 구쯤입니다."

"오십 구요?"

멀더의 전화 내용은 간단했다. 그는 두 건의 살인사건만 언급했을 뿐이었다.

"그러니까, 막 죽은 시체는 아니고요. 묘지 전체에 흩어져 있어요. 저 밖에—1600년대 말부터 성공회 교회에 속한 인접한 부지가 있습니다. 그 둘러싼 부지가 묘지예요. 그런데 누군가가 지하묘지에 침입한 거 같아요. 지하묘지가 있었던—아직도 있는데—그곳에 거대한 구멍이 생겼습니다. 직접 봐야 할 겁니다, 아가—."

풀러는 말을 멈췄다. 스컬리를 아가씨라고 부르려던 참이었다.

"스컬리 수사관."

스컬리는 주변을 둘러보았다. 멀더는 너무 심하게 떨고 있는 그 젊은 여자와 여전히 얘기 중이었다.

"우리의 유일한 목격자입니다." 풀러는 말했다.

"그녀는 전부 다 목격했으니—누가 이런 짓을, 이 모든 짓을 했는지 알고 있겠죠?" 스컬리는 물었다.

풀러는 고개를 젓고는 한층 더 혐오스러운 표정으로 얼굴을 찡그렸다. "완전히 미쳤거나—아니면 확실히 유죄예요. 저 여자는 인형들이 살인을 저질렀답니다."

"인형이요?" 스컬리는 얼굴을 찌푸리며 되물었다.

"정확히 말하자면, 케이틀린 송장 인형들이지요. 당신 파트너가 여자를 달래고 있어요. 그녀의 말 중에 진실인 부분이 있는지 찾아내려고 애쓰는 것 같습니다."

스컬리는 시체에 곧장 다가갈 것인지 아니면 멀더에게 말하면서 너무나 격렬하게 떨고 있는 매력적인 젊은 여자에게 갈 것인지 갈등했다.

멀더는, 그녀가 보기엔, 진지하게 그 말을 듣고 있었다. 그 아가씨를 달래고 있는 것이 아니었다.

스컬리는 풀러에게 계속하라고 말할 필요가 없었다. 그는 훌륭한 경찰이었고 말을 이어갔다. "해나 바턴입니다. 직접 911에 신고했습니다. 히스테리 상태였고요. 그녀는 다른 인형들 더미에 얽혀 있었고, 인형들이 모두 살아났으며 도움이 필요하다고 소리치고 있었어요. 공정하게 말하자면 광대 인형 하나가 어둠 속에 걸려 있었습니다. 그녀는 인형을 향해 정면으로 걸어갔다가 그 줄에 얽힌 게 틀림없어요. 그녀는 정말로 단단히 얽혀 있었고, 어떻게 그렇게 얽혀 있었는지 모르겠습니다. 어떻게 스스로 그렇게 할 수 있었는지도 모르겠고요. 정신과 병동으로 바로 보내려고 했지만, 당신 파트너가 그녀와 얘기하고 싶어 하더군요. 모든 기록에 의하면, 그리고 그녀의 상관으로 이 가게를 소유하고 있는 매튜 메이필드 씨도 그렇고, 그녀는 열심히 일하는, 침착한 소녀였답니다. 오늘 밤까지는요."

"메이필드 씨도 여기 있었나요?"

"아니요, 퇴근했었습니다. 911전화를 받은 뒤에 나오게 했지요."

"지금 어디 있죠?"

"밖에요. 묘비 위에 앉아서 대기 중입니다. 우리가 질문할 게 더 있을 경우를 대비해서요."

"수고하셨어요, 형사님. 시체를 먼저 본 다음에 파트너와 합류해서 묘지 파괴 현장을 보러 가지요. 그런 다음, 가능한 한 빨리 내가 직접 부검을 이끌고 싶네요. 시체보관소가 어딘지 알려주기만 하면 돼요."

"그러죠, 아가—스컬리 수사관. 이쪽 바닥에 떨어진—괴물들을 피해 지나가세요."

풀러는 인형들, 호박들, 꼭두각시 인형들, 사악한 광대들, 그리고 기타 바닥에 흩어져 있는 것들을 지나 그녀를 안내했다.

걸어가면서, 그녀는 뒤쪽을 쳐다보았다. 묘지가 내려다보이는 창문들은 유리가 깨져 있었다. 남아있는 부분을 통해서 천사며 케루브, 묘지, 묘비들의 처참하고 기이한 파괴 현장이 보였다.

"아무도 이 모든 소리를 못 들었나요?" 그녀는 풀러에게 물었다.

"아무도요." 풀러는 말했다. "하지만 그도 그럴 것이, 가장 가까운 이웃—정말로 죽은 사람들의 묘지 외에—은 언덕 아래 있는 체육관이거든요. 밤이 되어 이 가게가 문을 닫으면—크리스마스이브가 아닌 한—여기는 아무것도 없어요. 완벽한 고요—혹은 완전범죄에 딱 들어맞는 곳입니다."

스컬리는 살해된 두 젊은이 앞에 멈춰 섰다. 남자는 깡말랐다. 생전에 다소 엽기적인 외모였을 듯했다. 남자는 벽에 있는 고리에 걸려 있어서 마치 꼭두각시 인형처럼 보였다. 어색하게 팔꿈치를 펴고 손을 허리에 댄 채, 그 자신이 핼러윈 장식물이 된 것 같았다. 여자는 커다란 O자 모양으로 입을 벌리고 있었다. 부검을 해 보면 훨씬 더 많은 세부 사항을 알 수 있겠지만, 굳이 의학 학위가 없어도 사망 원인을 확인할 수 있었다. 둘 다 목이 찢겨 있었던 것이다.

"살인 도구는 발견되었나요?" 스컬리는 물었다.

풀러는 움찔하며 인상을 찌푸렸다. "네, 발견했습니다. 시체 옆에 있는 인형을 보세요."

스컬리는 그 말을 따랐다. 부패되고 뼈만 남은 손의 뼈다귀 손가락에 달린 손톱에 피가 굳어 있었다. 인형의 섬뜩한 복장에서는 진짜 피가 흘러내렸다.

살해된 두 사람의 옷에 흠뻑 배어든 진짜 피와 같은 피가.

정말로 인형이 살인을 저지른 것처럼 보였다.

해나 바턴은 병원에 가야 했다. 멀더도 이를 알고 있었고, 해나도 알고 있었으며, 그들 옆에 서 있는 구급대원도 알고 있었다. 하지만 멀더는 얘기를 듣고 싶었고, 해나도 그만큼이나 말하고 싶어 했다.

"제가 어떻게 살아남았는지 모르겠어요." 해나는 되풀이했다. 멀더는 이 여자가 그 말을 몇 번째 하고 있는 것인지 더 이상 셀 수도 없었다. 그녀는 긴 금발 머리에 커다란 파란 눈을 가진 예쁘장한 아가씨로, 바람처럼 떨고 있었다. 그녀는 사실 다친 듯이 보이지는 않았다. 손목이 까졌고 타박상과 멍 자국이 좀 있을 뿐이었다. "그녀가 저한테 다가왔어요 — 그녀가 다가왔다고요. 케이틀린이 저를 죽이는 줄 알았어요!"

멀더는 해나가 진열 중인 오싹한 인형 중 하나를 언급하고 있음을 알고 있었다. 그는 앞서 그녀의 두 동료가 목이 찢어진 채 걸려 있는 곳을 보았다. 그 인형에 달린 가짜 손과 손톱도 보았다. 실제로 그 인형은 살해 도구로 이용되었다.

하지만 경찰이 해나를 용의자에서 배제하지 않았다는 것을 알면서도, 멀더는 그녀가 어떤 식으로든 유죄일 수 있다고는 조금도 생각하지 않았다. 이 어린 아가씨에게는 핏방울 하나 튀어 있지 않았기 때문이다.

"한 번 더 깊이 숨을 들이마셔요." 그는 부드럽게 말했다. 방을 가로질러 다가오는 데이나 스컬리가 보였다. 그는 잠시 고개를 숙여 작은 미소를 감추었다. 수년간 서로의 주변에서 맴돈 끝에, 그들은 어떤 어려움이 있든 자신들이 진실 이상의 무엇을 추구하고 있는 좋은 파트너라는 점을 깨달았다. 그는 또한 스컬리가 이 일을 — 얼마나 기이하든 간에—현실적인 사건으로 보리라는 점도 알고 있었다. 살인자들—아마도 분명 병든, 정신병적인 살인자들—이 이 두 어린 친구를 죽이고 핼러윈 가게, 성공회 교회, 그리고 묘지를 파괴하려고 작정했다고 보리라.

하늘을 쳐다볼 필요도 없었다. 이 땅에는 그런 잔혹한 행위를 저지를 만큼 정신 나간 사람들이 많았다.

그래도….

스컬리는 지독하게 회의적이지만, 표정에 아무것도 드러내지 않는다는 점이 좋았다. 그녀는 멀더가 그녀를 스컬리 수사관이라며 해나 바턴에게 소개했을 때 진지한 표정을 지었다. 부드럽고 차분한 목소리로 유감스럽다고 말하며, 해나가 이미 진술한 줄은 알지만 한 번 더 얘기해도 괜찮겠는지 물었다.

해나는 신경 쓰지 않고 말했다.

"우린 인형 중 하나가 어째서 오작동 했는지 알아보려는 중이었어요. 저는 랜디와 로베르타와 함께 여기로 오고 있었고요—."

해나는 잠깐 멈추었다. 목소리가 흔들리고, 눈에 다시 눈물이 고였다. "우리가 지원했거든요. 저는 믿을 수 있는 사람이 되고 싶었어요. 있잖아요, 승진하고, 매튜 메이필드와 다른 상관들에게 좋은 인상을 남겨서 회사에서 성공하고 싶었거든요. 그래서 앞장섰어요, 맨 앞에 서요. 그리고 여기 내려왔다가…. 깨진 창문을 봤어요. 제가 돌아서서 핸드폰을 찾는데…."

그녀의 목소리가 다시 잦아들었다.

"케이틀린 송장 인형에 정통으로 부딪혔죠." 멀더가 스컬리를 보면서 그녀 대신 계속했다.

"그게 살아났어요!" 해나는 속삭였다.

"그 인형은 움직이는 거예요—기본적으로는 자동으로 움직이는 인형이고요, 그렇죠?" 스컬리는 말하면서 멀더를 마주 보았다.

해나는 고개를 끄덕였다. "네, 그래요. 그건 움직여요. 그래서 우리가 여기 있었던 거예요. 하나가 반품됐거든요. 사람들은 인형이 고장 났다고 그랬어요. 그게 한 손님을 '껴안았고', 억지로 그 사람한테서 떼어내야 했다고요. 그래서 우리는 그 인형들을 전부 테스트해서 제대로 움직이는지 확인하려고 했어요. 하지만 깨진 유리창이 보였고, 제가 뒷걸음쳤을 때…." 그녀는 다시 말을 멈추고 케이틀린 송장 인형들이 그녀의 살해된 동료들과 같이 걸려 있는 곳을 돌아보더니 몸서리를 치며 다시 흐느끼기 시작했다. 옆에서 구급대원이 거슬리는 소리를 냈다. 이 어린 아가씨를 병원으로 데려가고 싶었던 것이다. 멀더는 그에게 한 손을 들어 보였다. 딱 일 분이면 끝날 터였다.

"그런 다음에는요?" 스컬리가 조용히 물었다.

"그녀가 저를 안았어요—케이틀린 인형 중 하나가 저를 껴안은 거예요. 그녀는 저한테 팔을 둘렀고 이 방 전체가 살아있는 것처럼 보였어요. 악마 같은 광대들이며 해골이며 마녀며—유령들이! 그것들이 전부 지껄이며 웃어대고 있었고 그 케이틀린은…. 뱀 같은 눈을 하고 있었어요. 그녀는 뱀 같은 눈으로 저를 보면서 껴안았고 그 순간에…. 그 순간에 저는 이제 죽은 줄 알았어요." 해나는 갑자기 기가 꺾이면서, 떨지도 않고, 울지도 않고, 그저 감정이 모두 빠져나간 듯이 앞만 쳐다보며 평이하게 말했다. "그녀가 저를 껴안았어요…. 저는 죽은 줄 알았고요. 하지만 깨어났어요…. 온통 얽혀 있었고 그 괴물들이 온 사방에 있었고 저는—저는 피 냄새를 맡았어요—그

깡통맛 같은, 끔찍한 피 냄새를요. 그리고 911에 전화했어요."

그녀는 스컬리를 쳐다보았고, 스컬리는 이 여자아이가 스스로가 아는 한 진실을, 완벽한 진실을 담고 있다는 점을 알아차렸다. 여기서 어떤 일이 벌어졌든, 해나 바턴은 자신이 인형에게 공격당했으며 거의 죽임을 당할 뻔했다고 진심으로 믿고 있었다.

멀더는 구급대원에게 고개를 끄덕였다. 구급대원은 다가와 여자에게 말을 걸고는 그녀를 밖에서 기다리고 있는 구급차로 안내했다.

"시체들 봤어요?" 멀더는 물었다.

"네. 그리고 물론, 당신도 알겠지만, 내가 직접 부검할 거예요."

거의 미소에 가까운 무언가가 그의 입술을 스쳤다. "그럴 거라고 기대했어요, 알잖아요."

그는 부검보다 훨씬 많은 부분을 말하고 있었다. 그녀는 그의 닻이었고, 그는 그녀의 상상력이었다. 그녀는 대답으로 고개를 끄덕였다. 그들은 여러 면에서 잘 어울렸다.

"밖에 나가 봤어요?"

"아뇨."

"그럼 나갈까요?" 그녀는 물었다.

그는 고개를 끄덕였다. 그들은 섬뜩한 '장식적' 괴물들의 잔해와 경찰이 남긴 표시들 사이를 조심스럽게 빠져 나가 가게 뒤로 향했다. 양쪽으로 밀어 여는 커다란 문을 통해 뒤로 나가게 되어 있었다.

부지들 사이에는 경계가 전혀 없었다. 〈메이필드의 괴물과 아우성 상점〉의 뒷문 뒤에는 바로 무성한 잔디밭이 붙어 있었고, 그 잔디밭은 제멋대로 웃자라 있었다. 또 나무가 가득하고 잔디가 촘촘하게 자란 묘지로 곧장 연결되었다.

묘지 곳곳에는 묘소와 납골당으로 들어가는 문들이 열려있는 듯 보였고, 거대한 구멍들이 사방에 파헤쳐져 있었다.

무덤들은 정신 나간 두더지 부대가 밤새 매달려 있었던 것처럼 보일 만큼 심하게 훼손되었다.

갓 방부 처리된 송장부터 단절된 뼈 무더기까지 부패 정도가 다양한 시체들이 무질서하게 흩어져 있었다.

"이러려면 밤새 걸렸을 텐데요—수십 명이. 혹은 더 많은 사람들이!" 스컬리는 중얼거렸다.

"아주 짧은 시간에 벌어졌을 거예요." 멀더는 그녀에게 말했다. "가게는 열두 시에 폐점했어요. 상사들은 삼십 분 내에 퇴근했고. 해나와 그녀의 동료들—죽은 친구들, 랜디와 로베르타—는 그 뒤에 남아 있었죠. 이 일은 전부 한 시간 내에 벌어졌어요."

어느 가족의 납골당으로 통하는 쇠창살 문—지금은 경첩에 간신히 매달려 있는—바로 밖에 누워있던 시체 뒤에서 무언가가 움직이는 것 같았다.

"멀더." 스컬리는 말하면서 서둘러 그 시체를 향해 다가갔다.

멀더는 스컬리가 무엇을 말하는지 재빨리 눈치채고 뒤따라 이동해서 그녀보다 먼저 시체에 다다랐다. 그는 쪼그리고 앉다가 무언가가 땅에서 튀어 오르는 바람에 재빨리 뒤로 물러섰다.

그것은 검은색이었다. 그 정도가, 스컬리가 정말로 알 수 있었던 전부였다. 그것은 뉴트리아나 커다란 설치류, 혹은…, 아주 커다란, 터무니없이 굵은, 검은 뱀처럼 보였다.

두 사람이 제대로 알아보기도 전에 그것은 덤불 속으로 파고들어 사라졌다.

멀더는 즉시 그 뒤를 쫓아갔다. 스컬리는 그를 쫓아 달렸다. "멀더, 멈춰요! 그게 뭔지도 모르잖아요, 공격적일 수도 있어요!"

그는 멈추지 않았다. 하지만 그 존재를 잡지도 못했다. 그는 그것이 사라진 덤불들을 헤쳐 보았다. 흩어진 시체들 몇 구의 밑과 주변을 둘러보기도 했다. 하지만 아무것도 없었다.

"대체 그게 뭐였어요, 스컬리?" 그는 물었다.

"동물이에요, 멀더. 사방에 동물들이 있잖아요. 그건—그중 어떤 것이었어요."

"어떤 거—뭐요?" 그는 그녀에게 물었다. "그런 거 본 적 있어요? 그 빌어먹을 건 거대한 달팽이처럼 보였다고요!"

"그게 거대한 달팽이였다면, 멀더, 그것은 이런 일을 저지르지 않았을 거예요. 잊어버려요. 주변을 봐요. 거대한 달팽이가 한 짓이 아니에요!"

그는 몸을 세워 먼 곳을 응시했다. 그녀는 그를 보며 살짝 고개를 저었다. "멀더, 난 항상 끝까지 당신과 함께 가요—당신도 그건 알잖아요. 하지만 집중해요. 주변을 보라고요."

그는 걷기 시작했다. "멀더!"

"수사하는 거예요." 그는 말하면서 뒤를 돌아본 다음 교회 쪽을 가리켰다. 두 남자가 거기 있었다. 한쪽은 오십 대 정도로, 하얗게 센 머리에, 주교임을 나타내는 옷깃을 달고 있었다. 그 옆에 있는 다른 남자는 십 년가량 어려 보였고, 검은 머리를 했으며 거친 몸짓을 하며 그 사제와 얘기하고 있었다.

"신부님과 우리의 메이필드 씨 같네요." 멀더는 말했다.

스컬리는 고개를 끄덕이고 그 뒤를 따라갔다.

남자들에게 다가서며 멀더는 FBI 신분증을 보였다. "메이필드 씨, 신부님. 저는 폭스 멀더 수사관이고 이쪽은 데이나 스컬리 수사관입니다."

"티모시 신부입니다." 신부가 일어서며 말했다. 남자들은 아주 오래된 무덤에 앉아 있었다. 시간이 흘러 비석에 쓰인 단어들은 대부분 지워졌지만, 스컬리가 보기에 그 무덤은 독립전쟁 때의 것으로 보였다. 이 대규모의 파괴 현장에서 그럭저럭 무사히 살아남은 것 같았다.

다른 남자 역시 일어섰다. 스컬리는 그의 손톱이 더러운 것을 알아차렸다.

'이 남자가 땅을 파고 있었던 걸까? 하지만 한 사람이 이 모든 일을 저지를 수 있었을까?'

"매튜 메이필드입니다." 그는 말했다.

"직원을 잃으신 일은 유감입니다, 메이필드 씨." 스컬리는 말했다.

그는 심란한 듯 고개를 끄덕였다. 그런 다음 그녀를 이상하게 쳐다보며 말했다. "그들이 올 줄 알았어요."

멀더가 스컬리를 흘끗 보았다. 그녀는 움찔했다.

"그들이요? 누구 말입니까?" 멀더는 그에게 물었다.

"나도 몰라요. 하지만 — 그들이 내는 소리를 들었어요. 전에요. 사람들은 전부 내가 미쳤다고 했지요 — 내가 내 괴물들과 너무 오래 살았다고요." 메이필드는 말했다.

스컬리는 고개를 끄덕이며 멀더처럼 — 참을성 있게 무슨 말이든 기꺼이 듣는 듯이 보이려고 노력했다.

"메이필드 씨, 계속하세요." 그녀는 말했다.

그는 숨을 깊게 들이쉬었다. 대답은 없었다. 티모시 신부가 끼어들었다. "메이필드 씨는 이 교회의 부제[54]입니다. 지난주에는 지하실에서 유지 보수 일을 하고 있었지요. 얘기 소리가 들렸답니다. 오래된 무덤 하나가 파헤쳐진 것을 발견했지요." 그는 숨을 들이쉬며 어깨를 움찔했다. "안타깝게도 미국 청년들은 핼러윈 무렵이 되면 파괴적이고 터무니없어질 때가 있어요. 어떻든, 그들은 시체 하나를 훔치려고 했어요. 우리는 시체를—사실상, 먼지 한 무더기지만—깨진 묘비 근처에서 발견했습니다. 시체는 도로 돌려놓았고요."

메이필드는 고개를 저었다. "티모시 신부님은 사람들이 저를 가둘까 봐 염려하시는 겁니다. 하지만…."

"부탁입니다. 우리는 아무것도 무시하지 않습니다. 당신이 말하는 게 뭐든 중요할 수 있어요. 우리는 당신 도움이 필요합니다." 멀더는 그에게 말했다.

"그, 며칠 전에—무언가가 터지는 소리가 들렸습니다. 그리고 묘지에 갑자기 빛이 비쳤죠. 전 티모시 신부님께 전화했어요. 다음 날, 우린 묘지 한가운데서 잔디가 타 버린 거대한 부분을 발견했어요."

"역시 아이들 짓이지요." 티모시 신부님은 조용히 말했다.

메이필드는 그를 쳐다보고는 숨을 들이키며 멀더와 스컬리를 쳐다보았다. 그는 숨을 내뱉었다.

"외계인이에요." 그는 말했다.

티모시 신부는 메이필드가 막 본인의 이름을 써넣고 정신병동에 스스로를 처넣은 것처럼 고개를 숙이고는 절레절레 흔들었다.

"외계인이라고요?" 멀더는 말했다. 스컬리는 멀더가 말해줘서 반가웠다. 그녀가 말했다면 그 말에 의심을 드러냈을 터였다.

---

54) deacon. 副祭. 사제를 도와 강론, 성체 분배 등을 집행하는 자.

“작은 녹색 인간들이라면 내가 정말로 눈치를 챘겠지요.” 티모시 신부가 중얼거렸다.

메이필드는 격렬하게 고개를 저었다. 티모시 신부를 바라보는 눈길에는 고통이 서려 있는 듯했다. “왜 모두 작은 녹색 인간들이라고만 상상하죠? 왜 그들이 눈과 귀가 있고 걸어 다닐 거라고까지 생각하는 겁니까? 도대체 우리가 외계인의 — 지성이 있는 — 생김새를 어떻게 알 수 있죠? 그들이 우리보다 훨씬 똑똑할 수는 있습니다 — 하지만 우리 것과 유사한 뇌를 가지진 않았을 수도 있잖아요?”

“메이필드 씨, 적은 없나요? 당신 가게가 반종교적이라고 혐오하는 사람이라든가, 혹은 당신과 경쟁하길 바라는 사람이라든가?” 스컬리는 물었다.

“우리가 여기서 주로 대하는 유일한 골칫거리는 고등학교와 대학교 학생들입니다. 매튜는 상당히 널리 알려져 있지요. 뉴욕 같은 먼 곳에서도 여기까지 물건을 사러 오곤 하니까요.” 티모시 신부는 말했다.

“가게에 대해 어떤 제안을 받은 적은 없습니다.” 메이필드는 말했다. “그리고 주님의 도움으로, 내가 아는 한, 적도 없어요. 나는 내 일을 사랑합니다. 이 일은 재미있고 창조적이에요. 영화제작자들을 만나고, 여행도 하고…. 훌륭한 사람들과 일하고 있고요. 그런데 지금은….” 그는 말을 멈추었다. 랜디와 로베르타의 죽음에 상처받은 것이 분명했다.

그의 감정은 정직해 보였다.

“그들은 밤에 옵니다.” 그는 갑자기 말했다.

“뭐라고요?” 스컬리는 물었다.

“전—저는 제가 보는 게 뭔지 몰랐어요. 하지만 이건 압니다. 그들은 밤에 와요.”

“그들—누구 말입니까?” 멀더가 조심스럽게 물었다.

“외계인. 혹은 그 존재들 말이에요. 가끔 밤늦게 퇴근하면서 그들을 보곤 했어요. 무언가가—무언가가 바닥을 휙 지나치는 것을요. 하지만 가끔, 그들은 멈춰 서서 나를 봐요.”

“그것들이 당신을 보는 걸 봤다고요?” 스컬리가 물었다.

그는 진지하게 고개를 끄덕였다. “알 수 있어요…. 그들은 기묘한 눈을 가졌어요. 반짝이는 눈을요. 그 눈 속에 있어요—그건 뱀의 눈 같아요.”

스컬리는 눈을 감고 잠깐 아래쪽을 쳐다보았다.

‘작은 녹색 인간들이 아닌 작은 녹색 인간들이라. 이 남자는, 사람들은 자신들이 찾는 게 무엇인지 항상 제대로 알지는 못한다는 멀더의 가설들을 투영하고 있군. 그 기이한—사람들이 저지르는 모든 일의 X 요소를 뒷받침하고 있어.’

젊은이 두 명이 죽었고, 그것이 현실이었다.

“난 부검을 하러 갈게요, 멀더. 메이필드 씨, 신부님, 정말 감사합니다.”

그녀는 돌아서서 묘지를 가로질러 다시 가게로 향했다. 파괴되고 흐트러진 시체들이며 파괴된 돌, 대리석, 시멘트 묘비 들을 피해 가야 했다.

그것이 현실이었다. 이 파괴된 현장이 현실이었다.

그녀는 누가 이런 짓을 저질렀는지—그리고 안에서 그 두 젊은이를 누가 살해했는지 반드시 찾아야 한다는 사실을 멀더가 이해하고 있기를 바랐다.

네 시간 뒤에, 스컬리는 지역 검시관인 포브스 박사와 함께 부검을 마쳤다. 풀러 형사가 부검하는 내내 귀를 기울이고 메모를 하면서 조용히 자리를 지켰다.

"요약하자면, 약물이나 알코올은 발견되지 않았습니다. 실험 결과가 전부 나오려면 시간이 걸리겠지만요." 포브스 박사는 말하면서 스컬리를 흘끗 보았다. "여기 있는 내 동료가 반대하지 않는다면, 우린 사망 원인이 극심하게 찢어진 목의 출혈이라고 진술하겠습니다. 음, 이 살인사건에 나타난 폭력과 비정상적인 환경 때문에 실험을 서두르고 있고, 케이틀린 송장 인형의 손톱에서 발견된 혈흔은 피해자들의 것과 일치합니다. 어떤 식으로든, 범인이 인형을 이용해서 이 친구들을 죽인 것이지요."

"그럼, 박사님 말씀은 살인자가 아마도 인형 뒤에 있다가 인형의 손과 손톱을 이용해서 이 젊은이들의 목을 거의 베어냈다는 건가요?" 풀러는 물었다.

"로베르타는 당뇨가 있었어요." 스컬리는 말했다.

풀러는 이를 무시했다.

"그리고 랜디는 몇 년 안에 문제가 생겼을 거고요. 심장이 비대해져 있었어요." 그녀는 풀러에게 말했다.

"이제는 다 상관없는 일입니다. 그들은 목이 찢어져서 죽었어요. 살인 도구는 인형의 손톱이었고요." 풀러는 말했다.

"그게 우리의 가설이지요, 맞아요. 인형의 손톱이 살인 도구였던 건 분명해요. 정확히 어떻게 살인이 저질러졌는지는, 아직 추측하는 중이고요.” 스컬리는 말했다.

풀러는 고개를 저었다. “완전히 미쳐버린 어느 개새끼 짓입니다.”

“한 명이요? 내 생각에는, 한 명 이상이 관여된 것 같아요.”

풀러는 콧방귀 같은 소리를 냈다. “메이필드가 말한 것처럼, 한 무리의 외계인 말입니까? 말해두겠는데, 그는 내가 보기에 가장 유력한 용의자입니다.”

“그 사람이 정신적으로 불안하다는 점을 시사하는 어떤 행위를 저지른 적이 있나요? 혹은 그 사람이 그런 폭력을 저지를 수 있을까요?” 스컬리는 물었다.

“어떤 행위라….” 풀러는 신중하게 말했다. “아니요. 하지만 그자는 그 오싹한 것들과 같이 숨 쉬며 살고 있잖습니까! 의상이며 괴물이며…. 그가 어쩌다 정신이 이상해졌는지 알기는 쉽지요. 그래요, 나는 그자한테 걸겠습니다.”

스컬리는 이렇게만 말했다. “글쎄요, 내 생각엔 수사를 계속해야 할 것 같네요.” 그녀는 자신과 멀더, FBI가 이 사건의 지휘를 맡았다는 점이 지독하게 기쁘다는 사실은 덧붙이지 않았다. 메이필드가 제정신이 아니고 사건과 관련되었을 가능성은 있었다. 하지만 그녀는 증거가 없는 가정이나 의견은 믿지 않았다.

그녀는 장갑을 벗고 이제 부검이 완료된 시체에 난 Y자 절개를 봉합하려는 포브스 박사와 그 조수에게 고마움을 표했다. 그러는 동안, 폭스 멀더가 마침내 부검실에 도착했다.

스컬리가 보니 그는 더러운 데다 거미줄을 덮어쓰고 있었다.

진짜 거미줄들을.

“이봐요, 멀더, 정리 잘 된 노트 필요하죠. 내가 좀 적어 뒀어요.”

풀러는 말했다.

멀더는 기분 나빠하지 않았다. 그는 고개를 끄덕였다. 스컬리는 그의 어깨를 털어주고 싶은 충동을 참았다. 멀더는 지하 묘지 안을 기어 다녔던 것처럼 보였다.

멀더니까—아마 그랬을 것이다. 그리고 그는 자신이 하고 있었던 일을 논의하기 전에 풀러나 다른 사람들에게서 스컬리를 떼어내고 싶어 했다.

"풀러 형사, 헌신적인 관심 고마워요." 스컬리는 말하고, 멀더와 함께 서둘러 빠져나왔다.

그녀는 시체보관소까지 자기 차를 몰고 왔었다. 멀더는 그녀의 차로 자신과 함께 가자고 했다.

"호텔로 돌아가야죠—가서 당신 샤워도 하고 옷도 갈아입게요." 그녀는 제안했다.

그는 그녀 쪽을 쳐다보며 고개를 저었다. "곧 어두워질 거예요."

"그래서요?"

"교회에 가서 기다려야죠—감시하고요."

그녀는 고개를 숙이며 신음했다. "오늘 밤엔 형사들이 그 주변 부지와 가게를 감시할 텐데요. 내가 아는 한, 해나 바턴 양은 병원에 있고요—진정제를 맞으면서요. 경찰이 과거에 말썽을 일으켰던 고등학생과 대학생 아이들을 데려왔어요. 그리고 풀러는 매튜 메이필드에게 서에 있어 달라고 부탁했다더군요. 체포하진 않았고, 정중하게 대하고 있지만, 풀러는 메이필드가 관련이 있다고 확신하고 있어요."

멀더는 대답하지 않았다.

"멀더?"

"그는 지켜본 죄밖에 없어요." 멀더는 말했다.
"그리고 당신이 그걸 아는 이유는요?"
그는 운전하면서 재빨리 그녀를 쳐다보았다. "점액이요."
그녀는 신음했다. "점액이라고요, 멀더 — 진심이에요?"
"잠깐만 내 말 좀 들어봐요. 그래요, 나도 내 말이 메이필드만큼 미친 소리로 들린다는 거 알아요. 하지만 그냥 들어봐요."
"좋아요."
그들은 아직 갈 길이 남아 있었다 — 최소한 이십 분은. 그 지역 시체보관소는 보스턴 외곽에 있었고, 교통이 혼잡한 시간은 지났지만, 아직 좀 더 가야 했다.
"계속해 봐요." 스컬리는 말했다.
"메이필드가 옳다면요?"
"외계인이 왔다고요? 묘지에 비친 빛 — 타 버린 잔디 말이에요? 티모시 신부님이 전에 어린아이들이랑 젊은 애들과 문제가 있었다고 했잖아요. 경찰이 서에서 조사하고 있는 그 아이들처럼요. 아이들은 핼러윈 언저리면 미쳐버리죠. 당신도 알잖아요."
"미쳐 날뛰는 데다 파괴적이지요. 그 아이들은 학교 동아리가 있어요, 못살게 굴고, 과시하려고 하고. 술 마시고 섹스하고 약도 하고요. 하지만 살인자가 되진 않아요."
스컬리가 침묵할 차례였다.
"스컬리, 나는 교회 지하 묘지에 들어갔었어요." 멀더는 그녀에게 말했다.
그녀는 끄덕이며 그를 쳐다보았다. 그 정도는 예상한 바였다.
"그래요, 어떻게 보였느냐 하면, 이래요…. 난 지성이 있는 외계인이 여기서 활동 중이라고 믿어요. 그들은 작은 녹색 인간들이 아니에요. 우리의 뇌 같은 뇌를 가지지도 않았고요. 하지만 그저 좀 다를 뿐, 고도로 발달된 존재들이지요."

"점액이라더니—그럼 당신은 고도로 발달된 달팽이들을 제안하고 있는 거예요?"

"달팽이는 아니에요—그냥 우리한테 달팽이 모습으로 나타나는 거예요."

"자기 정체를 변화시킨단 말인가요—카멜레온처럼요?"

그는 주저했다. "전부 가설이에요."

"천만다행이네요."

"그들은 우리 몸에 기거할 수 있어요." 그는 조용히 말했다. "그들은 묘지에 착륙했어요. 시체를 시험해봤고요. 시체는 효과가 없었어요. 시체는 마침 <메이필드의 괴물과 아우성 상점> 옆에 있었죠. 그들은 그 물건들—가게에 있는 것들을 시험해봤어요. 그 역시 움직이지 않았어요."

"당신 장단에 맞춰 볼게요. 그래서 그들은 살아있는 누군가가 필요했군요." 스컬리는 말했다.

멀더는 신중하게 고개를 끄덕였다.

"아니죠!"

멀더가 그녀를 쳐다보자 그녀는 재빨리 말을 이었다. "그들이 살아있는 무언가를 필요로 했다고요? 해나 바턴을 발견했고 그녀를 묶은 다음에 그녀의 동료들을 살해했다고요? 그건 말이 되지 않아요."

"말이 되요. 그들이 걱정한 건, 시체나 인형을 조종할 수는 있었지만—고작 몇 분에 불과하다는 거예요."

"그건 왜 그런데요?"

"그들이 취한 숙주의 힘이 필요하니까요. 살해할 의도가 있었다고는 생각하지 않아요."

"잠깐만요—나더러 몸을 빼앗는 외계인들이 묘지에 착륙했고—그리고 죽은 자들의 몸에 기생하면서 그것을 이용할 수 없다는 점을 깨달았고—그런 다음 가게로 들어와 인형이나 꼭두각시들의 몸을 이용할 수 있는지 시험하다가—그러다 마침내 살아있는 몸을 발견했다는 걸 믿으라는 거예요?"

멀더는 스컬리를 쳐다보았다. "더 나은 가설 있어요?"

그녀는 멀더의 시선을 되받았다. "있어요. 누군가가 와서 땅에서 시체들을 파냈고 공동묘지를 부쉈어요. 그들은 가게에 들어갔고요. 케이틀린 송장 인형을 이용해서 해나를 공격했고, 그러다 어떤 멍청이가 사람을 죽일 만큼—사람 목을 찢어놓을 만큼 날카로운 손톱을 인형에 달아놓았다는 걸 깨달은 거예요. 그들은 랜디와 로베르타를 죽였어요—사람을 어떻게 죽일지 알아냈으나 즉시 해나를 공격하지는 못했고, 그럴 수밖에 없었을 거예요—아니면 아마도 잡혔을 테니까. 해나가 911에 전화하자 경찰이 너무 빨리 도착한 거죠."

"나는 지하 묘지에 들어갔었어요. 티모시 신부님이 말한 말썽꾼들이 부숴버렸다는 그 묘석의 대체품을 나는 부수고 열어봤어요. 나는 그 잔해를 봤고요—스컬리, 거기엔 이상한 점액이 온통 뒤덮여 있었어요."

"그건 뭐든 될 수 있어요." 그녀는 그에게 말했다.

멀더는 그녀를 쳐다보면서 고개를 저어댔다. 그녀가 몹시 싫어하는 행동이었다.

멀더는 진심으로 외계인이 지구에 왔다고 믿었다. 당연하다. 그건 모두 그의 여동생으로 거슬러 올라간다. 하지만 스컬리에게 믿음이란 훨씬 더 도전적인 것이었다. 그녀는 멀더를 믿었지만, 멀더를 믿는 것과 그의 믿음을 공유하는 것은 별개였다. 멀더와의 관계는 너무나 복잡했다. 그들은 몇 번이나 터무니없는 사건들을 수사해왔고, 종종 그런 수사들은 완전히 터무니없는 결과들을 밝혀내곤 했다. 하지만 그래도….

"자, 우리 가설들을 시험해 봅시다." 멀더는 계속했다. "교회와 공동묘지에 다다를 때쯤이면 어두워질 거예요. 기다렸다가 — 지켜봅시다."

스컬리는 멀더와 논쟁하지 않았다. 자신들은 경찰서에서 잡혀 온 아이들을 심문하고 있어야 한다고 생각하긴 했다. 하지만 그 방면의 수사는 아침에도 계속할 수 있을 터였다.

떠오르는 달빛에 노란 경찰통제선이 기이하게 빛났다. 묘지는 거의 조금도 복구되지 않았다. 스컬리는 놀라지 않았다. 경찰에서 나온 사진 찍는 사람들은 종일 바빴다. 현장 조사 인원들은 표지들을 세웠다. 이번 사건은 엄청난 작업이었다.

그리고 두 명의 젊은이가 죽었다. 조사는 철저해야 했다.

가게 앞에 두 대의 순찰차가 세워져 있었고, 교회 앞에도 두 대가 서 있었다. 공동묘지 입구에는 유니폼을 입은 경찰들이 서 있었다.

멀더는 배지를 보였고, 그들은 교회로 향했다.

사랑스럽고 오래된 교회였다. 문 위의 명판에는 이 교회가 앞선 건축물을 대신해서 1714년에 세워졌다고 각인되어 있었다. 창문들은 스테인드글라스였고, 재단에는 화려한 은 십자가가 놓여 있었으며, 재단 뒤의 오래된 돌계단은 아래의 지하 묘지로 이어져 있었다. 옆으로 난 문은 옆에 딸린 작은 사제관으로 이어지리라고 스컬리는 생각했다.

스컬리가 멀더와 함께 들어서자, 티모시 신부가 사제관으로 이어지는 문밖으로 나왔다.

"오늘 밤 와주셔서 감사합니다. 나는 떠날 수가 없었어요. 내 신앙이 나를 강하게 붙들어주긴 했지만, 혼자 있고 싶지 않더군요." 그는 말했다.

"우리가 뭘 감시해야 할지는 잘 모르겠습니다만, 함께 있게 되어서 기쁘군요, 신부님." 스컬리는 말했다.

"자, 이리로 와요. 차를 만들어 드리지." 신부는 말했다.

그들은 그를 따라 교회를 지나 사제관으로 들어섰다.

"여기 사시나요?" 스컬리는 그에게 물었다.

"그래요."

"그런데 메이필드가 들었던 커다란 폭발음은 못 들으셨나요? 불빛도 보지 못하셨고요?"

그는 망설이다가 약간 움찔했다. "어떤 일이든 있었을 수 있습니다. 나는 암 진단을 받았어요. 치료를 받고 있지요—잠을 잘 못 잡니다. 의사들은 나을 거라고 하지만. 어쨌든, 나는 약을 먹고 자요. 완전한 침입이 있었을 수도 있지요—그래도 나는 깨지 않았을 겁니다."

그는 그들에게 차를 끓여 주었다. 그들은 아늑하고 작은 빅토리아 시대풍의 응접실에 앉아서 차를 마셨다. 그리고 기다렸다.

갑자기 멀더가 말했다. "암이시라고요?"

"그래요."

스컬리는 멀더를 쳐다보았다. 그 점을 언급하는 것은 무례하고 잔인해 보였다.

하지만 놀랍게도, 그는 일어나 핸드폰을 꺼냈다. 풀러에게 전화를 걸었음을 그녀는 알아차렸다. "해나, 랜디, 로베르타에게 어떤 질병이 있었는지 알아봐 줄 수 있습니까? 네, 그저 평범한 감기라도요."

"로베르타는 당뇨가 있었고—." 스컬리는 고개를 숙였다. 멀더의 생각을 부추기고 싶지는 않았다.

하지만 선택의 여지는 없었다. 그녀는 결코 진실을 숨기지 않았다—설사 그 진실이 그의 공상을 뒷받침한다고 해도.

"다른 둘은 됐습니다. 바턴 양의 건강 문제만 확인해줄 수 있습니까? 고마워요." 멀더는 말하고 전화를 끊었다.

티모시 신부는 조심스럽게 즐거워하며 멀더를 쳐다보았다. "당신—매튜 메이필드의 말을 믿는 건 아니겠지요, 안 그래요?"

"그저 마음이 닿는 모든 길을 따를 뿐입니다, 신부님." 멀더는 그에게 말했다.

신부가 막 말을 떼려는 순간, 그 모든 것들이 시작되었다. 멀지만 선명하게 들리는 삐걱거리는 소리가 그들 모두를 놀라게 한 것이다.

"교회에서 들리는데요." 멀더는 말했다.

"이건—이건 문입니다. 지하 묘지로 가는 문이요." 티모시 신부는 말했다.

멀더와 스컬리는 둘 다 일어서며 총을 뽑아 들었다.

신부는 총을 보고 외쳤다. "이럴 순 없어요, 여기는 교회입니다!"

"신께서도 우리가 로베르타와 랜디처럼 끝나고 싶지 않다는 점을 이해하실 겁니다." 멀더는 그에게 말했다.

티모시 신부는 이에 반박하지 않았다.

그들은 사제관 문을 지나쳐 재단 뒤로 슬그머니 들어섰다. 멀더가 선두에서 오래된 돌계단을 서둘러 내려갔다. 스컬리는 그 뒤에 바짝 붙었다.

티모시 신부가 그녀를 따라왔다.

"불, 불이 필요할 거예요!" 신부는 외쳤다.

스컬리는 멈춰서 신부가 건네는 초를 하나 받았다. 불을 붙이는 그의 손가락이 떨리고 있었다. 그녀는 멀더 뒤를 서둘러 따라가고 싶었지만, 신부가 자신의 초를 챙길 때까지 기다렸다. 적어도 그 초들은 재단을 위한 초들이라 크고, 근사한 불빛을 발했다.

스컬리는 촛불을 감싸면서 동시에 글락 권총을 들 수는 없었기에 촛불이 꺼지지 않도록 조심스럽게 움직였다.

지하 묘지에 들어서자 습기와 썩은 내가 그녀를 휘감는 듯 느껴졌다.

'여기라면 뭐든지 기어들 수 있겠어.' 그녀는 생각했다.

그 순간 그녀는 멈춰 섰다. 멀더가 수천 년 묵은 묘지의 입구 바로 앞에 서서 무언가를 응시하고 있었다.

그녀는 그곳에 한 남자가 있음을 알아차렸다.

매튜 메이필드였다.

그녀는 멀더에게 다가가며 촛불을 쳐들어 지하 묘지를 비추었다. 메이필드에게 약간의 조명이 드리워졌다.

"메이필드 씨, 여기서 뭐 하는 겁니까?" 멀더는 물었다.

메이필드는 돌아서서 그를 쳐다보며 미소 지었다. "포털을 열어야 해서요. 하지만 열려 있더군요. 당신이 포털을 열었어요."

스컬리는 참을 수 없었다. 그가 말하는 방식에 서린 무언가가 등골을 오싹하게 했다. 포털?

여기는 교회였다. 포털이라니…. 어디로 가는 포털이란 말인가?

티모시 신부가 비명을 질렀다. 그녀는 재빨리 돌아보았다. 무언가가 이 지하 묘지에 그들과 함께 있었다.

'무언가 검고 총총히 움직이는 것, 마치 커다란 설치류 같은. 무언가 검고 미끄러운…. 거대한 굵은 뱀 같은 것이!'

그것은 고막을 찢는 듯한 소리를 냈다. 그리고 잔뜩 부푼 새처럼 솟아올라 티모시 신부를 향해 곧장 달려드는 것 같았다.

스컬리는 공중에 뜬 그것을 총으로 쏘았다.

그것은 비명을 지르며 바닥에 떨어졌고—거대한…, 달팽이의 형상으로 분해되었다.

그것들은 더 많았다. 그리고 모두 공격하려고 했다. 고민할 시간은 없었다. 그것들이 무엇인지….

혹은 대화가 가능한지 고민할 시간이.

그녀는 한 마리를, 그리고 또 한 마리를 쏘았다. 멀더 역시 총을 쏴대고 있었다.

티모시 신부는 몸을 떨면서 바닥에 웅크렸다.

이윽고 스컬리와 멀더는 몸을 돌려 서로를 쳐다보았다. 그들은 파트너였다. 그들은 서로의 안위를 확인했다. 그것들은 사라진 것 같았다.

그냥 죽은 것이 아니었다. 사라져버렸다.

하지만 그 순간, 또 다른 소리가—끔찍한, 고조된, 고막을 찢는—찢어지듯 울려 퍼졌다. 이번에 스컬리에게 달려들고 있는 것은 검은 생물체가 아니었다. 메이필드였다.

그들은 메이필드에게 관심을 두지 않았었다. 이제 그는 전력을 다해 스컬리에게 달려들고 있었다.

그녀는 메이필드를 예상치 못했다. 총은 내리고 있었다. 미처 총을 들어 올리기 전에, 그가 스컬리를 짓누르며 그녀를 내려다보았다. 그녀의 횃불은 지하 묘지의 어둠 속으로 날아가 꺼져 버렸다. 이제 남은 빛은 티모시 신부의 초에서 발하는 희미한 불빛뿐이었다.

그녀는 강하게 자신을 조르며 짓누르고 있는 남자를 올려다보았다.

그리고 그의 눈을 보았다. 그 눈은 뱀의 눈이었다. 동공이 세로로 찢어져 있고, 그 찢어진 부분을 제외하곤 금빛으로 반짝이는. 증오로 가득 찬, 사악함 그 자체인 눈.

그는 입을 열었다…. 무언가 검은 것이 그 안에 있었다. 그의 눈과 같은 눈을 한 무언가 검은 것이. 뱀의 눈, 사악한 눈, 증오와 혐오…, 그 모든 것이 담긴 눈.

그녀는 비명을 질렀다. 그리고 그녀가 소리치자 메이필드는 펄쩍 뛰어 일어났다. 그녀는 메이필드가 사람이라고는 생각되지 않는 힘으로 멀더를 꽉 붙들면서 그를 덮치는 것을 보았다.

그녀는 넘어질 때 바닥 어딘가에 떨어진 글락 권총을 찾아 더듬거렸다.

미처 총을 찾기 전에, 메이필드는 멀더를 던져 버렸다. 멀더는 벽에 부딪혀 떨어졌다.

메이필드는 다시 그녀에게 돌아오고 있었다.

그녀는 총을 찾아 그의 팔에 쏘았지만, 그를 저지하지는 못했다.

그는 다시 그녀에게 돌아와 있었다. 그의 손가락이 그녀의 목을 감싸 쥐고, 그의 입이 벌어지고….

그의 눈. 그 끔찍한 눈이 그녀를 바라보았다.

그 눈이 다가오자, 그녀는 몸부림쳤다. 그녀는 시선을 돌릴 수가 없었다. 무언가가 그의 안에 있었다. 무언가 검고 악취가 진동하고 사악한 것이. 그리고 그는 그것을 그녀 위에 풀어놓으려 하고 있었다.

스컬리가 더 이상 숨을 쉴 수 없다고 생각한 순간, 죽거나 혹은 더 끔찍한 일이 벌어지리라 생각한 순간, 메이필드가 찢겨버렸다.

폭발음이 들렸다.

스컬리는 숨을 헐떡이면서 간신히 몸을 굴렸다. 티모시 신부는 기도하고 있었다. 그의 입에서 기도문이 흘러나왔다. 그의 촛불이 그들이 있는 공간, 지하 바닥을 비추었다.

메이필드는 그녀와 그녀에게 기어오고 있는 멀더에게서 몇 발짝 떨어진 곳에 엎어져 있었다.

메이필드는 죽었다.

눈을 뜬 채였다. 그녀를 바라보고 있었다.

그녀를 바라보는 그 눈은 평범한 갈색의, 평범한 동공을 한 눈이었다.

"스컬리, 스컬리, 데이나…. 말 좀 해봐요!"

그녀는 멀더를 쳐다보았다. 미소를 지으며 그의 얼굴을 건드렸다. 그의 눈을 들여다보았다.

"난 괜찮아요." 스컬리는 멀더에게 말했다.

다음 날 아침, 사건은 종결된 것으로 결정되었다. 세상은 매튜 메이필드가 그의 오싹한 괴물들과 너무 오랜 시간을 지내온 나머지 그 자신도 괴물이 되었다고 생각할 터였다.

아침이 밝아오자, 스컬리는 자신이 무엇을 본 건지 제대로 확신할 수조차 없었다.

티모시 신부는 메이필드가 악마에 사로잡혔다고 생각했다.

스컬리는 멀더가 메이필드의 말을 믿는 걸 알고 있었다. 우주선이 착륙했고, 아마도 땅에 충돌했으며 묘지에 타 버린 구덩이를 남겼음을. 그 존재들은, 살아남으려면 살아있는 몸에 기생해야 한다는 것을 알게 되었다는 사실을.

그 존재들은 시험을 거듭했다.

그들은 건강한 몸이 필요했다.

우선, 그들은 시체에 기생하려고 해보았다.

그다음엔, 메이필드 상점을 발견했고 좀 더 시험해 보면서, 그들의 지능이 어느 정도였든, 가공의 존재들에 기생하려고 해보았다.

그들은 살아있는, 그리고 건강한 몸이 필요함을 알게 되었다.

일이 정리되고 그녀와 멀더가 차를 몰고 떠날 무렵, 스컬리는 자기 생각도 제대로 알 수 없었다.

그들은 며칠 쉬라는 말을 들었다.

"어디로 가고 싶어요?" 멀더는 그녀에게 물었다.

스컬리는 창문 너머로 시골 지역을 뒤덮은 듯 보이는 가을 장식들을 바라보았다. 허수아비가 벌판에 우뚝 서 있었고, 사방에 호박이 널려 있었으며, 나무에 매달려 달랑거리는 해골과 하얗게 부풀어 오른 유령이 온 사방에 널려 있는 게 보였다.

"아무 데나요." 그녀는 중얼거렸다.

"아무 데나요?"

"핼러윈을 기념하지 않는 곳이라면 어디든지요." 그녀는 그에게 말했다.

그들의 눈이 마주쳤다. 그들은 어떤 일이 벌어졌는지 사실 전혀 동의하지 않을 터였다. 의견이 일치한다면 좋은 파트너가 되지 못하리라. 멀더는 스컬리가 회의적이길 바랐다.

그는 손을 뻗어 그녀의 손을 찾아 꼭 쥐었다.

"경찰에게 땅을 파고 묘지와 교회를 수색하라고 했어요."

"잘했네요. 우리 어디로 가는 거죠?"

"핼러윈을 기념하지 않는 어딘가로요." 그는 단호하게 말하고 운전에 집중했다. 그녀는 자신들이 공항으로 가고 있음을 깨달았다. 말할 것도 없이, 멀더는 그들이 다음에 향할 멋진 장소를 알고 있으리라.

그들이 다시 호출되기 전에. 그녀는 웃으며 백미러로 그를 흘긋 보았다.

그는 멋진 눈을 가지고 있었다. 그 눈에는 아주 많은 것이 담겨 있었다. 인간의 눈에는.

그녀는 회의적인 사람이었다. 하지만 그럼에도 그녀는 그 침략자들이 결코 깨달을 수 없었던 것을 알고 있었다.

모든 것은 눈에 담겨 있다는 것을.

TRUST NO ONE

THE X FILES™

히코리 언덕의 집

The House on Hickory Hill

맥스 앨런 콜린스

THE X FILES™

매사추세츠 주, 베네위치

1997년 12월 29일, 오전 4시 15분

12월 말의 청명한 오후, 고풍스럽고 목가적으로 보이는 매사추세츠 주 베네위치에서, 하교 중이던 6학년 헤더 크리드는 자신이 가학적인 같은 반 남자아이들 무리의 손아귀에 놓인 것을 알아차렸다.

그 남자아이들은 학교에 '새로 온 애'가 거만하고 선생님의 귀염둥이처럼 군다고 놀려대면서, 이 금발에 파란 눈을 한, 천사 같은 아이를 쫓아왔다.

전 과목 A를 받는 모범생 헤더는 다소 내성적이긴 했지만, 단정하고 예쁘장한 로라 애슐리[55] 복장 덕에 헐렁하고 구깃구깃한 학교 친구들의 복장, 특히 이 남자아이들의 복장과는 구별되는 상냥한 여자아이였다.

남자아이들은 그녀가 살고 있는 '유령이 나오는 집'에 대해 놀려대기 시작했다. 그 집은 오래된 농장을 현대적으로 개조한 집으로 히코리 언덕 위 전면에 불쑥 솟아 있었다.

"거기서 마녀들을 매달았다더라." 얼굴에 주근깨가 가득한 남자아이가 말했다. "너같이 쪼그마한 마녀한테는 딱이지!"

---

55) Laura Ashley. 영국 종합 브랜드.

돼지코를 한 남자아이는 더 비참하게 했다. "그 위에는 괴물들이랑 살인자들이 있다! 네가 잘 때 너를 죽일 거야!"

헤더는 턱을 높이 들고 아무렇지 않은 척하며 걸었다.

"마녀들한테는 어떻게 하는 줄 아냐!" 사슴 이빨을 한 녀석이 말하자 남자아이들은 돌멩이며 잔가지들을 여자아이에게 집어 던지며 '돌팔매질'을 해댔다. 여전히 아무 반응 없었다.

하지만 녀석들이 더 심하게 돌을 던져 몸을 맞추자, 헤더는 휙 돌아섰다.

"그만해!" 헤더가 소리치자 녀석들은 주춤했다. "당장 그만두라고!"

헤더의 상냥한 얼굴은 이제 사나워졌고, 이마에는 혈관이 꿈틀거리고 있었다.

빨강 머리 남자아이가 제 목을 움켜쥐더니 낙엽 더미 위로 뒹굴었다. 친구 놈들이 몸부림치는 녀석 주위에 모여들었다. "도와줘—나…, 나는…, 숨을 쉴 수가 없어!"

걱정이 되어 헤더는 그에게 달려갔지만, 그 아이는 벌떡 일어서더니 낙엽을 헤더 얼굴에 던지면서 그녀를 비웃었다. 친구 놈들은 헤더가 울면서 도망치자 미친 듯이 웃어대기 시작했다.

"빗자루를 타면 더 빠를 걸, '캐리'!"[56] 빨강 머리가 길에 대고 소리쳤다.

눈물을 훔치면서 헤더는 베네위치에, 이 끔찍한 십에 사는 게 얼마나 싫은지 생각하며 헛간 같은 구조물의 그림자 속에서 히코리 언덕

56) 1974년 스티븐 킹 소설 〈캐리〉의 주인공. 염동력이 있는 소녀 캐리가 왕따를 당하던 끝에 폭주하는 공포소설.

으로 오르는 진입로를 올랐다. 영원히 여기서 살지는 않을 거라고 막연하게 느끼긴 했지만—그녀의 아버지, 아서 크리드는 이 집과 여기서 일어났던 '안 좋은 일들'에 대한 책을 쓰고 있었는데, 딸에게 그 어떤 것도 말해주지 않았다.

엄마인 앨리스는 아빠보다 이 집의 역사에 대해 더 잘 알려주는 것도 아니었다. 그리고 그녀의 배다른 언니, 채리티는 헤더와 그다지 잘 어울리지 않았다. 채리티는 집에 대해 아는 게 있더라도 결코 말해주지 않을 터였다. 그 십 대 소녀는 헤더에게 말을 거는 법이 거의 없었다.

뒷문으로 부엌에 들어서면서 헤더는 그 남자아이들에게 방금 겪은 굴욕에 대해 아무 말도 하지 않기로 결심했다.

대신 헤더는 카운터에서 옥수수 껍질을 벗기고 있는 엄마에게 그저 이렇게 말했다. "학교에서 이 집에 대해 뭐라고들 해."

가냘프고 사랑스러우며 헤더처럼 금발 머리를 한 엄마는 말했다. "응?"

"마녀니 살인자니 그런 얘기…. 여기서 무슨 일이 있었던 거야, 엄마? 아빠는 뭐 때문에 이 집에 대한 글을 쓰고 싶어 하는 거야?"

"우리 딸, 이 집도 그냥 다른 집이랑 똑같아. 좀 평범하지 않은 이력이 있어서 아빠한테 좋은 소재가 된 거지." 그녀는 황금빛 옥수수에서 뻣뻣한 녹색 껍질을 벗겨냈다. "그냥 무시하렴. 다 미신이고 헛소리란다."

나중에, 저녁 식사 시간에 헤더는 이 집의 역사에 대해 말을 꺼내보려 했지만, 밥상의 분위기는 설사 이 집이 유령의 집이라 해도 보다 더 긴장될 수 없을 만큼 팽팽했다.

바로 지금 채리티가—현재 외출이 금지됐으며 운전할 권리를 박탈당한—꾸며낸 목소리로, 옥수수보다 더 달콤하게 이런 금지령들을 거둬줄 수 없는지 묻고 있었다.

"성적도 올랐고, 한 주 내내 학교에서도 아무 문제없었잖아." 매력적인 갈색 머리를 한 헤더의 이복 언니는 간절하게 웃어 보였다. "상담사도 내가 이제 정말 잘 지내기 시작한다고 했어. 전화해서 물어봐!"

"안 돼." 그녀의 아빠는 미트로프를 한 조각 잘라내어 그레이비를 뿌린 으깬 감자에 찍으며 말했다. 그는 검은 머리에 다부지게 생긴 남자로 작가라기보다 목수처럼 보였다. "너는 끝까지 벌을 받아야 해. 내가 아는 한, 나는 관대했다."

헤더는 채리티가 무슨 짓을 했는지 전혀 몰랐지만, 남자아이와 관계가 있으리라 생각했다. 헤더는 그 뒤에 이어진 험악한 언쟁에는 신경 쓰지 않았고, 그 언쟁은 십 대 소녀가 식탁에서 뛰쳐나가는 것으로 끝이 났다.

채리티와 아빠는 베네위치로 이사 온 이래 전혀 잘 지내지 못했다. 하지만 헤더는 늘 아빠가 말하기 편하다고 생각했다. 아빠가 잘 자라는 인사를 하러 삼층에 있는 헤더의 침실로 왔을 때, 헤더는 학교에서 겪었던 일을 불쑥 말하고 말았다.

아빠는 헤더의 침대 가장자리에 앉아 말했다. "아가, 이 집에선 아주 오래전에 안 좋은 일이 있었단다."

"그게 뭔데?"

"어린 아가씨에게 어울리는 잠자리 동화는 아니지. 네가 알아야 할 건 집은 그냥 집이라는 거야. 그저 건축물일 뿐이야…. 나무, 시멘트, 회반죽 말이다. 건물은 나빴든 좋았든 그 안에서 일어났던 일들을 전혀 기억하지 못해."

하지만 나중에 헤더는 아빠가 복도에서 엄마에게 하는 얘기를 우연히 들었다. "이 멍청한 동네가 이런 미신 같은 헛소리에 온통 빠져 있는 줄 알았으면 여기 오지 않았을 거야."

"당신 책만 끝나면, 그리고 홍보만 잘 되면 우린 어디든 갈 수 있어." 엄마는 말했다.

"정말 안타까워—이 멍청한 집이 정말 좋았는데." 그녀의 아빠는 껄껄거렸다. "그리고 아무한테도 말하면 안 되는데, 앨리스, 난 이 집에 온 후로 '사악한' 징조는 전혀 보지 못했어."

"물론, 채리티만 빼면 말이지." 엄마는 말했다.

엄마 아빠의 어색한 웃음소리가 귓가에 맴돌면서, 헤더는 오랫동안 잠을 이루지 못했다. 소리와 그림자들이 그녀의 아이다운 상상력 속에서 점점 불안한 생각과 이미지로 변해갔다. 마침내 그녀는—한밤중이 되어서야—잠이 들었지만 시끄러운 삐걱거리는 소리에 잠이 깨었다.

헤더는 일어나 앉아 눈을 문지르고 침대에서 나와 복도로 나갔다….

…그리고 복도 벽이 불룩거리며 울리고 있었다, 마치 집이 숨을 쉬는 것처럼!

놀란 데다 겁에 질려 눈을 커다랗게 뜬 채, 아이는 발아래 마룻바닥을 삐걱거리며 복도 끝으로 움직였다. 복도 끝쪽, 이층에 있는 엄마 아빠의 침실로 내려가는 계단 옆 벽에 줄무늬 같은 게 그어져 있었다. 뚝뚝 떨어지며 줄줄 흐르는, 반짝거리는 붉은 액체는…, 피?

두려움에 작게 비명을 지르며, 헤더는 돌아서서 반대쪽으로, 생각나는 유일한 다른 도피처로 뛰어갔다. 언니 방도 삼층에 있었다.

하지만 채리티의 침실은 비어 있었다. 이불은 내팽개쳐져 있고, 가구들은 넘어져 있었으며, 방 전체가 엉망이었다. 싸움이라도 벌어졌나?

구깃구깃한 침대 위에는 잡지와 신문에서 오려낸 글자들이 붙어 있는 타자기 종이 한 장이 놓여 있었다. '채리티를 찾으려면 오십만 달러를 준비할 것! 경찰 금지! FBI 금지!'

다만 서명만은 오려 붙인 것이 아니라, 아직도 축축한 피로 보이는 것으로 붉게 휘갈겨져 있었다. '클레이턴 기치.'

헤더는 서둘러 부모에게 달려갔다. 너무 서두르는 바람에 벽에서 흘러내리던 피가 지금은 깨끗하게 말라 있다는 것도 거의 눈치채지 못했다.

워싱턴 D.C.
화요일 오후 1시 45분

다음 날 오후, 폭스 멀더는 워싱턴의 FBI 본부 지하에 위치한 비좁은 X-파일 사무실에서 그의 파트너 데이나 스컬리에게 사건을 설명하고 있었다. 불빛은 어두웠고, 슬라이드 쇼가 막 시작되려는 참이었다.

"아서 크리드는 들어봤죠?" 멀더는 말했다.

"공항에서 페이퍼백을 사 본 사람이라면 누구나 들어봤겠죠." 스컬리는 말했다. "실제 범죄 전문가로, 최초로 테드 번디[57]책을 쓴 사람이잖아요. 하지만 몇 년간은 베스트셀러 목록에 오르지 못하고 있던데요."

"그래서 그가 이 집으로 이사한 거예요."

클릭 한 번으로 멀더는 히코리 언덕의 집 사진을 극적으로 펼쳐 보였다.

스컬리는 고개를 끄덕였다. "표면적으로는 그 집의 역사에 관해 탐험하는 책을 쓴다고 하고 있고요. 멀더, 크리드가 이 악명 높은 집으로 이사한 건 노골적인 홍보 활동이에요. 〈피플〉과 〈엔터테인먼트 투나잇〉에서 이미 다뤘어요."

"당신의 독서와 시청 습관에 그런 문화적 취향이 있는 줄은 몰랐는데요, 스컬리."

"당신의 독서와 시청 취향을 생각해 보자면, 멀더, 나는—."

"그 집의 이력을 기억해요?"

"그냥 희미하게요."

"'히코리 언덕의 집'에 대해 이미 X-파일 기록이 있다는 거 알고 있었어요?"

"아뇨…. 하지만 찾아볼 참이었어요."

멀더는 슬라이드 쇼를 계속했다.

이십 년가량 전에, 한 가족이 수백 년 된 낡은 건물을 온갖 현대적인 편의시설을 갖춘 사랑스러운 집으로 개조했다. 1979년 가을, 한밤중에, 가족의 아버지—클레이턴 기치 목사—가 알 수 없는 이유로

57) 1970년대 연쇄 살인범. 1989년 사형 직전 7개 주에 걸친 30여 개의 살인사건에 대해 자백, 실제 피해자 수는 훨씬 더 많을 것으로 추정.

아내와 열세 살짜리 딸, 어린 아들을 살해했다. 정신 이상을 이유로 무죄 선고를 받은 목사는, 제정신이 아닌 상태에서 범죄를 저지른 자들을 위한 주립 병원에서 긴장증 상태에 빠졌다가 깨어나 단 한 번의 마지막 행동을 저질렀다. 유리잔 조각으로 자신의 목을 그었고, 자기 피로 휘갈긴 유서를 남겼으며, 자신이 잔혹한 행위를 저지른 것은 악마에게서 사랑하는 이들을 보호하기 위해서였다고 기록했다.

"그 뒤로 수년간, 어떤 가족도 이 집에서 육 개월 이상 머물지 못했어요. 밤에 들리는 이상한 소리, 피 흘리는 벽들, 곤충이며 야생동물의 침입, 설명할 수 없는 '사건들'이 모든 거주자를 쫓아냈지요." 멀더는 그의 파트너에게 말했다.

"그 정도는 읽은 기억이 나네요. 집이 십 년 넘게 비어 있었던 덕분에, 크리드가 헐값에 사들일 수 있었다더군요." 스컬리는 말했다.

멀더는 전등을 켰다. "그리고 크리드의 경력은 이미 회복됐어요—그는 출판업자에게 작업 중인 책에 대해 선인세로 오십만 달러를 받았어요."

"〈베네위치의 공포〉 말이죠." 스컬리는 말했다. "그래요, TV에서 그런 말을 했던 게 기억나요. 멀더, 우선, 이 사건은 한 작가가 이 전형적인 '유령의 집'에 대한 헛소리로 대중의 관심을 끌어서 경력상 도약을 시도하려는 노골적인 홍보 활동이에요. 둘째, 이 집에 있었던 유일한 범죄 사건은 수십 년 묵은, 이미 해결된 살인사건이고, 어쩌면 일종의 사기 행위가—."

"이건 그냥 오래 묵은 X-파일이 아니에요, 스컬리—새로운 납치 사건이지요."

스컬리는 얼굴을 찡그렸다. "누가 납치됐는데요?"

"채리티 크리드 — 열일곱 살이에요." 멀더는 그의 책상으로 다가가 스컬리가 인용했던 유명 인사들에 대한 잡지를 펼쳐 크리드에 대한 기사를 찾았다. 그는 웃고 있는 가족들의 사진에서 예쁘장한 갈색 머리의 십 대 소녀를 가리켰다.

그런 다음 멀더는 납치사건에 대한 세부 사항들을 스컬리에게 설명했고, 오려 붙인 몸값 요구 쪽지의 사본을 보여주었다.

"납치범은 정확히 크리드가 받은 선인세만큼을 요구하고 있군요." 스컬리는 말했다.

"그나저나, 그 서명은, 피로 쓰였어요."

"멀더, 납치범들은 대부분 자기 이름을 쓰지 않…."

"알아보겠어요?"

"… 그래요."

클레이턴 기치 — 1979년에 그 집에서 자기 가족을 살해한, 오래전에 죽은 목사.

"덧붙이자면, 그 피는 기치의 혈액형과 일치해요." 멀더는 말하면서 그 서명을 가리켰다.

"그 집에 사는 가족의 혈액형과는요?" 스컬리는 물었다. "예를 들자면, 그 납치된 아이라든가? 가출 사건일 수도 있어요, 새로운 삶을 위해 돈을 좀 얻어내려는 거요."

"혈액형은 AB 네거티브예요 — 크리드 가족 누구와도 일치하지 않아요."

"AB 네거티브형은 희귀하지만, 멀더, 그렇게까지 희귀하진 않아요…. 클레이턴 기치의 서명은 수많은 범죄 실화 책들과 잡지 기사들에 게재된 유서의 사본들에서 얻을 수 있고요."

“그거로는 우리의 필적전문가들이 이 서명과 죽은 목사의 필적이 완벽하게 일치한다고 하는 이유를 설명하지 못하죠.”

“멀더, 우린 보통 납치사건들은 다루지 않잖아요. 그건 전문화된 특별수사대 일이고….”

“스키너가 이미 우리의 참여를 승인했어요. 우리는 보스턴 사무실에서 파견된 납치 팀이 크리드의 집에서 작전을 수행하는 동안 수사에 참여할 거예요—사실, 그 팀은 이미 일을 하고 있고요.”

비록 그 몸값 쪽지에는 당국에 알리지 말라고 되어 있었으며, 특히 FBI와 접촉하지 말라고 언급되어 있었지만, 그것이야말로 지난밤 크리드가 한 일이었다.

“최초의 몸값 쪽지 이후로는 아직 납치범한테 연락이 없었어요.” 멀더는 말했다.

“몸값 교환이 있기 전에 우리가 이 일을 해결할 수 있다면, 어쩌면 아이의 생명을 구할 수도 있겠네요.” 이제 완전히 일에 몰두한 스컬리가 말했다.

“해 볼 가치가 있겠죠, 그렇게 생각하지 않아요?”

매사추세츠 주 교외

화요일 오후 6시 45분

매사추세츠까지 비행기를 타고 간 다음, 두 수사관은 렌터카를 타고 뉴잉글랜드의 아름다운 가을 풍경 속을 서둘러 나아가고 있었다.

“당신한테는 일종의 귀향이네요.” 스컬리는 지적했다.

운전하면서 멀더는 말했다. "내가 자란 곳은 매사추세츠의 이쪽 지역이 아니에요."

스컬리는 웃었다. 아주 조금만. "놀라운데요. 여기가 마녀의 고장 아닌가요?"

"스컬리, 17세기의 매사추세츠에 연고가 있는 사람이라면 가계도에 마녀로 몰려 목 매달린 사람이 얼마든지 있을 수 있어요."

"세일럼의 '마녀들'[58]에게 정말로 초자연적인 무언가가 있었다고 믿는 건 아니겠죠?"

멀더는 어깨를 으쓱했다. "1692년에 정말로 어떤 일이 있었는지 누가 알겠어요? 유일한 기록 증거는 그날의 재판 기록뿐이에요. 거기엔 초자연적인 활동에 대한 증거가 포함되어 있고요."

스컬리는 멀더가 교묘하게 빠져나가게 두지 않았다. "멀더, 매사추세츠의 '마법 폭동'은 권력에 굶주린 성직자와 고삐 풀린 지루한 십대들의 악의적인 장난질이 불러일으킨 거대한 임상학적 히스테리의 교과서적인 사례예요."

"혹은 아니거나요."

이때쯤에는 땅거미가 내려앉고 있었고, 멀더와 스컬리는 베네위치에 들어와 있었다. 마을 광장은 악명 높은 과거를 한껏 즐기는 그림책 같은 공동체이자 관광지를 드러내고 있었다. 역사적인 집들은 박물관들로 개조되어 있었고 가게 앞에 딸린 창문들은 원뿔 모양 모자를 쓰고 빗자루를 타고 있는 마녀들로 가득했다.

"핼러윈을 놓치다니 안타깝네요." 스컬리가 비꼬는 투로 말했다.

58) 1692년 미국 매사추세츠 주 세일럼 빌리지에서 5개월에 걸친 마녀재판으로 수십 명이 목숨을 잃은 사건이 있었다. 많은 문학 작품과 영화 등의 소재로 쓰였다.

"베네위치에서는 매일이 핼러윈이라는 감이 드는데요." 그녀의 파트너가 토를 달았다.

베네위치 교외에 있는 언덕꼭대기에서 보면, 크리드 가족의 거주지는 풍경을 지배하고 있는 듯 보였다. 하지만 그 악명 높은 집의 진입로로 들어서자 그 집의 현대적인 외관이 주의를 끌었다. 마치 헛간 같은 구조에도 불구하고, 이 거대한 주거지는 유령의 집에 대한 일상적인 개념과는 전혀 걸맞지 않았다.

히코리 언덕의 집 내부 분위기는 열정적이고 강렬하며 거의 통제되지 않은 흥분 상태였다. 작전을 지휘하는 세련된 FBI 수사관, 토마스 하텔은 이런 분위기를 전혀 누그러뜨리지 못한 채, 즉시 시비조로 나왔다.

"당신들은 어디까지나 내 묵인하에 여기 있는 겁니다." 하텔은 금발 머리에, 붙임성 있는 소년 같은 외모로 용케 험한 표정을 띠며 말했다. "당신네 두 사람에 대해선 전부 알고 있어요. 내 수사를 수사국 내 고스트버스터들하고 나눌 생각은 전혀 없습니다."

"우린 그저 수사에 도움을 주러 왔어요. 방해하진 않을 거예요." 스컬리가 말했다.

"그럼요. 당신들이 중요한 일은 다 하게 될 겁니다. 전화를 담당하고, 기자들을 물리치고, 마당도 감시하고." 멀더가 말했다.

하텔은 멀더를 쳐다보았다. 멀더는 그저 천진하게 활짝 웃어 보였다.

목소리를 낮추면서 스컬리는 물었다. "하텔 수사관, 크리드 씨 본인이 이 납치사건을 연출했을 가능성도 타진하고 있겠죠?"

"그가 왜 그런 짓을 하겠습니까?"

"자신의 책을 제2의 〈아미티빌 호러〉[59]로 홍보하려고요."

이 생각은 분명 수사 책임을 맡은 이 특별수사관에겐 떠오르지 않았던 듯했다. 그는 퉁명스럽게 말했다. "우리는 모든 가능성을 열어놓고 있습니다."

"단언컨대." 그들 뒤에서 위엄 있는 목소리가 들렸다. "나는 내 딸의 납치와 '아무' 상관도 없습니다."

스컬리와 멀더가 돌아서 보니 아서 크리드가 노려보고 있었다. 그의 꾸밈없이 잘생긴 얼굴에 뚜렷하게 자리 잡은 이목구비들이 분노로 하얗게 질렸다.

평화 유지를 위해 손을 들면서 멀더는 물었다. "선생님을 믿습니다. 얘기 좀 할 수 있을까요?"

스컬리에게 뒤에 남으라는 뜻의 몸짓을 보이고 멀더는 크리드와 구석으로 향했다.

"방금 일은 미안합니다, 크리드 씨." 멀더는 말했다.

그는 한숨을 쉬었다. "아니…, 내가 미안합니다. 저 여자분은 그런 가능성을 제기할 만합니다. 당신네들은 모든 각도로 수사해야 할 테니까. 그리고 어떤 일이 있건, 나한테 근본적인 책임이 있어요."

"네?"

그는 침울하게 고개를 저었다. "내 가족을 이런 사악한 집으로 데려왔으니까요."

"이사 온 후로, 앞서 보고되었던 초자연적인 활동 중 뭐라도 목격한 바가 있습니까?"

---

59) The Amityville Horror. 1977년 출판된 제이 앤슨의 작품. 동명의 영화 시리즈로도 만들어졌다. 실화를 바탕으로 쓰였다고 주장했지만, 그 사실성에 대해서는 논란을 빚었다.

"그게 아이러니합니다. 내 딸이 납치되기 바로 몇 시간 전에, 나는 앨리스에게 이 집이 그 끔찍한 명성에 얼마나 부응하지 못하는지 얘기했었어요."

크리드는 그의 아내—한동안 맨해튼에서 벗어나 작은 동네로 이사하자고 그를 설득했던—가 이번 이사에 백 퍼센트 그를 지지해 주었다고 말했다.

"앨리스는 훌륭하게 해 주고 있어요. 이해해주고, 용서해주고…. 내 끔찍한 투자들이나 형편없는 작가적 결정들 탓에 살 집으로 싸구려 물건만 찾아다니는 지경이 된 다음에도 변함이 없지요." 크리드는 말했다.

크리드는 앨리스—작가의 두 번째 아내로 첫 번째 아내는 암으로 사망했다—가 이 집이 매물로 나온 것을 발견하고 그 기이한 역사에 주목해서 이사와 집필을 동시에 하자고 자기 남편에게 제안했다고 설명했다.

집의 다른 곳에서는 스컬리가 크리드 부인과 대화를 나누고 있었다. 부인은 눈물이 가득한 채 자신의 의붓딸이자 크리드와 그의 사망한 첫 번째 부인의 유일한 자녀인 채리티가 약물과 반항 때문에 말썽이 많았으며 종종 자신이 '갇힌' 이 작은 마을을 노골적으로 경멸했다고 밝혔다.

"하지만 그 모든 문제가 있어도." 앨리스 크리드는 잔주름이 가득 잡히게 미소를 지으며 말했다. "채리티는 항상 나를 자기 엄마로 생각해줬어요—적어도 이사 올 때까지는."

"이사 때문에 변화가 생겼나요?"

앨리스는 고개를 끄덕였다. "채리티는 맨해튼에서 사는 걸 좋아했어요, 스컬리 수사관…. 하지만 그 아이는 '약쟁이들'과 어울리기 시작했죠. 그게 우리가 도시에서 벗어난 이유 중 하나이기도 했고요. 게다가 내 다른 딸, 헤더도 곧 십 대 청소년기에 들어설 테고…. 끔찍한 장소에서 벗어나길 원했다고 나를 비난할 수 있나요?"

"채리티가 베네위치에서 가족이 자리 잡게 된 일로 당신을 탓했군요."

"오, 그래요." 앨리스는 코를 훌쩍이며 말했다. "아주 적대적이 되었어요…. 하지만 난 그 아이를 사랑해요, 스컬리 수사관. 내 딸이었대도 더 이상 사랑할 수 없을 만큼요."

"크리드 부인. 어려운 얘기지만, 꼭 여쭤봐야 해서요. 혹시 채리티가 이 일의 뒤에 있을 수 있을까요? 그녀 스스로 연출한 일일 수도 있나요?"

"차라리 그 아이가 그럴 수 있을 거라고 말씀드릴 수 있었으면 좋겠네요. 그 말은 채리티가 안전하다는 뜻일 테니까요…. 하지만 내 생각엔, 그 모든 전형적인 십 대의 반항 저 아래쪽에서도 채리티는 아직 착한 아이예요."

"크리드 부인, 파트너와 제가 작은 따님과 따로 얘기해도 될까요?"

자기 침실의, 자기 컴퓨터 책상 앞에 앉아서, 그 열두 살짜리 아이는 스컬리와 멀더에게 언니의 '어지럽혀진' 방에서 몸값 쪽지를 발견한 일에 관해 얘기했다. 하지만 그 얘기에는 무언가 어색한 부분이 있었다.

"그날 밤에 다른 건 보지 못했니?" 멀더는 아이에게 물었다. "어떤 이상한 일이나, 평범하지 않은 일 같은 거?"

"저는…, 못 본 것 같아요."

"못 본 것 같아? 하지만 어쩌면 봤을 수도 있고?"

"그게…, 아무한테도 얘기 안 했는데."

"우리한테 말해 보렴, 헤더."

"꿈을 꾼 게 틀림없어요."

스컬리는 물었다. "어떤 꿈을 꿨지?"

그리고 아이는 불룩거리는 벽, 물결치는 바닥, 그리고 계단 옆 벽에 맺힌 피에 대해 말했다.

부드럽게 멀더는 물었다. "꿈을 꾼 거니, 아니면 실제로 벌어진 거니? 이제 신중하게 생각해보렴."

"실제로 일어났다고 생각했어요…. 하지만 꿈을 꿨거나 아니면 상상한 게 분명해요. 어쩌면 그 전에 친구들이 놀렸기 때문인지도 몰라요."

헤더는 그들에게 방과 후 놀림당한 일에 대해 말했다.

그리고 맨해튼에서 사는 게 항상 얼마나 싫었는지, 교외 지역에서 살며 학교 도서관에서 그림책들을 넘겨보고, 비 오는 주말에는 〈배터 홈스 앤드 가든〉[60]를 팔랑거리며 시간을 보내는 걸 얼마나 꿈꿔왔는지도.

"베네위치로 이사 오는 건 꿈이 실현되는 것 같았어요. 그리고 꿈이 실현됐어요—악몽이요." 헤더는 말했다.

그다음에 멀더와 스컬리는 채리티의 방을 들여다보았다. 방은 더 이상 어지럽혀져 있지 않았다. 범죄 실험 전문가들이 이미 오래전에 현장 조사를 마무리 지었다. 멀더와 스컬리는 채리티의 물건들을 체계적으로 훑어보면서 얘기를 나누었다.

---

60) 1922년 창간된 가정용 인테리어 잡지.

"있잖아요, 멀더, 그날 밤 일에 대한 헤더의 생각은 아마 옳을 거예요. 이상한 집에 관한 얘기들을 들은 데다 책과 영화에서 본 익숙한 유령 요소들에 대한 상상력이 발동한 거죠."

"그 아이가 언니의 실종을 발견한 다음에 그런 일들을 겪었다면 나도 아마 그렇게 믿었을지 몰라요."

"하지만 모르겠어요? 멀더. 헤더는 언니가 실종된 걸 안 순간 그 현상에서 벗어났어요. 더 이상 피 흘리는 벽이 보이지 않았어요. 그냥 하얀 벽이었다고요."

실종된 십 대 소녀의 물건들을 조사하고 난 후에, 스컬리는 말했다. "여기 뭐가 없는지 알겠어요?"

"할리[61]요?" 멀더가 능청스럽게 웃으며 말했다. 그는 유복한 가정의 딸다운 소지품들이 두드러져 보이는 방을 보며 고갯짓을 했다. 컴퓨터, CD 플레이어와 CD들, 한 무더기의 옷이며 신발들.

"채리티의 '개인적'인 삶이에요. 편지도 없고, 일기장도 없고, 사진도 없고…." 스컬리는 말했다.

"일리가 있네요, 스컬리." 멀더는 말하며 얼굴을 찡그리고 서랍장 거울 쪽으로 이동했다. "사진들이 붙어 있다가 떼어진 자국이 보이네요…."

"다른 것도 사라졌어요." 스컬리는 팝스타 포스터들 사이의 공간에 주목하며 말했다. 그녀는 어느 포스터의 떼어내고 남은 회색과 노란색 끄트머리를 발견했다. "채리티가 물건 몇 가지를 가지러 들렀다고 생각되지 않아요?"

"그럼 채리티가 이 사건을 연출했거나 혹은 관여했다는 뜻인가요?"

---

61) 할리 데이비슨 오토바이.

스컬리는 고개를 끄덕였다. "납치범들은 보통 자기 희생자들에게 추억거리를 챙길 시간을 주지 않죠."

"다른 가능성도 있어요."

"예를 들면요?"

멀더는 서랍장 거울을 가리켰다. "납치범이 이 사라진 사진들 속에 있었던 거죠."

한동안 생각에 잠겼다가 스컬리는 말했다. "어쩌면 아이 부모가 포스터는 어떤 거였고 누가 사진 속에 있었는지 말해 줄 수 있을지도 모르겠군요."

잠시 후, 앨리스와 아서 크리드는 채리티의 방 바로 앞에서 고개를 흔들며 서 있었다.

"우리가 이 방에 얼마나 안 들어오는지 알게 되면 깜짝 놀랄 거예요." 앨리스가 말했다. "채리티는 사생활을 지켜달라고 요구했고, 우린 항상 그것을 존중해주려고 했죠."

스컬리가 말했다. "채리티가 꾸준히 만나는 남자친구가 있나요?"

아이의 부모는 서로를 쳐다보며 어깨를 으쓱했고, 앨리스가 말했다. "우리가 알기론 없어요."

멀더는 물었다. "남자친구가 되고 싶어 하는 잠재적인 스토커는 어때요?"

크리드 부부는 고개를 흔들었다.

한밤중이 되었다. 아서 크리드의 서재는 이제 FBI 작전의 중추가 되어 있었다. 그곳에서 수사관들은 스물네 시간 내내 전화기를 지켰다. 커다랗고 현대적이지만 투박한 벽으로 둘러싸인 이 집은 FBI가 집 안에 머무를 수 있을 만큼 손님방을 넉넉하게 갖추고 있었고, 멀더와 스컬리도 각각 부엌 바로 옆 손님방을 제공받았다.

멀더는 이 집의 역사를 들여다보기로 결심하고 독서를 하며 깨어 있었다. 크리드가 멀더에게 진행 중인 원고를 볼 수 있게 허락해 주었던 것이다. 이 언덕이며 집, 그리고 — 그 전에 — 이 헛간은 실제로 세일럼 지역 마녀들이 교수형 당했던 지역에 세워졌다. 교수대보다는, 히코리 언덕 자체에 솟아있던 나무들이 목을 매다는 데 이용된 것 같았다.

마침내 원고를 옆으로 치우고 막 잠에 빠져들려던 참에 멀더는 누군가가 침입한 듯한 소리를 들었다.

조심스럽게 멀더는 소리를 따라갔다가 부엌에서 냉장고를 뒤지고 있는 스컬리를 발견했다.

"내 배가 나를 위협해대서요." 스컬리는 살짝 당황해하며 말했다. "녀석이 나를 먹어치우기 전에 뭔가 먹이는 게 나으리라 생각했어요."

"나도 같이 먹어요."

잠옷 바람으로 부엌 식탁에 앉아 간식을 먹는 동안, 스컬리는 납치된 여동생에 대한 기억을 상기시키는 이번 수사에 멀더가 보이는 강렬한 관심에 연민을 느끼는 듯했다.

"헤더는 착한 아이지만 지나치게 보호받고 있어요." 스컬리는 지적했다. "다른 아이들이 헤더를 괴롭히는 것도 무리가 아니죠, 엄마가 아이를 그렇게 입혀서 학교에 보내니까요."

"어떻게 입는데요?"

"마사 스튜어트[62]의 어린 딸처럼요."

62) Martha Stewart. 가정생활 관련 서적 출판에서 시작해 억만장자의 대열에 오른 여성

"흠, 헤더는 어린아이가 아닌데요, 아니면 이제 곧 어린아이를 벗어날 테고요…. 있잖아요, 스컬리, 어떤 면에서 이번 사건은 사실 아주 전형적이에요. 폴터가이스트 현상[63]은 종종 사춘기에 접어드는 십 대 여자아이 주변에서 일어나죠."

"헤더가 스스로 그런 현상들을 일으킨다는 말은 아니죠? 그럼, 납치도 했다는 말이에요?"

"어쩌면 납치 건과 그 현상들은 서로 관계가 없을지도 몰라요…. 아니면 전면적인 악의 기운이 양쪽에 다 미쳤을 수도 있어요. 이 집에서 어떤…, 오싹함이 느껴지지 않아요?"

"아뇨. 외풍만 가끔 느껴져요."

멀더는 헤더의 방을 향해 위쪽을 가리켰다. "저 아이는 존재의 다음 차원으로 아직 이동하지 않은 어떤 저급한 영혼을 담은 매개체나 그릇일 수도 있어요."

스컬리는 한숨을 쉬었다. "'저급한 영혼'이라니. 누군가가 죽었다는 말이에요? 뭐, 클레이턴 기치가 맴돌면서 저 십 대 여자아이에 빙의했거나 아니면…, 아이를 통해서 소통하고 있다고요?"

"심령술사들이 믿는 바에 따르면 자신의 난폭하고 충격적인 죽음을 받아들이지 못한 영혼이—."

"만약 저 아이가 벽이 불룩거리거나 피 흘리거나 뭐 그런 일을 일으켰다면—그리고 이건 정말 '만약'이에요, 멀더—그건 자연스러운 심리적 기제에요."

멀더는 활짝 웃었다. "염동력의 존재를 인정하는 건가요?"

기업인.

63) poltergeist. 종종 시끄러운 소리가 들리거나 물체들이 제멋대로 움직이는 등의 현상을 일컬음.

스컬리는 어깨를 으쓱했다. "정신력으로 사물을 움직이는 능력은 과학적으로 인정되고 있어요, 다만 아직 설명되지 않았을 뿐이죠. 텔레파시도 마찬가지고요—만일 아이가 텔레파시를 이용할 수 있는 능력을 가지고 있다면, 자신이 수신하고 있는 '정보'를 '유령의 집'의 소리라고 잘못 해석할 수도 있어요."

"당신 말은 아이가 이 장소와 저 장소를 오가는 이상한 신호들을 집어내는 수신기일 수도 있다는 뜻이군요."

"어쩌면요. 하지만 어쨌든, 클레이턴 기치가 아이에게 빙의됐기 때문에 아이가 자기 언니를 납치한 거라고는 생각하지 않아요. 당신은요?"

현실로 돌아온 멀더는 인정했다. "나도요."

이런 주제에 대해 자신의 의견을 표명이라도 하듯, 집이 이상한 소리를 내며 그들의 식탁머리 대화를 방해했다. 신음이며 갈라지는 소리가….

"가 봅시다." 멀더는 말했다.

스컬리는 이미 일어서 있었다. 그들은 각자의 방에 돌아가 총과 손전등을 챙긴 다음 방들을 들여다보며 집을 돌아다녔다. 하텔이나 잠자리에 든 기타 수사관들 모두 평화롭게 잠들어 있는 것 같았다. 삼층에서, 멀더는 어린 헤더의 잠자는 모습을 들여다보며 잠시 머물렀다.

"저 아이가 이 폴터가이스트 현상을 일으키고 있다면." 멀더는 복도로 나와 스컬리와 합류하며 말했다. "자는 중에 저지를 거예요. 그것도 편안한 수면 중에요."

지금은 가운으로 몸을 감싸고 있는 스컬리가 말했다. "낡은 집이란 모두 한밤중에 이해할 수 없는 소리를 내기 마련이에요."

"그래요." 멀더는 말을 끌었다. "하지만…, 벽들이 피도 흘리나요?"

그리고 반대쪽 복도 끝에, 마치 피를 빨아낸 상처가 천장에 남은 것처럼, 피가 진홍빛 자국을 남기며 흘러내리고 있었다.

조심스럽게 그들은 벽에 다가갔다—만져보니 축축했다! 그 끈적끈적한 물질에서는 심지어 구리 같은 피 냄새마저 풍겼다….

"바로 다시 올게요." 스컬리는 눈썹을 아치 모양으로 구부린 채 말했다.

"지키고 있을게요." 멀더는 총을 손에 쥐고 말했다.

하지만 스컬리가 사라지자마자, 핏자국 역시 사라졌다. 한꺼번에 사라졌다기보다, 마치 집이 스스로 액체를 다시 빨아들이듯 나무 벽 속으로 흡수되는 것처럼 보였다. 멀더의 손가락에 남은 끈끈한 물질까지 사라져버렸다.

그리고 스컬리가 샘플을 담을 작은 유리병을 가지고 돌아왔을 즈음, 멀더는 이제 말라버린, 깨끗한 벽을 만지고 있었다.

매사추세츠 주, 베네워치
수요일 오전 9시 45분

다음 날 아침, 베네워치로 차를 타고 가면서, 스컬리는 멀더에게 그들이 지난밤에 본 일에 대한 증거가 없음을 상기시켰다. "어두웠잖아요." 그녀는 말했다. "달빛이 비치고 있었고요. 그런 얘기를 하고 난 뒤라 우리 마음이 연상을 일으킨 거예요."

"우리가 본 게 뭔지 알잖아요, 스컬리." 멀더는 짜증스럽게 말했다.

"우리가 무언가를 봤다는 건 알아요, 하지만 그래서요? 그 집은 새집처럼 보이지만, 개조된 부분을 벗겨내면 아주 낡은 구조가 남아요. 일 년 내내 강수량이 엄청난 지역이고요."

"그게 빗물이라고요? 우리가 빗물을 봤다는 거군요."

"멀더, 그 벽들 뒤에는 아주 낡은 헛간 나무 벽이 있어요, 아마 페인트에 대해 뭐 좀 아는 사람이 붉은색으로 칠한 벽일 수도 있겠죠. 그리고 살충제나 기타 농가의 화학약품들을 수년 동안 흡수했을 거고요. 그 구리 냄새는 구리 관에서 날 수도 있어요. 게다가 과거에, 그리고 또는 현재에 그 건물의 어떤 구성물이—접착제나 도배에 쓰인 풀이나 단열 처리 같은—결합 돼서 어쩌면—."

"피로 변했다고요?"

"내가 벽에서 나무 조각들을 좀 긁어내어 분석실로 보내볼게요, 그래서 당신이 기운이 좀 난다면요."

멀더는 스컬리에게 작은 웃음을 던졌다. "벌써 기운이 좀 도는데요."

"하지만 이 일은 우리끼리만 알고 있기로 해요. 크리드 가족을 더 괴롭힐 필요는 없잖아요…. 그리고 하텔 수사관과 이 일을 의논할 필요는 없어요. 이 집에 존재할 수도 있는 초자연적인 현상은 납치와는 상관없어 보이니까요."

"스컬리, 하텔을 배제하는 건 전혀 상관없어요, 크리드 가족도 그렇고요…. 하지만 우리가 지난밤에 목격한 것이 실제로 납치와 관련 없다는 걸 어떻게 알 수 있어요? 어린 헤더가 우리와 같은 걸 봤잖아요, 채리티가 납치된 밤에 말이에요."

"세상에, 그게 어떻게 상관이 있을 수 있죠?"

멀더는 그녀에게 아이같이 웃어 보였다. "누가 '세상'과 상관이 있대요?"

"제발요. 잘도 클레이턴 기치가 되살아나서 여자아이를 납치했겠네요."

"뭐, 그가 서명을 남겼잖아요. 아무튼, 당신이 삼십 년 만에 살아난다면, 오십만 달러쯤은 용돈으로 쓸 수 있을 것 같지 않아요?"

두 수사관이 처음 들른 곳은 베네위치 고등학교로, 그곳 친구들과 선생님들은 채리티의 거친 본성을 입증해주었다. 동년배 몇 명에게선—채리티는 정말 가까운 친구가 전혀 없는 것 같았다—채리티가 클리프 데인이라는 그 지역 전문대학에 다니는 '연상의 남자'와 만나고 있었다는 얘기를 들었다. 한 여자아이의 말에 따르면, 채리티는 지난여름 뉴욕에서 데인을 만났다.

베네위치 전문대학에서는, 대학 교직원이 데인—록 뮤지션 지망생—은 최근에 퇴학당했으며 마약을 판매한다는 의심을 받았다고 터놓고 얘기했다.

"현재 주소는 모릅니다." 중년의 남자 교직원은 컴퓨터 화면을 확인하면서 말했다. "하지만 이전 주소는 알려드릴 수 있어요—보스턴 근처, 몰든에 있는 부모님 주소입니다만."

"뉴욕 주소지는 없나요?" 멀더는 그 교직원에게 물었다.

"없군요. 기록에 의하면, 그는 매사추세츠 출신입니다."

스컬리와 멀더는 학교 복도에 서서 다음에 무엇을 할지 의논했다. 멀더는 데인을 찾으러 몰든에 가보자고 제안했다. 그의 말을 듣다가 스컬리는 게시판에 붙은 노란색과 회색의 포스터를 발견했다.

"멀더, 이거 좀 봐요…."

포스터는 코벤—지역 헤비메탈 밴드—가 베네위치 바에 출현한다고 홍보하고 있었다.

"지역 문화에 관심을 두는 걸 보니 반갑군요, 스컬리."

스컬리는 포스터의 오른쪽 아랫부분을 가리켰다. "이건 누군가가 채리티의 침실 벽에서 떼어갔던 그 포스터예요."

"그렇군요…. 이 멍청한 놈 중 한 명이 클리프 데인인 것 같아요?"

"글쎄요, 예약 주소가 있네요. 찾기 어렵지 않겠어요."

매사추세츠 주, 베네위치
수요일 오후 1시 23분

시 외곽 숲 가장자리에 자리한 쇠락한 농가에서 한 밴드가 악마적인 주제를 담은 노래—고전적인 헤비메탈을 연습하는 중이었다. 두 수사관은 앞문으로 갔지만, 그들이 문을 두드리는 소리는 무시당했거나 들리지 않은 듯했다. 그래서 멀더는 밴드가 보이는 거실 창문 쪽으로 다가가 FBI 신분증을 들어 보였다.

이내 클리프 데인이 문간에 나타났다. 수사관들과 그들의 시무룩한 호스트는 밴드의 나머지 멤버들과 떨어져 베란다에서 얘기를 나누었다.

"네에, 채리티와 데이트했습니다." 담배를 피워대는 클리프는 듬직하니 잘생겼고, 이십 대 초반의 나이에 긴 머리와 잘 손질된 수염을 가지고 있었다. 가죽조끼와 청바지를 입었다.

"채리티는 아주 웃겼어요. 왜요, 걔가 무슨 말썽이라도 부렸어요?"

"왜 그렇게 묻죠? 채리티가 말썽을 부릴 것 같았나요?" 스컬리가 물었다.

그 음악가는 활짝 웃었다. "뭐, 걔는 좀 '별종'이니까요. 특히 베네위치에서는요…. 그 왜 마녀사냥 같은, 아시잖아요, 여긴 아직 보수적인 작은 시골 동네예요."

멀더가 웃음 지었다. "작은 몰든처럼요?"

"네에, 하지만 더해요. 이봐요, 걔 괜찮아요?"

"당신은 지난여름 뉴욕에서 채리티를 만났죠, 그렇죠?" 스컬리가 물었다. "뉴욕에 살았나요?"

"아니요, 소호에서 밴드 공연이 있었어요. 채리티 괜찮은 거예요, 아니에요?"

"채리티를 마지막으로 만난 게 언제죠?" 멀더가 물었다.

"적어도 이 주는 됐어요. 걔가 외출 금지 당했거든요."

멀더는 능청스럽게 말했다. "부모들이 아직 외출을 금지할 수 있다는 건 아이들이 아직 어리다는 뜻이라는 거 알죠, 응, 클리프?"

데인의 찌푸린 얼굴에 짜증과 걱정이 뒤섞였다. "암튼, 무슨 일이에요?"

스컬리가 납치사건에 대해 말해주었다.

"오, 맙소사." 데인은 몹시 놀란 듯이 말했다. 이제는 얼굴에 걱정만이 남아 있었다. "오, 맙소사…."

그 록커는 그 소식에 몹시 충격을 받은 듯 베란다 계단에 주저앉고 말았다.

멀더가 물었다. "지난밤에 어디 있었어요, 클리프?"

"왜요, 제가 용의자라도 됩니까?"

"지난밤에 어디 있었느냐에 달려있죠."

하지만 스컬리는 이미 알고 있었다. "베네위치에 있는 바에서 공연 중이었죠, 맞아요?"

데인과 멀더 모두 이 말에 깜짝 놀랐다.

"네에, 맞아요." 데인은 말하며 농가를 향해 고갯짓했다. "쟤들한테 물어보세요."

데인은 적어도 새벽 세 시까지 밴드 멤버들과 함께 있었다고 말했다. 수사관들이 몇 가지 더 물은 끝에 마침내 데인은 말했다. "이봐요, 저도 도와드리고 싶지만, 지금은 리허설 중이라고요."

"우리랑 다시 얘기해야 할 거예요, 데인 씨." 스컬리가 말했다. "더 깊게요."

"아무 데도 안 갑니다."

"바로 그거예요." 멀더가 말했다.

차로 가면서 스컬리는 말했다. "데인이 당황한 것 같네요."

"밴드 연습을 취소할 만큼은 아니죠. 우리 친구 클리프가 지난밤에 공연이 있었다는 건 어떻게 알았어요?"

"내가 초능력자인가 보죠, 멀더." 스컬리는 자신이 파트너가 보지 못한 것을 봤음을 밝히지 않으면서 말했다. 대학교에 붙은 그 포스터에는 지난밤의 공연도 적혀 있었다.

히코리 언덕의 집으로 돌아가서, 멀더와 스컬리는 하텔 수사관에게 정보를 제공했다.

"당신 말이 맞습니다, 스컬리 수사관." 하텔은 적개심을 접어 둔 채 말했다. "데인과 그의 밴드 멤버들을 심층 조사할 필요가 있습니다.

지역 당국의 지원을 받아 베네위치 경찰서에서 조사할 수 있게끔 처리하겠습니다."

멀더는 스컬리를 한쪽으로 끌어당겼다. "혼자 할 수 있겠어요? 지원은 충분할 것 같은데요."

"원한다면요. 왜요, 멀더, 다른 관점이 있어요?"

"그래요. 우리가 무시하고 있는 용의자가 있죠."

"누구요?"

"클레이턴 기치."

"멀더…."

매사추세츠 주, 베네위치
수요일 오후 2시 23분

베네위치 도서관에서 마이크로필름에 저장된 신문들을 뒤지며 그 집에 있었던 최초 살인사건을 조사하다가 멀더는 흥미로운 변칙적 상황을 발견했다. 그 목사는 아내의 살인범으로만 기소되었다. 죽은 아이들에 대한 부분은 없었다. 당시 사건을 기소한 검사의 이름을 기억해 두고—제럴드 앨리슨—멀더는 전화번호부에서 그의 이름을 찾아냈다.

"제리는 은퇴한 지 벌써 한참 됐어요." 전화기 너머로 검사의 아내가 멀더에게 말했다. "하지만 그이하고 얘기하고 싶다면, 그이는 오늘 오후에 역사 협회에서 자원봉사 일을 한답니다."

역사 협회는 베네위치 마녀 박물관에 자리 잡고 있었다. 박공판이 많은 이층짜리 건물은 크리드의 현대화된 헛간보다 유령이 출몰하기에 훨씬 더 적합해 보였다.

멀더는 스리피스 슈트를 차려입은 노년의 근엄한 신사이자 은퇴한 검사에게 신분증을 제시하며, 자신이 납치사건을 조사하고 있다고 은밀하게 설명했다.

앨리슨은 기꺼이 돕고 싶은 듯 보였다. 그는 멀더에게 그 집의 최초 살인사건에 대해 부가적인 정보들을 다수 제공했지만, 그 살인사건들이 어떤 점에서 크리드네 여자아이의 납치와 관계가 있는지에 대해서는 혼란스러워했다.

멀더는 말했다. "몸값 요구 쪽지에 '클레이턴 기치'라고 서명되어 있었습니다."

"아, 하지만 클레이턴 기치는 오래전에 죽었잖소."

"글쎄요, 그의 서명은 건재하니까요, 혹은 그럴싸한 모방이겠지요, 피로 쓰인."

"그야 어떤 사이코패스의 메스꺼운 농담이겠지."

그들은 수 세기 전에 마녀들을 재판했던, 소박한 짙은 색 나무 벽에 긴 나무 테이블들이 놓인 꾸밈없는 방에 앉아 있었다.

"있잖소, 멀더 수사관, 이 방에 있던 그릇된 생각을 가진 남자들은 악이 존재한다고 믿었소…. 나 자신이 전직 법관으로서 말하건대, 그들이 한 짓거리가 얼마나 어리석었건, 그 믿음만큼은 옳았다오."

"어쩌면 그들 자신이 악마였을지도 모르지요."

"어쩌면. 하지만 악마는 존재하오. 그리고 클레이턴 기치는 악마가 들려 있었소. 나는 그 가족들의 시체를 직접 봤다오…. 그 오랜 세월이 지난 지금도 '아직' 나는 그들이 보인다오."

"기치는 왜 '모든' 살인사건들에 대해 기소되지 않았습니까?"

"그랬소?"

"〈베네위치 버글〉[64]에 따르면요."

"흠, 워낙 오래전 일이라…. 기억나지 않는군."

"앨리슨 씨, 실례되는 말씀이지만, 살해된 아이들의 모습이 아직도 기억 속에 맴돌고 있다면 그 아이들을 살해한 혐의로 기치를 기소했는지 아닌지도 분명 기억하실 텐데요."

앨리슨은 벌컥 화를 냈다. "나야말로 실례지만, 멀더 수사관. 전직 검사로서, 그리고 현재 세금 납부자로서, 이 도서관에서 꺼져주길 바라겠소. 그리고 좀 더 생산적인 길을 파 보시오. 실종된 아이를 찾아야 하잖소, 안 그렇소?"

멀더의 핸드폰이 울렸고, 그는 양해를 구했다.

스컬리가 말했다. "하텔과 지역 경찰과 함께 데인의 농가에 있어요."

"아직도 리허설 중이에요?"

"전혀요. 집은 텅 비었어요. 그냥 달아난 정도가 아니라, 자기들 악기며 앰프며 전부 다 가져갔어요. 데인도 그의 물건들도 흔적도 없네요. 데인은 떠났어요. 도망쳐 버렸어요."

매사추세츠 주, 베네위치

수요일 오후 4시 17분

---

64) 베네위치 지역 신문.

히코리 언덕의 집으로 돌아온 멀더가 스컬리와 하텔과 함께 데인이 연관됐을 가능성에 대해 논하고 있을 때 전화기가 울렸다.

전화기가 울릴 때면 매번 그랬듯 크리드가 수화기를 들었다.

마침내, 수없이 많은 가짜 경보들 끝에, 이번에는 진짜였다. 익명의, 전자기계를 통해 왜곡된 남자의 목소리가 몸값 지불에 대한 요구사항을 전달했다. 그날 밤에 보스턴에 있는 공원으로 크리드 혼자 올 것.

"어떤 식으로 교환할 겁니까?" 크리드는 물었다.

"교환은 없다." 멀더, 스컬리, 하텔이 듣는 가운데 그 목소리는 말했다. "먼저 내가 돈을 가져간다. 내가 안전하게 벗어나서 액수를 확인하고 난 다음, 여자아이를 풀어주겠다."

전화는 딸깍하고 죽어버렸다.

하텔은 눈을 크게 뜨고 있는 크리드에게 말했다. "먼저, 납치범이 뭐라고 하건, 당신 스스로 몸값을 전달하겠다는 생각부터 당장 버려요."

"하지만 분명히 그 요구에 따라야—."

"여기 멀더가 대략 당신과 체격이나 머리색이 비슷하니, 그가 돈을 전달할 겁니다."

열띤 토론이 좀 더 계속된 끝에, 크리드는 마지못해 동의했다.

멀더는 그 수사책임자에게 순진한 미소를 던졌다. "봤죠? 가끔은 주변에 고스트버스터를 두는 것도 쓸모가 있다니까요."

매사추세츠 주, 보스턴
수요일 오후 8시 27분

보스턴 코먼[65]은 시내에 있는 약 0.2㎢에 달하는 공원이었다. 멀더는 자정을 기점으로 거리에 늘어선 공중전화부스에서 다른 공중전화 부스로—트레몬트, 파크, 비컨, 찰스, 보일스턴—뺑뺑 돌려졌다. 마침내 공원의 어둠 속에서 멀더는 스키 마스크를 쓰고 모자 달린 운동복을 입고 자기 쪽으로 달려오는 건장한 사람과 마주쳤다.

릴레이 달리기를 하는 사람처럼, 그 인물은 속도를 떨어뜨리지 않은 채 자기 손을 내밀었고 멀더는 돈이 담긴 가방을 건넸다.

멀더는 손에 돈 가방을 들고 달려가는 사람을 바라보았다. 몇 초 뒤에 그는 그 뒤를 쫓으며 덤불들 뒤로 숨어들어 갔다….

…그리고 시체에 걸려 넘어질 뻔했다. 만난 적은 없지만, 그는 즉시 누군지 알아보았다. 채리티 크리드였다.

아이는 폭력의 흔적은 전혀 없이, 몸을 만 채 잠들어 있는 것만 같았다—맥박만 남아 있었다면.

아이의 티셔츠에는 또 다른 오려 붙인 쪽지가 꽂혀 있었다. 이번에도 오래전 사망한 목사의 이름이 피로 쓰여 있는 쪽지에는 '신고하지 말랬지'라고 적혀 있었다.

이미 달리기 시작한 멀더는 급히 전화기를 꺼내 들고 이 끔찍한 소식을 트레몬트에 주차된 표시 없는 FBI용 밴에서 기다리고 있는 스컬리에게 전달했다. 하지만 그가 덤불을 헤집고 나왔을 때 그 조깅

65) 매사추세츠 주 보스턴에 있는 공원.

하던 사람은 더 이상 보이지 않았다.

FBI가 공원을 급히 덮쳤지만, 용의자는 사라졌다. 보아하니 그 조깅하던 사람은 근처의 바와 레스토랑이 밀집된 구역으로 향해 그 속에 섞여든 것 같았다.

밤새 공원을 철저히 수색했지만 수색으로 찾은 거라곤 덤불 속에 버려진 모자 달린 파카, 스키 마스크, 그리고 이제는 텅 빈 가방(도청기가 달려 있던)이 다였다.

매사추세츠 주, 베네위치
목요일 오전 8시 46분

이 비극의 여파는 아서 크리드에게 미쳐, 그는 FBI를 불러들인 자신을 탓했다. 자신의 서재에서, 불만에 찬 집주인은 멀더, 스컬리, 하텔을 대면하고 말했다. "나는 내 가족—내 남은 가족—을 이 저주받은 집에서 가능한 한 빨리 이사시킬 겁니다."

당장은 누구도 그에게 토를 달지 않았다. 후에 그들은 수사가 진행되는 한 여기 남아야 한다고 설득할 터였다. 하지만 지금은 크리드와 앨리스 모두 비탄에 빠져 있었다. 크리드 부인은 진정제를 투여해야 했고, 작가 자신은 그저 앉아서 자신의 살아있는 작은 딸을 마치 구명기구처럼 껴안고 있었다. 아이는 긴장증에 가까운 멍한 상태로 조용히 있었다.

마침내, 가족들은 충격과 슬픔에 젖은 채 다행히도 잠자리로 향했다.

멀더는 스컬리에게 은밀하게 물었다. "아직도 크리드 본인이 이 사건에 연루되었다고 생각해요?"

"자식을 살해하는 경우는 드물지만, 일어나긴 하죠."

"AB 네거티브 혈액처럼? 스컬리, 저 남자는 아기처럼 엉엉 울고 있었다고요."

"슬픔일 수도 있지만 죄책감일 수도 있어요…. 혹은 그 문제라면, 정신병일 수도 있고요."

"스컬리…."

"누가 알겠어요? 어쩌면 그저 뛰어난 배우일 수도 있어요. 크리드는 결국 온갖 매체에 등장했으니까요."

그날 밤은 머무를 터였지만, 하텔의 FBI 팀은 이미 짐을 꾸리고 있었다. 그 수사책임자는 X-파일 수사관들에게 보스턴 사무실의 살인 전담반이 사건을 넘겨받을 것이며, 더 이상 크리드의 집에서 일하지 않을 거라고 설명했다.

"수사국에서는 이 일로 FBI가 비난을 들을까 봐 우려하고 있습니다." 하텔은 말했다.

스컬리는 심각하게 고개를 끄덕였다. "이미 언론에 전부 퍼졌으니까요."

"당신 둘은 수사의 지속성을 유지하기 위해 이 집에 남습니다." 하텔은 그들에게 지시했다.

"좋습니다. 하지만 실제로 수사에 합류하면 더 좋겠는데요—." 멀더가 말했다.

"선택 사항이 아닙니다. 부국장이 직접 내린 지시입니다."

"하지만 여기 남으려면, 크리드 가족의 허락도 필요할 텐데…."

"흔들어 볼 수 있는 사람이 있다면, 바로 당신입니다, 멀더 수사관. 크리드는 당신에게 호감과 믿음이 있는 것 같더군요. 되게 해 봐요." 하텔은 말했다.

스컬리와 단둘이 남자 멀더는 말했다. "이건 벌책이에요. 애 보기라고요."

"그래요, 하지만 적어도 사건에서 완전히 손 떼지는 않게 됐잖아요, 나는 그렇게 될 줄 알았는데요."

멀더는 툴툴대며 웃었다. "그런 식으로는 생각해보지 않았군요. 이 일의 진짜 의미는 우리에게 할당된 임무를 이용해서—."

"계속 수사하는 거죠." 스컬리는 아주 많은 것을 의미하는 예의 그 작은 미소를 띠고 말했다.

매사추세츠 주, 베네위치
금요일 오전 7시 14분

다음 날 아침 일찍—스컬리가 채리티 크리드를 부검하러 베네위치 병원으로 떠난 사이—멀더는 히코리 언덕의 집에 남아 하텔의 부하들이 장비 챙기는 것을 도왔다. 어린 헤더는 마당을 어슬렁거리고 있었고 멀더는 멍하니 홀린 듯한 표정을 한 바짝 마른 아이에게 가서 얘기를 나누었다.

"아직은 그렇게 슬프지 않아요." 아이는 말했다. "슬프지 않으면 제가 나쁜 사람인 건가요?"

"아니. 전혀 그렇지 않아. 아직 실제로 느껴지지 않은 것뿐이야."

"채리티 언니는 저한테 못되게 굴었어요. 그리고 저도 언니에게 나쁜 말을 했고요."

"언니는 너한테 화난 게 아니야, 헤더."

"정말요?"

"그래."

"언니가 천국에 갔을까요?"

멀더는 침을 꿀꺽 삼켰다. 천국이란 그가 믿는 바는 아니었지만 이 아이에겐 위로가 필요했다. "그럼 천국에 있지."

"잘됐네요. 언니가 지옥에 있지 않을까 걱정했어요."

멀더는 아무 대꾸도 할 수 없었다.

집 안에서, 그는 부엌 식탁에 앉아 있는 크리드를 발견했다. 앨리스는 기계적인, 좀비 같은 태도로 아침을 준비하고 있었다. 멀더는 크리드에게 FBI 수사가 납치 전문가에서 살인 전문가로 바뀐다고 말하고 이 집에 머무는 FBI 인원은 최소화될 것이라는 점을 분명히 했다.

"어떤 식으로 최소화한다는 겁니까, 멀더 수사관?"

"허락해주신다면, 스컬리 수사관과 제가 남을 겁니다. 수사를 지속하고 가족분들을 보호하기 위해서입니다."

그동안 내내 유순한 편이었던 크리드 부인이 갑작스럽게 획 돌아서서 주걱을 무기인 양 멀더에게 휘둘렀다.

"당신들이 채리티를 죽게 했으면서! 당신네 FBI 개자식들이 전부 이 집에서 꺼졌으면 좋겠어. 당신들 전부!"

멀더는 남편과 아내만 남긴 채 물러나 마당으로 가서 하텔에게 크리드 부인이 꺼린다는 점을 전달하려 했다. 그 전에 멀더의 전화기가 울렸다.

"멀더, 나예요." 스컬리가 말했다. 라텍스 장갑을 벗는 소리가 들리는 것으로 보아 병원 부검실에서 전화하는 것 같았다. "통화할 수 있어요?"

"네."

"채리티 크리드, 사망 원인은, 헤로인 과다 복용이에요."

"뭐라고요? 그 아이가 헤로인 중독이었다는 말이에요?"

"바로 그건데요, 멀더 — 그런 말이 아니에요. 아이에겐 '바늘 자국들' 같은 중독을 암시하는 요소가 전혀 없었어요."

"학교에서 들은 말에 따르면, 채리티가 대마나 정제 외에 다른 걸 했다는 건 의심스러운데요." 멀더는 마당을 서성거리며 말했다.

"클리프 데인이 마약상이라면, 더 독한 물건에 손을 댈 수도 있었겠죠."

"그래서 지금 당신은 데인이 범인이라고 생각하는 거예요? 하텔은 이미 동의했군요. '조사에 필요함'이 전면적인 전국 지명수배로 상승했네요."

"그래야죠, 멀더. 도주는 유죄를 인정하는 거니까요."

"그래요, 물론 나도 그 말에는 동의해요…. 하지만 데인은 채리티의 공범이라는 편이 더 이치에 맞아요. 부모를 속여 돈을 빼낸 후에 여자 친구와 함께 달아나는 거죠. 왜 그녀를 죽이겠어요?"

"둘이 싸웠을 수도 있죠, 채리티가 발을 뺐을 수도 있고. 혹은 데인이 채리티를 사랑하지 않았는지도 모르고요. 그냥 그녀를 이용했을 수도 있잖아요. 자기 목적을 위해서 여자를 이용하는 남자, 들어본 적 없어요, 멀더?"

"그거 과학적인 이론이에요, 스컬리?"

"보다 쉽게 증명되는 것 중 하나죠."

매사추세츠 주, 베네위치
금요일 오후 3시 54분

그날의 나머지 시간은 긴장 속에 흘러갔다. 멀더와 스컬리는 살인 사건들이란 시간이 흐를수록 매 순간 차갑게 식어간다는 점을 지나치게 잘 알고 있었다. 하지만 그날 아침은 멀더에게 끝나지 않는 느낌을 주었다. 하텔의 팀이 나갔고, 크리드는 멀더와 스컬리가 남도록 아내를 설득했으며, 두 수사관은 보스턴 현장 사무실의 살인전담반을 그들이 일하게 될 베네위치 호텔에서 만나 경과를 전달했고, 클리프데인을 목격했다는 몇몇 신고들은 허위로 밝혀졌다.

마침내, 스컬리는 워싱턴에서 분석을 위해 보냈던 나무 조각들과 관련된 정보를 받았다.

"혈흔은 없다네요, 멀더." 그녀가 멀더에게 말했다. "AB 네거티브형이든 아니든…. 하지만 실험 결과 특정 유기체의 흔적들이 나왔군요…. 단백질, 지방질, 탄수화물, 거기에 약간의 무기 염류도요."

멀더는 손가락을 튕겼다. "그럼 우리가 본 게 설명이 되는군요, 스컬리."

"어떻게요?"

"그 피 흘리는 벽은 엑토플라즘[66] 현상일 수도 있어요."

66) ectoplasmic. 영매의 몸에서 흘러나온다고 하는 일종의 물질. 영적인 에너지가 물질적 매체로 형상화된 것.

스컬리가 눈을 동그랗게 떴다. “엑토플라즘이요? 멀더, 당신 지나치게 나갔어요. 내가 꼭 이 말을 해야 해요?”

“무슨 말이요, 엑토플라즘은 신체의 구멍들에서 배출되는 뚜렷한 원형질로, 초자연적인 메시지나 이미지를 전달한다는 거요?”

“멀더, 사실 난 그보단 인광성 페인트와 결부된 성긴 직물이나 그물조직, 반죽이나 풀 쪽을 생각하고 있었어요. 가짜 영매들이 부리는 속임수 말이에요.”

멀더는 그녀를 보며 활짝 웃었다. “합법적인 영매들에 반해서요? 스컬리, 그 실험 보고서는 정확히 엑토플라즘의 구성 요소들과 일치하는 생물학적 구성을 나타내고 있어요. 당신도 과학에 반박하지는 않겠지요, 안 그래요?”

“과학은 엑토플라즘의 존재를 부정해요, 멀더.”

“당신이 그렇지 않다는 것을 증명할 기회를 잡게 될지도 모르잖아요. 그러면 근사할 거예요. 데이나 스컬리가 엑토플라즘의 존재를 입증해서 노벨상을 받는 거죠.”

그날 밤, 멀더는 또다시 이상한 소리를 듣고 꼭두새벽에 깨어났다. 이번에는 야식을 뒤지는 스컬리가 아니었다. 손전등을 켜고 어두운 집 안을 이동해서 멀더는 거실로 들어섰다. 벽이 마치 살아있는, 호흡하는 것처럼 고동치며 불룩거리고 있었다!

그는 스컬리의 방으로 달려가 세차게 문을 두드렸다.

“스컬리, 나와 봐요!”

문을 열고 가운을 입으면서 스컬리는 졸린 듯 찡그리며 그를 쳐다보았다. “좀 갑작스럽네요, 안 그래요?”

가는 길에 설명하면서, 멀더는 그녀를 조금 전까지 벽들이 튀어나오고 고동쳤던 거실로 끌고 갔다.

지금은—아무 일도 없었다.

"노래하는 개구리도 한 마리 있겠군요." 스컬리는 말했다.

"내가 봤어요. 우리 둘이 붉은 게 스며드는 그 벽을 본 것처럼요."

"멀더, 당신은 어두운 집에서, 머릿속엔 엑토플라즘이 가득한 채, 반만 깨어 있었다고요."

"내가 뭘 봤는지는 내가 알아요."

스컬리는 마른 침을 삼켰다. "당신이 불룩거리는 벽들을 봤다고 한다면, 당신이 실제로 불룩거리는 벽을 본 거라고 믿어요."

"고맙군요."

"하지만 만약 이 집이 일종의 초자연적인 활동의 초점이라고 가정해도 그래요. 그건 우리가 여기 있는 이유가 아니에요. 불룩거리는 벽은 어린 여자아이의 죽음과는 관련이 없어요."

"그걸 어떻게 알아요? 당신은 보통 우연의 일치를 신용하지 않잖아요. 이 벽들은 비밀을 간직하고 있어요. 어쩌면 우리에게…. 무언가 얘기하려고 하는지도 몰라요."

스컬리는 여자아이의 납치와 사망이 멀더 자신의 개인적인 상실과 부합한다는 사실을 익히 알기에, 그의 불만을 느끼면서 자신의 파트너를 쳐다보았다.

"당신 너무 길고 참혹한 이틀을 보낸 것 같아요." 스컬리는 멀더의 팔을 부드럽게 쓰다듬었다. "가서 좀 자요, 멀더."

매사추세츠 주, 베네위치
토요일 오전 6시 46분

동이 튼 직후, 멀더는 침실 문을 두드리는 소리에 깨어났다. 그는 재빨리 문을 열고 완전히 제정신이 아닌, 공포에 질린 크리드를 발견했다.

"이제 '헤더'가 납치됐어요!" 그 건장한 남자의 목소리는 떨리고 있었고, 그의 얼굴에는 고뇌가 가득했다. "바로 당신네 빌어먹을 코밑에서 말입니다! 당신들이 무슨 짓을 했는지 와서 봐요!"

아이의 방에서, 멀더와 스컬리는 거의 동일한 범죄 현장을 마주했다. 이제는 친숙한, 피로 쓰인 서명이 담긴 오려 붙인 몸값 요구 쪽지도 남아 있었다. '두 번째 기회다. 경찰도, FBI도 금지다. 이번에는 어쩌면 아이를 돌려받을 수 있을지도.'

크리드의 목소리는 이제 부드러워졌지만, 위협적이었다. "당신 둘, 여기서 나가요."

스컬리는 말했다. "네, 물론이에요, 현장 감식반이—."

"아니! 이 집에서 나가요. 앨리스는 두 번째 납치 건에 대해서는 몰라요. 내가 직접 말할 겁니다. 혼자서요. 당신들도 나가고, FBI든 경찰이든 이 집에서 손 떼 줘요. 이번에는 내가 몸값을 지불하고 단독으로 행동할 겁니다."

"크리드 씨." 멀더가 부드럽게 말했다. "납치는 연방 범죄입니다. 마음대로 우리를 돌려보내실 수는 없어요—하지만 개입을 최소화하도록 도와드릴 수는 있습니다."

크리드를 설득하는 데는 오 분 정도 걸렸지만, 마침내 크리드는 동의하고 이 끔찍한 최신 소식을 아내에게 전하러 나갔다.

크리드의 서재에서 스피커폰을 이용해 멀더는 스키너에게 전화를 걸어, 그 부국장에게 상황을 보고했다.

"크리드 씨의 바람을 존중하겠네." 스키너는 말했다. "자네와 스컬리를 가족과 FBI의 유일한 연락망으로 남겨두지. 하지만 하텔에게 연락해서 그의 팀이 지원하도록 하겠네—거리를 두고 말이지."

"좋은 생각이에요, 부국장님." 스컬리가 스키너에게 말했다. "납치범이 집을 지켜보고 있을지도 모릅니다. 이 집에서 우리가 맡은 역할은 분명히 탄로 났을 거예요."

그들은 스키너의 목소리에서 찌푸림을 감지할 수 있었다. "납치범은 클리포드 데인으로 밝혀진 줄 알았는데."

멀더가 말했다. "그저 한 명의 용의자일 뿐입니다, 부국장님."

"다른 용의자도 있나?"

스컬리와 멀더는 시선을 교환했고, 스컬리의 눈이 커졌다. 멀더가 스키너에게 사망한 클레이턴 기치가 의심스럽다고 말할까? 혹은 그 집 자체가 그렇다고?

"아직 조사 중입니다." 멀더의 말에 스컬리는 눈에 띄게 안심했고, 통화는 끝났다.

스컬리는 초조하게 서재를 돌아다니며 말했다. "멀더, 이 납치 건들이 둘 다 너무 쉽게 성공했다는 점이 거슬리지 않아요? 두 번째 납치는 FBI가 있었는데도 일어났잖아요? 아무도, 우리 둘 다, 이 집에서 누군가를 보거나 소리를 듣지도 못했고. 이건 마치…. 그 말은 하지 마요."

"유령이 한 것처럼요? 사실, 지난밤에 우리가 무슨 소리를 듣긴 했죠, 적어도 나는요."

"그리고 뭔가도 봤고요." 스컬리는 서재 밖으로 나섰다. "그 불룩거렸던 벽 좀 봐요."

멀더는 스컬리를 따라 거실로 갔다. 그녀는 벽들을 두드리면서 텅 빈 공간이 울리는 소리를 들어보았다.

"첫 번째 납치가 있던 밤에는 헤더가 이상한 것들을 보고 들었죠." 멀더가 지적했다.

"그래요. 그런 '초자연적인' 활동들은 정신을 분산시키기 위해서 연출되었다고 한다면…."

"납치가 일어나고 있던 동안에요?"

스컬리는 고개를 끄덕였다. "이 집을 개보수하고 새 벽을 쳤을 때, 뒤쪽에 공간을 남겼는지도 몰라요. 창고나 통로나 혹은 배선을 위해서요…."

"벽이 불룩거리는 건 뒤쪽에서 누군가가 움직이고 있기 때문일지도 모른다는 말인가요?"

"어쩌면요. 혹은 공범이 쇼를 연출할 수도 있고요. 그리고 어쩌면 우리가 모르는, 이 집에 들락거리는 통로들이 있는지도요."

"음, 알 법한 사람이 있죠."

"그게 누군데요, 멀더?"

"이 집을 개보수한 사람—클레이턴 기치요."

그들은 서둘러 크리드에게 향했지만, 그는 이 집의 설계도도, 건축과 관련된 도안도 전혀 없다고 말했다. 뭐든지 손수 하는 사람이었던 기치는 혼자서 개보수 작업을 했던 것이다.

멀더는 이 문제를 더 깊이 조사하고자 베네위치로 차를 몰고 나갔다. 그동안 스컬리는 크리드 가족과 함께 집에 머물면서 전화기가 울리기를 기다렸다. 크리드 부인은 스컬리의 존재를 달가워하지 않았지만 드러내지는 않았다. 그녀의 남편은 몸값을 조달하느라 분주했다. 스컬리는 그 작가가 출판업자와 통화하면서 〈베네위치의 공포〉에 대한 선인세를 오십만 불 더 올리는 것을 들었다.

전화를 끊으면서 크리드는 스컬리에게 몹시 지친 듯한, 비극적이기까지 한 체념을 담아 말했다. "이제 이 빌어먹을 것을 꼭 써야 해요."

"오, 하지만 베스트셀러 목록에는 다시 오르게 될 거예요." 그의 아내가 쓰디쓴 어조로 말했다.

매사추세츠 주, 베네위치
토요일 오전 11시 16분

베네위치에서, 멀더는 히코리 언덕의 집을 크리드에게 매매했던 부동산 중개업자를 쉽게 찾아냈다.

은퇴할 나이에 가까워 보이는 그 중개업자는 책상 너머 멀더 맞은편에 앉아서 기치가 스스로 개보수 작업을 했으며 설계도는 없다는 크리드의 말을 확인해주었다.

"그 집의 외부와 내부를 한 번 조사한 적은 있어요." 그 중개업자는 말했다. "우리 목록에 올릴 사양을 찾아보려고 한 건데…. 웃기는 게—그 집의 외부와 내부는 전혀 일치하지 않더군요."

“무슨 말입니까?”

“그 집의 벽들은 상당수가 비정상적으로 깊어요.”

“통로로 쓰일 만큼요?”

“몇몇은, ‘방’으로 쓰일 만큼 깊었어요. 몇 가지 구체적으로 짚어 주길 바란다면, 내가 히코리 언덕 위의 집에 대한 사진을 몇 장 보관하고 있는데요.”

“그래 주시겠습니까.”

중개업자는 그렇게 했다. 그리고 그들이 X-파일에 맞먹는 부동산 자료를 뒤지고 있을 때 멀더는 말했다. “수년간 그 집을 소유했던 다른 가족들, 이상한 일들이 일어난다며 이사 나간 사람들 말입니다만…. 그 사람들한테도 아이가 있었나요?”

“허, 그런 것 같은데요. 전부 아이가 있었던 것 같습니다만…. 확인해 볼 수 있어요.”

그리고 소위 폴터가이스트 활동이 있었던 모든 사례마다, 사춘기의, 혹은 막 사춘기에 들어선 여자아이가 히코리 언덕의 집에 살고 있었다.

이 최신 정보에 새롭게 활기를 찾은 멀더는 은퇴한 검사 제럴드 앨리슨을 다시 찾아갔다. 이번에는 그의 집으로 찾아가 상황의 심각성을 강조했다.

“한 소녀가 죽었습니다.” 멀더는 앨리슨에게 말했다. “또 다른 소녀가 살인자의 손안에 있고요.”

앨리슨은 겁에 질린 표정을 지었다. “말했잖소, 멀더 수사관. 클레이턴 기치는 오래전에 묻혔소.”

“이 경우에는 ‘진실’ 역시 그렇습니다. 저한테 아시는 바를 얘기해

주셔야 합니다. 당신은 현직에 계셨을 땐 법관, 그것도 훌륭한 법관이셨겠지만…. 지금 이 사건에 관한 한은 아니시지요."

더 이상 구슬릴 필요는 없었다. 은퇴한 지방 검사는, 비록 약에 취한 채 사망 직전인 상태로 발견되긴 했지만, 목사의 두 아이가 사실은 살아남았다고 시인했다. 그리고 아이들 아버지의 끔찍한 행위에서 그들을 보호하기로 결정되었다.

"아이들은 살해된 엄마의 먼 친척에게로 보내졌소." 앨리슨은 말했다. "아버지가 지은 죄의 그림자 아래에서 멀리 떨어져 자라게 하려는 의도였지요."

"그래서 그 죄에 아이들의 살인은 포함되지 않았군요."

"그렇소. 우리는 대중들이 아이들은…, 죽었다고 믿게 하는 편이 낫다고 생각했소. 아이들이 검은 구름 밑이 아닌 어딘가 다른 곳에서 새롭게 출발할 수 있도록 말이오."

매사추세츠 주, 베네위치

토요일 오후 1시 42분

히코리 언덕의 집으로 돌아온 멀더는, 원래의 범죄 배경에 대한 조사 자료들을 되짚어 보려고 크리드의 서재로 향했다. 멀더는 목사의 딸의 사진을 들여다보았다. 예쁘게 생긴 십 대 아이로 열세 살 정도로 보였다.

그런 다음 멀더는 전화기 옆에 크리드 가족과 함께 앉아 있는 스컬리와 합류했다. 전화는 오지 않았다.

앨리스 크리드는 두 FBI 수사관들에게 매서운 시선을 돌렸다.

“저 사람들이 사라질 때까진, 헤더를 되찾을 가능성은 없어.” 그녀는 남편에게 말했다.

그녀는 수사관들이 남도록 허락한 것에 대해 크리드를 질타하기 시작했고, 결국 멀더가 한 손을 들고 말했다.

“이건 두 분이 의논하셔야 할 문제입니다…. 스컬리, 잠깐 나가 있죠.”

“하지만 멀더.” 전화기를 방치하는 것이 심각한 절차 위반임을 알고 있는 스컬리는 말했다. “납치범이 전화하면 어쩌려고요…?”

“혹시 전화가 오면, 우리는 바로 집 앞에 있을 겁니다. 두 분 중 한 분이 즉시 나와 주세요.” 멀더는 크리드 부부에게 말했다.

아름다운 황혼이 저 아래 베네위치의 예스러운 작은 마을을 물들이는 가운데, 불만에 찬 스컬리가 말했다. “위치를 이탈해서 어쩌자는 거예요?”

멀더는 스컬리에게 목사의 딸의 사진을 보여주었다. “누구 생각나는 사람 없어요?”

“아니요…. 모르겠는데요.”

“자세히 봐요. 앨리스 크리드의 어린 모습 같지 않아요?”

스컬리는 그 닮은 점을 알아차리고 거의 헉하는 소리를 내었다.

“이게 무슨 의미일까요, 멀더?”

“앨리스가 이 납치 건들을 조정했을지도 모른다는 의미에요.”

그 말의 뚜렷한 모순에 스컬리는 믿을 수 없다는 미소를 띠었다. “그리고 자기 ‘딸’을 죽였다고요?”

“그녀는 자기 딸을 죽이지 않았어요. 채리티는 말썽쟁이였고 크리드의 전처의 자식이죠."

"하지만 멀더, 클리프 데인은요? 죄가 없다면, 왜 달아난 거예요?"

"마약상인 학교 중퇴자가 경찰 조사에서 도망치는 게 뭐가 그렇게 이상해요? 아니면 둘 다 관련되어 있을 수도 있어요, 클리프가 중년 여자를 좋아할 수도 있고."

스컬리는 눈을 굴렸다.

멀더는 집게손가락을 세웠다. "한 가지는 분명해요, 스컬리…. 앨리스가 직접 얘기했어요. 크리드 부부는 오늘 밤에 몸값 요구 전화를 받지는 않을 거예요…. 우리가 붙어 있는 한은요."

"앨리스가 자신의 진짜 딸을 해칠까요?"

멀더는 고개를 저었다. "아닐 거예요. 내 말은, 그녀는 헤더를 아끼고 보호하지요…. 하지만 요즘 부모들이 자기 자식한테 어떤 짓을 할지 누가 알겠어요. 어쨌든, 헤더를 어디서 찾을 수 있을지 알 것 같아요. 하지만 그 아이를 찾으려면 기다려야 해요."

스컬리는 얼굴을 찌푸렸다. "어디 있다고 생각해요, 멀더?"

"저 안이요." 그는 말하면서 커다란 집을 향해 고갯짓했다. "저 안 어딘가에…."

스컬리가 눈을 가늘게 뜨고 그 헛간 같은 건축물로 시선을 돌렸을 때 쌀쌀한 바람이 불어와 그들 주변에 늘어진 나무들의 벌거벗은 가지들을 흔들었다.

매사추세츠 주, 베네위치

일요일 오전 2시 34분

전화기는 긴긴 저녁 내내 울리지 않았다.

깊은 밤, 크리드 가족이 마침내 잠자리에 든 다음, 멀더와 스컬리는 손전등을 들고 그 거대한 집을—커다란 지하실이며 차고의 모든 구석과 틈까지 방들을 전부 돌아다녔다. 마침내, 쇠 지렛대와 부동산 중개업자가 알려준 정보를 이용해서, 멀더는 조심스럽게 인조 벽판을 들어 올렸다….

…그리고 그와 스컬리는 이내 자신들이 통로들을 거닐고 있음을 알아차렸다. 그들은 손전등 불빛으로 어둠을 가르면서 벽과 오래된 헛간 나무 사이에 존재하는 감춰진 통로를 따라 이동했다. 마침내 통로는 어둡고 다락 같은 방으로 연결됐고, 그 방의 한쪽 구석에서 그들은 트렁크를 발견했다.

숨구멍이 송송 뚫린 트렁크였다.

그 안에서 헤더가, 약물 때문으로 보이는 잠에 빠져 있었다.

스컬리는 즉시 아이를 병원으로 옮겨야 한다고 판단했다. 멀더는 걱정이 가득한 시선으로 아이를 내려다보며 의식이 없는 소녀를 안아 들었고, 스컬리는 총을 쥔 채 그들을 보호해서 집 밖으로 나왔다. 멀더는 렌터카 뒷좌석에 조심스럽게 아이를 내려놓고 베네위치 응급실로 향하는 스컬리를 어둠 속으로 떠나보냈다.

차를 출발시키면서, 스컬리는 멀더가 안으로 다시 들어가는 모습을 보며 조용히 그의 안전을 빌고는 히코리 언덕을 내려갔다. 진입로에 잠깐 멈춰 섰을 때, 공포에 질린 얼굴을 한 부스스한 형체가 비틀거리며 차 앞으로 끼어들었다.

클리프 데인이었다!

매사추세츠 주, 베네위치
일요일 오전 3시 48분

그러는 사이, 멀더는 아서 크리드와 그 아내가 함께 이 일을 공모했는지 확신하지 못한 채 그들 부부와 대면하기 위해 집 안으로 들어갔다. 멀더는 자다 깨다 하는 크리드를 발견했다. 그의 곁에는 구깃구깃해진 자리만 남았을 뿐 크리드의 아내는 없었다.

멀더는 그를 흔들어 깨웠다. "부인은 어디 있습니까?"

몸을 가누지 못하면서, 크리드는 말했다. "뭐요…?" 그는 빈 옆자리를 쳐다보았다. "앨리스? 어…. 난…, 모르겠는데요."

다음 순간 크리드는 눈을 크게 뜨며 비명을 질렀다. 조각칼이 멀더 옆을 스쳐 작가의 흉부에 깊숙이 내리꽂혔다.

크리드는 피를 흘리며 거의 의식을 잃은 채로 침대 위로 뒹굴었다. 멀더는 손에 총을 쥔 채 몸을 돌렸지만, 앨리스 크리드가 내지른 칼날이 그의 소매를 스치며 팔에 꽂히는 바람에 9㎜ 구경의 총을 떨어뜨리고 말았다.

멀더는—자신에게 떨어질 태세를 갖춘 칼을 보며—주먹으로 여자의 복부를 가격했다. 여자는 고통으로 몸을 구부렸다. 칼이 여자의 손에서 떨어져 서랍장 밑으로 미끄러져 들어갔다. 멀더는 총을 잡으려 했지만, 앨리스가 놀라운 힘으로 피가 흐르는 멀더의 팔을 움켜쥐고 그를 벽으로 집어 던졌다.

그런 다음 그녀는 그에게 달려들어 광기와 분노로 뒤틀린 얼굴을 하고 악마 같은 아귀힘으로 그의 목을 조르며 그를 벽으로 밀쳤다

—붉은 액체가 스며드는 벽으로.

앨리스는 그 피 흘리는 벽을 보더니 공포로 움츠러들었고, 멀더는 그 여자가 이 집을 두려워한다는 것을, 이 현상들을 두려워한다는 것을 즉시 알아차렸다. 그리고 여자의 망설임을 이용해서 그녀를 밀쳐냈다.

멀더는 자신의 9㎜ 총을 찾으려 더듬거렸지만, 피 흘리며 불룩거리는 벽을 보고 눈이 휘둥그레진 채 충격에 빠진 앨리스가 그의 손에서 총을 차 내고는 미친 듯이 침실에서 달아났다.

자신의 스미스 앤드 웨슨 총을 다시 찾은 뒤, 멀더는 그녀를 쫓아 복도로 달려 나갔다. 벽들은 온통 울리고 맥박치며 진홍빛 피를 뿜어내고 있었다. 바닥 역시 불룩거리면서 균형을 잡기 어렵게 했다. 갈라지는 소리와 신음이 이제 더욱 커졌다. 마치 무시무시하게 울리는 거대한 생명체의 신음과 같았다. 문들은 열리면서 쾅쾅거렸고, 창문들은 펄럭거리고 여닫혔으며, 마치 집 자체가 신경 쇠약을 겪는 생명체인 듯했다.

멀더도 매우 놀랐지만, 정말로 겁에 질린 사람은 앨리스 크리드였다. 그도 그럴 것이—'이 집은 그녀를 공격하고 있는 것만 같았다!'

멀더는 두 발로 버티려고 애를 쓰며 그녀를 쫓아 멈추라고 소리쳤지만, 그녀는 무시했다. 그녀는 계단을 내려가기 시작했고, 그녀와 멀더 모두 충격적이게도, 계단들은 '귀신의 집'에서처럼 매끄러운 표면인 양 주저앉아 버렸다. 그녀는 균형을 잃고 뒹굴며 무너져 세게 부딪혔다.

그러나 멀더가 쫓아가자 계단들은 본성을 회복해서 그가 재빨리 그녀를 쫓아 내려갈 수 있게 허용했다. 집은 이제 안정되는 것 같았지만, 앨리스는 그렇지 않았다. 그녀는 벽장으로 다가가 선반에서 산탄총을 꺼내 들었다. 그녀는 멀더에게 총을 겨누었고 멀더는 그녀에게 총을 쏘려 하였지만, 위층에서 바닥에 세게 부딪힌 나머지 그의 총은 먹통이 되어있었다!

승리에 차서, 앨리스는 그 쌍발식 총의 두 구멍을 그에게 겨눈 채 두 개의 방아쇠에 손가락을 올려놓고 발사하려고 했다. 순간, 갑작스럽게, 거역할 수 없는 힘으로, 마치 진공청소기가 바닥에 붙은 껌을 빨아들이듯이, 그녀는 벽장 속으로 빨려 들어가고 말았다.

문이 쾅 닫혔다.

그리고 마치 벽장 깊숙한 곳에서 끔찍한 트림을 내뱉는 것처럼 산탄총이 발사되는 소리가 들렸다.

머뭇거리면서 멀더는 벽장으로 다가가 문을 열어 보았다….

…그리고 산탄총의 쌍발이 얼굴 가까이서 터져 형체를 알아볼 수 없는 앨리스의 얼굴을 바라보며 움찔했다.

그를 둘러싼 집은 고요했다.

순간 핸드폰이 울려 멀더는 펄쩍 뛰었다.

"멀더." 스컬리의 목소리가 말했다. "나예요…. 당신 괜찮아요?"

"앨리스 크리드보다는 괜찮아요." 그는 벌써 이제는 평범해진 계단을 오르고 있었다. "그 여자는 방금 산탄총의 총열 두 개를 먹어 치웠어요, 자기 남편에게 칼을 찔러 넣은 다음이었지요…. 구급차를 보내줘요."

매사추세츠 주, 베네위치
일요일 오전 6시 47분

멀더는 병원에서 스컬리와 만났다. 그녀는 아이가 건강하다고 전달했고, 칼에 찔린 파트너의 팔에 직접 붕대를 감으면서 아서 크리드 또한 살아남을 거라고 얘기했다.

그런 다음 멀더는 헤더와 보다 온화한 시간을 보내며 아이를 달래주었다. 당분간은 아이에게 엄마의 죽음을 알리지 않기로 했다. 아이는 엄마가 자신을 납치했다는 사실을 알아차리지 못한 것 같았다.

멀더는 복도에서 스컬리와 다시 만났고 그녀는 그를 회복 중인 또 다른 환자가 있는 방으로 안내했다. 클리프 데인이었다.

"제법 흥미로운 얘기를 하더군요. 내 차를 얻어 타고 여기로 왔어요." 그녀는 말했다.

병원 침상에서 진정제를 맞고 있던 데인은 앞서 스컬리(이제 멀더에게 전달하고 있는)에게 앨리스 크리드가 그의 남매이자…, 엄마라고 말했다.

대기실에서 커피를 마시면서 스컬리는 그녀의 파트너에게 데인의 나머지 이야기를 해주었다.

클리프와 앨리스는 자신들이야말로 그들의 아버지, 클레이턴 기치가 히코리 언덕의 그 집에서 오래전의 그날 밤이 오기 수년 전부터 뿌리 뽑고자 했던 '그 악마'라는 비밀을 공유한 채 함께 성장했다. 앨리스는 자기 아버지에게 근친상간을 당한 피해자였고 클리프는 그 결과 태어난 자식이었다. 앨리스의 엄마는 자기 딸의 십 대 시절

임신이 앨리스의 아버지 탓이라는 사실을 몰랐고, 동네 남자아이가 그런 짓을 했다고 믿었다. 오래전 그 참혹했던 밤의 폭력이 발생한 건 클리프의 생부가 누군지 밝혀졌기 때문이었다.

복도에서 멀더는 스컬리에게 말했다. "나는 그 딸의 임신이 클레이턴 기치가 미친 짓을 저지르게 몰아간 유일한 악이라고 생각하지 않아요."

"아니라고요?"

"앨리스는 막 사춘기에 접어들었어요. 그때 폴터가이스트 현상들이 시작됐을 거예요. 당신 가설을 이용해서, 그런 현상이 앨리스가 유발시킨 어떤, 아직 알려지지 않은 자연적인 심리 작용이라고 해보죠. 목사에게 그 현상들은 제거해야만 하는 악마적인 것으로 보였을 거예요."

"악마가 그의 어린 딸에게 깃든 거군요."

"그래요, 그리고 그의 더럽혀진 가족에게도. 게다가 덧붙이자면, 그 뒤에 그 집에서 발생한 현상들은 모두 어린 십 대 소녀가 살고 있을 때 발생했어요."

"글쎄요." 스컬리는 한숨을 쉬었다. "앨리스 크리드가 된 그 십 대 소녀는 갖출 건 다 갖춘 전형적인 소시오패스로 자랐어요. 헌신적인 아내와 엄마라는 역할을 설득력 있게 수행할 수 있었고요. 그녀는 부유한 남편을 원했고, 그의 재산이 기울기 시작하자 이 사기극을 실행에 옮겼어요, 자기 자식…. 음, 동생을 시켜서…."

"잊어버려요, 스컬리 — 여긴 베네위치잖아요. 그래서…, 클리프도 소시오패스예요?"

"그런 것 같진 않아요. 그래도 좀 더 조사해보면, 그의 일면에 흥미롭게 자리 잡은 반사회적인 행동들을 발견하게 될 거라고 생각해요. 수년이 지난 끝에 그 모든 일이 시작된 집으로 돌아가는 계획에 참여했으니…. 앨리스는 아서 크리드가 그 주제에 관한 책을 쓰도록 조종했고, 클리프의 역할은 채리티 크리드에게 접근하는 거였어요. 내 생각엔 클리프가 그 납치들은 그저 아서의 책이 확실하게 베스트셀러가 되도록 홍보를 돕기 위해 계획된 거라고 들은 것 같아요."

"하지만 클리프는 채리티가 살해당할 거라고 생각하진 않았군요."

스컬리는 고개를 끄덕였다. "그래요. 그건 클리프의 한계를 넘어서는 일이었어요. 그는 아이 엄마의 지시에 따라 아이에게 약물을 주입했어요. 자신이 치사량을 주입하고 있다는 사실을 몰랐고요…. 그리고 자신이 저지른 일을 알게 되자, 겁에 질렸어요. 이제 그는 완전히 협조하고 있어요. 몸값도 돌려줬고, 자기 누나, 엄마에게 불리한 증언을 하면 면책을 받게 되지 않을까 기대하고 있죠."

"이제 다른 거래는 그만둬야 하겠군요. 어디 숨어 있었대요?"

"집 안에요…. 우리가 발견한 그 통로들."

"사실, 스컬리, 당신이 발견한 거예요. 나는 전혀 한 일이 없어요…. 하지만 앨리스의 동기가 탐욕뿐이었다는 건 동의하지 않아요."

"그게 아니면 왜 그 집에 돌아왔겠어요?"

"무언가가 그녀를 끌어당겼을 수도 있어요. 그 집에 있는 무언가가 그녀를 끌어들인 거예요. 집에 오라고 부른 거지요."

스컬리는 굳이 웃음을 참으려고 하지 않았다. "뭐, 앨리스에게 무의식적인 욕구가 있었다는 건 받아들일 수 있어요, 자기 안의 악마와 대면하려는 거요. 하지만 왜 굳이 자기 딸을 험한 일에 끌어들이겠어요? 앨리스는 헤더에게 맹목적이었어요, 아이를 사랑했고요—혹은 적어도 소시오패스가 자기 말고 다른 사람을 사랑할 수 있는 만큼은 사랑했어요."

"그 집은 고민이 많은 어린 여자아이들의 도관인 것 같아요. 어쩌면 그들 둘 다 불렀는지도 몰라요."

눈썹을 치켜세우며 스컬리는 말했다. "그 생각은 보고서에서 빼라고 제안해도 될까요? 어쨌든, 내가 가장 충격을 받은 건, 멀더, 앨리스 크리드가 자살했다는 사실이에요. 자기중심적인 소시오패스로서는 일반적으로 불가능한 일이거든요."

멀더는 고개를 저었다. "앨리스 크리드는 자살하지 않았어요."

스컬리는 얼굴을 찌푸렸다. "글쎄요, 분명 자살이에요. 그녀는 그 산탄총의 총열을 내려다보는 자세로 발사했어요."

"스컬리, 그 집이 그녀를 죽인 거예요."

스컬리는 눈썹을 아치 모양으로 치켜세웠다. "그 사악한 집?"

"그 집이 사악하다고, 혹은 그런 적이 있다고는 생각하지 않아요. 사실, 싼 집을 찾아 나선 다음 가족은 다행스럽게도 피 흘리고 불룩거리는 벽들이 사라진 집을 발견할 거라는 데 걸겠어요…. 설사 십 대인 딸이 있대도 말이죠."

"왜 그렇게 생각하는데요?"

"그 집에 나타나던 악마가 사라졌으니까요."

스컬리에게는 그 모든 것이 너무나 막연하고 생략된 발언이었다. 그녀는 따져 물었다. "그 집에서 무슨 일이 '있었던' 거예요, 멀더? 내가 헤더를 데리고 병원으로 달려가는 동안 무슨 일이 벌어졌냐고요?"

자신이 목격하고 경험한 일에 대해 파트너를 이해시킬 방법이 전혀 없다는 점을 알고 있는 멀더는 해바라기 씨앗을 터뜨렸다.

"스컬리, 당신도 거기 있었어야 해요."

TRUST NO ONE

THE X FILES™

시간

Time and Tide

게일 린즈, 존 C. 셀던

THE X FILES™

메인 주, 포틀랜드
2000년 1월 12일, 오전 9시 20분

위험한 길이었다. 세 명의 십 대 아이들은 메인 주 포틀랜드 근처 캐스코 만의 섬 중 하나인 그레이트 다이아몬드 섬 해변에 널린 미끄러운 바위들을 건너고 있었다. 파도 때문에 바위는 끈적거렸고, 떨어지면 다칠 터였다. 하지만 더 위험한 지역으로 들어갈수록, 그들이 페리 터미널에서 산 마리화나를 피우는 것이 들키지 않을 가능성이 높았다. 그들은 캐롤, 재키, 앨런이었고 고등학교 졸업을 축하하는 중이었다.

앞쪽에는 높다란 절벽이 있고 그 바닥에는 모래사장이 뻗어 있었다. 마지막 남은 몇 미터를 게걸음으로 지난 후에 그 십 대 아이들은 해변을 지나 절벽 아래에 도착했다. 그 절벽 아래는 높은 수위의 바닷물과 만나는 곳이라 덤불들이 무성히 자라 있어 바다 전망을 가렸고, 더욱 중요한 점은, 바다에서도 이쪽이 보이지 않는다는 것이었다.

그들은 자기들끼리 남은 것에 즐거워 낄낄대며 서로 마주 보고 앉았다. 재키가 숨겨둔 것을 끄집어내고, 앨런이 종이를 꺼내자 모두 마리화나를 말기 시작했다. 그러고는 종이 성냥을 돌리고 마리화나를 깊이 빨아들인 뒤 쾌락이 닥치기를 기다렸다.

몇 분 뒤, 한 개비만 남겨둔 채, 앨런은 일어나 머리 위로 팔을 쭉 뻗었다. 그는 중간키에, 곱슬곱슬한 검은 머리를 목 언저리를 지나 근육질의 팔 위쪽—민소매 티를 입은 탓에 드러나 있는—까지 기르고 있었다. 가족과 함께 이 섬에서 여름을 나는 동안, 이 장소에 와 볼 생각은 한 번도 해보지 않았다. 앨런은 바다 쪽으로 몇 걸음 뗐다가 돌아서서 절벽 위를 바라보았다. 두 개의 커다란 구멍 같은 것이 눈에 들어왔다. 머리 위 6m 정도 되는 위치였고 그 비슷한 간격으로 서로 떨어져 있었다.

"어이, 와서 이거 좀 봐." 그는 친구들에게 말했다.

재키와 캐롤은 이내 그의 곁에 다가섰다. 그 여자아이들은 머트와 제프[67] 2인조였다. 재키는 셋 중에서 가장 키가 컸고 말랐다. 그녀는 갈색 머리를 하나로 묶고 있었다. 캐롤은 키가 가장 작은 데다 약간 통통했고, 길고 우아한 빨강 머리를 하나로 땋아서 등 뒤로 늘어뜨리고 있었다.

앨런은 그가 발견한 구멍들을 가리켰다. 구멍들은 엇비슷한 크기로 1m 정도 되는 높이에 너비는 0.6m쯤 되어 보였다. 바깥 둘레는 마치 입구를 조잡하게 깎아낸 듯이 거칠었지만 각 내부에는 창문이 하나씩 나 있었다.

"창문 하나가 열려 있어. 안에 뭐가 있는지 알아보자." 캐롤이 기운차고 용감하게 말했다.

"넌 저 위로 못 올라가." 앨런은 낄낄거리면서 고개를 저었다.

자신의 이성 친구에게 깊은 인상을 주고 싶은, 둔해 보이는 열여덟 살짜리 소녀에게 그 말은 도전이었다. "두고 봐." 그녀는 암석 표면을

67) 미국 신문에 연재되었던 만화 캐릭터. 키다리와 땅딸보.

오르기 시작했다. 일, 이분 뒤에 그녀는 열린 창문에 다다라 안을 들여다보고는 아래쪽의 친구들을 돌아보았다. "거실 같은 게 있고, 아무도 없어." 그녀는 안을 다시 확인한 뒤 엉덩이를 흔들며 창문으로 기어들어갔다.

남은 아이들은 멍하니 바라보았다.

"맙소사, 정말로 해냈어." 재키는 말했다.

"못 할 줄 알았는데." 앨런도 동의했다.

잠시 뒤에 캐롤이 머리를 내밀었다. "빨리 와. 여기 근사해."

"그럼 안 돼." 재키가 입을 열었다.

"바보같이 굴지 마." 캐롤이 말했다. "빨리."

부추김을 당한 끝에 재키는 절벽을 탔고 앨런은 그 뒤를 쫓았다. 이내 그들 셋은 모두 방 안에 서 있었다. 그 방은 사방 1.8㎡ 정도에 동굴처럼 눅눅한 냄새가 났다. 시멘트를 바른 천장에 드러난 녹슨 철근에는 물때가 껴 있었다. 벽들도 역시 콘크리트로 된 것처럼 보였지만 정확하게 알기는 어려웠다. 불빛이라곤 창문으로 들어오는 빛뿐이어서 구석까지 선명하게 비추기엔 너무 깊고 좁았던 것이다. 방에는 잠든 흔적이 있고 정리되지 않은 침대가 하나, 의자 두 개가 딸린 탁자 하나, 그 위에 전등이 하나 있었고, 측벽 쪽으로 부엌 공간이 있었다. 창문 저 너머 방 옆으로 불 꺼진 통로가 하나 나 있었다.

"이건 이곳에 기지가 있었을 때부터 있던 벙커나 뭐 그런 게 틀림없어." 앨런이 말했다.

그들 셋은 군사적 기지—포트 매킨리[68]—가 전쟁 기간 이 섬의 동쪽 끄트머리에 주둔했다는 것을 알고 있었다. 어떤 전쟁이고 언제

68) 1873~1947년, 해당 지역에 있었던 미군 연안 방어 기지.

인지는 알지 못했지만. 그들이 기억하는 한 그 기지는 버려졌다.

"여기 오싹하다." 재키가 말했다.

"맙소사, 여기 좀 봐!" 캐롤이 말했다. 그녀는 방의 왼편에 있는 닫힌 다른 창문 너머를 내려다보고 있었다.

다른 아이들은 그녀에게로 갔다. 그들을 안 보이게 가려줬던 덤불 바로 너머에는 평평한 해저가 드러나 있었고, 그곳에는 해골 두 개가 모래에 부분적으로 파묻힌 채 누워 있었다. 하나는 갈비뼈가 올라와 있었고, 다른 하나는 그 오른쪽에 놓여 있었다.

"도대체…." 재키가 말했다. 얼떨떨한 얼굴로 재키는 그들이 들어왔던 창문으로 돌아갔다. "이 아래 봐봐!"

캐롤과 앨런은 그녀에게 다가갔다.

"밀물이야. 물밖에 없어." 캐롤이 말했다.

그들은 두 번째 창문으로 돌아갔다. 조수는 낮은 채였고 해골들은 여전히 거기 있었다. 캐롤이 L자형 손잡이를 움켜쥐고 여닫이창을 열었다. 그녀는 더 잘 보려고 창틀에 올라섰다.

그들 뒤에서 갑자기 삐걱거리는 소리가 들렸다. 무거운 문이 열리면서 콘크리트 위를 긁는 소리였다.

"젠장, 누가 와!" 재키가 소리쳤다.

"따라와." 캐롤이 낮은 목소리로 말했다. 창문에서, 캐롤은 엉덩이를 뒤로 돌려 재빨리 내려갔다.

재키가 난간으로 뛰어올라 그 뒤를 쫓았다. 그녀가 창문을 넘자마자 앨런도 출발했다.

"어이, 기다려, 그 밖에 나가면 안 돼!" 어떤 남자가 소리쳤다.

앨런에게 좀 더 서두를 동기가 필요했다면, 목소리는 그 동기를 제공했다. 그는 절벽을 내려가다가 무릎을 긁혔다. 바닥에 닿은 뒤, 그는 친구들과 해변을 가로질러 덤불을 지나 바닥이 드러난 바다로 달려갔다.

그들 앞에 해골이 등을 뒤로하고 헐벗고 새하얀 갈비뼈를 드러낸 채 누워 있었다. 그들은 그 기분 나쁜 광경에 넋을 잃고 속도를 줄였다.

"역겹다." 재키가 말했다.

"어디서 왔는지, 여기 얼마나 있었는지 궁금하네." 앨런이 말했다.

캐롤은 바다 쪽으로 몇 미터 떨어져 있는 다른 쪽 해골을 쳐다보았다. "저거 봐." 그녀는 그 갈비 뼈대에서 솟아올라 점점 커지고 넓어지는 모래 소용돌이를 가리켰다. 그 모래 소용돌이는 원통형을 띤, 회색빛 도는 황금색 회전 기둥이었다. 그것은 해골 위로 맴돌면서 천천히 위아래로 튕겼다.

"저게 대체 뭐래?" 재키가 말했다.

"작은 돌풍 같은 게 아닐까?" 캐롤이 제안했다.

"하지만 여긴 바람이 없는데." 앨런이 확인차 집게손가락에 침을 발라 공기 중에 내밀었다. "게다가 어떻게 아무 소리도 안 나?"

캐롤은 초조하게 킬킬거렸다. "미스터 클린[69] 광고에 나오는 것 같다."

다음 순간 그녀는 헉하는 소리를 내었다. 그 형체가 이쪽으로 돌진했다. 재키가 비명을 질렀지만, 모래 소용돌이가 그녀를 덮치는 바람에 소리는 갑자기 끊기고 말았다.

"재키!" 캐롤이 날카롭게 외쳤다.

---

69) 세제와 청소 관련 물품을 만드는 미국 회사 브랜드명.

하지만 재키는 사라져 버렸다. 그것은 그 자리에서 이동하지 않고 소용돌이치고 튕기며 여전히 아무 소리도 내지 않고 있었다. 그들이 처음 봤을 때처럼. 갑자기 잡힌 포로에는 무관심하다는 듯이.

앨런은 캐롤의 손을 잡고 거칠게 잡아당겼다. "빨리, 우리 도망쳐야 해!"

공포로 눈을 크게 뜬 채 그들은 드러난 바닷가를 따라 달렸다. 50m쯤 달린 후에 돌아보았다. 그 소용돌이치는 것은 사라졌지만, 재키가 있던 자리에는 해골이 하나 남아 있었다. 세 번째 해골이.

"오, 맙소사." 앨런이 내뱉었다.

캐롤은 울음을 터뜨렸다.

그들은 다시 달렸다. 부둣가가 끝나고 서쪽으로, 마을이 시작되는 해변 굽이를 돌 때까지 발을 구르며 달려갔다.

십 분 전, 에드 고먼은 캐스코 만 라인 페리에서 화물을 찾은 뒤, 골프 카트를 몰고 부두에서 돌아오고 있었다. 골프 카트는 자동차가 금지되어 있는 섬에서 일반적으로 쓰이는 교통수단이었다.

그는 언덕에서부터 뻗어 나온 어마어마한 직사각형의 콘크리트 구조물에 장착된 경첩들에 매달려 있는 커다란 철문 앞에 멈춰 섰다. 카트 밖으로 뛰어나와 문을 열고 밀어젖혔다. 그 무거운 문은 콘크리트 바닥을 천천히 긁어댔고, 그 철판은 피아노의 공명판처럼 소리를 증폭시켰다.

문이 충분히 열리자, 고먼은 골프 카트에서 꾸러미를 움켜쥐고 임시 거처로 사용하고 있는 방으로 이어진 터널로 짐을 날랐다. 상자들은 부피가 컸지만 고먼은 180cm의 근육질인지라 쉽게 짐을 옮겼다.

방에 들어설 때까지는 아무 문제가 없었다. 하지만 왼쪽 창문에서 무언가가 움직였다. 그리고 어린 남자아이가 시야에서 사라지고 있었다.

"어이, 그 밖에 나가면 안 돼, 돌아와!" 고먼은 창문으로 달려갔다. "돌아와!"

하지만 세 명의 청소년들—남자아이 하나와 여자아이 둘—은 모래사장을 달려 덤불을 지나 바닥이 드러난 바다로 달려가고 있었다.

그러더니 그들은 멈춰 서서 모래사장에 있는 무언가를 보았다. 고먼은 그들 뒤로 무언가 움직이는 것을, 솟아오르며 소용돌이치는 무언가가 모래를 내부로 빨아들이고 있음을 알아차렸다. 처음에는 물기둥이라고 생각했지만, 주변에 바람이 부는 조짐도 없었고, 그건 깔때기 모양도 아니었다. 그것은 마치 부드러운 물결 위에 떠다니는 것처럼 솟구치더니 자리를 잡았다. 부분적으로 확대되는가 하면 줄어들기도 했다. 무시무시함을 제쳐놓고 보면 그것은 우스꽝스러웠다. 180cm 길이에 오이 형태를 띠고 느리게 콩콩거리며 소용돌이치고 있었다.

그것은 같은 자리에 십오 초쯤 머물더니 여자아이 중 하나를 덮쳤고 아이는 그 속으로 사라졌다. 다른 두 아이는 도망치기 시작했다. 그 튜브 혹은 그게 무엇이든 그것은 여자아이를 삼킨 지 몇 분 뒤 사라졌다—혹은 증발했거나, 혹은 그저 존재하기를 멈췄다. 그것이 있던 자리에는 갈비뼈를 드러낸 해골이 하나 놓여 있었다. 그제야 고먼은 근처 모래사장에 다른 해골들이 두 개 더 놓여 있는 것을 알아차렸다. 보아하니 그 아이들은 그것들을 보느라 멈춘 듯했다.

고먼은 핸드폰을 꺼내어 폭스 멀더에게 전화를 걸었다. "문제가 생겼습니다. 최소한 한 아이, 그리고 내 생각엔 두 아이가 더, 그 방에 침입했어요." 그는 아이 중 하나를 공격했던 그 소용돌이치는 물체도 설명했다. "그 여자아이한테 무슨 일이 생긴 건지는 모르겠습니다." 그는 계속했다. "하지만 내가 가서 알아보는 편이 낫겠어요. 적어도 그게 여자아이 해골이라면 DNA 분석을 돌려보게 샘플을 채취해야겠어요."

"그 아이들이 누군지는 알아요?" 멀더가 물었다.

"아니요, 아직 감시 카메라 테이프를 보지 못했습니다. 하지만 섬 반대편으로 도망쳤으니 찾기 어렵지는 않을 거예요. 여기 인구가 대단한 것도 아니니까."

"그렇게 해요. 연락 줘요."

고먼은 전화를 끊고 사다리를 넣어 두었던 터널 끝으로 서둘러 달려가 사다리를 가져온 다음 그 남자아이가 사라졌던 창문 밖으로 미끄러뜨렸다. 사다리를 내려간 다음 그는 해변을 지나 덤불로 향했다. 두 아이는 사라졌지만, 시간이 나면 모래사장에 난 발자국을 따라갈 수 있을 터였다.

우선은 DNA 테스트를 위한 뼈가 필요했다. 새로 생긴 해골에 다가가 막 무릎을 꿇으려던 참에 고먼은 그 소용돌이치는 것이 돌아왔음을 발견했다. 그는 방향을 바꾸어 사다리를 향해 전력 질주해서 방 안으로 뛰어들었다. 하지만 창문으로 들어오는 순간, 그의 다리가 무너지더니 그는 바닥에 굴러떨어졌다. 몸에서 힘이 빠졌다는 사실을 깨달을 때까지는 시간이 좀 걸렸다. 일어설 수 있을지 확신하지 못한 채 그는 근처 의자까지 기어가 몸을 끌어올린 다음 멀더에게 전화를 걸었다.

"뼈를 회수하지 못했습니다, 그 다른 두 아이를 쫓아갈 수도 없는 상황이고요. 어떻게 된 일인지는 나도 모르겠으니까 묻지 말아요. 최대한 빨리 이쪽으로 와줘야겠습니다."

캐롤과 앨런은 어느 통나무집 주변의 계단을 몇 개 뛰어올라 키 큰 블루베리 덤불들 뒤에 주저앉았다. 캐롤은 너무 울어서 거의 숨도 못 쉴 지경이었고, 너무 헐떡이는 바람에 제대로 울지도 못하고 있었다. 앨런은 땀으로 범벅이 된 채, 양 팔꿈치를 무릎에 올리고 머리를 손으로 감싼 채 앉아서 바닥을 내려다보았다.

흐느낌 사이로 캐롤은 간신히 물었다. "우리 이제 어떡해?"

"나도 몰라." 앨런은 꼼짝도 하지 않고 말했다. 그의 고개가 천천히 흔들렸다. "나도 몰라, 모른다고."

캐롤은 다시 울음을 터뜨렸고, 이번에는 그 울음이 앨런을 덮쳤다. 눈물이 그의 뺨을 타고 흘렀다.

몇 분인가가 흘러갔다. 그들은 아무 말도 하지 않았다.

마침내 초조함이 앨런의 슬픔을 물리쳤다. "이래선 아무것도 안 되겠어. 우리 집 캠프로 가자—아빠가 도와주실 거야." 그는 캐롤에게 손을 내밀어 그녀를 일으켰다.

'캠프'란 앨런 가족이 여름을 지내는 통나무집을 뜻했다. 이 섬의 여기저기에 널려 있는 통나무집 중 하나로, 군부대에서는 이 집들에 대한 소유권을 제기한 적이 없었다. 그들은 가장 가까운 길—널찍한 흙길에 불과한—로 서둘러 달려갔다.

오래된 소화전을 지날 즈음 캐롤이 멈춰 섰다.

"오, 맙소사!" 그녀는 몇 발짝 앞쪽에 얼굴을 아래로 깔고 있는 해골을 가리키며 말했다. "여기까지는 아니겠지?"

앨런은 두어 발짝 다가갔다가 그 뒤 땅속에 살짝 박혀 있는 두 번째 해골을 발견했다.

그는 말없이 캐롤을 향해 돌아섰다. "빨리 가자, 서둘러!"

숲과 키 큰 풀이 우거진 벌판을 약 400m 정도 똑바로 나아가면 앨런 가족의 통나무집이 있었다. 그들은 둘 다 별다른 것은 보지 못했다 — 앨런네 현관 베란다에 이를 때까지는. 바닥에 또 다른 해골이 누워 있었다.

"안 돼!" 앨런은 해골 쪽으로 달려갔다. "오! 안 돼, 안 돼, 안 돼!" 그는 괴로워 비명을 질렀다. 손으로 얼굴을 가리며 돌아섰다.

그 순간 캐롤이 해골 위로 낙엽들이 소용돌이치기 시작하는 것을 알아차렸다.

"앨런!" 그녀는 소리쳤다. "여기 또 오고 있어!" 그녀는 앨런을 베란다로 떠밀어 계단을 올라 캠프 안으로 들어갔다. 문을 세차게 닫고, 걸어 잠근 다음 그 옆의 창문도 닫고 잠갔다. 그 소용돌이치는 것은 점점 커지고 빙빙 돌면서 재키를 집어삼킨 것처럼 위아래로 통통거렸다.

캐롤은 통나무집의 거실 — 부엌과 거실이 통합되어 있는 부분 — 으로 물러서서 창문 너머로 그것이 빙글빙글 돌면서 계속 커지며 낙엽과 잔가지, 모래들을 집어삼키는 것을 바라보았다. 이번에도 그것은 소리가 없었고 주변 풀이나 덤불을 흔드는 바람을 일으키지도 않았다. 색채도 없었고 빛을 내뿜지도 않았다. 풀이나 먼지를 집어삼키지 않았다면 그것은 보이지도 않았을 터였다. 그것은 베란다로 올라서서—어떻게 그럴 수 있는지는 캐롤도 알 수 없었다—현관 바로 밖에서 기웃거렸다.

그러더니 베란다를 따라 오두막 앞으로 이쪽 끝에서 저쪽 끝으로 가로질렀다. 마치 오두막 안으로 들어오는 입구를 찾는 것처럼 보였다—'찾고 있었다.' 눈이 없는데도. 먹이의 흔적을 '냄새'로 알아내는 걸까?

앨런은 바닥에 무릎을 꿇고 울고 있었다.

캐롤은 그의 어깨를 끌어안고 그를 흔들었다. "정신 차려, 앨런, 날 도와줘야지."

그 소용돌이는 베란다 저쪽 끝으로 다시 돌아가더니 갑자기 베란다를 떠나 건물의 한쪽 옆을 따라가기 시작했다.

"오, 맙소사." 캐롤은 소리쳤다. 그녀는 그쪽에 있는 창문을 잠그고 왼쪽 뒤 구석에 있는 침실로 달려갔다. 침실 뒷벽에 하나 있는 창문은 닫혀 있었다. 그녀는 창문을 잠갔다. 캐롤은 화장실로 달려갔고 그다음엔 다른 침실로, 그다음엔 거실로 달려오며 모든 창문을 단속했다.

캐롤의 미친 듯한 움직임에 앨런은 괴로움을 다소 잊었고, 그녀가 부엌 싱크대 위 창문에 닿을 때쯤엔 그도 고개를 들었다. 그는 창문에 달린 커튼을 보고 얼굴을 찌푸렸다—커튼을 알아볼 수가 없었다. 그는 방의 다른 쪽을 자세히 쳐다보았다. 소파 하나가 원래 있었던 벽 쪽이 아니라 창문 아래에 놓여 있었다. 앨런이 한 번도 본 적 없는 꽃무늬 천이 덮여 있었다. 원래 소파가 놓여 있던 벽에는 그가 직접 걸어놓았던 포틀랜드 헤드 등대가 아닌 가재잡이 배 그림이 걸려 있었다.

"캐롤, 여긴 우리 집이 아니야. 내 말은, 우리 집 자리는 맞아, 밖에서 보기엔 똑같고, 부엌 싱크대도 제 자리에 있고—근데 달라." 그는 일어나 침실 중 하나에 들어갔다가 재빨리 돌아왔다. "내 야구 글러브랑 낚싯대가 없어, 그리고 내가 한 번도 본 적 없는 책이 한 뭉치 있어."

캐롤은 아무 말도 하지 않았다. 그녀는 현관 베란다로 돌아와 한 창문 옆에 맴돌고 있는 그것을 내다보고 있었다.

앨런은 다른 침실로 들어갔다가 리볼버를 들고 나왔다. "내가 뭘 찾았는지 맞춰 봐!" 그는 그것이 그들을 '보고 있는' 창문 쪽으로 다가가 그것에 대고 욕설을 외쳤다. 눈에 띄는 효과는 전혀 없어서 그는 총이 장전되었는지 확인해 보았다.

캐롤이 끼어들었다. "뭘 어쩌려고, 창문으로 쏘게? 그리고 유리에 구멍을 내서 저게 안으로 들어올 수 있게 하려고? 바람이랑 낙엽을 쏠 수는 없어."

앨런은 그녀를 보며 고개를 흔들었다. "제기랄, 캐롤, 무슨 다른 수 있어?"

그는 뒤를 다시 내다보고 총을 겨눴다. "저 빌어먹을 걸 보면 뭐가 생각나는지 알아? 바튼 교감 선생님. 학교에서 가는 곳마다 바튼 선생님이 나를 지켜보거든. 내가 일을 망치길 기다리면서. 그래서 나를 혼내려고." 그는 창문 너머로 고함쳤다. "이제 기꺼이 널 쏴 주겠다, 이 괴물아!"

캐롤은 그의 팔을 잡아채서 밑으로 내렸다. "그럼 안 돼, 너도 알잖아."

앨런은 돌아서서 캐롤에게 소리 질렀다. "그래서 내가 어째야 하는데?"

"내가 어떻게 알아?" 그녀는 되받아쳤다. 그들은 가쁘게 숨을 내쉬면서 서로를 쳐다보고 서 있었다. 그러다 캐롤이 그의 어깨에 양손을 올려 둘 다 진정시켰다. "하지만 바턴 선생님이 안에 들어올 수는 없는 것 같으니까. 당분간은 안전한 것 같아. 밖은 어두워지고 있고. 아침이면 저것도 사라질지 몰라."

"절대 사라지지 않으면?"

"저게 산채로 날 먹게 하느니 차라리 이 안에서 죽을래."

목요일, 오전 11시 45분

다음 날 아침 늦은 시간, 폭스 멀더와 데이나 스컬리는 그레이트 다이아몬드 섬 부두에 내리려는 카스코 만 라인 페리 위 몇몇 사람들 속에 섞여 있었다. 완벽한 여름 날씨였다. 그 전날 밤부터 여름 날씨가 시작되어 하늘은 맑고 공기는 서늘했다. 가벼운 바람이 불었다.

그들은 편한 옷을 입고 있었다. 멀더는 청바지에, 무스[70] 그림 위로 '메인은 근사해'라고 쓰인 티셔츠를 입고 운동화를 신고 있었다. 스컬리는 카키색 긴 바지에 폴로셔츠를 입고, 테니스화를 신고, 붉은 머리를 다는 아니지만 상당히 가리는 야구 모자를 썼다. 멀더는 어린 시절 메인에서 휴가를 보냈지만 그 이후로는 온 적이 없었고, 이 섬은 한 번도 오지 않았다. 스컬리는 메인에 한 번도 온 적이 없었고 아는 바도 거의 없어서 멀더의 티셔츠에 있는 무스 그림을 엘크라고 착각했을 정도였다.[71]

70) moose. 북미산 큰 사슴.

부두는 섬의 남서쪽 끝에 있는 작은 항구를 양분하고 있었다. 한쪽에는 요트 두 대가, 다른 쪽에는 가재잡이 배가 정박해 있었다. '메인 해양생물과 야생동물'이라고 쓰인 공무용으로 보이는 모터보트 한 대가 부두에 묶여 있었다. 보트 옆에는 엉덩이에 권총을 차고 녹색 유니폼을 입은 남자가 개 한 마리 위로 몸을 굽히고 개 목걸이를 조정하고 있었다.

스컬리는 그 남자 곁에 멈춰 섰다. "개의 용도가 무엇인지 물어봐도 될까요?"

남자는 몸을 세웠다. "수색견입니다. 아이들이 실종됐다는 보고가 있어서요. 한 번 살펴봐 주시면 도움이 되겠네요. 십 대들이고, 여자아이 둘에 남자아이 하나입니다." 그는 옆에 놓아둔 배낭에 손을 뻗었다. "여기, 아이들 사진이 있는 전단입니다."

"그럴게요." 스컬리는 말하고 서둘러 멀더를 따라잡았다.

"들었어요?" 그녀는 멀더에게 물었다. "세 아이가 실종이래요. 에드 고먼이 말했던 그 아이들일 거예요."

멀더는 침울하게 고개를 끄덕이고 계속 걸었다.

배에서 내린 이들 중 몇몇은 주차 구역에 있던 골프 카트를 타고 사라졌다. 멀더와 스컬리는 나머지 사람들과 함께 흙길을 따라 걸었다. 여러 집과 여름 별장들로 길이 갈라지자 사람들이 줄어들었다. 마침내 둘만 남은 멀더와 스컬리는 오래된 매킨리 포트 쪽을 향해서 십오 분가량 더 동쪽으로 걸어갔다.

"예쁜 섬이네요." 스컬리가 말했다.

---

71) 무스, 엘크(elk) 모두 큰 사슴 종류지만 종이 달라 생김새가 다르다. 단, 유럽 등지에서는 북미에서 무스라고 부르는 종을 엘크라고 부르므로 착각하기 쉽다.

“그래요, 하지만 조울증 같아요.” 멀더는 싱긋 웃으며 대답했다. “저쪽 끝에는 낚시나 항해 같은 여름의 즐거움이—.” 그는 엄지손가락으로 어깨 뒤를 가리켰다. “—그리고 저 위쪽에는 오직 전쟁만이 있지요.”

“이 지역의 역사를 알아요?” 스컬리는 물었다.

“네. 포틀랜드는 군사요충지였어요. 미국에서 대형 선박이 드나들 수 있는 항구 중에 유럽과 가장 가까운 항구거든요. 수송선들을 띄우기에는 이상적인 장소였죠. 캐스코 만의 바위섬들은 전부 항구를 방어하기에 유용한 곳들이라 상당수가 요새로 쓰였어요. 미국과 스페인이 전쟁한 기간부터 시작해서 군 기술자들이 포좌나 벙커, 병영, 군 식당 같은 군 기지에서 일상적으로 쓰이는 것들을 지어놨어요. 지하 기지와 그에 연결되는 터널들도 만들었고요.”

멀더는 멈춰 서서 돌멩이를 하나 집어 나무에 던졌다. 빗나갔다.

“투수가 아닌 건 알겠네요. 일루수를 노려보는 게 낫겠어요.” 스컬리는 말했다.

그들은 다시 걸었고, 멀더는 계속했다. “2차 세계대전이 끝날 무렵이 되자 요새는 쓸모가 없어졌어요. 그래서 군대는 모든 인원을 빼버리고, 무기나 기계들을 치운 뒤에, 전 지역을 버렸어요.”

“알겠어요.” 스컬리는 말했다. “그래서 그다음엔 어떻게 됐나요?”

“아무것도요. 유령 마을이 됐죠—최근까지는. 누군가가 정부로부터 그 지역을 매입해서 고급 리조트로 바꾸려고 하고 있어요.”

그들은 요새 입구에 다다랐다. 입구는 열려 있는, 녹슨 철문으로 구분되어 있었다. 문 너머에는 400m 길이의 연병장을 빙 돌아가며 벽돌 건물들이 십여 개 넘게 모여 있었다.

"저 건물이에요." 멀더는 정면에 있는 거대한 건축물을 가리키며 말했다. "백 명의 남자들이 묵는 병영이었어요. 저런 게 네 개 더 있어요. 연병장 반대쪽에 있는 건물들은 장교들을 위한 한 가족 또는 두 가족이 머무는 구역이었고요. 지금은 전부 대규모 콘도 프로젝트에 속해 있죠."

그들은 이내 첫 번째 병영에 다다랐다. 인부들이 현관 베란다를 수리하고 창문들을 끼워 넣는 중이었다. 건물들 나머지 부분은 판자로 가려져 있었다. 기지는 유령 마을까지는 아니더라도, 그에 가까웠다. 그래도 연병장은 보기 좋았다. 최근에 심은 산뜻한 잔디밭은 축구장을 몇 개는 만들 만큼 넓었다. 두 수사관은 연병장을 가로지른 다음, 에드 고먼이 말했던 대로 또 다른 흙길로 접어들었다.

멀더는 이야기를 계속했다. "새 주인이 우리가 가고 있는 벙커를 허물어진 건물 잔해 뒤에서 발견했어요. 근사한 항구 전망의 창문이 두 개 있어서 처음엔 거주지로 내놓을 생각이었다더군요. 하지만 이내 똑같아야 하는 전망이 어느 쪽 창문으로 내다보느냐에 따라 다르게 보인다는 걸 발견하고 겁을 먹었어요."

"당연히 그랬겠죠. 사진을 봤어요. 정말로 오싹하더군요." 스컬리가 말했다.

멀더는 고개를 끄덕였다. "그 발견은 몇 통의 전화로 이어져 나한테까지 전해졌어요. 그래서 조사도 하고 창문으로 뭐가 보이는지 사진도 찍고 경비도 서라고 고먼을 이리로 보냈지요. 당신한테 이미 얘기한 사건이 어제 벌어졌고요."

그들은 콘크리트 벽에 박힌 경첩에 매달린 철문에 다다랐다. 고먼이 설명한 그대로였다. 멀더는 철문을 톡톡 두드렸다. 아무도 나오지 않았다. 그는 철문을 쾅쾅 내리쳤다. 마침내 빗장이 열리는 소리가 들렸다. 문이 천천히 안쪽으로 열렸다.

팔순쯤 되어 보이는 남자가 서 있었다. 주름진 얼굴에, 푹 꺼진 광대뼈, 턱 아래 축 늘어진 살가죽, 가느다란 팔뚝과 얼룩덜룩한 손까지. 그 남자는 멀더를 쳐다본 다음 스컬리에게 시선을 돌렸지만 아무 말도 하지 않았다.

멀더는 마주 보았다. "우리가 만난 적이 있던가요?"

"네." 그 남자는 바닥을 가만히 내려다보았다.

멀더는 얼굴을 찌푸렸다. "죄송하지만, 기억나지 않는데요. 에드 고먼이 여기 있습니까?"

"네." 남자는 시선을 들어 멀더의 눈을 들여다보았다. "접니다."

"당신이 에드라고요?" 멀더와 스컬리 앞에 있는 사람은 멀더가 육 주 전에 여기로 보낸 팔팔한 전직 육군 소령으로는 전혀 보이지 않았다. "무슨 일이 있었던 겁니까?"

그 남자는 곰곰이 생각하는 것처럼 얼굴을 찌푸리더니 이윽고 말했다. "내가 돌아왔죠." 그는 돌아서서 발을 질질 끌며 터널을 내려갔다.

멀더와 스컬리는 충격받은 시선을 교환하고 그 뒤를 따랐다.

그 방에 다다르자, 고먼은 안락의자에 털썩 주저앉았다.

멀더는 나무 스툴을 끌어당겼다. "무슨 뜻이에요, 돌아왔다니?" 그는 걱정하며 물었다.

고먼은 옆에 있는 탁자에서 커피 컵을 집어 들었다. "당신이 시킨 일들을 하고 있었어요, 사진을 찍고 일지를 기록하고. 내 허락 없이는 아무도 들락거리지 못했습니다. 어제만 빼면 말입니다—그 아이들이요."

"아이들 흔적은 있나요?" 스컬리가 의자를 끌어왔다.

"내가 알기로는 없습니다. 소용돌이치는 그것도 못 봤고요."

"그 얘기 좀 해봐요. 자연적인 현상일 수 있을까요?" 그녀는 말했다.

고먼은 코웃음을 쳤다. "농담해요?" 그는 컵을 도로 탁자에 올려놓았다. "믹서기 써 본 적 있죠?" 두 수사관이 대답하기도 전에 그는 계속했다. "깨끗한 물을 채워서 돌린다고 상상해 봐요. 거품 외에는 아무것도 안 보이죠. 이제 쌀이나 다른 녹지 않는 걸 넣은 다음에 천천히 돌려요. 그럼 그게 소용돌이치는 게 보일 겁니다. 이제 진동 버튼을 몇 번 누르면서 그게 위아래로 어떻게 솟구치는지 봐요. 모래를 담은 유리가 없다는 점만 제외하면, 그게 바로 그 빌어먹을 것의 모습입니다. 오—참, 소리도 나지 않아요."

"그게 무슨 짓을 했나요?" 스컬리는 물었다.

"처음엔 소용돌이치면서 위아래로 튕기는 것 같았습니다, 바보같이 보였어요. 그러더니 갑자기 몇 초도 안 돼서 그 여자아이가 있던 쪽으로 움직이고—." 그는 말을 멈추고 어깨를 으쓱했다. "—아이를 가려버렸어요. 아이는 그저 그 안으로 사라졌지요. 몇 초 뒤에—십 초나, 아니면 십오 초쯤일까—그것 자체도 없어졌고요. 사라져버렸어요, 휙 하고! 그게 있던 자리에는, 그리고 여자아이가 있던 자리에는, 해골만이 남아 있었습니다."

침묵이 내려앉았다.

스컬리는 주제를 바꾸었다. "그래서, 우리가 아는 게 뭐죠, 믹서기를 제외하면요? 아이 셋이 실종됐고—부둣가에서 관리인이 그렇게 말하더군요." 그녀는 주머니에서 전단을 꺼내 고먼에게 건넸다. "이 아이들이 그 아이들인가요? 그렇다면 누가 죽었는지 알아볼 수 있겠어요?"

고먼은 잠시 사진을 들여다보았다. "그 아이들인 것 같군요. 감시카메라에 제대로 잡히진 않았지만요. 상대적으로 키도 비슷하고, 남자아이는 검은 머리였어요. 소용돌이치는 것에 먹힌 아이는 키가 제일 컸고, 이 아이들은 그 나머지 두 아이 같네요." 그는 스컬리에게 전단을 돌려주었다. "설사 시도했다 한들 나로서는 저 사다리를 다시 내려가서 그 아이들을 쫓아갈 수 없었을 거예요. 내가 말할 수 있는 건, 그 아이들이 섬의 거주 지역 쪽으로 달려갔다는 것뿐입니다."

"좋아요. 그럼 생화학적으로 그게 소녀가 맞는지 확정하려면, 우리는 에드 왈 믹서기가 남겨 놓은 해골에서 뼈를 채취해야만 하겠군요." 멀더가 말했다.

"분석해보면 아이가 왜 죽었는지도 알 수 있을 거예요." 스컬리는 말했다.

멀더는 들고 있던 전단을 손가락 뒤로 찰싹 튕겼다.

"어쨌든, 같은 일이 벌어지기 전에 아이들을 찾아야 해요. 벌써 벌어지지 않았다면 말이지만."

"그리고 주 경찰과 해안경비대가 끼어들기 전에 말이죠." 스컬리가 말했다.

"그래요. 그러니까 여기서 이 일을 할 사람은 당신하고 나밖에 없어요." 멀더는 스컬리를 쳐다보았다.

"그 여자아이나 나한테 일어났던 일을 피하면서 일을 해결할 방법이 있겠습니까?" 고먼이 물었다.

"좋은 질문이군요." 멀더는 의자에서 일어나 방 오른쪽에 있는 창문으로 다가갔다. "내가 옳다면, 그 세 아이는 여기 있는 이쪽 창문으로 들어왔어요." 그는 창틀을 톡톡 쳤다.

"테이프에 따르면 그렇습니다. 그리고 왼쪽 창문으로 나갔고요." 고먼은 말했다.

스컬리가 창가의 멀더 곁으로 다가갔다. "밀물 시간이 언제죠?" 그녀는 물었다.

고먼은 팔꿈치 옆 탁자 서랍에서 조수 시간표를 꺼냈다. "지금은 밀물과 썰물의 중간 무렵이네요. 세 시간 안에 밀물이 찰 겁니다."

"이쪽 창문으로 보이는 조수에는 잘 들어맞아요." 스컬리는 말했다. "하지만 이쪽 창문에서 보면 만조예요. 그렇다면 이쪽이 왜곡 현상을 일으키고 있는 거네요."

멀더는 그녀를 따라 왼쪽 창문으로 다가가 내다보았다. "그렇군요." 그는 아래 해변을 관찰했다. "나한테 가설이 하나 있어요. 내가 오른쪽에 있는 창문—혼동을 피하기 위해 이것을 좋은 창문이라고 합시다, 아무도 해하지 않았으니까. 아무튼, 그 창문을 통해서 나간다고 칩시다. 내가 같은 창문으로 돌아오면 아무것도 변하지 않아요. 적어도, 그 아이들이 이쪽으로 들어왔을 땐 아무 일도 일어나지 않았어요. 하지만 내가 다른 창문으로 나가면—에드에게 해를 입혔으니 나쁜 창문이라고 합시다, 그러면, 나는 장소는 동일하되 다른 시각, 다른 시대, 다른 어딘가에 처하게 되는 거죠. 여기서 어떤 이상한 일이 벌어지건, 일단 당신은 안에 들어온 다음에 나쁜 창문으로 보든가 나가야 그 일이 벌어지는 거예요." 그리고 멀더는 왼쪽 창문을 가리켰다. "그리고 그 나쁜 창문으로 다시 돌아오면, 그 밖에 뭐가 있건 그 시간, 혹은 그 시대에 갇히는 거예요. 그러면 당신한테 일어난 일이 설명되지요, 에드."

스컬리가 말했다. "그럼 이게 시간 왜곡이라는 건가요? 그렇다면, 지금 이 안의 시간과 나쁜 창 너머의 시간차가 에드가 돌아왔을 때 그의 나이에 더해진 햇수와 같다는 말이군요?"

"그렇죠." 멀더가 말했다. "당신이 나보다 더 잘 설명하는군요."

"그럼, 에드가 그 창문으로 돌아왔을 때 사십 년 정도 더 나이가 들었다고 가정해보죠. 미안해요, 에드. 하지만 그 정도 들어 보이네요. 그렇다면, 음, 저 밖은 2035년이겠군요." 그녀는 나쁜 창문 쪽을 가리키며 말했다.

멀더는 고개를 끄덕였다. "그런 것 같아요."

"그럼 당신 가설은 우리가 나쁜 창문으로 아이들을 쫓아간다 해도, 좋은 창문 쪽으로 올라와서 들어오면, 여기로, 우리 시대로 안전하게 돌아올 수 있다는 말이군요."

"혹은 터널 반대쪽 끝 문으로 들어오던가요."

"깔끔한 가설이군요, 위험한 가정을 기반으로 하지만." 고먼이 말했다.

"더 좋은 생각 가진 사람 있어요?" 멀더는 말했다.

어색한 침묵이 흘렀다. 마침내, 멀더는 양손을 비볐다. "그럼, 실험할 시간이군요. 자원할 사람?"

고먼은 단호하게 고개를 저었다. "어림없습니다! 한 번으로 충분합니다."

스컬리는 멀더를 쳐다보았다. "그렇죠, 나도 멀더를 보고 있어요."

멀더는 놀랍지 않은 듯 어깨를 으쓱했다. "좋아요. 손 좀 빌려줘요."

그들은 사다리를 방 안으로 끌어들였다. 사다리는 달라 보이지 않았다. 그런 다음 그들은 좋은 창문으로 사다리를 미끄러뜨려 내렸다. 스컬리에게 행운의 표시로 손가락 두 개를 포개 보이고, 멀더는 창틀로 올라가 사다리로 내려갔다.

그는 스컬리를 돌아보며 싱글거렸다. "다 왔어요." 그런 다음 그는 창틀로 다시 올라와 벙커 바닥에 뛰어내려 그 자리에 선 다음 손가락으로 자기를 가리켜 보였다. "뭐 달라 보여요?" 그는 스컬리에게 물었다.

"글쎄요, 당신 생김새가 더 나아지진 않았네요, 그런 뜻이라면요." 그녀는 정색하고 말했다. "그 외에는, 전혀요."

"좋아요." 멀더는 좋은 창문 쪽으로 돌아섰다. "두 번째 장을 펼쳐 봅시다. 나쁜 창문으로 나를 내다봐요." 그는 사다리에 올라 내려간 다음, 사다리를 집어 들고 반대쪽으로 이동했다. 그는 사다리를 오른 후 안을 들여다보았다. 안에는 스컬리가 있었다.

"뭐가 보여요?" 그는 말했다.

"조수는 높고, 하늘은 그렇게 맑지 않고, 당신 얼굴은 여전히 나아지지 않았네요." 그녀는 말했다.

멀더는 고개를 끄덕이고 사다리에서 몸을 돌린 다음 바다를 내려다보았다. "내가 보기에는, 지금은 만조가 아니에요. 해골도 없고요."

"그 창문으로 들어오지 않습니다!" 고먼이 다시 육군 소령이 되어 명령을 내렸다.

멀더는 고개를 끄덕이고 입 모양으로 '알아요'라고 말했다. 그런 다음 사다리를 내려가 다시 좋은 창문 쪽으로 돌려놓았다. 바닥이 드러난 부분으로 걸어가 고먼이 지칭한 그 믹서기가 나타나는지 기다려 보았다. 일 분이 꼬박 지나도록 아무 일도 벌어지지 않았고, 그는 좋은 창문을 통해서 벙커로 다시 올라왔다. 스컬리와 고먼을 마주하자 그는 마치 축복을 주는 사제처럼 손바닥을 아래로 한 채 양팔을 들어 올렸다. "얍, 변화 어어 — 없음."

"축하해요, 후디니.[72] 다음은 뭐죠?" 스컬리는 물었다.

"가서 아이들을 찾아야죠."

"틀렸어요, 후디니. 나쁜 창문으로 나가서 좋은 창문으로 들어온 다음 어떤 일이 생기나 봐야죠."

멀더는 잠시 생각하더니 말했다. "아니요, 좋은 창문 쪽으로 나가면 아이들을 찾을 수 없어요 — 그 점은 우리가 아는 바예요. 다른 쪽으로 나가면 찾을 수 있어요 — 적어도 그럴 기회는 있어요. 아이들을 찾으면, 그 후에 아이들을 도울 수 있을 거예요, 설사 우리 중 누구도 현재로 돌아오지 못한다고 해도요. 그러니 아이들을 먼저 찾읍시다. 그런 다음에 우리 가설을 시험해 보자고요."

"근사하네요. 당신 틀리지 않는 게 좋을 거예요." 스컬리는 말했다.

"그럼 사다리 옮기는 거 다시 도와줘요."

그들은 사다리를 옮긴 과정을 다시 반복해서 나쁜 창문 쪽으로 미끄러뜨렸다.

사다리를 제 위치에 놓자 멀더는 스컬리를 쳐다본 다음 사다리 쪽으로 고개를 까딱했다. "당신 먼저요."

그녀는 멀더를 가리킨 다음 같은 방향으로 손가락을 쓸었다. "미모보단 나이순으로 하죠."

---

72) Houdini. 탈출하는데 선수인 사람을 비유한 말. 밧줄 · 쇠사슬에 묶이거나 상자 등에 갇힌 상태에서 탈출하는 묘기를 보여준 미국의 유명한 곡예사 '해리 후디니(Harry Houdini)'의 이름에서 유래.

목요일 오전 5시 10분

동이 터 올 무렵, 캐롤과 앨런은 서로 등을 기대고 통나무집의 거실 한가운데 앉아 있었다. 그들은 그 자세로 밤을 지새웠다. 서로 반대쪽을 감시하면서 등을 기댄 덕분에 한쪽이 잠이 들거나 넘어지면 바로 알 수 있었다. 둘 다 잠이 올 것 같지 않았는데도, 그 전술은 두어 번 효과를 발휘했다.

전날 저녁 앨런이 앞 베란다와 통나무집 바깥쪽 네 구석을 밝히는 조명을 켜 놓아서 캐롤과 그는 계속 적을 감시할 수 있었다. 그들이 바턴이라고 이름을 붙인 그것은 통나무집 주변을 계속 돌면서 한쪽 창문에 나타났다가 빛을 피해 물러나 다른 쪽 창문에 나타나곤 했다. 덜컹거리는 창문이 없었으니, 그것은 들어오려고 시도하지는 않은 듯했다. 하지만 그들을 원하고 있었다. 그러니 기다릴 터였다.

이제 아침의 빛 속에서 보니 낙엽을 좀 더 삼킨 게 틀림없는 바턴은, 스튜라기보단 수프처럼 보였다. 하지만 적어도 더 커지지는 않았다.

아무 데도 갈 수 없었기 때문에 앨런과 캐롤은 찬장에서 발견한 통조림 과일을 먹었다. 다 먹은 다음, 그들은 침실에서 책을 골라 들었다. 하지만 곧 둘 다 집중할 수 없음을 깨달았다. 그래서 이리저리 뒤지다가 체커보드를 발견해서 러그[73] 한가운데에 놓고 게임을 시작했다. 그들은 아무 말도 하지 않았고 이내 체스에도 집중하지 못하게 되었다. 한마디 말도 없이 그들은 그저 게임을 그만두었다.

잠시 후 캐롤이 목을 뒤로 젖혀 천장을 향해 말했다. "이게 얼마나

73) rug. 마루나 방바닥에 까는, 거칠게 짠 직물 제품.

오래 갈까?"

"우리가 얼마나 버틸 수 있을까, 이런 말이겠지." 앨런이 대답했다.

일어서면서 그는 창문으로 다가갔다. 바턴은 여전히 거기 있었다. 앨런은 서쪽 하늘에 구름이 몰려드는 것을 보았다. "폭풍이 올 것 같아. 저놈이 벼락을 맞을지도 몰라."

캐롤은 고개를 저으며 그를 바라보았다. "난 뭔가 해야겠어. 여기 앉아서 알 수 없는 무언가를 기다리는 거 말고 다른 거 말이야."

앨런은 양손을 들어 올렸다. 그도 답이 없었다. 그들은 갇혔고, 좌절했으며, 겁에 질려 있었다. 저 밖의 위협적인 존재는 정글에 도사리고 있는 호랑이만큼이나 참을성 있고 무자비했다.

사다리 밑바닥에 도착한 멀더는 바다를 향해 돌아서서 여자아이 하나를 먹어 치우고 고먼을 벙커까지 쫓아왔던 것이 있나 훑어보았다. 스컬리가 내려설 때까지는 아무 일도 일어나지 않았다.

"여기서 기다려요." 멀더는 스컬리에게 말했다. 그는 바다 쪽으로 걸어가서 덤불을 지나 파도 속에 퓨마 운동화를 신은 발을 담그고 서 있었다.

"뭐해요?" 스컬리가 외쳤다.

"무슨 일이 벌어지는지 보고 싶어서요." 그는 조금 더 그 자리에 서 있었다. "내가 해골 근처에 다다르지 못했거나, 그 믹서기가 물을 싫어하는 게 아닐까 싶어요." 그는 살아남은 아이들이 도망쳤다고 고먼이 말한 방향으로 따라오라고 스컬리에게 손짓했다.

조수가 높았기 때문에, 그들은 해변에 널린 바위들 위로 지나고 나서야 그 위쪽 숲으로 올라갈 수 있었다. 햇빛이 커다란 참나무 사이로 스며들었다. 거기서부터 그들은 바다를 오른쪽으로 둔 채 나아갔다. 1km쯤 가서 그들은 통나무집 두 개 쪽으로 점점 내려가다 마침내 섬의 서쪽 끝에 닿는 미끄러운 언덕 꼭대기에 도달했다. 그 너머에는 캐스코 만이 있었고, 만 너머에는 포틀랜드 시가 있었다. 가벼운 바람에 그들의 머리카락이 나부꼈다. 햇빛은 여전히 비추고 있었지만 검은 구름이 도시 위쪽에 모여들고 있었다.

그들은 걸음을 멈추고 그 쾌적한 전망을 바라보았다.

잠시 후 스컬리가 물었다. "뭐가 보여요, 멀더?"

"아무것도요."

"맞아요, 아무것도 없어요. 배도, 목소리도, 어떤 기계적인 소리도, 우리가 페리에 타고 있을 때나, 여기 내린 다음 섬 위에서 목격했던 활동들도 전혀 없어요."

"섬뜩하네요." 멀더도 인정했다.

그들은 주변을 살피며 귀를 기울였다. 아무 소용없었다.

잠시 뒤에 멀더가 말했다. "저리로 내려가 봅시다." 그는 길이 갈라지는 부위에 자리 잡은 통나무집을 가리켰다. "어쩌면 누군가가 있을지도 몰라요."

통나무집에 다다른 그들은 현관으로 올라갔다. 멀더가 문을 두드렸다. 응답은 없었다.

"여보세요!" 그는 소리쳤다. "아무도 없어요?"

이번에도 침묵만 감돌았다.

오른쪽 갈림길을 약간 올라가니 또 다른 건물이 서 있었다. 그쪽을 향해 가다가 그들은 덤불 속에 누워 있는 사람의 갈비뼈 부위를 발견했다.

멀더는 팔을 들어 스컬리를 멈춰 세웠다. "젠장." 그는 말했다.

그들은 초조하게 주변을 둘러보았다. 산들바람이 주변을 둘러싼 나무들의 이파리를 흔들고 있었지만, 그 외에 움직이는 것은 없었다.

"우리가 아무도 보지 못한 건 살아남은 사람이 없기 때문인지도 모르겠네요. 당신도 같은 생각하고 있죠, 안 그래요?" 스컬리는 말했다.

멀더는 고개를 끄덕였다. "에드가 한 말 기억해 봐요. 자신과 아이들이 해골 위에 서 있었을 때 그 믹서기가 솟구쳤다고요. 빨리 움직입시다."

그들이 서둘러 길에서 멀리 떨어진 또 다른 집을 향해 가고 있을 때 천둥 치는 소리가 낮게 울렸다.

"폭풍이 오고 있어요." 스컬리가 말했다.

다음 통나무집은 현관문이 약간 열려 있었다.

스컬리는 계단에 올라 문을 밀어 열었다. "여보세요!"

아무 대답이 없는 가운데, 스컬리는 부엌에 들어섰다. 옆 창문으로 근처 캠프에서 외등이 비추는 게 보였다. 그녀는 창문에 다가갔다가 빛보다 더한 것을 발견했다. 무언가가 요동치고 있었다. 휘몰아치는 바람 같은 무엇이.

"멀더, 이리 와 봐요." 그녀는 낮은 목소리로 불렀다. 멀더가 다가오자, 그녀는 말했다. "저게 믹서기 중 하나 같아요?"

"그런 거 같은데요." 그는 대답했다. 그들이 지켜보는 가운데 그것은 소용돌이치면서 솟구치며 좁아졌다가 떨어지며 넓어졌다. "해골 위를 맴도는 것 같네요."

"그럴지도, 하지만 명심해요, 저건 포식성이에요. 그리고 누군가가 건물 안에 있을 수 있다는 말이기도 하죠." 스컬리는 말했다.

번개가 어두해지는 하늘을 가르더니 곧이어 이전보다 한층 더 크게 천둥이 울렸다. 잠시 뒤에 바람이 거세졌다. 그 소용돌이치는 것은 그 자리에 그대로 있었다. 바람에 영향을 받지 않는 것 같았다.

"내 가설을 시험해 보게 되겠군요." 멀더가 말했다.

스컬리는 그를 쳐다보았다. "어떤 가설이요?"

"저건 물을 싫어한다는 거요. 사다리를 내려온 다음 내가 바다 끝에서 있었던 거 기억해요? 아무것도 나타나지 않았던 거요?"

"그럼요, 하지만 저게 하나뿐일 수도 있죠, 그리고 그건 여기서 바빴고요."

굵은 빗방울이 몇 방울 떨어지더니 비가 내리기 시작했다. 그것은 여전히 통통거리며 소용돌이치고 있었지만, 이제는 더욱 투명해져 있었다—쓰레기를 덜 포함한 것처럼.

"저게 줄어들고 있는 건가요, 아니면 그저 비가 가리고 있는 건가요?" 스컬리가 물었다.

"내가 보기엔 둘 다인 것 같은데요." 멀더는 대답했다.

비가 거세지면서 얇은 막을 띠기 시작했다. 바람이 종종 몰아쳐 빗줄기를 옆으로 뉘었다. 그 소용돌이치는 것은 점점 희미해지더니 마침내 사라졌다.

"바로 지금이에요. 통나무집에 누가 있는지 알려면, 지금이 기회예요." 멀더가 말했다.

스컬리는 끄덕거렸다. "뭘 기다려요?"

그들은 문으로 달려가 불이 켜진 캠프까지 짧은 거리를 오른 다음 베란다로 뛰어들었다. 둘 다 흠뻑 젖었다.

"난 우리의 믹서기 친구가 오나 볼게요." 멀더가 말했다.

스컬리는 문을 두드렸다. "누구 있어요?"

십 대 소녀가 문에 달린 창문으로 다가왔다.

"문 열어, 그건 사라졌어!" 스컬리는 말했다.

멀더와 스컬리는 부엌 공간으로 가서 팔을 흔들고 발을 구르며 리놀륨 바닥에 물을 털어냈다.

"누구세요?" 앨런이 물었다.

"금방 말해줄게." 스컬리는 여전히 발을 쿵쿵거리며 말했다.

"뭐, 누구시든, 만나서 정말 반갑네요." 캐롤이 덧붙였다.

비를 털어낸 다음, 스컬리는 주머니에서 젖은 전단을 꺼내어 캐롤에게 건넸다. "이게 너니?"

캐롤과 앨런은 전단을 들여다보았다.

"그런데요. 어디서 받으셨어요?" 캐롤이 물었다.

"우릴 어떻게 찾으셨어요?" 앨런이 궁금해했다.

멀더는 질문들을 무시했다. "이 주변에 다른 사람은 없니?"

"우리가 알기로는요." 앨런이 말했다.

"바턴 씨를 사람으로 치지 않는다면요." 농담을 구사할 만큼 안심한 캐롤이 덧붙였다.

"바턴 씨가 누구지?" 스컬리가 물었다.

"우릴 삼키고 싶어 하는 이상한 소용돌이치는 거요." 앨런이 대답했다.

스컬리는 고개를 끄덕였다. "저쪽에 있는 통나무집에서 우리도 봤어." 그녀는 그들이 온 쪽을 가리켰다.

"하지만—." 눈부신 번뜩임과 곧 이은 천둥소리에 캐롤은 말이 끊겼다. "—누구세요, 그리고 여기 어떻게 오셨어요?" 캐롤은 더듬으며 물었다.

"전부 말해주마, 하지만 우선 바턴 씨가 돌아오기 전에 여기서 나가야 해." 멀더는 문을 향했다.

"번개는 어쩌고요? 안전할까요?" 캐롤이 걱정했다.

"바턴 씨랑 둘을 놓고 고려해보자면, 모험해 볼 만한 것 같구나." 스컬리가 대답했다.

앨런은 캐롤의 손을 잡았다. "친구, 우리 가 보자."

"잠깐만." 멀더는 문을 열고 바깥을 확인했다. 그런 다음 통나무집을 빙 돌아 왼쪽으로 고개를 돌렸다. 비는 줄기차게 퍼붓고 있었고 바람은 계속 몰아쳤다. 문 뒤에서, 그리고 다시 물을 뚝뚝 흘리면서 멀더는 말했다. "지금은 괜찮아. 어제 네가 있었던 벙커까지 가는 가장 빠른 길로 안내해주렴."

앨런을 선두로 그들은 또 다른 비포장도로로 서둘러 이동했다. 어떤 지점들은 모래와 진흙이 미끄럽게 곤죽이 되어 있었다.

숲을 거치면서 스컬리는 자신과 멀더의 신분이며 벙커와 창문, 아이들에 관한 관심, 그리고 '현재'로 돌아갈 방법 들을 설명했다. 멀더는 뒤에서 그들을 따라오며 후방을 감시했다.

그 길은 멀더와 스컬리가 처음 이 섬에 왔을 때 이용했던 길이었다. 하지만 몹시 서두른 덕분에 이번엔 거주지 끄트머리와 요새의 문 사이 거리를 반 시간 만에 돌파했다. 지치는 속도였다. 요새 문에 도착했을 때 그들은 멈춰 서서 한숨 돌렸다. 번개는 여전히 번뜩였고 천둥은 쾅쾅 울렸지만, 빗줄기는 약해지고 있었다.

그 문이 더 이상 녹슬어 있지 않음을 멀더가 알아차린 것은 그때였다. 문은 반짝거렸다. 비 때문만이 아니라 새로 칠한 검은 페인트 때문이기도 했다. 그는 길을 올려다보았다. 처음 그의 눈에 들어온 것은 한 병영 건물에 내걸린 화사한 붉은 꽃들이 담긴 창가의 하얀색 화단이었다.

그는 그 화단을 가리키며 캐롤과 앨런에게 물었다. "전에 저런 거 본 적 있니?"

그들은 멀더 만큼이나 놀랐다. "저긴 꽃이 없는데 — 버려진 건물이에요." 캐롤이 말했다.

멀더는 그들을 재촉했고, 그들은 요새 안으로 서둘러 들어갔다.

연병장에 도착해보니 인부들도, 판자로 가려놓은 건물도 전혀 없었다. 건물들은 모두 티 하나 없이 깔끔한 상태였다. 골프 카트와 자전거들이 여기저기 세워져 있었다. 하지만 사람은 한 명도 없었다.

"여기 좀 보세요!" 캐롤은 사방을 가리키며 외쳤다. "말도 안 돼!"

"어때야 하는데?" 멀더가 물었다.

"다 쓰러져가는 건물들이요." 그녀는 대답했다.

"우리 집이랑 같네요. 전부 다 바뀌었어요." 앨런이 말했다.

"너희가 지나온 창문 덕분이지." 스컬리가 말했다.

"날 따라오렴." 멀더가 말했다.

그들은 연병장을 가로질러 뛰었다. 반대쪽 끝에 있는 길에 다다랐을 때, 빗줄기는 이슬비로 변하고 바람은 잦아들었다. 벙커는 아직도 800m가량 떨어져 있었다.

그들이 마침내 터널 입구가 있어야 하는 장소에 도착했을 때, 거기엔 철문도 그 철문이 매달려 있는 콘크리트 구조물도 없었다. 보아하니 그 장소는 완전히 무너진 듯했다. 대신 그 자리에는 작은 악단이 하나 설 수 있을 만큼 큰, 녹색 테두리에 노란색으로 칠한, 팔각형의 정자가 하나 있었다. 그 바닥에는 의자 몇 개가 반원 형태로 놓여 있었고, 다른 의자 두 개는 넘어져 있었다. 청중이 앉아서 보기 위한 것인 듯 정자 주변에는 잔디밭이 조성되어 있었다. 풀은 웃자라 있었다. 수 주 동안 아무도 깎지 않은 듯했다.

멀더는 계단을 올라 정자 바닥에 서서 바닥에 문이 있는지 찾아보았다. "이 아래 열리는 게 있는지, 바닥을 찾아봐." 그는 다른 이들에게 말했다.

스컬리와 앨런은 손과 무릎을 깔고 엎드려 나무 바닥의 이음새를 들여다보았다.

"평평한 맨바닥뿐이에요." 스컬리는 엎드린 자세로 외쳤고 그들은 둘 다 일어섰다.

멀더는 모두에게 말했다. "좋아요, 이제 선택은 한 가지뿐이네요. 그 창문들이 나 있는 절벽으로 가야 해요. 길을 안내하렴, 얘들아."

앨런은 고개를 끄덕였다. "이쪽이요."

그들은 그를 좇아 숲으로 들어가서 내리막길로 향했다. 이 무렵에는 잠잠해진 바다에 태양이 내리쬐고 있었다. 그들 넷은 해변을 따라 널려있는 바위들을 넘기 시작했다. 하지만 비 때문에 불규칙한 바위 표면이 너무 미끄러워서 그들은 서로 잡아주어야 했다. 앨런이 캐롤의 손을, 그다음엔 멀더를, 그리고 스컬리를 잡아 주었다. 진도는 더뎠다.

"젠장." 스컬리는 10m도 못 가서 발이 미끄러지며 바위들 사이에 끼자 소리쳤다. "젠장!" 그녀는 고통 속에서 다시 내뱉었다.

"좀 도와줘." 멀더는 앨런에게 말했다. 앨런이 무릎을 꿇고 스컬리의 발목이 낀 바위를 잡아당기는 사이, 멀더는 스컬리가 다시 균형을 잡을 때까지 그녀를 지탱했다. 하지만 스컬리는 발목에 멍이 들어 바위 위를 이동하는 것이 불가능해졌다.

"저 아래로 가 봅시다." 멀더는 말하면서 그들이 벙커를 떠난 이후 점차 물러나 이제 조수가 완전히 빠진 바다를 가리켰다.

"안 돼요!" 스컬리는 대답했다. "농담해요?"

썰물이 드러낸 것은 바다 밑바닥만이 아니었다. 저 앞에 세 개의 해골 중 두 개가 다시 보였다. 스컬리가 반대하는 소리에 캐롤이 시선을 들었다가 해골들을 보자마자 손으로 입을 가리면서 흐느꼈다. 앨런이 그녀에게 다가가, 가자고 설득했다.

"해변에 바짝 붙어서 저것들을 피해 가자고요." 멀더는 말했다. 멀더의 도움으로 스컬리는 절뚝거리며 모래사장을 가로질러 덤불을 통과해 해변 위 절벽에 다다랐다. 아직도 눈물이 가득한 캐롤이 앨런과 서서 기다리고 있었다. 해골에서는 아무것도 솟구치지 않았다.

"바턴 씨를 조심해요." 멀더는 여자들에게 말했다. 그리고 앨런에게 말했다. "너희 저 창문으로 나왔지, 맞니?" 그는 나쁜 창문을 가리켰다. 그 아래 사다리가 여전히 세워져 있었다.

"네, 사다리는 없었지만요." 앨런은 대답했다.

"알겠다. 손 좀 빌리자." 앨런은 멀더를 도와 사다리를 다른 쪽 창문 아래에 가져다 댔다.

"좋아요, 스컬리, 이번엔 당신이 기니피그예요. 먼저 올라가요. 안에 들어간 다음 무슨 일이 생기면 말해줘요." 그는 아이들에게 말했다. "스컬리가 사다리를 오르게 도와줘. 그녀가 괜찮다고 확인해주면, 너희도 저 창문으로 올라가라. 그렇지 않으면, 여기 남고."

"당신은 뭐하게요?" 스컬리가 걱정스럽게 물었다.

"바턴을 감시해야죠."

"당신의 그 빌어먹을 가설, 맞는 편이 좋을 거예요. 내가 죽게 되면 당신을 결코 용서하지 않을 테니까."

"그럼. 죽지, 마요."

멀더는 사다리 옆으로 가서 몸을 돌려 절벽을 등지고 섰다. 그는 드러난 바닥 면을 지켜보았다. "다들 안에 들어가면 알려주렴. 창문들의 작용에 대해 내가 제대로 이해한 거라면, 나쁜 창문을 통해서 말해줘야 한다. 왼쪽 거 말이야." 그는 아이들에게 덧붙였다.

멀더는 손을 사다리에 얹고 기다렸다.

잠시 뒤 스컬리가 말했다. "효과가 있어요, 난 괜찮아요, 다들 올라와."

일 분이 채 못 돼서 멀더는 앨런의 목소리를 들었다. "우리 전부 올라왔어요."

멀더는 안도하며 해변으로 걸어갔다. 그제야 자신이 무언가를 놓쳤음을 깨달은 것이다. "친구의 해골이 어떤 거지?" 그는 어깨 너머로 외쳤다.

"아저씨한테 가장 가까이 있는 거요, 바로 왼쪽에요." 앨런이 대답했다.

그건 15m가량 떨어져 있었다. 멀더는 숨을 깊이 들이마시고 해골로 달려가서 손가락뼈를 잡아챘다.

"조심하세요! 그게 오고 있어요!" 앨런이 소리쳤다.

멀더는 뼈를 떼어내려 했지만, 힘줄이 너무 빡빡했다.

"움직여야 되요!" 앨런이 고함을 질렀다.

멀더는 시선을 들었다. 그 소용돌이치는 것은 이제 성인 남자만큼이나 커져 있었다. 멀더는 두려움에 몸을 떨었다. 손가락뼈는 포기한 채 그는 해골의 어깨에 발을 얹고 팔 윗부분을 움켜쥔 다음 잡아당기는 동시에 비틀었다. 팔이 떨어져 나왔다.

그 소용돌이는 이제 2m가 넘었다. 그것은 높이 솟구치며 위아래로 흔들렸다.

멀더는 땀을 흘리면서 갯벌과 해변을 전력 질주했다.

"그게 다가와요! 쫓아오고 있어요!" 누군가가 소리쳤다.

한 손으로 팔뼈를 들고, 멀더는 다른 손으로 사다리를 움켜잡았다. 맨 아래 가로대에 올라섰지만, 발이 미끄러졌다.

"빌어먹을." 그는 욕설을 내뱉었다. 순간 자신이 소각로에 던져진 것처럼 느껴졌다. 최악의 열기가 아래쪽에서 덮쳐오고 있었다. 그는 끓어오르는 동시에 구워지고 있었다. 멀더는 사다리 위로 올라서려 애썼지만 다리가 움직이지 않았다. 손가락이 가로대에서 미끄러졌다. 숨을 쉴 수가 없었다. 열기를 견디기 어려웠다.

차가운 물이 그를 적셨다. 갑자기 그의 다리가 움직였다. 그는 지옥문을 지키는 개가 자신을 쫓아오는 것처럼 사다리를 잽싸게 올라와 창문 안으로 몸을 던졌다. 오른쪽 발이 창틀에 걸렸다. 그는 공중에서 몸을 비틀며 왼쪽 어깨로 바닥에 떨어졌다. 그가 들고 있던 끔찍한 물건이 방 저편으로 날아갔다.

"근사한 등장이네요." 스컬리가 말했다. 그녀는 절뚝거리며 다가와 그를 일으켰다.

"고마워요." 멀더는 일어서며 앨런, 캐롤, 스컬리를 살펴보았다.

그들 모두 정상으로 보였다. 고먼이 그들 뒤에 서 있었다. 나이 들고 엄숙한 모습으로.

"모두 괜찮니?" 멀더가 물었다.

모두 고개를 끄덕였다.

"물 뿌린 건 누구지?" 그가 물었다.

"저요." 앨런이 대답했다.

"여기 올라온 다음에, 앨런에게 들통을 채우라고 했어요." 스컬리가 설명했다.

"아저씨한테 뿌릴 생각이었어요, 그게 아저씨를 건드리지 못하게요. 그런데 그게 너무 빨라서, 아저씨만 맞추는 대신에 둘 다한테 동시에 뿌리고 말았어요." 앨런이 말했다.

"우리 모두 운이 좋았어요." 스컬리가 덧붙였다.

"고맙다. 장작더미 속에 있는 것 같았어. 잔 다르크가 어땠을지 이제 알 것 같구나." 멀더는 말하면서 손가락으로 이마의 물을 닦았다. "어쨌든, 우리가 맞았어요, 안 그래요? 두 개 다요. 좋은 창문은 효과가 있었고. 바턴 씨는 물을 싫어하고."

"그게 같은 바턴 씨라면요. 한 가족이 있을지도 모르죠." 스컬리는 덧붙였다.

멀더는 좋은 창문으로 평범한 예인선이 바지선을 끌고 가는 것을 보았다. 만조에 가까웠다. 그는 다른 창문 쪽으로 가 보았다. 조수는 낮고, 여전히 해골 두 개가 드러난 갯벌에 누워 있었다.

그동안 스컬리는 뼈를 살펴보았다. 고먼이 건넨 상자에 뼈들을 담고 스컬리는 말했다. "멀더, 이 아이들을 집으로 보내고 수색을 마무리해야죠. 아이들 부모에게는 뭐라고 할까요, 그리고 이 아이의 부모님한테는 뭐라고 하죠?" 그녀는 상자를 들어 보이며 말했다.

"무슨 말을 할 수 있겠어요? 우선, 우리는 무슨 일이 일어났는지도 모르잖아요. 바턴 씨, 그 해골들, 기지의 갑작스러운 변화. 아무것도 말이 되지 않아요." 멀더가 말했다.

"나도 알아요. 사람들이 우리말을 믿을 리가 없어요. 둘러댈 말이 필요해요." 스컬리는 대답했다.

에드 고먼이 말했다. "아이들이 코우 아일랜드에 갇혀있었다고 하면 어떨까요?" 멀더와 스컬리가 어리둥절해 보여서 고먼은 설명해주었다. "코우 아일랜드는 여기서 북쪽에 있는, 바위와 덤불만 있는 8,000㎡ 정도 되는 섬입니다. 사람이 살지 않아요."

스컬리는 고개를 끄덕였다. 그녀는 아이들에게 손짓했다. "너희는 친구랑 같이 그 섬에 갔고, 그 아이가 데리러 오겠다고 약속했지만 오지 않은 거야. 그래서 지나가는 배가 있을 때까지 기다려야 했는데, 오늘까지는 배가 없었고. 이 얘기 괜찮겠니?"

"그런 것 같아요. 하지만 재키는요?" 캐롤이 말했다.

"그 아이는 지난밤에 돌아오고 싶어서 수영하기 시작했고, 그 후로 너희들은 그 아이를 못 본 거지." 멀더가 제안했다.

"별론데요. 걔는 수영을 싫어해요, 차가운 물은 질색하고요." 앨런이 말했다.

"이봐." 멀더는 말했다. "이 얘기가 세상에서 가장 그럴싸하게 들릴 필요는 없어. 우린 어떤 수를 써서라도 FBI가 사법권을 가져오게 할 거야. 우리가 공식 수사를 지휘할 거고, 캐롤은 그냥 실종되는 거야." 멀더는 스컬리를 쳐다보았다. "자세한 부분은 나중에 맞추기로 해요."

"하지만 그건 진실이 아니잖아요. 죄송해요, 하지만 그건 전부 엄청난 거짓말이라고요!" 캐롤이 말했다.

"네 말이 맞다, 캐롤." 멀더는 동의했다. "하지만 저 밖의 바턴 씨를 생각해 보자. 뭐가 '진실'이지?"

스컬리가 가세했다. "우리에겐 선택의 여지가 없잖니? 그냥 아무 말도 안 할 수는 없어, 모든 사람이 무슨 일이 있었다는 정도는 알게 될 테니까. 그리고 우리가 '진실'을 얘기하면—." 스컬리는 손가락으로 따옴표를 흉내 냈다. "—우리 모두 정신병자로 취급되겠지."

멀더가 고개를 끄덕였다. "혹은 다른 모든 사람이 공포에 질리거나. 우리도 거짓말이 좋은 건 아니야. 가끔은—자주는 아니지만, 가끔은—탄저병인 것처럼, 혹은 치명적인 바이러스인 것처럼 진실을 가둬둬야 한단다. 지금이 바로 그런 때이고. 무슨 말인지 알겠니?"

"한 가지 안심해도 되는 게 있어." 스컬리는 덧붙였다. "멀더가 수사국에는 전부 그리고 정직하게 보고할 거라는 거지. 하지만 대중에 공개하지는 않을 거야."

캐롤은 앨런을 쳐다본 다음 다시 스컬리를 쳐다보았다. "이런 게 사람들이 말하는 정부의 음모라는 건가요?"

웃으면서 스컬리는 고개를 끄덕였다. "그래, 너희는 정확히 거대한 정부의 음모 한가운데 있는 거야. 하지만 정작 그 안에 있다고 해서 그렇게 나빠 보이지는 않을 거야, 안 그러니? 왜냐하면—." 그녀는 어깨를 으쓱했다. "—달리 할 수 있는 게 없거든."

앨런은 고개를 끄덕이고 있었다. "정말 무슨 일이 있었는지 설명하려고 한다면, 슈퍼마켓 계산대에 꽂힌 타블로이드 신문들에서 우리 얼굴을 발견하게 되겠군요."

캐롤은 얼굴을 찌푸렸다. 그런 다음 주저하며 말했다. "그럴 것 같네요."

멀더는 고먼에게 돌아섰다. "봉쇄 얘기가 나와서 말인데, 에드, 우리 직원 중에 석공이 있나요?"

"네, 카운실 블러프스에서 막 프로젝트를 마친 전문 인력이 있습니다."

"그 사람들 가능한 한 빨리 이리로 오라고 해요. 저 왼쪽 창문을 벽돌로 막았으면 좋겠어요—아니, 벽돌 말고 화강암을 씁시다. 두 개 층으로 두텁게요. 당신은 일을 마칠 때까지 여기 있어요, 그런 다음 영구적인 계획들에 착수합시다—당신을 어떻게 해야 할지도 포함해서요. 나이를 되돌리기 위해 저 창문으로 나가보고 싶으면, 그 사람들이 오기 전에 알려줘요."

"알겠습니다, 생각해 보지요." 고먼은 전화기로 총총히 다가갔다.

"이 상자를 단단히 묶을 테이프 좀 찾아봅시다." 멀더는 스컬리에게 말했다. "수색대에 수색을 종료시키고 부모들에게 설명한 다음에 돌아와서 가져갑시다. 당신이 괜찮다면 내가 이 아이들을 부모에게 데려갈게요. 당신은 나보다 부드러우니까, 재키의 부모에게 가주면 고맙겠어요. 그리고 대조할 DNA도 받아와야 하고요."

스컬리는 엄숙하게 고개를 끄덕였다. "물론이에요."

멀더는 캐롤에게 다가가 그녀의 어깨를 감쌌다. "둘러댈 말은 가는 길에 생각해보자." 그런 다음, 앨런에게 말했다. "자, 집에 가자."

월요일 오후 2시 45분

육 주 뒤에, 정장을 입고 페도라를 쓰고 손가방을 든 오십 대의 키 큰 남자가 병영 건물들을 지나쳤다. 그는 흐릿한, 눈에 띄지 않는 남자였다. 현관에 계단을 설치하고 현관문을 칠하고 있던 인부들은 그에게 전혀 관심을 두지 않았다.

그는 연병장을 가로질러 길을 따라 철문에 이르렀다. 정면의 용접된 걸쇠에는 커다란 새 자물쇠가 걸려 있었다. 그는 바지 주머니에서 열쇠를 한 다발 꺼내어 그중 하나를 골라 자물쇠를 연 다음 안쪽으로 문을 밀었다. 가방에서 손전등을 꺼내어 터널 아래쪽을 비추면서 그 빛을 따라 안으로 들어갔다.

그 방에 도달하자 그는 전등 빛으로 커튼에 가려진 오른쪽 창문을 비추었다. 그런 다음 왼쪽 창문—혹은 창문이 있었던 자리를 비추었다. 바닥에서 꼭대기까지 그 자리에는 화강암 포장 블록이 설치되어 있었다. 그는 방을 가로질러 공사한 부분을 자세히 들여다보았다.

그는 두 개의 돌덩이들에 손전등을 비추고 가볍게, 천천히, 손가락으로 그 틈새를 어루만졌다. 잠시 뒤, 살살 흔드는 소금 병에서 떨어지는 소금 결정체들처럼, 소량의 모르타르 가루가 흩날렸다. 맨눈으로는 거의 보이지 않을 정도였다.

그는 더 위쪽, 또 다른 두 돌덩이 사이에서 모르타르를 조심스럽게 털어냈다. 극미한 가루들이—한 번에 한두 알갱이씩, 아주 자세히 들여다보는 사람에게만 보일 법하게, 아주 조금씩 그 돌벽 앞을 떠다녔다.

그는 손가락으로 다른 틈새들을 전부 어루만지며 훑었다.

일을 마치자 그는 돌아섰다. 손전등 불빛이 근처에 놓인 높은 나무 스툴을 비추었다. 그는 스툴을 끌어당겨 새로 생긴 돌벽 앞에 앉았다. 겨드랑이 사이에 손전등을 끼우고 그는 양손을 양복 윗도리 주머니에 넣었다. 한쪽 주머니에서는 담배를, 다른 쪽에서는 라이터를 꺼냈다. 그는 담배에 불을 붙여 깊이 들이마시며 손전등 불빛 속에서 떠도는 미세한 입자들이 점점 더 많아지고 가라앉는 것을 바라보았다.

아주 살짝, 그는 미소를 지었다.

TRUST NO ONE

THE X FILES™

조각상들

Statues

케빈 J. 앤더슨

THE X FILES™

퍼니스 크릭
데스밸리 국립공원
1995년 5월 11일, 오전 10시 16분

활활 타오르는 태양이 바위투성이 풍경을 갈색, 황갈색, 적갈색, 황토색으로 적셨다. 마치 녹아내린 귀금속을 물감으로 색칠해 놓은 듯했다. 들쑥날쑥한 산맥들은 계곡 바닥에서 솟구쳐 있었고, 면도날처럼 쭉 뻗은 길은 사막을 가로지르고 있었다. 오래전 개척자들이 죽음만을 목도했던 이 계곡은 오락용 교통수단들과 얼빠진 관광객들의 장소가 되어 버렸다.

붉은 지프차 한 대가 어른거리는 길을 따라 마치 살인 무기에서 흩뿌려진 핏자국처럼 튀어 올랐다. 차는 바퀴로 자갈투성이의 갓길을 스치며 돌덩이들을 차올리다, 운전자가 간신히 통제한 덕에 가까스로 전복을 피했다.

지프차는 계곡의 반대쪽 소실점에 모여 있는 거주지, 사막 한가운데 뜻하지 않게 솟은 녹지를 향해 돌진했다. 퍼니스 크릭은 나머지 데스밸리와 선명하게 대조를 이루는 곳으로, 야영지나 기념품점, 주유소, 세계적인 수준의 휴양시설들이 밀집해 있었다. 다채로운 색상의 셔츠에 격자무늬 반바지를 입은 골프 치는 사람들이 잘 자란 잔디밭 위에 서서 스윙을 하다 멈추고 다가오는 지프차를 바라보았다.

운전자는 재빨리 몸을 비키는 보행자들과 '럭셔리 코치' 관광버스를 피해 마을을 알리는 표지판을 강타했다. 지프차는 차라기보다는 발사체처럼 고속도로를 가로지르는 아치형 입구 아래—퍼니스 크릭 목장, 술집, 상점, 스테이크하우스, 판자를 깐 길, 장식적인 말뚝들이 완비된 곳으로 질주했다.

지프차는 술집 앞 나무울타리를 들이받고 휘청거리며 멈춰 섰다. 엔진은 그르렁거렸고 라디에이터는 터져서 김을 뿜어댔다. 몇 사람은 도움을 주러 달려온 반면, 다른 이들은 그저 바라보기만 했다. 심지어 몇몇은 자신들의 가족 여행 스크랩북에 기록할 사건을 기념하기 위해 사진을 찍어댔다.

운전석 문이 쾅 소리를 내며 휙 열리더니, 운전자가 망가진 차체에서 스스로 빠져나왔다. 남자는 혼미한 상태로 뻣뻣하게 움직이며 불안정하게 겨우 몸을 가누고 있었다. 〈오즈의 마법사〉에 나오는 양철 나무꾼처럼 몸을 흔들며 뻣뻣한 걸음걸이로 휘청휘청 걸어 나왔다. 그는 고개를 들었지만, 얼굴은 분필처럼 하얗게 질려 있었고, 표정은 부자연스럽게 얼어붙어 있었다. 그는 말을 하지 못했다.

근처 관광안내소에서 공원 관리인이 서둘러 나왔다. 그 운전자는 구조를 바라기라도 하듯 관리인을 향해 비틀거리며 두 걸음 정도 다가오더니 크게 숨을 헐떡이고는 쓰러지는 나무처럼 앞으로 고꾸라졌다. 그의 옷이며 손, 얼굴, 심지어 머리카락까지 반짝이는 미네랄 침전물로 뒤덮여있었다. 마치 젖은 가루와 모래로 흠뻑 적셔진 다음 햇빛에 딱딱하게 굳은 것처럼.

관리인이 겁에 질린 채 미동도 없이 누워 있는 쓰러진 남자 옆에 쭈그리고 앉았다. 그는 운전자의 어깨를 움켜쥐고 호흡을 들어보았다.

"그 사람은 왜 그렇게 하얗죠?" '나는 데스밸리에서 살아남았다'라고 쓰인 티셔츠를 입은 배불뚝이 남자가 물었다.

관리인은 맥박을 찾아 쓰러진 남자의 손목을 만져본 다음 팔을 들어 올리려고 했지만, 남자의 팔은 조각상처럼 뻣뻣했다. 뺨을 만져보니 피부에는 탄력이랄 것이 전혀 없었다. 남자의 눈은 뜨여 있었고 어딘가를 보고 있었으며 단단한 분필처럼 하얗게 변해있었다.

관리인이 말했다. "이 사람은…, 돌이 됐어요."

FBI 본부, 워싱턴 D.C.
월요일 오후 4시 52분

메두사 가면은 끔찍했다. 독니를 드러낸 뱀들이 뒤엉킨 머리카락에, '사이코 전 여친' 사진 대회가 있다면 따 놓은 당상일 법한 얼굴까지. 그 입에 뚫린 구멍 뒤에서 멀더가 말했다. "안녕, 스컬리."

양손을 엉덩이에 올려놓고 멀더의 사무실에 선 스컬리 수사관은 조금도 겁을 내지 않았다. 멀더는 가면을 치우며 그녀에게 실망스러운 미소를 보였다. "이건 메두사 가면이에요. 어떤 게 쓸모가 있을지는 모르는 법이죠." 그는 책상에 늘어놓은 것들 위에 가면을 올려놓았다. "새로운 사건에 대해 조사 중이었어요. 그리스 신화에 따르면, 메두사는 시선으로 사람들을 돌로 변화시킬 수 있었죠. 이 가면은 메두사를 정확하게 묘사했다고 하더군요."

"어떻게 하면 조각가가 본인은 돌로 변하지 않은 채 메두사를 자세히 들여다볼 수 있었을까요?"

멀더는 논리적인 난제에도 단념하지 않았다. "사람을 돌로 변화시킬 수 있었다는 창조물에 관한 이야기는 여러 문화권에서 나타나요—메두사나, 바실리스크나, 코카트리스처럼요."

스컬리는 말했다. "그런 전설들은 아마 화석을 찾아낸 사람들이 고안해냈을 거예요. 살아있는 존재가 어떻게 돌이 될 수 있는지 설명해보려 한 거죠. 화석화가 진행되면, 아주 오랜 기간에 걸쳐 미네랄 물질이 점점 생체 물질을 대체하면서 원 생명체의 석조 복제물이 남게 되는 거예요."

멀더는 미소를 감추지 못했다. 스컬리가 적절한 의문을 정확하게 제기했던 것이다. "그렇죠, 그런 과정은 수세기가 걸리게 마련이죠. 보통은요."

스컬리는 기다렸다. 그들은 이런 게임을 이전에도 수없이 해왔다.

멀더는 그녀에게 인쇄한 사진을 보여주었다. 스컬리는 퍼니스 크릭 목장 바닥에 사지를 뻗은 채 하얗게 돌이 된 남자를 쳐다보았다. "이 남자는 그 자리에서 화석화됐어요—수십 명의 목격자 앞에서 말이죠."

스컬리는 사진을 보며 얼굴을 찌푸렸다. "멀더, 그건 불가능해요."

"피해자는 모하비 사막에 있는 미네랄 개간 회사에 고용되었던 프리랜서 탐사자였어요. 검시관이 보낸 초기 보고서에 따르면 피해자는 뼛속까지 전부 광물화되었다더군요." 멀더는 사진을 도로 가져가 서류에 끼우고, 열려있던 자기 손가방에 집어넣었다. "이제 내가 왜 흥미를 느꼈는지 알겠죠? 우린 이 남자가 어디에 갔었는지 그리고 무엇을 발견했는지 찾아내야 해요. 그쪽에서 우리가 검사할 수 있도록 시체를 보존하고 있어요. 여행 관련 서류는 이미 준비됐고요."

그는 스컬리를 재촉해서 사무실 밖으로 데리고 나왔다. "데스밸리로 갑시다. 내가 선크림은 벌써 챙겨놨어요."

펜드라곤 갤러리
캘리포니아 주, 로스앤젤레스
월요일 오후 8시 7분

두 명의 웨이터가 전채 요리가 든 은쟁반을 들고 고급 갤러리 내를 돌아다녔다. 죽여주는, 혹은 불편해 죽을듯한 정장을 차려입은 냉담한 남녀 관객들이 샴페인을 마시면서 전시회에 경탄했다. '버나드 룸케 단독 조각 전시회'였다.

후원자들은 움직임이 없는, 실물과 똑같지만 충격적인 조각상들 주위에 모여들어 있었다. 그 조각상들은 울퉁불퉁한 인간의 형체들로 강렬한 조명 아래서 마치 진흙과 알칼리성 소금의 혼합물로 만들어진 듯 반짝거렸다. 인간의 형상을 한 것이 여덟 개, 뒤틀린 석조 코요테가 하나였다. 비명을 지르는 남자의 조각상은 돌로 된 손으로 머리를 짓누르고 있었다. 또 다른 형상은 태아 자세로 몸을 말고 바닥에 누워 있었다. 하나는 한 세기 전의 사람처럼 보이는, 수염을 기른 탐사자였다.

저명한 평론가인—적어도 자신의 마음속에서는—트래비스 애슈턴은 두 개의 무가지에 칼럼을 써서 돈을 벌었다. 그는 진주를 주렁주렁 걸친 포동포동한 젊은 여자와 잡담을 하면서 조각상들을 들여다보았다. 그는 자신의 세련된 염소수염을 쓰다듬었다. "수년간 LA의 예술 현장에 있었지만, 이런 건 본 적이 없습니다." 그는 비명을 지르는 남자의 조각상 주위를 돌면서 그 얼굴에 나타난 사실적인 표정, 벌어진 입, 돌로 된 눈을 들여다보았다. "너무나 원시적이고 너무나 기이해서 에드워드 뭉크의 '절규'를 연상시키는군요. 하지만 이건 독창적인 해석이에요."

"오, 저도 그 작품 좋아해요. 버나드 룸케는 이번 주의 천재인 거 같아요." 여자는 애슈턴에게 관심 있어 보이지는 않았지만, 그는 늘 기대를 품곤 했다. 어쩌면 여자가 그가 쓴 칼럼에서 그의 이름을 들어봤을지도 모를 일이었다. "재능을 근사하게 드러내고 있어요. 내 집 마당에 두고 싶은 종류는 아니지만요."

애슈턴은 눈을 굴리지 않으려고 애썼다. "이 작품들은 어느 마당에 전시될 작품이 아닌 것 같군요." 이 여자는 뭘 찾고 있는 거지? 핑크 플라밍고? 그는 괴로워하는 돌 코요테에 몸을 굽히며 이 특정 작품이 나머지 전시물과 어떤 식으로 들어맞는지 고민했다. 이 전시회의 근본적인 주제를 알 수가 없었다. 하지만 그 젊은 여자가 그를 계속 보고 있어서, 그는 자신이 완벽하게 이해하는 것처럼 잘 아는 척 고개를 끄덕였다.

"룸케는 모하비 사막 어딘가에 있는 유령 마을에 살지요. 그 사람은 은둔자예요." 애슈턴은 그 젊은 여자에게 설명하며 깊은 인상을 주려고 애쓰는 동시에 그녀가 앞쪽 안내데스크에 있는 같은 안내책자를 읽지 않았기를 바랐다. "그의 기교는 예술계가 보아왔던 어떤 기교와도 다르고, 또 그는 누구에게도 자기 방식을 설명하길 거부하지요."

그는 그 옆의 조각상에 눈을 돌려 들여다보며, 아울러 지나치게 많은 진주를 걸친 그 여자도 쳐다보았다. 결혼반지도 없고, 여자는 혼자였다. "나는 그 사람과 인터뷰를 하려고 합니다." 그는 선언했다. "저 먼 데스밸리까지 내내 운전해야 한대도 말이지요." 그런 독점적인 프로필이 있으면 애슈턴은 예술 잡지의 표지를 장식할 수도 있으리라, 심지어 유료 잡지까지도.

"미안하군요, 애슈턴 씨. 하지만 내 고객은 아무도 만나지 않아요. 특히 비평가는요."

애슈턴이 고개를 돌려 보니 풍성한 콘로 스타일 머리[74]를 한 날씬하고 피부가 검은 여자가 서 있었다. 그녀는 굉장히 아름다웠다. 정말이지 너무나 매력적이어서, 그는 구역질하듯 등을 구부린 남자의 조각상을 보러 자리를 뜬 포동포동한 젊은 여자는 까맣게 잊어버렸다. "사실, 그는 어떨 땐 나조차도 만나지 않아요…. 그가 LA에 오는 걸 싫어하는 만큼이나 나도 프러스트레이션 코너스에 가는 것을 즐기지는 않지만요." 그녀는 손을 내밀었다. "켄드라 펜드라예요, 룸케 씨 작품의 대리인이지요. 보시다시피, 우리의 직업 관계는 바위처럼 단단하답니다." 그녀는 아주 살짝 웃음을 머금었다.

애슈턴은 자신의 방식이 펜드라에게 선선히 먹혀들기를 기대하면서 따뜻하게 마주 웃어 보였다. 이런 관계는 가치 있을 수도 있었다. "그런 요구를 하는 예술가는 별종이기 쉽지요. 그런 점이 신비감을 높여주기도 하고요." 그는 말했다.

그녀가 연락처를 알려준다든가 소개를 해 줄지는 미심쩍었지만, 애슈턴은 스스로도 알아낼 수 있을 것 같았다. 프러스트레이션 코너스라고? 지도상으로는 파리똥만 하리라. 인구는…. 음, 한 열두 명쯤? 그 조각가를 찾아내기란 어렵지 않을 터였다.

---

74) cornrow hair. 여러 가닥으로 땋은 머리.

퍼니스 크릭 응급실/의료 센터

데스밸리, 국립공원

화요일 오전 11시 3분

스컬리는 퍼니스 크릭에 있는 제한적인 의료 센터 앞에 렌터카를 세웠다. 데스밸리에 오기 위해 멀더와 스컬리는 워싱턴에서 라스베이거스로 날아간 다음 사막의 고속도로를 내달렸다. 스컬리는 난폭한 운전자가 아니었지만, 쭉 뻗은 길과 어른거리는 사막은 시속 150km가 새로운 100km인 양 믿도록 스컬리를 유혹했다.

그 의료 시설은 병원이라고 할 만큼 크지는 않았다. 주로 '멍청한 관광객 부상들'—열사병, 탈수, 골절 혹은 무모한 등반으로 인한 발목 손상을 위한 외상 센터 역할을 하는 곳이었다. 스컬리는 이곳이 부검을 완벽하게 시행하는 데 필요한 시설을 갖추고 있을지 의심스러웠다. 시체를 라스베이거스에 있는 더욱 정교한 실험실로 옮겨야 할지도 몰랐다.

그들이 입구를 향해 걷고 있을 때, 스컬리는 물었다. "이게 장난질 따위가 아닌 거 확신해요, 멀더?"

멀더는 돌로 변했다고 추정되는 남자를 보고자 하는 열망에, 기운차게 걷고 있었다. "카디프 거인처럼요? 1869년에, 뉴욕에 사는 한 농부가 키가 3m가 넘는 돌이 된 선사시대 남자를 파냈다고 주장했죠. 그것을 보려고 엄청난 사람들이 몰려들었고, 상당히 화제가 되었고요—나중에 정교한 가짜임이 밝혀지기까지는. 그 십 년 전에는, 캘리포니아의 한 일간지가 시에라네바다 산맥에서 한 탐사자가 정동석

안에서 발견한 액체를 마시고는 돌로 변했다고 주장하는 편지를 실은 적이 있었어요. 그 편지 역시 가짜라고 밝혀졌고요." 멀더는 스컬리를 위해 문을 잡아주며 실망스럽다는 듯 말했다. 그들은 에어컨이 켜진 시설로 들어섰다. "하지만 이번 희생자는 공원 관리인을 비롯해 한 무리의 목격자 앞에서 돌로 변했으니까요."

가죽 같은 피부에 검버섯이 돋은 두피, 칫솔 같은 눈썹을 한, 어쩔 줄 몰라 보이는 남자가 서둘러 다가와 그들을 맞았다. 멀더의 검은 재킷과 바지, 흰 셔츠, 검은색 타이와 스컬리의 전문가다운 사무적인 태도가 그들을 일반 관광객들 사이에서 두드러지게 했다.

"멀더와 스컬리 수사관이시죠? 이 지역 검시관, 브라이스 애덤스입니다. 멀더 수사관이 요청한 대로 당신들이 확인할 수 있게 시체를 보존해두었습니다. 보고서를 마무리 지어야 하는데, 두 분이 빈칸을 채울 수 있게 도와줄 수 있다면 좋겠군요. 이 시체에는 정말이지 두 손 들었습니다."

스컬리는 복도로 그를 따라가며 지극히 사무적으로 물었다. "시체 보관실이 있나요?"

"이 경우에는 필요 없습니다." 애덤스는 한 쌍의 스윙도어를 밀어젖혔다. "여기서 희생자를 검시하면 됩니다."

스컬리는 얼굴을 찌푸렸다. "이런 열기에, 부검실도 아닌 이런 곳에서요? 시체를 그냥 밖에 놔둔 게 아니어야 할 텐데요. 시체가 훼손됐을 수도—."

애덤스가 그녀의 말을 끊었다. "걱정할 것 없어요. 보시다시피 냉장할 필요가 없거든요." 부검실 안에, 한 형체가 양팔은 굽혀 위로 뻗고 등은 구부린 채로 뻣뻣하게 굳어서 바퀴 달린 들것 위에 누워 있었다. 마치 돌덩어리로 조각한 것처럼 보였다. 표정은 사망 당시에 굳어버린 듯했다.

스컬리는 정신을 온통 빼앗긴 채 앞으로 다가갔고, 멀더가 그녀 뒤를 따랐다. 스컬리는 남자의 머리 위로 몸을 굽히고 라텍스 장갑을 착용한 다음 피부를 만져 보았다. "단단하게 느껴져요, 시멘트처럼요. 이 남자의 몸 전체가 자발적으로 돌이 된 것 같아요. 살이 전부 광물화됐어요."

스테인리스 스틸 도구함에서 애덤스가 잘린 옷자락에 둘러싸인, 하얗게 굳은 네모진 지갑을 집어 들었다. "저 사람의 옷, 피부, 모든 게 돌이 됐어요. 하지만 우린 지갑을 따로 파냈습니다. 운전면허증에 의하면, 이 사람은 윌슨 비티이고, 캘리포니아 주 티로나에 있는 광물 관련 회사에 고용된 프리랜서 탐사자입니다. 드라이 씨 자원 개발이라는 곳이에요. 여기서 두 시간 정도 떨어져 있습니다."

스컬리는 희생자의 벌어진, 돌로 된 손가락들과 무언가를 잡으려는 듯 뻗은 손을 잡아 보았다. "이건 마치…, 돌이 된 나무 같아요." 그녀는 손가락을 구부리려고 해봤다. "손바닥은 단단하고 움직이지 않고, 근육은 굳었고, 전체적으로 잘 부러지는—."

그 돌로 된 손의 손목이 갈라지더니, 홱 부러졌다. 스컬리는 부러진 팔을 잡은 채 삐죽삐죽한 손목의 잘린 부분에 두드러진 뼈와 핏줄 등의 흔적이 단단한 돌이 되어 버린 것을 확인했다.

"어제, 이 남자는 거동하고 있었습니다. 남자가 자기 지프차에서 산 채로 밖으로 나와 구경꾼들 앞에 쓰러지는 모습을 다들 봤어요." 애덤스는 겁이 났다기보다는 흥미로운 듯이 말했다. "그런데 지금은 단단한 돌이 되어 버렸습니다."

스컬리는 부러진 돌로 된 손을 들고 있는 멀더를 쳐다보았다. "멀더, 여기서 무슨 일이 벌어졌는지 알아내야 해요. 이 사람이 어떤 식으로든 오염이 된 거라면, 그리고 다른 사람들이 그것에 노출된다면…."

"그래요, 스컬리. 적어도 내일까지는 관광은 하지 말아야겠죠." 멀더는 말했다.

드라이 씨 자원 개발
캘리포니아 주, 티로나
수요일 오후 3시 17분

티로나의 산업 지구는 풍경 위에 찍힌 곪아버린 종기 같은 곳으로 메마른 호수 바닥 가장자리에 세워진 도시였다. 내해가 증발했을 때 남은 화학적인 퇴적물을 채굴하는 것이 이 지역의 주요 산업이었다. 고속도로 한쪽에 나란히 놓인 철길과 이동주택 주차장, 주유소, 음울한 집들이 쇠락한 기업 도시를 수놓고 있었다.

거친 산맥이 반짝이는 하얀 호수 바닥 위에 자리를 잡고 있었다. 평평한 넓은 부지에 커다란 공장이 자리했고, 연기를 내뿜는 굴뚝들이며 철창이 갖추어져 있었다. 거대한 추출 기계가 알칼리성 토지 위를 기어 다니며 흩뿌려진 화학약품의 제일 윗부분을 갈기갈기 찢고 있었다.

"사랑스러운 곳이네요, 멀더." 스컬리가 마을로 차를 모는 멀더에게 말했다. "데스밸리는 이에 비하면 정원이네요."

그는 그 거대한 화학 공장의 울타리를 두른 문으로 향했다. "여기 물은 마시지 맙시다."

커다란 금속 표지판이 명랑한 로고와 '화학 물질은 우리의 가장 좋은 친구'라는 슬로건과 함께 이곳이 '드라이 씨 자원 개발'이라고 밝히고 있었다. 바로 그 옆에는 '무단출입 금지. 들어오지 마시오'라는 표지판이 붙어 있었다. 멀더는 철책이 달린 문 앞 경비실에 멈춰 서서 창문을 내렸다. "핸콕 씨를 보러 왔습니다."

경비원은 얼굴을 찌푸리고 클립보드를 확인했다. 멀더와 스컬리의 사무적인 태도와 전문가다운 복장이 이런 열기 속에서는 낯설게 보이는 듯했다.

"약속했어요." 스컬리가 덧붙였다.

그 경비원은 그들의 이름을 찾아 클립보드를 확인하더니 그들을 들어가게 해 주었다. "당신들이 저 '사막을 지켜라!' 시위자 중 하나만 아니라면야. 여기를 좀 보쇼. 지킬 단계는 이미 한참 지났다니까." 그는 콧방귀를 뀌었다.

멀더는 경비실을 지나쳐 트레일러들로 구성해 놓은 금방이라도 무너질 듯한 관리 동으로 향했다. 그 임시적인 건물들은 그 자리에 아주 오랜 시간 놓여 있던 듯했다.

"비티의 현장소장이 어떤 말을 해줄지 알아보죠. 하지만 비티는 사실상 티로나에서 일하지 않았어요. 토지관리국 땅과 주인 없는 땅을 아우르며 미네랄의 소유권을 찾아다니는 스카우트일 뿐이죠." 스컬리가 말했다.

멀더는 차를 세웠다. "그럼 그가 정확히 어디를 보고 다녔는지 알아내야겠군요. 분명히 기록을 남겼을 거예요."

무기력한 표정의 안내원이 그들을 핸콕의 사무실로 안내했다. 그 현장소장은 미소와 로션을 듬뿍 바른 손으로 그들을 맞았다. 그는 직급에 비해 지나치게 어려 보였다. 멀더는 그 남자가 여기서 오래 버틸지 미심쩍었다. 이 지역의 다른 이들은 모두 칙칙하고 말라붙었으며 나이보다 한참 늙어 보였다.

"비티 씨의 죽음은 우리한테도 상당히 충격적이었습니다, 멀더와 스컬리 수사관. 기꺼이 돕고 싶지만 어째야 할지 모르겠군요. 어떻게 설명해야 할지 모르겠습니다."

"우린 정보가 좀 필요합니다. 비티 씨가 어디를 탐사했고 어떤 것을 발견했는지가 아주 중요해요." 스컬리가 말했다.

핸콕은 이미 그들을 위해 마닐라 서류봉투를 준비해두고 있었다. "윌슨 비티는 독립적으로 일했습니다. 온 사막을 돌아다니며 샘플을 수집했지요. 하지만 기록을 항상 잘 해두었어요. 이런 직업에선 아주 중요한 부분입니다. 누구도 다시는 찾을 수 없는 잃어버린 광산이나 기가 막힌 금광 얘기가 얼마나 많은 줄 아십니까? 혹은 거대한 우라늄 줄기라든가."

"우라늄이요?" 스컬리가 말했다.

"다른 시대 얘기죠. 1950년대에는 상당한 붐이었습니다만, 지금 그 지역들은 전부 환경위험지구로 분류되었습니다. 다행히, 탄산칼슘이나 붕사 같은 분말 화학물질들에는 항상 좋은 시장이 열려 있지요. 백 퍼센트 자연산에, 자연적으로 퇴적되고요." 그는 미소를 지었다. "고대의 바다들이 증발했을 때 풍요로운 미네랄층이 그 자리를 채웠고…. 일부는 여기 말라붙은 호수 바닥처럼 바깥에 그대로 드러나 있습니다. 하지만 비티 씨는 항상 보다 알려지지 않은 퇴적층을 찾아다녔습니다. 무언가 특별한 것을 말이지요."

멀더는 마치 돌로 만든 허수아비처럼 양팔을 옆구리 쪽으로 벌리고 검시 테이블에 누워 있는 비티의 돌로 된 시체 사진을 내밀었다. "그가 특별한 무언가를 발견한 것 같습니다, 핸콕 씨. 그의 기록을 받을 수 있다면 스컬리 수사관과 내가 그 행로를 재추적해 보려고 합니다."

핸콕은 고개를 끄덕이며 함빡 웃었다. "윌슨은 캘리포니아, 네바다 주변을 엄청나게 돌아다녔습니다. 야생에서는 경계들이 그다지 분명하지 않아요. 윌슨은 가치 있는 침전물이 있을 법한 곳을 다니며 오래 묵은 지프 길에서 시간을 보내곤 했습니다."

"그 사람은 퍼니스 크릭에 갔어요. 틀림없이 데스밸리 국립공원 안에 들어갔을 거예요." 스컬리가 말했다.

핸콕은 어깨를 으쓱했다. "엄밀히 따지자면, 윌슨은 공원 경계 내에 있으면 안 됩니다. 하지만 퍼니스 크릭까지 아주 먼 길을 갔을 수도 있어요. 주변에 의료 시설이 많지 않으니까요. 만일 그가 화석화가 진행되는 걸 느꼈고 최단 코스를 택했다면…."

핸콕은 멀더와 스컬리를 사무실 벽에 걸린 커다란 지도 앞으로 이끌었다. 지도에는 빨간색 핀들이 꽂혀 있었다. "이건 윌슨이 머문 주요 지점들을 전부 보여줍니다. 개발되지 않은 지역들에서 채굴권을 확보하려면 정확한 서류를 갖춰야 하거든요. 그런 다음에 적절한 서식들을 전부 제출하는 겁니다." 그 현장소장은 눈썹을 찌푸리더니 데스밸리 국립공원 경계 바로 안쪽에 꽂힌 핀을 슬쩍 빼 경계 밖으로 옮겼다. "물론 우리는 법이 지정한 모든 보호구역 내에 들어가지 않으려고 주의하고 있습니다."

데스밸리 국립공원
목요일 오전 10시 14분

다음 날 아침, 스컬리는 보조석에 앉아 핸콕이 건넨 지도를 펼치고는 월슨 비티가 탐사하고 기록에 남긴 모든 지역을 살펴보았다.

멀더는 밤늦게까지 그 지점들을 정리해서 노란색 형광펜으로 23개 지점을 표시해 두었다. "이 지점들이 지난 몇 년간 실종 신고가 들어왔던 지역들이에요. 내 생각엔 우리가 버뮤다 삼각지대의 데스밸리 버전을 발견한 것 같아요. 프러스트레이션 코너스라고 불리는 곳이죠. 비티는 그 지역도 탐사했어요."

"나라면 실종 신고를 그렇게 신용하지 않겠어요, 멀더. 이 지역이 데스밸리라고 불리는 건 이유가 있어요. 매년 방문객이 수백만 명이 넘는 거대한 지역인 데다, 방문객들 상당수가 무모한 짓을 저지르니까요." 스컬리는 서류들을 훑어봤지만 별다른 건 없었다. "휴가를 떠난 가족들은 풍경을 보려는 거지 그 뒤에 자리한 사막에 대해서는 전혀 준비가 안 되어 있죠. 여기서 실종된 사람들은 발견되지 않고요. 미스터리는 없어요…. 그저 인간의 실수일 뿐이에요."

"대부분은 그렇게 설명될 수 있겠죠. 하지만 전부는 아니에요." 멀더는 말했다.

이제 그들은 사막으로 접어들어 지도상에 점점이 찍힌 회색 선에 불과한 '길들'을 따라가고 있었다. 아주 작은 점을 향해서. "프러스트레이션 코너스라. 이게 진짜 마을인가요?"

"대단한 곳은 아닐 거예요." 멀더는 차를 돌리면서 말했다. "알려진 거주자는, 아마 유일한 거주자일 텐데, 예술가—사실 조각가예요, 버나드 룸케라는. 사방 80km 이내 유일한 사람일 거예요. 예술가의 고독이죠. 영감이며—싼 임대료까지. 윌슨 비티가 이 지역을 탐사하고 있었다면, 둘이 마주쳤을지도 몰라요. 확인해볼 가치가 있어요."

멀더는 움푹 파인 구멍들 주변으로 이리저리 흔들리며, 급히 바위를 피하려다 종종 실패하면서 보이지 않는 길로 나아갔다. "여기는 교통량이 많지 않군요."

"인도도 없고요."

그들은 버려진 금속 판잣집들과 광산 폐허, 녹이 슨 알 수 없는 설비를 지나쳐 지그재그로 흔들리며 고생스럽게 움직였다. 강철 케이블들이 죽어버린 뱀처럼 바위들 위에 널려 있었다. 그들은 비어버린 트레일러들, 버려진 집들에 도착했다. 살아있는 도시라기보다는 유령 마을에 가까운 먼지투성이 쓰레기장이었다. 뼈대만 남은 오래된 풍차가 산들바람을 기대라도 하듯 햇빛 속에 미동도 없이 매달려 있었다. 총 자국이 나 있는 표지판이 그들이 프러스트레이션 코너스에 도착했음을 알렸다. 그 완전한 침묵은 오로지 강렬한 열기에 어울릴 뿐이었다.

유령 마을에 차를 세워놓고, 그들은 갈라지고 녹슨 건물들을 따라 걷다가 사람이 사는 듯한 외떨어진 오두막집을 발견했다. 적어도 그 집 창문은 깨져 있지 않았다. 지붕과 같은 높이로 세워진 기둥들 위에는 이따금 트럭으로 채워지는 커다란 하얀색 플라스틱 수조가 충분한 수압을 제공할 만큼 높이 세워져 있었다.

집 앞은 고철, 오래된 유리병, 깨진 거울, 자동차 부품, 전신주 자재들로 만든 기괴한 조각들을 모아둔 기이한 정원이었다. 조각들은 체인이나 녹슨 경첩들로 한데 묶여 있었다. 멀더는 움찔했다.

스컬리는 얼굴을 찌푸렸다. "그가 자기 작품을 이렇게 외떨어진 곳에 감추는 것도 놀랍지 않네요. 여기야말로 작품이 속한 곳이로군요."

그래도 그 기이한 장치들 사이에서, 그들은 다른 종류의 조각을 발견했다. 풍파에 시달린 나이 든 주술사처럼 보이는 울퉁불퉁한 인간의 형상이었다. 조각상의 발은 그저 잘려져 있었다. 마치 더욱 큰 밑동에서 잘려 나와 이 조각 정원 한가운데에 심어진 듯했다.

멀더는 형편없는 쓰레기 조각상들 가운데 두드러져 보이는 그 기이한 조각상에 더 가까이 몸을 숙였다. "이거 방금 우리가 본 무언가를 연상시키지 않아요?"

낡은 건물 중 하나의 문이 홱 열리더니 한 남자가 산탄총을 들고 걸어 나왔다. "당신들은 대체 누구고 여기서 뭐 하는 거요? 여기는 사유지란 말이요."

스컬리는 얼어붙었다. 무기를 꺼낼 틈이 없었다. "여긴 마을인 줄 알았는데요. 지도에도 나와 있고요."

"개인 소유의 마을이요."

"당신이 버나드 룸케 씨로군요. 우린 당신 작품의 팬입니다." 멀더가 말했다.

스컬리는 천천히 재킷 주머니에 손을 뻗어 배지를 꺼냈다. "연방수사관입니다. 이 지역을 지났을지 모르는 남자의 사망 사건을 수사 중이고요. 분석가이자 탐사자로 자원 개발 회사에서 일했던 사람이죠."

룸케는 산탄총을 든 채 앞으로 나왔다. "지난 세월 수많은 탐사자가 이 길을 지나쳤소만, 나는 그 사람들한테 신경 쓰지 않았소. 그저 내 일을 하게 내버려 두길 바랄 뿐이지." 그는 루브 골드버그[75] 스타일의 쓰레기 조각품들을 흘끗 쳐다보았다. "혹시 사러 왔다면 또 모를까?"

"미안합니다, 제 아파트엔 공간이 없어서요." 멀더는 말했다.

"그 남자 이름은 윌슨 비티예요. 드라이 씨 자원 개발에서 일했죠." 스컬리는 조심스럽게 녹슨 조각상 중 하나의 틈에 자신의 명함을 찔러 넣었다. "생각나는 게 있으시면 연락 주세요."

멀더가 덧붙였다. "혹은 전화를 들여놓게 되면요."

룸케의 산탄총은 그들이 차를 향해 돌아서서 그 안에 올라타는 내내 흔들리는 일 없이 그들을 겨누고 있었다. "그다지 사람을 환영하는 것 같지 않네요." 그들이 마을 밖으로 뻗은 가파른 길을 신중하게 내려갈 때 스컬리가 말했다. "저 사람은 여기서 뭐 하는 거죠?"

"흥미를 돋게 하네요." 멀더는 실제로 웃고 있었다. "룸케의 대리인이 로스앤젤레스에서 활동하고 있어요, 그녀라면 좀 더 기꺼이 대답을 줄지도 모르겠군요. 룸케에 대해 좀 더 알아봐야 할 것 같아요. 그 사람은 특이한 조각상들로 알려져 있어요." 멀더는 눈썹을 치켜세우더니 움푹 파인 구멍을 지나칠 동안 다시 운전대를 움켜쥐었다. "여기서 몇 시간 안 걸리고, 우리 렌터카는 주행 거리에 제한도 없고요."

스컬리는 암울한, 그러면서도 극적인 사막 풍경을 바라보았다. "좋아요, 이 열기를 벗어나고 싶네요." 그녀는 앞으로 손을 뻗어 차량 내 에어컨을 가장 세게 조정했다.

---

75) Rube Goldberg(1883~1970). 미국 만화가. 아주 간단한 일을 아주 복잡한 단계를 거쳐서 시행하는 풍자만화를 그려 인기를 끌었다.

펜드라곤 갤러리, 로스앤젤레스
목요일 오후 4시 5분

무너져가는 녹슨 건물들 대신 활기찬 고층 건물들에 둘러싸인 스컬리는 거리를 오가는 차량 소리를 들으며 문명 속으로 다시 들어선 것에 안도했다. 그들은 그날 전시를 위해 문을 연 작은 고급 아트 갤러리에 도착했다. 창가에 걸린 표지판에는 아직도 사흘 전의 룸케 전시회가 홍보되고 있었다.

펜드라곤 갤러리엔 손님은 없었고, 풍성한 콘로 스타일 머리를 한 호리호리하고 잘 차려입은 여자가 부드럽고 전문적인 미소를 띤 채 걸어 나왔다. 스컬리는 배지를 내밀어 신분을 밝혔다. "펜드라 씨, 당신 고객인 버나드 룸케에 대해 몇 가지 질문하고 싶은데요. 그가 그 특이한 조각상들을 어떻게 만드는지도요."

여자의 얼굴이 마치 조각상으로 변한 듯이 굳어졌다. 길고 가느다랗게 땋은 머리 가닥이 얼굴 주변에 늘어졌다. "미안하지만 제 고객에 대한 정보는 기밀입니다. 그 사람은 개인적인 사람이거든요."

멀더가 말했다. "우리도 눈치챘습니다. 오늘 아침 일찍 직접 방문했었지요."

펜드라의 눈이 커졌다. "그럼 저보다 더 잘 아시는 거예요. 전 프러스트레이션 코너스에 있는 그의 작업실에는 한 번도 가 본 적이 없거든요."

"거기를 작업실이라고 부르는 건…, 과장인 것 같네요." 스컬리가 말했다.

멀더는 실종 신고된 사람들 서류를 꺼내어 빈 탁자 중 하나에 늘어 놓았다. 그는 사진과 팩스 들을 나열한 다음, 마지막 목격 지점들과 윌슨 비티의 탐사 장소들을 꼼꼼하게 조합해 놓은 커다란 지도를 펼쳐 놓았다. "꽤 많은 사람이 프러스트레이션 코너스 인근에서 실종 됐어요."

펜드라는 지도를 보며 얼굴을 찌푸렸다. "버나드는 갤러리에 조각상들을 가져오고, 저는 그 작품이 얼마든 그 값을 지불해요. 그 사람 작품이라면 기꺼이 보여드리겠지만, 그 외에는 그 사람하고 교류가 거의 없어요." 그녀는 갤러리에서 가장 큰 전시실로 그들을 안내했다. "그 사람은 자신의 '발견된 오브제'[76] 금속 조각품들을 전시해달라고 들볶고 있지만, 그것들에는 관심이 없어요."

"누구라도 그럴 거예요. 우리도 봤습니다." 멀더가 말했다.

울퉁불퉁한 조각상들 — 비명 지르는 남자, 코요테, 구역질하는 듯한 형상, 오래전 주술사 — 몇 개가 진열된 채 남아 있었다. 펜드라는 그 작품들에 압도된 듯했지만, 스컬리는 누구든 왜 그런 기이하고 흉물스러운 것을 소유하고자 하는지 이해할 수 없었다.

"어디서도 이와 유사한 작품을 발견하지 못하실 거예요. 버나드의 작품 중 상당수가 개인 수집가들에게 팔렸지만, 이 작품들이야말로 그의 천재성의 깊이를 보여주지요." 펜드라는 멀더와 스컬리에게 각각 안내서를 건넸다. "그리고 물론 가격도요."

멀더가 말했다. "나라면 땅속 요정 석상[77]을 선호하겠는데요."

스컬리는 안내서를 펼쳤다. "이런 가격이라면…. 룸케 씨는 상당

76) found object. 예술 작품을 목적으로 하지 않은 기성품에서 새로이 예술적 가치를 발견하여 예술 작품으로 재탄생한 것들.

77) 정원 장식용으로 두는, 작은 남자 모습의 동화 속 요정 석상.

히 성공한 예술가이겠군요. 언덕 위의 저택을 구입할 수도 있겠어요. 그 사람은 왜 그런 사막에 사는 거죠?"

"버나드는 필요한 편의시설은 모두 갖추고 있어요. 게다가 그는 사막에서 영감을 받고요. 데스밸리는 버나드에게 작업에 필요한 생생한 소재들을 제공하지요."

멀더는 평상복을 입고 있지만 세세한 부분들은 하얀 알칼리성 시멘트에 가려져 있는 남자의 조각상을 들여다보았다. 조각상의 얼굴이 눈에 들오자 멀더는 눈을 찌푸리고 실종 신고 서류를 찾아보았다. 그는 흐릿한 팩스 사진이 담긴 서류를 꺼내어 조각상 옆에 들어보았다. "닮은 점이 보여요?"

펜드라가 크게 웃었다. "상상력이 뛰어나시군요, 멀더 수사관."

"예, 그런 편이죠. 하지만 또 궁금한 것이…." 그는 석조 팔뚝에 손을 뻗었다. "이 조각상은 왜 손목시계를 차고 있죠?"

"버나드는 세부에 대한 집착 때문에 평론가들의 찬사를 받았어요."

멀더는 렌터카 열쇠를 꺼내어 날카로운 끝을 이용해서 조각상의 손목시계를 긁었다. 펜드라는 비명을 질렀다. "그만둬요! 이건 귀중한 예술 작품이라고요!"

한 번 날카롭게 긁어내자 뒤덮인 잔여물이 떨어지며 돌 아래 진짜 손목시계의 크리스털 앞면이 드러났다. 시계는 아직도 째깍거리고 있었다.

"귀중한 예술 작품이 아니네요, 펜드라 씨. 싸구려 타이맥스예요. 하지만 진짜군요…. 시계 밑의 팔도 그렇고요." 스컬리는 말했다.

펜드라는 질린 얼굴로 쳐다봤지만, 멀더는 그녀가 조각품이 입은 손상에 더 충격을 받았는지 아니면 실제 인간의 몸으로 만들어졌다는 말에 더 놀랐는지 알 수 없었다.

멀더는 실종된 사람의 사진을 내밀었다. "이 조각상은—내 생각엔 전부 그런 것 같은데—돌이 된 사람입니다. 약간 파 보고 대조해 보면, 룸케 씨 작품은 전부 실종 신고된 사람들과 일치할 것 같군요."

펜드라의 입이 낚시에 걸린 물고기마냥 벌어졌다가 닫히고, 다시 벌어졌다. "버나드 룸케가 연쇄살인범이라는 말인가요?"

"우리는 이 석화 현상이 어떻게 벌어졌는지 몰라요, 펜드라 씨. 이 조각상들은 증거로 가져가겠습니다. 자세히 분석해보면 좀 더 알아낼 수 있을 거예요." 스컬리가 말했다.

펜드라는 분노에 차서, 그리고 여전히 믿지 못하는 채로 앞으로 밀치고 나섰다. "'분석'이라고요? 이것들은 예술 작품이에요. 허락할 수 없—."

멀더는 그녀가 다가오지 못하게 막아섰다가 여자가 몸부림치는 바람에, 전적으로 우연만은 아니게 그 조각상에 부딪히고 말았다. 조각상은 마루에 쿵 하고 쓰러지며 산산이 조각났다. 콘크리트 같은 피부에서 뼈들이 튀어나왔고, 머리는 둥근 옥수[78]처럼 쪼개지며 결정화된 뇌 덩어리가 노출되기까지 했다.

펜드라는 비틀거리며 뒤로 물러나 공포심이 완연한 얼굴에 양손을 가져다 댔다. '절규'의 또 다른 그럴싸한 모방인 것처럼.

프러스트레이션 코너스

데스밸리 국립공원

---

78) thunder-egg. 玉髓. 보석이나 장식용 돌로 쓰이는 석영이 변해 이루어진 광석.

목요일 오후 4시 28분

트래비스 애슈턴은 자신의 볼보를 몰고 데스밸리 가장자리의 울퉁불퉁한 길로 프러스트레이션 코너스라고 불리는 장소를 향해 가고 있었다. 그 갤러리의 주인이자 대리인은 전시회에서 버나드 룸케가 여기 살고 있다고 슬쩍 흘렸다. 애슈턴이 문간에 나타나면 그 예술가도 어찌 인터뷰 요청을 거절할 수 있겠는가?

먼지가 앞유리를 뒤덮었지만, 와이퍼는 먼지를 닦는 데는 별 소용이 없었다. 워셔액은 먼지 얼룩을 진흙 얼룩으로 바꾸어서 바위와 구덩이 피하는 일을 더 어렵게 만들기만 했다. 그는 마침내 버려진 건물, 녹슨 채굴 장비, 풍차들이 모여 있는 금방이라도 허물어질 법한 동네—그리고 예술적인 실패작들, 매력적이라기보다 흉물스럽게 용접되고 색칠된 고철 조각상을 모아 놓은 한 정원에 이르렀다. 펜드라곤 갤러리에 전시된 직관적인 조각상들을 창조한 예술가가 어떻게 이런 쓰레기들을 마구잡이로 만들어낸 사람과 동일 인물일 수 있지?

그는 한숨을 쉬었다. 그 점은 자신의 독점적인 인터뷰—예술계의 새로운 인물 중 가장 뜨거운 한 사람의 마음을 들여다보며 찾아낼 것이었다.

애슈턴은 차에서 내려 내리쬐는 햇볕에서 자신의 눈을 가렸다. “아무도 없습니까?” 그는 사람이 사는 흔적을 찾아, 인기척이 있는지 귀를 기울여보았다. 까마귀 한 마리가 머리 위로 빠르게 내려오며 깍깍거렸다. “룸케 씨! 저는 LA에서 온 예술 평론가입니다. 당신의 대리인인 켄드라 펜드라 씨가 여기로 보냈어요. 그녀가 주소를 줬습니다.” 정확한 사실은 아니지만, 그럴싸하게 들렸다.

그는 주철과 부엌 도구들로 만든 선명한 분홍색 코코펠리[79]를 보며 눈살을 찌푸렸다. 또 다른 쓰레기 조각품은 귀여운 로봇 개를 동반한 똑같이 귀여운 로봇이었다. 끔찍한 물건이었다! 그때 북미 원주민 주술사의 울퉁불퉁한 조각상이 눈에 들어왔다. 이런 게 제대로 된 작품이지! 조각 정원의 나머지 미적지근한 쓰레기와는 현저하게 다른 작품이었다.

룸케는 유리창이 끼어 있고 지붕 높이에 커다란 하얀색 수조가 있는, 덜 허물어져 가는 듯 보이는 집에서 성큼성큼 걸어 나왔다.

"평론가? 그런 거로 내 관심을 끌어보겠다고?"

애슈턴은 급하게 쏟아냈다. "사생활은 존중합니다, 룸케 씨. 그래서 혼자 왔고요. 제가 여기 온 건 아무도 모릅니다. 당신의 경이로운 조각품들에 대해 당신과 독점 인터뷰를 하고 싶습니다."

조각가는 신중했다. "그래, 당신은 그 두 명과 함께 온 게 아니라는 거요? 오늘 아침에 온?"

"다른 둘이 누구죠?" 애슈턴의 맥박이 빨라졌다. 그는 근심에 쌓여 염소수염을 쓰다듬었다. 누군가가 이 남자에게 손을 뻗은 건가? "다른 잡지와 인터뷰하셨습니까?"

룸케는 그 생각을 치워버렸다. "신경 쓰지 마쇼. 내가 보내버렸으니까. 난 보통 인터뷰는 안 하지만, 댁이 혼자 왔다면…."

애슈턴은 명함을 내밀면서 숨 쉴 틈 없이 계속 지껄였다. "펜드라곤 갤러리에서 있었던 당신의 훌륭한 전시회가 많은 관심을 끌었습니다. 제가 아주 긍정적인 프로필을 제공할 테고, 그러면 우리는 당신에 대한 홍보를 극적으로 증가시킬 수 있습니다. 제가 당신 작업실을,

---

79) kokopelli. 등을 굽히고 피리를 불고 있는 사람의 형상.

당신 기법을 좀 볼 수 있을까요?"

룸케는 미간이 가까운 자신의 눈을 가늘게 떴다. "나는…, 전통적인 작업실이 없소. 자연 그 자체와 하나가 되어 작품을 만들지." 그는 고요한 유령 마을 주변으로 시선을 던진 다음, 동굴과 오래된 갱도들이 점점이 박혀 있는 바위투성이 산들을 쳐다보았다. "나도 독점 인터뷰를 할 시기가 왔는지도 모르겠군. 당신 오늘 운이 좋구려, 애슈턴 씨."

애슈턴은 환해졌다. "그렇다면야 LA에서 먼 길을 온 보람이 있군요!"

룸케는 낙석 옆 갈라진 틈으로 난 길로 자신의 낡은 사륜구동 지프차를 몰았다. 애슈턴은 그 드라이브가 끔찍하다고 생각했지만, 특이한 작업실을 보게 된다는 흥분감이 공포를 압도했다.

룸케는 동굴 입구의 좁다란 틈새로 이어지는, 바위가 헐겁게 쌓인 비탈길 밑에 차를 세웠다. 그는 그 평론가에게 따라오라고 하고는 비탈을 오르기 시작했다. "사람들한테는 보여준 적이 없는 곳인데. 이 동굴 안에서 나는 작품의 영감을 다 받았다오. 내가 만든 모든 조각상의 기원이지."

애슈턴은 등반으로 헐떡이는 데다 먼지와 땀을 덮어쓰고 있었지만, 흥미가 당겼다. "당신 작업실이 산속에 있다고요? 갱도처럼 보이진 않는데요. 자연적인 구멍인가요?"

"자연적이고…. 비자연적이지. 협곡 옆면들을 탐험하다가 발견했소." 그는 입구 주변 바위들 위에 새겨진 복잡한 암면 조각들을 가리켰다. "하지만 쇼쇼니족[80)]이 내가 찾기 한참 전에 발견했지." 그는 그 비평가에게 들어가라고 손짓하며 강한 손전등 스위치를 켜서 앞쪽 길을 밝혔다.

애슈턴은 미소 지었다. "이거 흥분되네요."

"그래, 그렇지." 룸케는 말했다. 두 남자는 동굴 안쪽으로 더 깊이 나아갔다. 룸케는 울퉁불퉁한 바위 돌출물 아래 굴러떨어진 돌덩이들을 피해 갈 수 있도록 자신들의 발치를 손전등으로 계속 비추었다. 햇빛이 들어오는 틈은 그들의 한참 뒤로 멀어졌다. 먼지가 후드득 내려앉았다. 그들의 발소리조차 동굴을 불안정하게 하는 것 같았다.

애슈턴은 조약돌들이 흩뿌려지자 초조한 듯 물었다. "얼마나 더 가야 하죠?"

"그 물줄기에 거의 다 왔소. 이제 상상도 못 할 경이로운 것들이 보일 거요."

마침내 그들은 손전등 하나로는 다 밝힐 수 없는 더욱 커다란 공간에 들어섰다. 돌에 흩뿌려지는 물소리가 신선하게 들렸다. 동굴 안 공기는 바깥 사막과는 현저히 달라서 서늘하고 축축했으며 시큼한 알칼리성 냄새를 풍겼다. 룸케는 손전등으로 동굴 바닥을 가로질러 길을 갈라놓는 유수 쪽을 가리켰다.

"여기가 내 특별한 장소요. 쇼쇼니족은 이 작은 동굴을 신성하다고 여겼지—그 암면 조각은 분명 그런 뜻일 게요. 당신도 물맛을 봐야 하오. 마치 액체 전기를 마시는 것 같다니까."

애슈턴의 그림자 진 얼굴이 불안해 보였다. "저 물을…, 마시라고요? 저건 알칼리성 아닙니까? 전 마시고 싶지 않—."

"이 바위들로 정화되고 걸러졌는데? 이 물은 뮤즈의 피요. 당신도

---

80) Shoshone. 아메리칸인디언의 한 종족.

이런 건 경험한 적이 없을 거야. 신선하고, 순수하고, 차갑고…, 마술적이지." 룸케의 목소리가 딱딱해졌다. "그리고 당신 인터뷰의 중요한 배경이고. 당신이 원하지 않는다면…."

"좋습니다." 애슈턴은 무릎을 꿇고 앉아 양손을 담그고 물을 한 줌 떠올렸다. 한 모금 마셔보고 후루룩 들이켰다. "분필 가루 같은 맛이네요, 아주 많은 미네랄이 용해되어 있는 것 같아요." 그는 일어서서 젖은 손을 바지에 문질렀다. "빛을 더 밝힐 수 없습니까? 우리가 있는 곳을 더 잘 보고 싶은데요?"

"내가 건전지를 끼우는 랜턴을 설치해서 코드로 연결해뒀지. 이제 당신이 보고 싶은 건 전부 보여주겠소." 룸케는 스위치를 켰고, 랜턴들은 종유석과 석순과 천장에서 자라나 반짝이는 석영들로 가득한 거대한 동굴을 비췄다. 물줄기는 바닥을 가로질러 갈라진 틈을 통해 보이지 않는 아래쪽 공간으로 떨어졌다. "여기가 내 진짜 조각 갤러리요."

애슈턴은 바닥에서 솟아 있는 두껍고 어둑한 석순 중 상당수가 인간의 형상을 하고 있다는 것을, 수 겹으로 퇴적된 돌로 덮인 인간임을 새삼 알아차렸다. 마치 누군가가 그들 위에 몸을 굳히는 왁스를 쏟아부은 것 같았다. 일부는 그곳에 지나치게 오래 있었는지 팔다리를 거의 알아볼 수 없을 지경이었고, 반면에 몇몇은 새로 생긴 듯 보였다. 애슈턴은 바닥에 난 베인 자국들을 보았다. 룸케가 기존에 있던 조각상들을 베어낸 자리였다.

"자연이 조각가지."

애슈턴은 그 전시품들을 바라보며 무언가 물어보려 애썼지만, 숨쉬기가 힘들었다. 그는 목을 움켜쥐고 입가를 훔치며 침을 꿀꺽 삼켰지만, 가슴에 자갈이 채워진 느낌이었다. "입안에…, 모래 맛이…." 그는 고개를 저으며 한 손을 들어 손가락을 구부리려고 해봤다. "내 팔과 다리가…. 움직일 수가 없어요."

"그 물이라오." 룸케가 아무 감정 없이 말했다. "피부에 닿기만 해도 충분하지만 그러면 시간이 너무 오래 걸리거든. 당신은 실제로 그 물을 마셨으니, 그 내부 작용이 상당히 빨라질 거요. 당신도 내 작품의 일부가 되는 거지."

애슈턴은 돌아서려 했지만 이미 그 자리에서 뻣뻣하게 굳어가고 있었다. 다리를 들어 올릴 수도 없었다. "나한테 무슨 짓을 한 겁니까?"

룸케는 그저 웃으면서 지켜보고 서 있었다. "난 항상 평론가를 싫어했지."

프러스트레이션 코너스
데스밸리 국립공원
금요일 오전 10시 58분

다음 날, 이번엔 그 세상을 버린 조각가와 대면할 준비를 하고 데스밸리로 향하면서, 멀더는 프러스트레이션 코너스로 가는 길로 렌터카를 몰았다. 고의적으로 일을 저질렀든 아니든, 무엇이 희생자들의 화석화를 야기했는지 룸케는 알고 있었고, 멀더와 스컬리는 그것이 무엇인지 알아야만 했다.

두 수사관이 유령 마을에 다다르자, 멀더는 황폐화된 건물들을 바라보았다. “이 장소에도 익숙해질 수 있을 것 같아요, 스컬리.” 그는 흉물스러운 금속 장치로 채워진 기이한 폐물 조각 정원 앞에 차를 세웠다. “아닐지도 모르겠군요.” 멀더는 먼지를 덮어쓰긴 했지만, 상대적으로 새것인 볼보 한 대가 커다란 녹슨 판잣집 뒤에 부분적으로 가려져 있는 것을 보았다. 전에는 보지 못했던 차였다.

스컬리는 이미 총을 뽑아 들고 있었다. “전보다는 좀 더 따뜻하게 맞아주면 좋겠네요.” 멀더는 자신의 시그 사우어를 뽑아 들며 그 뒤를 따랐다.

켄드라 펜드라는 조사를 위해 LA로 송치되었고, FBI 팀들이 앞서 개인 수집가들에게 팔린 룸케의 조각상들을 전부 회수하고 있었다. 예술 감정가들이 그 실물과 똑같은 조각상들에 실제 인간의 시체가 담겨 있다는 점을 알게 되면, 회수에 반대하는 이도 없을 터였다.

스컬리는 총을 올리며 수조가 딸린 적막한 살림집을 쳐다보았다. “연방수사관입니다, 룸케 씨. 몇 건의 살인사건에 대한 조사에 응해 주셔야겠어요.”

그 조각가는 그들이 차를 몰고 오는 것을 봤거나 들은 것이 틀림없었다. 잠시 뒤 그 남자는 자신의 곧 허물어질 듯한 집에서 양손을 올린 채 당황한 표정으로 나타났다. “쏘지 마시오! 난 아무 짓도 안 했소—난 그냥 예술가요. 살인자가 아니란 말이오.”

멀더가 말했다. “우린 당신이 이 지역에서 사라진 최소 여덟 명의 실종자와 관련이 있다는 점을 알고 있습니다.”

룸케는 몹시 당황한 표정을 지었지만 그다지 신빙성이 가지는 않았다. “여덟 명의 실종자라고? 그건 내가 일 년 동안 보는 것보다 더 많은 사람들이오!”

"그 사람들의 시체가 당신이 펜드라곤 갤러리에 전시한 조각상들 안에서 발견됐어요. 당신의 체포 영장입니다." 스컬리가 말했다.

그 조각가는 경악했다. "그 조각상들이 진짜 사람들이라는 거요? 맙소사!" 그는 힘겹게 침을 삼키며, 불안하고 겁먹은 표정을 지었다. "나는 그것들이 자연적으로 형성된 구조물인 줄 알았소. 이 근처 동굴에서 발견했지."

멀더는 흉물스러운 폐 조각상들 사이에서 현저하게 두드러져 보이는 울퉁불퉁한 쇼쇼니 조각상을 향해 고갯짓했다. "자연적으로 형성된 구조물이라고요?"

총을 든 채로, 스컬리는 자신의 파트너를 쳐다보았다. "석화 작용의 근원지를 봐야 해요, 멀더. 그리고 윌슨 비티처럼, 다른 사람이 노출되지 않았는지도 확인해야 하고요."

룸케는 과하게 진지하고 협조적이었다. "내가 믿기지 않는다면 보여줄 수도 있소. 고작 1.5km 거리라오." 자신을 겨누고 있는 총들을 무시하면서 그 조각가는 바로 옆 헛간의 차고 문을 밀어 올려 사륜구동의 오프로드 차량을 드러냈다. "내가 운전하리다. 당신네 렌터카는 우리가 가는 길의 1/10도 못 갈 거요. 갑시다, 당신들이 직접 보시오. 난 아무도 죽이지 않았소."

두 수사관은 룸케가 기어를 낮게 놓고 전혀 길처럼 보이지 않는 가파른 길을 긁으며 차를 모는 동안 내내 총을 가까이 두고 있었다. 멀더는 그 기이한 예술가의 행동이 그저 연기라고 생각해서 경계를 늦추지 않고 있었다. 스컬리는 보조석 창문으로 인상적인 절벽 가장자리를 내다보았다. 차바퀴는 그 벼랑에서 고작 몇 센티미터밖에 떨어져 있지 않은 듯했다.

"이 길을 아는 사람은 아무도 없다오." 룸케는 완전한 협조를 증명하려고 필사적인 듯 기운차고 수다스럽게 말했다. 길이라는 흔적조차 희미해졌을 무렵, 그는 지면을 긁으며 사륜구동차를 세우고 주차 브레이크를 걸었다. "여기서부터는 걸어가야 하오." 그는 두 수사관의 정장 차림을 흘끗 보았다. "먼지 좀 타겠구려."

멀더는 바위에 올라섰다. "걱정 말아요, 이건 제 하이킹 옷이니까."

스컬리는 총에 손을 올린 채, 신경이 곤두서 있었다. "조각상들의 근원지를 보여 주세요, 룸케 씨."

그들은 가파른 경사와 비탈을 올라 산비탈에 있는 깊은 틈에 다다랐다. 오래된 갱도가 아니라 동굴이었다. 멀더는 그 입구 주변의 암면 조각들에 흥미가 생겼다. "이것들 일부는 알아보겠군요. 이것들은 경고하는 상징이에요."

"쇼쇼니족은 이곳을 신성한 장소라고 불렀소. 그들은 자신들의 위대한 치료사가 지나치게 나이를 먹으면, 이 동굴로 와서 치료사의 생명을 이 산의 일부로 바쳤지. 수년에 걸쳐 다른 이들도 여기를 발견한 게 틀림없소. 그야말로 자연의 경이라오. 내가 당신들에게 그 동굴을 보여 주겠소. 그럼 당신들 스스로 판단할 수 있을게요." 그는 성큼성큼 안으로 들어서며 그들에게 따라오라고 했다. "조심하시오—이 암반이 그리 안정적인 것 같지는 않소."

스컬리는 얼굴을 찡그렸지만, 멀더는 목소리를 낮추고 말했다. "우리 봐야 하잖아요." 그는 동굴로 들어가며 외쳤다. "기다려요—우리한테 아주 좋은 손전등이 있어요."

그들은 손전등으로 좁은 내부에 밝은 빛줄기를 던지며 먼지투성이의 서늘한 통로로 들어섰다. 바위 바닥은 헐겁고 잘 부스러지는 것처럼 보였으며, 가루 같은 하얀 잔여물로 덮여 있었다. 여러 막다른 지점들에서 헷갈리는 샛길들이 뻗어있었지만, 그 조각가는 앞서 나갔다. "내 장담하리다, 가치가 있을 거요. 이런 건 한 번도 본 적이 없을 거요."

멀더와 스컬리는 경계하며 룸케를 따라 미로 속을 헤매고 다녔다. 동굴이 흐르는 물소리로 가득한 널찍한 공간으로 통하자, 룸케는 아이처럼 흥분된 목소리로 말했다. "처음으로 우연히 여기 발을 들였을 때, 나는 여기가 '알라딘'에서처럼, 기적의 동굴이라 생각했다오." 그는 벽에 있는 스위치를 켜서 설치해둔 전기 랜턴들을 밝혔다.

빛이 그 공간을 비추자, 돌바닥 가득 박힌 울퉁불퉁한 돌 형상들이 멀더와 스컬리의 눈에 들어왔다. 인간의 형상들. 동물의 형상들. 멀더는 돌출된 바위처럼 천장에 매달린 덩어리들에 손전등을 비춰보았다.

박쥐였다. 그 자리에서 화석이 되어 있었다.

공간 뒷벽에는, 흘러넘친 침전물에서 인간의 한쪽 손이 마치 탈출하려는 듯이 뻗어 나와 있었다. 또 다른 형상은 너무 오래 이 동굴에 있었던 나머지 트럭 한 대 분량의 녹는 왁스를 머리부터 덮어쓴 것처럼 보였다.

하지만 한 형상은 새롭고 하얀 것이, 새것임이 분명했다. 염소수염을 기른 젊은 남자였다. 그는 손으로 목을 움켜잡고 그 자리에 얼어붙어 있었다. 스컬리는 그 형상을 들여다보았다. "신체 조직이 미네랄을 함유한 퇴적물로 완전히 대체되었네요."

멀더는 동굴 중앙의 물줄기 옆에 무릎을 굽히고 코를 킁킁거렸다. "화학 물질 냄새가 나는군요."

스컬리는 그 젊은 남자의 형상을 만진 다음, 손가락 끝을 맞대어

문질러보았다. "이 동굴의 물은 용해된 소금과 미네랄이 비정상적으로 높게 결합된 게 분명해요. 유기물질에 자연적인 친화력—아주 강한 친화력을 가진 혼합물인 거죠. 포화용액에 부유하는 시드 결정[81] 처럼요. 이 용해된 미네랄들이 피부와 근육을 돌로 변화시키는 거예요."

멀더는 물줄기 가장자리에 섰다. "룸케 씨, 당신은 수없이 여기 왔지만 노출되지 않았군요."

위쪽 종유석에서 물이 똑똑 떨어졌다. 커다란 물방울 하나가 룸케의 어깨에 떨어지자 그는 화들짝 놀라 쳐다보더니 미친 듯이 물방울을 털어냈다. "나는 조심했지."

"그리고 왜 이 작은 굴을 발견하자마자 바로 신고하지 않았죠? 이 '형상들'은 어느 모로 보나 '인간'인데요." 스컬리는 물었다.

"처음에는 인간 화석이라고 생각했소, 산이 스스로 빚어낸 예술품인 줄 알았지. 그래서 그저 호기심에 하나 가져다가 펜드라 양에게 보여주었소. 나는 내 '발견된 오브제' 조각상들을 전시해달라고 그녀를 설득하는 중이었지만, 그녀는 관심을 두지 않았거든. 그런데 이 화석상을 보더니 흥분하더군. 사실, 화석상들이 사람들이 원하는 전부였소." 그는 고개를 저었다. "바로 하나를 팔았지, 그다음엔 두 개를 더 팔았고. 나는 예술가로 경력을 쌓아가고 있었소. 그냥 '발견'했다고는 말할 수 없었어, 안 그렇소?"

스컬리는 물줄기 옆에 있는 멀더 곁으로 다가가서 공기 중에 떠도는 알칼리성 물의 냄새를 맡았다.

룸케는 계속했다. "그 인기는 불시에 나를 사로잡았소. 너무 오랜

---

81) seed crystal. 융액(融液)에서 결정을 성장시킬 때 핵이 되는 결정 조각.

세월 고생했기 때문에 열광하는 구매자들을 거절할 수 없었지. 수요는 걷잡을 수 없이 늘어나서 나는 조각상을 더 많이 만들어야 했소." 전기 랜턴의 어슴푸레한 빛 속에서 그의 미소는 기괴해졌다. "그러려면 더 많은 원료가 필요했지."

그는 멀더와 스컬리에게 달려들었다. 그들은 둘 다 몸을 돌리며 총을 들어 올렸지만, 룸케는 그들을 제압하려고 하지 않았다. 그저 균형을 잃게 하려 했을 뿐이었다. 상대의 자세를 무너뜨리려는 라인배커[82]처럼, 그 조각가는 두 수사관을 들이받아 그들을 뒤로 밀쳤다.

멀더가 비틀거리면서 그의 구두가 동굴 바닥에 미끄러졌다. 스컬리가 그를 잡았지만, 그들은 함께 흐르는 물줄기로 굴러떨어지고 말았다. 물의 깊이는 고작 1m 남짓이었지만 그들의 옷은 흠뻑 젖어들었다. 멀더는 심지어 물을 한 모금 마셨다가 헉 소리를 내며 뱉어냈다.

그들이 미끄러운 물줄기 모서리로 재빨리 기어 나오는 동안, 룸케는 굴 가장자리로 달려가 전기 랜턴을 꺼 버렸다. 흐릿한 손전등 불빛만이 그 통로 안을 이리저리 비추었다.

멀더는 멀어지는 조각가의 손전등 불빛을 향해 시그 사우어를 발사했지만, 그 총탄은 종유석에 맞고 튕겨버렸다. 천장의 갈라진 틈에서 먼지가 일었다. 스컬리도 커다랗게 총성을 울리며 총을 발사했지만 룸케는 그들을 버려둔 채 사라지고 있었다. 그는 가파른 길을 재빨리 나아가며 천장에서 내리뻗은 바위기둥들을 요리조리 피하면서 달아났다. 그는 그들을 향해 외쳤다. "시간문제일 뿐이오—당신들은 이미 그 동굴 물에 닿았으니까."

흠뻑 젖은 데다 몹시 짜증이 난 채, 멀더는 정신을 차리고 스컬리가

---

82) linebacker. 미식축구에서 상대 팀 선수에게 태클을 걸며 방어하는 수비수.

괜찮은지 확인했다. 전기 랜턴들은 꺼졌지만 적어도 그의 손전등은 아직 작동하고 있었다. "룸케는 여기서 나가는 길을 알지만, 우리도 길을 찾을 수 있을 거예요." 그는 그 조각가가 자신들을 사막에 버려둔 채 사륜구동에 올라타고 가 버리기 전에 동굴 밖으로 나가고 싶었다.

"멀더, 그 물이…." 스컬리가 말했다. 그녀의 목소리는 거칠게 메말라 있었다.

멀더는 그 조각가를 쫓아 달리면서 이미 자신의 피부가 얼얼해지는 것을 느낄 수 있었다. 그의 재킷과 바지 역시 뻣뻣해졌다. 그의 다리도 삐걱거렸다. "여기서 나갑시다."

스컬리는 헐떡이고 있었다. "이 물을 씻어내야 해요. 우린 깨끗한 물이 필요해요."

그는 자신들이 데스밸리 한가운데 있으며 깨끗한 물을 찾기는 쉽지 않으리라는 점을 굳이 스컬리에게 상기시키지 않았다. "시간이 얼마나 있을까요?"

"반응 속도가 어떤지 전혀 모르겠어요. 윌슨 비티는 퍼니스 크릭까지 내내 차를 몰아갔으니까요. 우리 뛰는 게 좋겠어요."

하지만 그 동굴은 미로 같았다. 멀더는 나가는 길을 정확히 기억해내지 못했지만, 그들은 룸케의 펄럭거리는 불빛을 쫓아가려고 애쓰면서 그럭저럭 중심 통로를 따라갔다. 천장에서 먼지와 돌덩이들이 떨어졌다. 그들의 총성이 일으킨 반향 때문에 동굴의 섬세한 평정이 깨진 것 같았다.

그들은 바위들을 넘어 옆길을 지나쳐 방향을 틀었다. 멀더는 저 앞쪽에서 멀어지는 룸케의 손전등 불빛이 반짝이는 것을 얼핏 보았지만, 그 조각가는 아마도 은폐장소로 숨어들었는지 사라져버렸다.

"석화 작용이 시작됐다면, 룸케는 그저 기다리기만 하면 된다는 점을 알 거예요. 그 미네랄 오염 물질들은—." 스컬리는 말했다.

"우린 그냥 기다리지 않을 거예요." 멀더는 낯익어 보이는 구불구불한 틈새로 앞장서 가면서 그녀의 팔을 세게 끌어당겼다. "손전등을 꺼 봐요. 앞쪽에 햇빛이 보일지도 몰라요."

그들은 둘 다 손전등을 끄고 길을 더듬어갔다. 더 많은 돌이 떨어지는 소리가 들리고, 바위들이 내려앉으면서 우르릉거리는 소리가 크게 들렸다. 멀더는 그들이 화석이 되기 전에 먼저 동굴 속에 묻혀버릴지도 모른다는 걱정이 들었다.

더욱 커다란 돌들이 천장에서 바스러지며 일으킨 진동에 꽉 맞물려 있던 벽들에서 바위들이 허물어졌다.

스컬리는 헐떡이고 있었고, 멀더는 가슴이 마치 시멘트처럼 묵직하게 느껴졌다.

마침내 그들은 좁은 굽이를 돌아 나가서 머리 위로 스며든 햇빛 한 조각을 보고 안도했다. 멀더는 룸케가 기다리고 있다가 기습하지 않을까 걱정했지만, 그들이 나선 메마른 바깥 주변은 텅 비어 있었고 그 흉악한 조각가는 흔적도 없었다.

그리고 그의 사륜구동은 바위투성이 길 위에 그대로 서 있었다.

"룸케는 아직 동굴에 숨어 있을 거예요. 룸케는 우리한테 총이 있다는 걸 알고 있어요. 자기를 잡기 전에 우리가 돌로 변할 거라고 확신하고 있고요." 스컬리가 말했다.

"룸케는 나중에 잡읍시다. 먼저 신선한 물을 찾아야 해요." 멀더는 몸을 털어보려 했지만, 동굴의 흙먼지가 그들을 뒤덮고 있었다. "취미로 동굴 탐험 같은 것은 하지 말라고 나중에 꼭 나한테 상기시켜줘요." 그는 재킷을 벗어서 한쪽 옆으로 던졌지만, 미네랄이 함유된 물은 이미 그의 셔츠와 바지를 흠뻑 적시고 있었다. 그는 피부가 조여들고 관절들이 잘 움직이지 않는 것을 느꼈다. 혹은 그저 상상인지도 몰랐다.

그들은 비틀거리며 지쳐서, 마치 두 개의 뻣뻣하게 굳은 마리오네트처럼 부드럽지 않게 움직이며 바위들을 내려와 차량으로 향했다. 멀더는 그들 뒤의 불안정해진 동굴에서 바위들이 떨어지고 작은 산사태가 계속 일어나는 소리를 들었다. 하지만 그는 옥내 세면시설을 찾아 프러스트레이션 코너스, 룸케의 집으로 돌아갈 생각이었다.

멀더와 스컬리는 함께 사륜구동 차량에 올라 털썩 주저앉으면서 이제는 해낼 수 있으리라 확신했다….

버나드 룸케는 옆길에 숨어 곧 죽을 운명인 두 명의 수사관이 비틀거리며 지나치는 모습을 지켜보았다. 그들은 오래지 않아 돌로 변할 터였고, 그는 그저 기다리기만 하면 됐다—그리고 총을 피하기만 하면. 그가 트인 장소로 나서면, 그들이 그를 보고 쏠지도 모른다. 그저 납작 엎드려 있는 편이 낫다. 룸케의 맥박이 질주하고 있었다.

그 움푹 파진 곳에 숨어서, 그는 그들이 위로 올라 밖으로 나가는 것을 지켜보았다. 뭐, 그들이 밖으로 나가 조각상으로 변한다면 옮기기가 훨씬 더 쉬우리라. 그의 다음 전시회를 위해서 말이다.

조심스럽게 앞으로 나서면서 그는 불안정한 동굴 벽과 천장이 움직이며 우르릉거리는 소리를 들었다. 커다란 총성 덕에 진동이 일어 도미노 효과를 일으키고 있었다. 그는 그 동굴이 이렇게 취약하리라고는 생각지 못했다.

그가 옆길에서 빠져나와 입구를 향해 재빨리 움직이는 동안에도 바위들은 계속 떨어져 내렸다. 바위 하나가 그의 어깨를 쳤고 그는 급히 피했다. 조심성은 버리고 전진하는 순간 더 많은 바위가 미끄러져 내리며 입구를 막아버렸다.

룸케는 비명을 지르며 양손을 들어 올려 바위들을 막아 보았지만, 동굴의 잔해는 계속 떨어져 내렸다.

멀더와 스컬리는 바위가 덮인 풍경을 한 걸음, 또 한 걸음 휘청거리며 가로질렀다. 활활 타오르는 태양이 내리쬐고 있었다. "솔직히, 스컬리, 나는 당신이 차 시동 거는 법을 아는 줄 알았어요…."

스컬리는 단호하게 계속 나아갔다. "빨리 씻어내지 않으면…, 우린 이 풍경의 일부가 될 거예요."

멀더는 하얀 잔여물로 뒤덮인, 뻣뻣해진 팔을 간신히 들어 올렸다. 그는 눈에 띄게 잿빛으로 변해가며 돌이 되고 있었다. 그는 저항하듯 말했다. "난 정원 장식물이 되진 않을 거예요."

스컬리는 딱딱해지고 있는 자신의 뺨을 눌러 보며 얼굴을 만졌다. "피부가…, 유연성을 잃고 있어…, 결정화되고 있어요." 그녀는 자신의 떨리는 손을 바라보며 손가락을 구부렸다. 하지만 다시 펼 수가 없었다. "근육 조절이 갈수록 어려워져요."

멀더는 그녀의 팔을 움켜쥐고 앞으로 끌어당겼다. "힘내요." 그는 위를 올려다보고 마침내 무너져가는 프러스트레이션 코너스 마을의, 허물어진 건물이며 녹슨 장비들을 발견했다. "저게 신기루는 아니겠죠."

그들은 무너진 집들 사이로 비틀비틀 나아가 버나드 룸케의 쓰레기 장치들로 가득한 기이한 조각 정원에 들어섰다. 계속 움직이려 애쓰면서, 멀더는 월슨 비티의 사진을 떠올리지 않을 수 없었다. 퍼니스 크릭 농장 앞에서 쓰러지기 직전의 그 모습을.

그는 룸케의 집 지붕에 얹힌 수조를 바라보았다. 뻣뻣해진 팔과 흔들리는 손으로 자신의 시그 사우어를 들어 올려 세 발 발사했다. 수조 벽에 구멍이 뚫렸다. 미지근한 물이 투명한 피처럼 콸콸 흘러나왔다.

스컬리는 휘청거리며 그 폭포 아래에 섰다. "빨리요, 멀더 — 더 지체되면 우리 세포들이 회복할 수 없게 될지도 몰라요." 두 사람은 그들을 흠뻑 적시며 씻어내는 그 폭포수 아래에 섰다. 멀더는 완전히 회복되려면 광범위한 정맥주사와 완전한 세척이 필요하리라는 점을 알았지만, 지금 당장은 미지근한 물줄기만도 완벽하고 근사하게 느껴졌다.

"파트너들이 같이 샤워하는 건 전문가다운 행동은 아닌데요." 멀더는 잔여물이 씻겨나가는 것을 느끼며 말했다. "이번만은 예외로 하죠."

그들은 수조가 완전히 빌 때까지 몸을 문지르고 씻고 회복하면서 쏟아지는 물 아래 서 있었다.

버나드 룸케는 낙석 사이를 헤쳐 보려 했지만, 동굴 입구는 완전히 봉쇄되었다. 그의 손전등 배터리는 이제 약해졌고, 그 흐릿한 불빛 속에서 그의 피맺힌 손은 분필로 칠한 것처럼 보였다.

그냥 산사태로 죽는 편이 차라리 나을 터였다.

그는 낯익은 길을 더듬어 작은 굴로 돌아와, 배터리가 살아있는 랜턴들을 켰다. 랜턴 불빛은 화석화 저주를 받은 기이한 전시물을 비추었다. 종유석에서 물이 똑똑 떨어지며 치명적으로 집약된 미네랄 물줄기를 튕겼다.

그 조각상들 — 고대의 유물들과 그의 최근 희생자들 모두 — 이 그를 둘러싼 가운데 어둠이 내려앉았다. 오염된 물은 끊임없이 그의 주변에, 그의 몸에 흩뿌려졌다. 룸케는 건조해진 목구멍으로 힘겹게 침을 삼켰다. 이미 몹시 목이 말랐다.

랜턴이 마침내 꺼졌을 때, 그는 고함을 질렀다. "살려줘!"

하지만 어둠은 그에게 아무 답도 주지 않았다. 오직 끊임없이 튕기는 물소리와 바위의 침묵만 들릴 뿐이었다. 그리고 그는 자신이 더 이상 움직일 수 없음을 깨달았다. 전혀 움직일 수 없음을.

옮긴이 | 안현주

이화여자대학교에서 국문학과 영문학을 전공했다. 졸업 후 기업에서 마케팅 관련 일을 하다가, 현재 전문 번역가로 활동하고 있다. 레이먼드 챈들러의 〈나는 어떻게 글을 쓰게 되었나〉, G. K. 체스터튼의 〈못생긴 것들에 대한 옹호〉를 기획 및 번역했고, 레이먼드 챈들러의 〈당신 인생의 십 퍼센트〉를 우리말로 옮겼다.

■ 역자 후기

후기에 개인적인 일을 쓰는 것은 되도록 자제하려고 하지만, 이번 책은 그 과정이 워낙 특별해서 잠시 언급하고자 한다. 이 책의 작업을 맡았을 무렵 나는 임신 5개월이었다. 아기가 커 가는 내내, 막달까지 이 책으로 태교를 했다. 그리고 교정을 보고 있는 지금, 내 어깨에는 태어난 지 26일 된 아가가 얹혀 있다. 아가는 X-파일 그 자체다. 멀더처럼 저 너머의 진실을 찾아 창밖을 응시하는가 하면, 스컬리처럼 의구심을 품고 엄마의 모든 행동을 냉정하게 비판한다. 물론, 울음으로. 내가 낳았지만, 26일 된 아가는 마치 외계의 생명체처럼 이해하기 힘들다. 세상의 모든 미스터리가 이 작은 존재 안에 결집되어 있는 게 아닐까 싶다.

멀더, 어쩌면 우리가 알아야 할 진실은 저 너머가 아니라 바로 여기, 우리 안에 있는지도 몰라요.

지금 아기가 조금 상태가 좋지 않다. 건강하기만 바랄 뿐이다. 사랑한다, 아가야.

이 책, 〈X-파일 : 아무도 믿지 마라〉는 드라마 'X-파일'의 팬이 쓰고, 팬이 만든, 팬을 위한 소설이라 해도 과언이 아니다. 덧붙이자면 이 책을 옮긴 나 역시 드라마의 상당한 팬이었다. 팬이었으되, 워낙 오래 전이고 기억력이 흐릿하여 상세한 내용은 거의 잊었다. 하여 책을 옮길 때, 독자 역시 나처럼 드라마를 좋아했으되 상세한 내용은 기억하지 못할 수도 있지 않을까 싶어 관련된 이야기는 주석으로 조금씩 풀어보았다. 미처 몰랐던 부분들도 있다. 이를테면, 멀더의 취미 혹은 취향이라던가. 모쪼록 기억을 되짚는데, 혹은 소소한 재미를 더하는 데 도움이 되셨기를 바란다.

또한, 이 책은 드라마가 아니라 책이기 때문에 누릴 수 있는 색다른 즐거움도 있다. 스키너가 주인공으로 등장하는 두 편의 이야기나 스컬리의 시점에서 전개되는 이야기 등은 드라마로는 즐기기 어려운 것일 테다.

드라마의 팬이 아니었다 해도 이야기 자체를 즐기는데 큰 어려움은 없을 것이다. 혹시 아직 멀더와 스컬리를 접하지 못한 독자라면, 이 책이 그 시작이 되었기를 바란다.

무엇보다 책을 옮기며 내가 느낀, 친숙한 무엇이 낯설게 다가올 때 느끼는 흥분과 신선함이 독자에게도 전해졌다면 더 바랄 것이 없겠다.

2016년 3월

안현주

THE X FILES™

TRUST NO ONE

아무도 믿지 마라 Part B

1판 1쇄 발행 2016년 4월 15일

지은이 레이 가튼 외
옮긴이 안현주

발행인 박광운
편집인 박재은

발행처 손안의책
출판등록 2002년 10월 7일 (제307-2015-69호)
주소 서울 성북구 오패산로 79-4, 2층
전화 02-325-2375 팩스 02-6499-2375
카페 http://cafe.naver.com/bookinhand
이메일 bookinhand@hanmail.net

ISBN 978-89-90028-10-8 04840

* 이 도서의 국립중앙도서관 출판예정도서목록(CIP)은 서지정보유통지원시스템 홈페이지 (http://seoji.nl.go.kr)와 국가자료공동목록시스템(http://www.nl.go.kr/kolisnet)에서 이용하실 수 있습니다.(CIP제어번호: CIP2016006901)